叢書・ウニベルシタス　1154

ラーラ

愛と死の狭間に

マリアーノ・ホセ・デ・ラーラ
安倍三﨑 訳

［フアン・ルイス・アルボルグ＝解説］

法政大学出版局

Mariano José de Larra,
Vuelva usted mañana / El casarse pronto y mal / El café /
El castellano viejo / La vida de Madrid / La fonda nueva /
Conventos Españoles / Corridas de toros
Macías: Drama histórico en cuatro actos y en verso

（左頁図）

フランシスコ・デ・ゴヤの孫娘で19世紀スペインでは稀少な女性の画家・彫刻家ロサリオ・ワイス・ソリーリャによる版画。1837年頃，最晩年のラーラと交流，肖像はその頃のもの。

訳者にかわって

「ミネルヴァのフクロウは、夕暮れどきに飛び立つ」

私は、ラーラの思想に思いを馳せるとき、いつでもヘーゲルが『法哲学』で述べたこの言葉を思い出す。それは私が、現代社会に対して、ひとつの文明の終末を感じているからに違いない。ヘーゲルは思想の真の意味を、文明の転換を把握、理解することに置いていた。そして件《くだん》の言葉と成ったわけだ。ミネルヴァはギリシャ・ローマ神話の知恵の神である。この神は夕暮れになると、町の中にフクロウを放ってその一日の出来事をさぐらせた。それをもとに自らの思索の知恵を深めたと伝えられている。

思想には、このミネルヴァのフクロウの働きがあるとヘーゲルは認識していたのだ。我々人間にとって、神の一日は文明の一期間に当たると私は思っている。だから、現代のような文明の転換期には、ミネルヴァのフクロウがもたらす哲学と思想が必要となる。その思想は、現代文明の出発点を示すものでなければならない。出発点を知ることによって、我々は現代を形創っている哲学と思想の全体を理解することができるからだ。私がラーラの思想の復権を願うのは、このような意味においてと言えよう。

ラーラは、現代文明の出発点において、その文明の本質そのものと対峙し葛藤し苦悩した思想家である。だからこそ、その思想に触れることが、現代文明を理解するための鍵を我々に与えてくれるのだ。先に触れたように、いま一つの時代が終わろうとしている。現代はまさに、この時代を生み出した思想を総括し、未来に向かって新しい思想を形成しなければならない時に当たっている。思想の把握のみが、我々に新しい未来をもたらすことができるのだ。

我々はいま、頂点に近づきつつある「科学文明」を乗り越え、新しい真の人間中心の「霊性文明」を生み出して行かなければならないと私は考えている。そのためには、この二百年の間、近代に対して苦しみ抜いたスペインの思想の全体的復権が最も大切な急務となっている。スペインそのものが、近代文明との対峙において、最も苦悩し続けた国家なのだ。ミゲール・デ・ウナムーノの『生の悲劇的感情』が、その全貌を示す哲学的金字塔と言っても差し支えないだろう。

私はウナムーノの哲学を仰ぎ見て生きて来た。私にとって、ウナムーノを理解することは、現代を認識することであり、また人間の未来を指向することであった。そのウナムーノ研究の途上で出会った思想家が、本書の主人公ラーラに他ならない。ウナムーノを中心とする、「九八年世代」と呼ばれるスペインの思想家たちが、こぞって尊敬する人物のひとりにラーラが存在していた。近代の出発において、その問題点をすべて思索していた思想家こそがラーラだったのだ。

近代の超克を指向し、新しい未来を創造しようともがくスペインの思想家たちの淵源に、ラーラは存在していた。フランス革命を軸心とした、現代に至る文明の中心は仏・英・独の三国だった。これらの国が中心と成って、良くも悪くも、現代に至る科学文明が樹立されて来たのだ。スペインは、その中心から少なからず外れていた。その微妙な位置が、近代の本質を見極めるのに絶好の場所を与えていたとも言えよう。ラーラに始まるスペインの思想家たちは、まさに近代の超克と新しい未来を創造するための思索を発展させていた。

近代の超克とは何か。それは、科学主義・民主主義・ヒューマニズム、そして何よりも脱信仰から来る虚無の問題を乗り超えることである。それらすべてを乗り超え、真の人間の魂の価値に基づく新しい「霊性文明」を築き上げなければならない。あのカール・グスタフ・ユングが『アイオーン』において述べている「霊性」を中心とした文明のことだ。神に頼らない、真の人間の魂の歴史的価値に基づく文明を築かなければならないのだ。

現代のような、近代の終末におけるスペイン哲学の価値はいくら叫んでも言い過ぎることはない。スペインは近代に対して、それほどまでに苦悩し続けて来たのだ。そして、その出発点には、いつでもラーラの思想が輝いている。ラーラは、近代のすべて、つまりその科学主義・民主主義・ヒューマニズムそして脱信仰の問題について、その文明の出発点において疑問を呈しているのだ。出版において、ラーラの時代は非常に検閲の厳しい時代だった。そのために、ラーラは、その思想のほとんどをユーモアや皮肉という形で表わしている。

しかしその一つ一つの中に、近代文明を抉る思想が散りばめられている。それらを読み取る努力の中に、私は近代を超克するための「魂の活力」を見出している。ひたすらに科学的でグローバルな世界を目指して来た近代の虚無を、ラーラは危ぶんでいるのだ。ラーラの目指すもの、そしてその影響下にいるスペインの哲学者たちの目指すものは「霊性文明」に限りなく近い。だからこそ、スペイン哲学が未来への懸橋と成りうるのだ。

本書七三頁において、ラーラがスペイン文学のあり方の本質を述べている個所がある。「いつの日か、ヨーロッパ文学において、自分の独力で手に入れた、国民としての位置を占めるようになることをただ願うのだ」。これがラーラの願いだった。そして、この考え方こそが、近代によって打ち壊された思想なのだ。各人・各国の魂と生命がそれぞれに燃焼する文明の必要性。つまり独自の個人・独自の民族、宇宙と直結した原始を孕む存在である。それこそが、新しい未来を創る唯一の文明論ではないだろうか。

さて、本書はラーラの業績の要約的な全貌を紹介する、日本で初めての本となっている。これを機に、ラーラとスペイン哲学に興味を抱かれる方が増えることを望んでいる。翻訳に当たった安倍三﨑氏は、戸嶋靖昌記念館主席学芸員として長く、スペインの芸術と哲学を研究して来た人物である。スペイン大使館及びサラマンカ大学関連の多くの展覧会を成功させ、またウナムーノの著作の翻訳を手がけている。その語学力は、一頭地を抜くものと私はかねがね敬服している。これらのすべては、氏のもつ語学力もさることながら、その豊富な知的好奇心の成せる業と考えている。

二〇二三年三月末日

執行草舟　記

ラーラ——愛と死の狭間に／目次

凡例

1. 第二章の新聞記事、第三章の戯曲『マシーアス』は、『マリアーノ・ホセ・デ・ラーラ全集』（モンタネル・イ・シモン社刊、バルセロナ、一八八六年 “Obras completas de D. Mariano José de Larra, Fígaro”）、カルロス・セコ編『マリアーノ・ホセ・デ・ラーラ作品集』（アトラス刊、マドリッド、一九六〇年 “Obras de Mariano José de Larra” Editor Carlos Seco Serrano）ならびに、ミゲール・デ・セルバンテス・バーチャル図書館（Biblioteca Virtual Miguel de Cervantes, 2002）のテキストを参照し翻訳した。

2. 第一部・第二部とも、長すぎて読みにくい段落は、訳者の判断で訳文に改行を入れている。

3. 章扉、第二章、第三章のイラストは主に『マリアーノ・ホセ・デ・ラーラ全集』（モンタネル・イ・シモン社刊、一八八六年）のホセ・ルイス・ペリセルによる版画を挿入している。それ以外の出典は、キャプションを付している。

4. 本文中に出てくる、あまり知られていない人物名やスペイン史の事項等に必要とされる最低限の説明を本文に追加し、補った箇所が複数ある。本来注釈で補う内容だが、なるべく本文だけで読めるようにした。

5. 第一章の解説中、ゴチック体で示した小見出しは、訳者の追加したものである。

第一章　ラーラとは——生涯と作品

ファン・ルイス・アルボルグによる解説

『スペイン文学の歴史』（グレドス刊、一九八〇年初版、一九八八年版）の『第四巻　ロマン主義』より、論考「ラーラ」を第一章で訳出した。著者のファン・ルイス・アルボルグ（1914–2010）はスペインの文芸評論家、歴史家。スペイン内戦を経験後、マドリッド大学で哲学と文学の博士号を取得。『スペイン文学の歴史』全五巻（未完）が代表作。体系的にスペイン文学の歴史を紹介し独自の文芸批評を展開した本著は、いまもスペイン文学研究界で読み継がれている。フルブライト・プログラムにより渡米、インディアナ大学でスペイン文学を教える。自由なスタイルで文芸批評に風を吹き込み、スペイン文学の普遍的価値を追求するために、多角的視点から論じることに定評がある。ラーラの生涯と文学を紹介する導入文として、またラーラが文学史上でどのような位置を占めていたのか、歴史的背景とともに捉えるのに適していたため、本書に収録した。「ラーラの記事の分類」（一五―一八頁）は文献学上の前提説明が詳細に過ぎるため、読み飛ばしていただいても構わない。第二章以降の作品を優先して読みたい場合は、「ラーラの生涯」から「ラーラの作品」の冒頭まで（三―一五頁）を、作品把握のためにも一読されたい。

ラーラの生涯

マリアーノ・ホセ・デ・ラーラ（1809–1837）は、スペイン・ロマン主義[*1]の潮流の中でも、極めて永続的で生命力に溢れ、現代に生きる我々をも魅きつけてやまない。彼の最大の価値はそこにある。いかなる環境に生きようと、ラーラが貫いた、その何ものにも屈しない反逆児としての姿勢から学ぼうとすれば、示唆に満ちた光が放たれるのだ。ラーラの価値は、少しも色褪せることなく、膨大な著作の隅々にわたって残されている。

ウナムーノを筆頭とする九八年世代[*2]（一八九八年の米西戦争敗北後、スペイン国の行方を憂え、自国の文学・思想の再興を目指して活躍した作家、思想家の一群）は、自分たちの「先駆者[*3]」という名をラーラに捧げた。一九〇一年、ラーラの命日の二月十三日に、彼らが一堂に会し墓前を訪ねたことは、象徴的な史実として知られている。また、功績者たちを祀《まつ》る殿堂《パンテオン》[*4]へとラーラの遺体が移された翌年にも彼らは足を運んだ。一九〇九年、前衛小説家であり、新聞記者のラモン・ゴメス・デ・ラ・セルナ[*5]が中心となって、当時のスペイン社交界に愛されたカフェ・デ・フォルノスの二階[*6]で集いがもたれ、ラーラの生誕を祝う宴が催された。祝宴では傑出したジャーナリスト、ラーラのために一組の食器が用意され、彼の魂は息を吹きかえした。

これを皮切りに、偉大な風刺作家ラーラへの関心が次第に高まっていった。彼の著作や生涯、人物自体に関する詳細な研究はいまだ俟《ま》たれるが、あらゆる種類の調査、論評等は倍加している。ラーラに関する文献は年々積み上がり、十九世紀スペイン文学で最も価値ある二大作家ガルドス[*7]、クラリン[*8]以外でその数を上回る作家はいない。

人物略伝

マリアーノ・ホセ・デ・ラーラは、一八〇九年三月二十四日、ナポレオンの侵略に抗するスペイン独立戦争[*9]渦中のマドリッドに生まれた。ラーラの父は親仏派《アフランセサード》[*10]であり、フランス侵略軍側の軍医として働いていた。一八一三年、フランス軍が敗北のうちに退却したため、ラーラ一家は仏軍と共に故国スペインを去らねばならなくなった。その後、七ヶ月の空白期間を経て、ラーラの父はボルドー軍病院に勤務するも、今度はイギリス軍の接近を警戒し、妻子とともにパリへ移ることになる。同都でフランス軍医として勤務を続ける間、対仏大同盟軍[*11]が首都に侵攻し、ナポレオンは退位、いったん医師は除隊させられる。続く百日（ナポレオンの百日天下）の期間に復職、ストラスブール病院へと送られたが、ナポレオンのワーテルロー[*12]での決定的な敗北によって、軍医としての職務は終わりを告げた。

しかし、父ラーラは、フランスの首都で個人医としての医療活動をたゆまず続け、科学療法の研究分野でかなりの名声を得ていた。一八〇六～〇八年の間、マドリッド総合病院[*13]の医者としての経歴があったため、同僚で友人の「毒物学の父」マテオ・オルフィラ[*14]とともにパリで研究の幅を広げ、業績を積むことができた。同都では高名なスペインからの移住者たちはもとより、外交官、上流階級とも交友関係を深め、医師ラーラは名実ともに誉れある生活を送っていた。かくて幼いマリアーノ・ホセには、パリの学校で教育を受けさせることができた。

その後、医師ラーラの人生航路を変えるような大きな出来事が起こり、彼の名声はさらに知れわたることとなる。一八一七年、ヨーロッパ周遊の長旅の途上、パリへ立ち寄ったフェルナンド七世[*15]（スペイン王。カルロス四世の子。ナポレオンに翻弄されるも、復権後は絶対王政を敷く）の兄弟で、カルロス四世の末子フランシスコ・デ・パウラ王子[*16]から奉仕を求められたのだ。王子はスペイン人医師ラーラをいたく気に入ったため、侍従医として旅に同伴《おとも》するよう国王へ許しを乞うた。

こうした名誉ある立場で、父ラーラはブリュッセル、アムステルダム、ハーグ、ユトレヒト、ケルン、マインツ、フランクフルト、ベルリン、ドレスデン、ウィーンへと王子に付き添い、一八一八年に王子がスペインへ帰国する際も、妻子とともに同行した。そして、この帰国後ほどなく、王子の「宮廷医」として指名されたのだ。ラーラの伝記作家たちによれば、同年、国王フェルナンド七世から父ラーラは一般的な恩赦を得たとされてきたが事実ではなく、王子の口添えによる特別な大赦を得ていたと、フランスのスペイン・ロマン主義文学者アリスティド・リュモー[*17]は明らかにしている。さらにリュモーの調査から、今日まで受け入れられてきたラーラの伝記に関する、ある重大な誤りが推察されるようになった。すなわち、幼いラーラは、父がスペインを出国し帰国するまでの一八一四年三月から一八年五月の四年間、ボルドーの学校に寄宿してはおらず、両親の居住するパリに住み、修学していたという点だ。

帰国した当時九歳だった未来の作家は、スペイン語をほとんど完全に忘れていた。後にフランス語を「私の第一の言語」[*18]（mi primera lengua この表現については七〇頁以降で再び触れる）とラーラが述べた言葉が自ずと理解されよう。マドリッドでは、ピアス小学校[*19]へ入学し、初等教育と中等教育を履修した。ここで喚起したいのは、ラーラの驚くべき早熟さを証明する一つの逸話である。幼いラーラは、家族へ会いに寄宿舎から帰宅を許された折には、フランス語の『イリアス[20]』を翻訳し、スペイン語の文法要覧を作文し、スペインの地理に関する韻文を書きながら余暇を過ごしていたという。

続いて一八二〇年最初の出来事となる「自由主義の三年間[21]」（trienio liberal スペイン絶対王政に抗した、民主的、革命的性質の一八一二年憲法が有効となった一八二〇年から二三年まで）が始まったが、この年、マドリッドを離れるほうが医師ラーラにとって好都合となった。そのため志願していたスペイン北部のナバラ地方コレーリャ村で医師の職を得られるようにし、同地で家族とともに二四年まで過ごした。同じ頃、マリアーノ・ホセは、いまいちど首都マドリッドへ戻り、イエズス会の帝室学院[22]に入学、そこで数学を学びながら、並行して啓蒙主義教育の学校「祖国の友・経済協会[23]」の授業も受けていた。翌年には、ラーラはバリャドリッド大学[24]法学部で履修し始めた。

その間、父はアランダ・デ・ドゥエロ[25]で開業していたが、ラーラ家の親戚の女性の口から漏れた噂話が、女性新聞記者コロンバイン[26]を介し、世に広がり始めていた。この頃、医師ラーラはバリャドリッドに息子を訪ねるように見せかけ、その実、若い愛人と逢引きを重ねていたのだ。さらに驚くべきことに、息子のラーラも、まさにこの父の愛人と関係を持っていた、とされる。若きラーラの心と性格に影響を及ぼしたであろう、この、いわゆる衝撃的《スキャンダラス》な冒険については興味本位に調査が重ねられてきた。唯一明らかなのは、そのときを境に未来の作家はマドリッドへ移り、父方の伯父エウヘニオ[27]の助けで、サン・イシドロ王立学校[28]に通うようになったという点だ。充分な基礎教育を終えることなく、その後バレンシア大学で何ヶ月か学び、一八二七年からは再びマドリッドに住居を落ち着けたことが確認されている。首都では文学仲間のところに出入りし、劇作家・詩人のブレトン・デ・ロス・エレーロス[29]やアルゼンチン出身のベントゥーラ・デ・ラ・ベガ[30]らと交友を結んだ。同年、ラーラの最初の作品となる、凡庸な「一八二七年のスペイン産業博覧会に捧げる頌歌[31]」が発表される。翌年、十九歳にならずして、『日刊 風刺家ドゥエンデ[32]』と題した個人の雑誌を発行し、ついにジャーナリストとしての仕事を始めたのだった。全部で五巻ほどの雑誌であったが、二八年二月から十二月まで続けて刊行された。

スペインにおける政治の発展ならびにジャーナリストとしてのラーラの業績は、彼自身の人生と密接に絡まり合っていて、切り離して考えることはできない。生涯の大きな出来事については、いくつか先に前提として触れざるを得ないが、改めて一つ一つ慎重に論じていくことにしよう。

一八二九年八月、ラーラはかの有名な記事で自身が書いたように「早く、間違って」(「間違った早婚」一五五頁) 結婚してしまう。ホセフィーナ・ウェトレット[*33]と結ばれ、三人の子供をもうけたが、その後、結婚生活は破綻を迎えた。原因は二人の気質と受けた教育の違いから説明されるだろう。結婚して三年も経たないうちに、ラーラと愛人ドローレス・アルミホ[*34]との間では嵐のごとく激しい関係が始まっていた。ドローレスは、類稀なる美しさと繊細さを兼ね備えた女性であった。しかし彼女は、著名な法律家マヌエル・マリア・カンブロネロの子息で政府高官のホセ・カンブロネロと結婚していた人妻だったのだ。

幾年か経った一八三五年の四月初旬、ラーラはマドリッドを去り、メリダを経由してバダホスへ入り、友人のカンポ・アラン[*35]ヘ伯爵のもとに滞在する。その後、リスボンに到着、船でイギリスへ向かった。たった三日ロンドンに滞在した後、ベルギーへ発ち、パリへと向かった。同都では当時の駐仏スペイン大使であり、友人のフリアス公爵[*36]のもとに滞在したが、この友人の導きで、ラーラはフランス文学界に招き入れられることになる。

その後、ラーラは執筆業をパリで続けよう、といったんは思いつくものの、十二月にはマドリッドへ戻ることにした。伝記作家の中には、この旅行はドローレスの夫との諍《いさか》いを避けるため、もしくは政治ジャーナリズム界におけるライバル争いを回避するためだったのではないか、と推察する者もいる。実際のところ明らかになった理由と言えば、ラーラの父が貸していたお金を、代行して取り立てるためにベルギーへ行ったのだった。取り立ての執行権を息子に譲渡するよう、ラーラの父がマドリッドの公証人に手続きしていたことも確認されている。

ラーラが不在の数ヶ月間、急進派の党首アルバレス・メンディサバル*37（スペインの政治家。リエゴの蜂起に参加した自由主義急進派。ユダヤ系商人の家系）が首相となったが、メンディサバルの理念が支持され、擁護される時の社会情勢が背景にあった。ところが政府成立から数ヶ月にして最初の失策が明らかになると、ラーラは急進派支持にもかかわらず、連続していくつかの記事で首相を攻撃せざるを得なくなり、穏健派のフランシスコ・ハビエル・デ・イストゥリス*38（スペインの政治家、外交官、首相、大臣。改革路線のブルジョワ階級）陣営へと傾いた。この一見すると矛盾した行動（ラーラは基本的に急進派を支持するイデオローグであったにもかかわらず、このときは反対の穏健派を支持した）が深刻な仲たがいを招き、後に伝記作家たちがラーラに対し批判的な解釈を許す隙を与えてしまったのだ。偉大なジャーナリストの危機的状況は後に見定めることにする。

急進派メンディサバル失権の後、穏健派イストゥリスが権力を握ったのと時を同じくして、ラーラはアビラ県都の新議会の下院議員として穏健派陣営から立候補した。まさに同都アビラには、叔父の庇護のもと、愛人ドローレス・アルミホが住んでいた。このときラーラは選挙で当選することができたのだが、不幸にも一度も議席に着くことはなかった。グランハの軍事蜂起（五歳のイサベル二世と摂政マリア・クリスティーナが自由主義急進派の蜂起により、カディス憲法を再度有効とし、政権交代させられた）によって、一八三六年八月、ラーラの支持した穏健派のイストゥリスは失墜させられ、再び急進派陣営のホセ・マリア・カラトラバ*39に政権が引き渡されたため、それまでの選挙は無効とされたのだ。後に詳しく触れるが、ラーラの前に新たに立ちはだかったこの政治的危機は、個人が遭遇しうる単なる不運を遥かに超えた出来事であった。

公の活動に対し気力を失ったラーラは、何ヶ月か前に別れたドローレスと和解しようと思い立つ。何の符号か、時同じくして一八三七年二月十三日、ドローレスはラーラに、彼の家を訪ねたい、と書いたメモを送った。実のところドローレス側には、以前、彼女が彼に宛てて書いた恋文を返してもらう目的が胸にあった。ドローレスはラーラの家に到着した。応接間では付き添いの女友達が待ってくれていた。長時間にわたる、劇的な面会の後、ドローレスは望みの手紙を手に入れ、友達と二人で立ち去ろうと階段を降りていたところ、銃声が鳴り響いた。ラーラが自らの命を絶ったのだった――。しばらくして六歳になる小さな娘アデラが、おやすみなさいを言いに行こうとしたときには、すでに死んで床に横たわった父を目にすることになる。

ラーラの埋葬は世間を騒がす事件となった。アメリカのスペイン文学者ピエール・L・ウルマンによれば、この騒ぎはジャーナリストとしての人気によるものではなく、彼の死をめぐる状況によった。教会関係者が初めて許した、自殺者の「聖域」への埋葬となったのだ。当時の状況と言えば、政府によって教会は脅かされ力を失っており、権威者たちも敢えて反対はしなかったのだ。かくて埋葬式は「ベールに包まれた、反教会的ヒューマニズムの表明」の場となった、とウルマンは述べる。ジャーナリストの亡骸を前に墓地で追悼の辞を送った者の中から、一人の無名の若者ホセ・ソリーリャ[*40]（スペインを代表する劇作家、ロマン主義詩人。古い伝説をもとにした戯曲他、多数の詩集を残す）が進み出て、あの感動的な詩（三五三頁）を読み上げた。この詩によって後に青年は彗星のごとく名声を得るようになる。

ラーラの作品

歴史小説『病めるエンリケ王の侍従』[41]や戯曲のいくつかについては例外として、ラーラは本質的にはジャーナリストであった。この分野の仕事はすでに述べた通り、弱冠十九歳にして発表した全五巻八作品収録の『日刊 風刺家ドゥエンデ』から始まった。最初の巻には「カフェ」[42]（一六九頁）と題した「習慣について」の記事が含まれており、アメリカのスペイン文学者F・コートニー・ター[43]の意見によれば、スペインにおいて書かれたいかなる記事の中でも最高傑作であり、当時、名高い風俗作家でコラムニストであったエステバネス[44]とメソネロ・ロマーノス[45]による『カルタス・エスパニョーラス』[46]（Cartas Españolas スペイン人の手紙）紙掲載の名記事にさえ追随を許さなかった。「カフェ」の中で、風俗を写し取り、痛切な批判を浴びせるラーラ独自の才は輝いており、他から抜きん出ている。風刺を駆使するモラリストとしての姿勢は高まる社会気運の中で醸成されたのだが、その記事の重要性と永続性については、彼の独創的な作風からもたらされる点、後述したい。

ドゥエンデ（ラーラのペンネームで小悪魔の意）は闘牛（二三五頁）の世界にもペンを走らせた。例えお茶を濁すような物言いであっても、この見世物に対する著者の評価の低さが窺える。また、フランスの劇作家デュカンジュ[47]による大衆劇のスペイン語翻訳に対する批判文を長々と寄せている。さらに、他人の手によって書かれたかのような「ドゥエンデによる通信」[48]と題した二つの記事も傑作として挙げておきたいが、この最高度に達した散文中には、ラーラの闊達自在な気質が余すところなく表われている。抑え切れない風刺の疼《うず》きに駆り立てられたことは間違いないが、ひょっとしてスキャンダルによる注目を浴びたかったのだろうか。『日刊 風刺家ドゥエンデ』の四、五巻全巻にわたって「単なる日刊紙か、もしくは『エル・コレオ・リテラリオ・イ・メルカンティル』(El Correo : 新報)紙か」[49]と題した記事を収録しているが、皮肉たっぷりに同紙を嘲笑することに紙幅が費やされた。ラーラの攻撃の主軸は正当なものであったとはいえ、取るに足りない些細なことに拘泥したために記事を貶《おとし》め、冗長でつまらないことを騒ぎ立てる結果となってしまったが――。

『エル・コレオ』[50]の編集長ホセ・マリア・カルネレロ[51]は紙上でラーラを法廷に引きずり出すと脅迫し、その後、若い風刺作家と編集長との間で激しい争いが繰り広げられた。ラーラは自信たっぷりといった様子で、第五巻『ドゥエンデは立っている』の刊行を控えるばかりであったが、これ以降、同誌は二度と発刊されなくなった。政府の厚い信任を得ていたカルネレロが、「ドゥエンデ」を公の発行禁止へと陥れるために圧力をかけたのは、ほぼ間違いないだろう。発刊の危険を冒すような出版社をラーラが見つけられなかったがために、「ドゥエンデ」は死んでしまった、とスペイン文学者のターが指摘する一方、実際には政治的理由によって、この新聞《ジャーナリズム》の命脈が断たれたのだ、とスペイン・ロマン主義文学者のホセ・エスコバル[52]は示唆している。

三年半の間、ラーラは執筆活動をやめなかったとはいえ、ジャーナリズム界での危険な冒険からは辞した。『エル・コレオ』騒動の顚末はと言えば、いずれかの友人を介して敵対関係から和解するに至り、ラーラは時局に関する詩作をいくつか同紙で発表するまでになっていた。また、この頃「口に糊するため」

（羅 de pane lucrando、文学や芸術作品を芸術のためではなく、生活の糧のために制作しなければならない意）、劇場向けにフランス演劇の翻訳に携わっていた。しかし、一八三二年、ラーラはいま一度ジャーナリズム界へ戻ることに決め、八月十七日に『可哀そうなお喋りさん』[53]と題した風刺雑誌の第一巻を刊行するに至る。中断していた「ドゥエンデ」の仕事が再開されたのだ。風刺雑誌は一八三三年三月十四日まで刊行され、全十四巻に及んだ。

　この新しい雑誌によってラーラは比類なきジャーナリストとして、また鋭敏に過ぎる観察者、自国の習慣と政府へ容赦なく鞭を振るう批評家としての名声を確立させたのだった。再びラーラはたった一人で雑誌を編集した。曰く「我々は〈我々〉という呼びかけをするが、ここで明らめたいのは、我々はただ一人でしかない、つまり我々が〈我々〉だと思われるような存在ではない、という点だ。しかし同時代に生きる仲間の作家たちより上でも下でもないのだから、自惚《うぬぼ》れることもない」。すでに若きラーラは適確に自己を把握していた。

　『可哀そうなお喋りさん』には、ラーラの記事の中でも特に素晴らしいものが多く掲載されている。「公衆とは誰か？　そしてどこで出会うのか？」[54]「間違った早婚」[55]（一五五頁）「古き良きスペイン人《カステリャーノ》」[56]（一九一頁）「明日またどうぞ」[57]（一三九頁）など。また、かなり意図的に作られた書簡が挙げられるが、ラーラ自身が扮するバチジェルことドン・フアン・ペレス・デ・ムンギアとアンドレス・ニポレサスの間のやり取りという設定だ。また、お気に入りの主題だった演劇に関する記事をいくつか書いたが、後にこれらの記事にも容赦なく風刺を注ぎ込むことになる。アンドレス・ニポレサスによる数通の手紙をもって、同誌は発行終了となったが、その文中では、ジャーナリストの口が再びつぐまされることになった理由が説明されている。

　しかし、いまだ『可哀そうなお喋りさん』は生きていた。ラーラは演劇批評を日刊紙『エル・コレオ』

の後継紙『レビスタ・エスパニョーラ』[*58]（Revista Española：スペインの定期刊行紙）に書き始めたのだ。最初の文章は、匿名で一八三二年十一月に発表された。翌年一月十五日に「私の名とその目的」[*59]と題した記事が掲載されたが、この時から「フィガロ」というペンネームを使い始める。この名前はボーマルシェ[*60]の文章から連想されたもので、あの、あまりに人気を博した同作家による作品のタイトル『フィガロの結婚』に由来する。三三年三月、新聞社で「習慣」に関する記事を担当していたメソネロ・ロマーノス（三六八頁注45参照）が、パリへと旅立つ。代わりにラーラが「習慣」を担当する部署を率いることになり、自身の昇進については同月十九日の「いまや私が編集長だ」[*61]と題した記事内で触れている。

『レビスタ・エスパニョーラ』紙では、特に演劇に関する批評・論評を書いていたが、時折、「門衛に話しかけずに誰も通ってはいけません」[*62]、カルロス党員[*63]について書いた「愚かな男、もしくは就任式の際のカルロス党員」[*64]「新種の植物、もしくは反乱分子。自然史に関する記事」[*65]といった、第一級の政治記事をこっそり忍ばせている。その他一般的なテーマで書いた「中途半端にしておく良さ」[*66]「新しい新聞」[*67]「警察」[*68]「いまのところは」[*69]などがある。そうこうしているうちに、「ご婦人がたの『エル・コレオ』」[*70]といったあまり興味のない文を寄せていたが、三四年の最後の数ヶ月には『エル・オブセルバドール』[*71]（El Observador：観察者）紙上で、「こちら側のある自由主義者からあちら側の自由主義者への手紙」[*72]と題した、ラーラとポルトガル人の友人との間で交わされた書簡という設定の、とりわけ秀逸な政治記事を掲載した。

一八三五年三月、『レビスタ・エスパニョーラ』紙は『エル・メンサヘーロ・デ・ラス・コルテス』[*73]（El Mensajero de las Cortes：国会の伝令者）紙と合併し、ラーラは新しい発刊紙（『レビスタ・メンサヘーロ』）にも協力したが、「称賛を、もしくは私にこれを禁じてくれ」[*74]「死の罪人」[*75]「勤勉さ」[*76]「決闘」[*77]「生計を立てられない生き方」[*78]「スペインの修道院」[*79]（二二七頁）「ほぼ、政治的悪夢」[*80]といった政治や習慣に関する記事を好んで書いた。

またスペイン中西部のエクストレマドゥーラへの旅、イギリスへの道中の印象を書いた記事や、「メリダの遺跡」[81]に関する二つの記事を発表している。

　パリから戻ってきて、ラーラは穏健派自由主義の『エル・エスパニョール』[82]（El Español：スペイン人。民主主義・立憲君主制を社会改革から目指した新聞）紙に週二本の記事を送る約束で、当時としては破格の年間二万レアルを受け取る契約を結んだ。『エル・エスパニョール』紙は、ラーラ自身の言葉によれば「気品ある新聞で、間違いなくヨーロッパ随一」だとされ、手厳しい風刺作家の口から出た、めったにない称賛である、とスペイン歴史家のカルロス・セコ[83]は特筆している。同紙でラーラはいつもの演劇に関する批評に混じえ、急進派メンディサバル閣僚の施策に対する膨大な政治批判の記事を発表した。

『エル・エスパニョール』紙はメンディサバル政権に対するこれらの批判を掲載する不都合はなかったが、メンディサバルに次いで穏健派（保守）のイストゥリスが入閣したことによって、ラーラの新政府に対する不満の記事は、新聞の指針と抵触した。かくて政治的危機とともに一ジャーナリストとしてのラーラ自身の危機をも招くことになるのだが、詳細については後に触れる。ラーラは『エル・エスパニョール』紙から乞われた休戦協定を受け入れ、ほぼすべての批評を演劇だけに留めてはいたが、ちょうど「一八三六年、死者の日。墓場のフィガロ」[84]と題した世に知られる記事が発表された時期に重なる。

　そうこうしているうちに、アビラの議員選挙にラーラが穏健派陣営から立候補するという危険を冒し、その後、穏健派のイストゥリスが政権を執った直後に失権し、ほどなく急進派のカラトラバが入閣した史実は、すでに我々の知るところである。ラーラは亡くなる数日前まで『エル・エスパニョール』紙に記事を書き続けていた。一八三六年の最後の週と三七年の一月に、『エル・ムンド』[85]（El mundo：世界）紙に四つの記事を掲載したが、ラーラの全生涯の中で最も辛辣かつ攻撃的で苦々しい筆致が現われている。

亡くなる数週間前、ラーラは『エル・レダクトール・ヘネラル』[*86]（El Redactor General：編集長）紙に向けてはたった一度だけ、「一八三六年のクリスマスイブ、私と使用人。哲学的妄想」[*87]という題の、内面の悲劇を描いた最高傑作を書いた。

ラーラの記事の分類

ここで前提として、ラーラの書いた新聞記事を整理・整頓し分類することは、学識上の問題だけでなく、彼の作品を理解するための必要不可欠な条件であることを述べたい。

ラーラの記事をある程度の分量で収録した初めての版は、ラーラ自身が一八三五年に出版した。『可哀そうなお喋りさん』『エル・オブセルバドール』『レビスタ・エスパニョーラ』の各紙の掲載記事から選んでまとめられた三巻本である。ラーラはこの三巻本を『劇、文学、政治、習慣に関する記事集』と名づけたが、同タイトルで同発行者のデルガード[*88]によって、ラーラの死後の三七年に二巻本で出版された。この二巻本に関しても、おそらく生前ラーラが校正し準備したと推察される。

著者の提示する主題の多様性については驚くに値しない。実際、ラーラの記事には、あらゆる題材が取り上げられている。しかしここで問題となるのは、各記事に細心の注意をもって日付が入れられ、発表の年代順に収録されているか否か、である。主題が何であれ、自らの文章を出版するにあたって、明確にラーラの方針は時系列で示されているからだ。ラーラによる版以降は、一八八六年のモンタネル・イ・シモン社[*89]による版に至るまで、年代順に並べられてはいるものの、日付が削除されるようになった。この削除によって、直近の出来事が何だったのか注釈できなくなり、記事や文章を正確に理解することを困難とし、ラーラの人生や当時の国の情勢のいずれについても読み取り難くなってしまった。

我々の時代に至ると、ムルシア大教授のロンバ・イ・ペドラハ編[*90]による、一般に最も普及した『フィガロ』の版――習慣、文芸評論、政治批評と分類――の記事集三巻本が出版された。ロンバは各記事に日付を付したが、主題によって分類を施したため、かなり限定的に仕分けされ、固定されてしまったように見える。この版以降、作家であり外交官のメルチョル・デ・アルマグロ・サン・マルティン[*91]による遺憾とも言うべきアギラル社[*92]版も同様の方針に沿っているのだが、この版はより一層細かく「演劇」、「文学全般」と批評記事を分類した上、新たに「様々な記事」という問題あるカテゴリー名を加えて別巻としている。

アルマグロ・サン・マルティンは、単独の記事には日付を入れなかった。さらに深刻なことに、気ままに記事を並べ、何らの方針をも示さなかった。というのも、彼には方針が一つもなかったからである。例えば一連の「政治記事」を分類するにあたって、一八三六年の「フィガロから『エル・エスパニョール』紙編集長へ」（ラーラの生涯最期の数ヶ月においてこの記事がどれほど重要だったかは後ほど見ることにする。二八頁以降）宛てた書簡形式の記事から始め、三四年の「こちら側の自由主義者からあちら側の自由主義者への手紙」を終わりのほうに並べている。また、その間の記事は好みによっていくつも省いてしまっている。分類についてはコメントするに値せず、読者を苛立たせるとまではいかずとも、笑い種《ぐさ》としか言いようのないまとめ方である。

「警察」と「一八三六年のクリスマスイブ」と題したラーラの記事を、単にタイトルから判断して「習慣」というカテゴリーに入れているが、後者の記事はクリスマスキャロル用の楽器か何かの販売について書かれているとでも思ったらしい。アルマグロ・サン・マルティン氏が、大いに意図的に読者を惑わせ、ラーラについて理解し難くする目的があったとすれば、これ以上に功を奏した方法はないだろう。

幸いなことに、カルロス・セコによる秀逸な新版では、記事をテーマごとに分類するのをやめている。発表された順にラーラの記事をまとめ、さらにそのまとまりの中で厳密な年代順に並べていった。この版では記事の整合性を完全に年代順としたため、ラーラが先述した雑誌や新聞に相次いで寄稿し、短い期間で、様々な媒体へ同時進行的に記事を掲載していたことも明らかになった。こうしてカルロス・セコの綿密な年代特定のお蔭で、進化と発展過程に沿ってラーラの新聞記事を日付ごとに追えるようになった。日付順に並べることは記事内容とラーラの意図を理解するための最重要条件と言える。

一方、この並べ替えによって、ロンバ・イ・ペドラハによって気ままにまとめられた版は破綻した。時系列でないにせよ、かなりの記事が演劇批評や純粋な政治記事と分類されるべきだったのは明らかである。さらに「習慣」と分類名を付けたことに関して言えば、より大きな過ちとなっている。というのもごくわずかな記事、しかもほとんど重要性のない記事を除いて、ラーラの文学、政治批評のどの段落の文章も、「習慣」に関する論評と関連づけることができてしまうためだ。ラーラはジャーナリストだが、本質的には政治家、モラリスト、社会風刺家、改革者である。スペイン演劇界を代表する劇作家モラティン[*93]やホベリャーノス[*94]の演劇の正統な系譜に連なっていたとはいえ、その演劇ですら見世物や文学的性質に関心があったというわけではない。ある国民の文化的な指標として、また知的好奇心を共鳴させる場や、センスの良さ、マナー、身だしなみなどを教える場としての興味対象であった。

ラーラの著作の版についてはさらに考慮すべき点がある。ラーラ自身によってまとめられた初版の五巻本は、オリジナルの文に対して改変や削除を認めており、時に根本的な所にまで手を入れている。この点については事実、物議を醸すものではあるが、現在のところは置いておくとしよう。十九世紀の新版は基本的にラーラ自らの手による版に準拠して出版されているが、先ほど問題として取り上げたアルマグロ・サン・マルティン版に関しては、ラーラによる版のあちこちから方針も説明もなく、気の赴くままに編集されている。一般に最も普及したロンバ・イ・ペドラハ版の編集方針は新聞に掲載されたままの原文を有効として典拠し、その後の修正版や改訂版での変更箇所については注釈で説明を加えている。セコは逆に、第二版が著者の最新かつ最終の考え方を示しているとし、初版から変更された箇所にカギ括弧を付けている。

とはいえ読解のための実質的な結果は同じとなる。どちらの版も典拠元となる文の変更点を明らかにしているからだ。括弧の割り当てが異なるだけのことだが、両方の判断基準のいずれをも選択できるというのが重要なのだ。実際のところ、ラーラの文を読むような意識の高い読者には、二つのテキストがあると知る必要がある。ラーラが変更を加えた、もしくは削除した箇所はしばしば、元のまま残された文章と同様、何を言わんとするかについて暗示している。少なくとも人や物事に対するラーラの態度の変遷が明らかとなり、まさにそれが移り変わる状況に応じて変化する著者の熱を測るための優れた尺度となる。

諄《くど》いようだがラーラの著作を適確に理解するためには、年代順に並べることが重要だと繰り返し主張したい。アルマグロ・サン・マルティン版のように勝手気ままに配置することは、行き当たるがままに、一つの映画の様々なシークエンスを運任せにつないでいくようなものだ。ラーラの記事は、彼が日々捉えた歴史における現実の反映というだけでなく、政治的思想と生命の軌跡が一つの曲線を描いており、二つの要素が複雑に絡み合って結い上げられている。ラーラの思想や人物に近づくためには、その生涯と社会生活の中に、また、厳しい出来事の連続の中に現われ、成長し、挑戦し、戦い、絶望し、自ら死すラーラを見つめなければならない。

ラーラの政治的葛藤

新聞紙上の文筆活動と関連づけて、ラーラの社会生活における危機的な時期については幾度か触れたが、これらの出来事をより綿密に考察する必要がある。なぜなら著者の人格を定める基《もとい》となり、結果、その人格に対する我々の判断をも定めるものだからだ。イデオロギー上の問題で、ラーラの価値を貶めようとした人たちは、あらゆる種の偏った解釈でこれらの出来事を偽装してきた。

ラーラが外国を旅して不在にしていた一八三五年の間、マルティネス・デ・ラ・ローサ[*95]（スペインの劇作家、政治家。史劇『ヴェネツィアの陰謀』。自由主義急進派から君主制維持の穏健派へ転向）が失脚し、急進派のメンディサバルが政権を握ったことはすでに触れた。メンディサバルの基本綱領は、ほとんどラーラの方針と一致していた。すなわち、カルリスタ戦争[*96]（一八三三年スペイン国王フェルナンド七世の死後、三歳の娘イサベル二世の即位に抗して、王弟カルロス支持者が王位継承権を要求した戦争）を終結させること、全面的な民主主義を実現するために、行政および政治を深部から改革すること、国家財政を健全化すること——その基盤となるのが教会の永代所有財産の解放であった。これらの綱領に込められた期待がラーラの復帰する決め手となった、と彼がパリから送った両親宛の手紙の中で綴っている。

マドリッドで初めて書かれた記事は「戻ってきたフィガロ」[*97]と題し、控えめではあるが新体制に対する楽観論が展開されている。ラーラのこの最初の記事は「楽観主義はもとよりメンディサバル体制に対する熱狂にも満ち溢れている」とターは認めている。とはいえ楽観主義も、ましてや熱狂もラーラの主意とは言い難いだろう。彼は記事の中で、古い体制の腐敗を風刺している。例を挙げれば、国境警備隊に荷物を通してもらうために支払う「チップ」についてなどは、別の機会に批判してもよかっただろうに——しかし、彼の皮肉の大部分は、いま、まさに旬なるものを標的としていた。
ちょうど行なわれていた徴兵制については「筆舌に尽くしがたい熱狂をもって行なわれた徴兵……」とある。また、長官たちの職権濫用や暴力に対しては、「兵隊たちの何たる扱いか！　血をもって我々の雇用を守るために鋤を捨てた、これらの敬うべき農民たちに対する扱いか？」と、あからさまに嘲笑している段落がある。ある一節では、与えられて間もない爵位なるものをこう揶揄している。「最近話題の、最高に傑出した人物に授与されるという爵位だが、一体何の個人だか、何の会社だか、評議会だか、法廷だか知らないが、大して重要ではない。重要なのはその肩書ってやつだ。この特権というものが、喉から手が出るほどスペインでは望まれているのだ……」。また別の一節では、議会での討論を笑いの種にしている。

さらに「なぜスペインに帰ってきたのですか」という仮想の文通相手からの質問に対し、ラーラは旅から帰国した理由について、こう答えている。「なぜって？　書くためさ。ようやくスペインでも出版の自由とやらが計画の中に入れられたらしい。で、何という計画なんだ！　あまりに素晴らしい計画なので、別途、君に長い手紙でも書くしかない。それについて注釈しコメントしようとすれば、厖大かつ手ばなしの称賛となってしまって、この手紙に書き切ることができないだろう。カロマルデ*98（フェルナンド七世下の絶対王政の法務大臣。悪政で名高い）政権以来、私は自由に書くことを切望していた。検閲が飲み込んで腹に詰まらせちまった分は諦めたとしても、ここ何年にもわたって溜っていたものを吐き出すためだけでも、戻らざるを得なかっただろう？　いやいや、喋ってまた出直すことになろうが、百遍だろうが戻って来ることにしよう」。

そして文のほぼ最後で、ラーラが政府について具体的に言及する箇所では、熱情に溢れているようにはまったく思えない、次のような言葉が書かれている。「政府に関して言うと、今日に至るまで我々は奇跡から奇跡へと渡り歩いてきたとしか、皆さんには言いようがない。閣僚には三人の異なる人間がいるが、実際はたった一人しか本当の閣僚はいない。彼は我々が得た最高の閣僚だ。数少ない政敵でさえも、もうこれ以上彼についてコメントする必要すらないと言う。しかし私はこう言いたい。〈人の真価を表わすのは、行為であって言葉ではない〉(obras son amores y no buenas razones)。もし政府がこの調子でやっていけるのなら、（政府を批判する立場の）私ごときはすぐ失業してしまうだろう。革命評議会は鎮圧され、国債をめぐる良い動向が見られ、政府軍によってカルロス派は負かされた。また徴兵が実行され、財政困難な情勢にもかかわらず資金調達できたこと、そして未来のために一層希望が高まっていることなどが主な賛辞となっている。もはや我々は皆、反対することをやめてしまった。私の組織運営下のこちら側の陣営が一度でも与党となっていれば、素晴らしい機会が訪れていたことだろう。とはいえご存じのように、私は一度たりとて何らかの形で政治に関わろうとしたことも、またその地位を得ることもなかった。政界では長年口に糊しようと思っているのにもかかわらず、である。最大限、政党と信条を共にし私が支持することができたとして、また、今回のように偶然、素晴らしい政府に当たったとしても、達成した良き成果について褒め称えはするが、それとは別に悪しき点を独立して批判するのは、常に私の望むところであった」。

大なり小なり、その後の出来事によってラーラの熱情は急速に冷めていった。急進派メンディサバルの最初の失態は、カルロス党員との戦争を招き寄せたことにある。この時カルロス党員は、政府に対する挑戦的な応戦としてアンダルシアまで侵略したのだった。しかし何とか政府側のエスパルテーロ*99（軍人、政治家。対ナポレオン戦争に参加、カルリスタ戦争ではイサベル二世下の政府軍側）がスペイン北西部ビルバオにてカルロス党員を制圧し、クリスマスを目前にして、戦況は少し落ち着いた。

より一層深刻な失策となったのは、経済計画である。教会の永代所有財産の解放は、経済危機を解決することも、カルロス党員から支持者を引き抜いて政府側の支持者を増やすこともなかった。かえって反教会的な政策への不満から、武装した教会支持者たちを逆にカルロス党員側へと押しやる形となった。ララにとって永代所有財産の解放は大筋において好ましいものであった。彼の反教会的姿勢は明らかであったからだ。しかしそれは、農民たちの社会問題に対する是正策として働くための支持であり、少数の銀行家、投機家、生まれながらの貴族、新興貴族などの少数者を優先して益する取引のためではなかった。とはいえ、実際には後者が現実となったのであった。

一月三十日、ララは「おやすみなさい。パリの文通相手に送ったフィガロによる第二の手紙——議会解散と日々のさまざまなことについて」[*100]と題した記事を書いたが、『エル・エスパニョール』紙上には掲載されず、小冊子の形で出版された。フィガロによる文の内容は、始めから終わりまで政府に対する凄まじいほどの申し立てに費やされた。

ララが最重要視しており、神経を逆なでされたのは、選挙法の問題であった。その問題は後の彼の態度を我々が理解する助けとなるので、ここでも少し触れておきたい。

作家であり自由主義穏健派のマルティネス・デ・ラ・ローサによる制定法から有効となっている選挙制度は非常に制約の多いもので、急進派の内閣からはより自由主義的、民主主義的な意味での改正を求められていた。しかし、次に急進派陣営のメンディサバル率いる政党へと政権交代したものの、依然として代議員たちを介した間接選挙制を擁護し、富裕財産に基づいた制約の多い体制が維持された。実際、大衆が敵対視していた専門家たちは、宗教上の動機は別途あったとはいえ、教会の永代所有財産解放という措置を隠れ蓑に、富裕層に恩恵を与えるばかりであった。彼ら富裕層の手に票を握らせ、代議員たちの制御のもと、政府の影響力を確実としたかったのだ。というわけで、いわゆる自由主義の急進派は、この公務において道化と化した。一方、穏健派は政府の方針上の明らかな矛盾点を論駁し、この機に直接投票による選挙実現を目指し、民衆の不満を利用した広い支持層を死守した。全面的な民主主義が導入されるべきという信条のもと、本来あるべき姿の急進派の勝利を望んでいたラーラの苛立ちが理解できよう。

四月初頭、ラーラは「神は我々を助く――パリの文通相手に送ったフィガロの第三の手紙[*101]」と題し、新たな書簡形式の記事を書いた。この記事も『エル・エスパニョール』紙には掲載されず、前回同様、小冊子として出版された。この文書はいかに深刻な情勢について扱おうと、単なる時局に関する記事を遥かに超えていた。事実、ラーラの政治的イデオロギー、社会、宗教に関する紛れもない自己告白がここには含まれているので、後にじっくりと考察したい。いまのところは、この新たな書簡形式の記事の中で、事実や主義が槍玉に挙げられ、反政府的な、まるで審問するような表現が含まれていた、と知ることが重要である。ラーラの皮肉はもはやこれ以上ないほどの極みに来ていたのだ。

多額の納税者だけが候補者として選ばれ、また三十歳になるまで投票権を認めないという選挙法は、このジャーナリストを激高させた。忘れないでほしい。ラーラはこの時、スペイン史上最高に傑出したジャーナリストであったにもかかわらず、年齢は三十歳よりもずっと下であった。さらに議員として選出されるには、その地域出身でなければならない。一方、メンディサバルは、すべての地域の出身者たることは不可能であるにもかかわらず、新しい議会で同時に七つの地域の議員として選ばれたのだった。これが理由でラーラは急進派支持にもかかわらず、直接過ぎるほどの風刺で首相を嘲らなければならなくなった。

自由のための闘い

行政上の失策と戦争を引き起こした失敗に対する数え切れない疑義はさておき、ラーラは出版の自由についても長きにわたって段落を費やした。これはまさに悪夢であった。いくつかの件《くだり》はそのまま再現する価値があるだろう。「出版の自由について、私は何ごとかできることはないかと常に気がかりに思っている。自分がそのことを気に病むたった一人の人間だと分かってはいるが、どうしても気になって仕方がない。女王が話すと、出版の自由という言葉が紡ぎ出される。閣僚たちも出版の自由について話すが、祭り上げ過ぎて彼らには祭壇が要らないほどだ。上院[102]議員たちもそれについて話すが（これは棘のある言葉ではない）、出版の自由が基盤だと合意している。下院[102]議員たちも口を開いて、目に入れても痛くない宝物のごとく出版の自由を扱う。もちろん新聞記者も話している、うんざりするほどのお世辞を散りばめて。そして私はと言えば、さぁ、口を開いてこう告げよう。我が名と同題のオペラ劇中（ボーマルシェ『フィガロの結婚』）で、ドン・バジーリオ（『フィガロの結婚』に出てくる音楽教師。伯爵の手下として伯爵の情事を取り持つ役割で、教訓的なアリアを歌う）が歌ったように。〈我々はここで一体、誰を騙しているというのか？〉一体どいつがその成立を阻んでいるというのだろう？　悪意をもって誰かが話しているのかもしれないが、それは国民と議員と、ある階層の人々と新聞に違いない。というのも政府に対してこれほど愛国心があるのだから、一体まぁ、どうやって疑うことができるというのだろうか？／

どれほど昔から書いてきたかは知らないが、いままでも出版の自由はあったでしょうにと、あなたは私に言うかもしれない。しかしこれほど高くつく出版の自由はないでしょう。まるで洗練された高い食事の一口のように。確かに、二千レアルのお金を払えば充分満腹になるのだが……、そして急激に満腹の三倍ほどの量まで上りつめる（検閲に引っかかった場合の罰金を、高級レストランでの食事にたとえている。検閲で削除された記事を空白のままで新聞を発行し、検閲部分を読者にアピール。政府は、空白掲載一回目は二千レアル、二回目は四千レアルの罰金を課し、三回目は廃刊とした）。デュピュイ[103]（フランスの大科学者、パリのリセの修辞学教授。数字や暦の神話的意味を研究）の言うその象徴的な三の数に至れば、突然の熱で死んでしまうことだろう。私もこの方法を使って、いつか二倍の量まで頂戴したいものだ。手始めに集められそうな二百レアルは、一日の休暇のために消えてしまうだろうが――。もし私の記事が皆に読まれる前に差し戻されるなら、それはまずい。モノローグを書く楽しみに高値を払わされることになるだろうから。

とはいえ、いつでも私には記事が新聞掲載される前にいち早く暗記し、友人たちに触れ回るという方法が残されている。友人は多くいるし、彼らに触れ回れば印刷したのも同然だ。幸運にも自分自身で出版社の役割を果たすケースは、法規の上では想定されていない。唯一行動を差し控えるとしたら、政府との間が気まずくなり、彼らが出版物を手にしたときに四百レアルの罰金を課してくるのではないか、という心配によってのみである。私は（書きたいように書けば）彼らが手痛い涙を流すことがよく分かっている。／

ここで政府が罰金として受け取っているお金が、検閲官の報酬には回されていないことは間違いない。可哀そうな役人たちは、まるで畑の休閑期のように、昼夜問わず六ヶ月も署名し続けているというのに、給金は支払われずほったらかしだ。いかなる書類が彼らに降って湧こうが、たった一枚の硬貨すら貰えない。何と心痛むことか。検閲官は自分たちの利益しか考えないという印象だが、その種の人間なら無給でずっと働くわけがないだろう。不適切な内容の記事の発表を事前に防ぐためなら、彼らはたった一枚のマラベディー（十九世紀スペインの貨幣）すら貰えなくても業務をやり遂げる覚悟がある、と神に誓って断言できる。洗濯屋の支払い勘定と、自分の娘の婚姻届を同日に受理した検閲官を私は知っている。前者には、〈印刷を許可〉と書き、後者には、〈印刷を禁ず。王座と祭壇[104]に対する不敬罪に値し、不道徳な暗喩が含まれるため〉と書いている。確かにこれは言い得ている。なぜなら皆さんもご存じのように、慎み深さの点で言えば、結婚には確かに不道徳なこと、恥ずべき行為がつきものだからだ」。

政府に対するラーラの反対は、一八三六年五月六日、『エル・エスパニョール』紙に寄せられた「メンディサバル政権」と題した記事の中でより一層熱を帯びていった。その記事ではラーラと同世代の過激なロマン主義作家エスプロンセーダ[105]の出版した冊子が引き合いに出されている。ラーラは憤慨し、もはや風刺や皮肉といった方法を用いるのではなく、熱情的な調子で、あたかも大衆に弁を振るう演説者のようである。ラーラは、エスプロンセーダの冊子に書かれたいくつかの表現を転載し、政府が富裕層とともに貧農民の解放に努めるのではなく、むしろ富裕層の利益を優先し、国家——この国家がまさに永代所有財産の解放を行なった当事者であることを理解されたい——の財産を使い込んだと追及した。

エスプロンセーダは、まさに内戦までは、市民が自由を得るためにはほとんど、もしくは何も有益なことが為されなかったため、結果として政府による数え切れないほどの汚職が引き起こされたのは当然のことだ、と主張している。ラーラはこうコメントしている。「我々が唱えている体制の改善を国民が実感できるようになれば、また、我々の主張する政策の実現が国民の幸せにつながっていると分かれば、いずれの地でも国民は我々の味方となるだろう」と。

しかし、何行か下ってこう付け加える。「政府当局が採用した方法では、死した手に握られていた国家財産が、その土地を安く買い享けたごく少数の大金持ちの手へと移されただけで、彼らの利益にしかならなかった。このようなやり方で、国民に（一連の体制改善への）関心を持たせることが果たしてできるのだろうか」。ラーラは最後の二つの「手紙」の中ですでに行なったように、若い世代を叱咤激励している。「なるべく早く、いかなる手段が彼らの手の届くところにあるのかを知らせ」ようとするが、それは腐敗しきった、年老いた政治家たちと入れ替わるために、である。

公的生活を送るには、言論の自由を通じてその生活を実現していくことが必要不可欠である。ラーラは改めてこの機に、検閲に対して雷鳴を轟かせた。「国家の再生を進めるのが困難ないまの時代において、大衆の関心を得ることが必要不可欠であるとはいえ、彼らにとっての真の利益とは何か、ということを前もって理解させずして達成されることはほとんどない。スペイン国民の各自が世論を打ち立てることができると自負し、出版物を通じ早急に世論を広めようとすることだけが重要なのではない。個々の懸念はさておき、いかに小さくとも一つの石を積み上げれば、皆で共に大きな建造物を建てることができる、という認識をもつ責任が我々にはあるのだ。／

国家の検閲は、我々が国民の権利を擁護するのを許さない、と言われることでしょう。遺憾ながら、それは確かな事実だ。しかし、公の執筆者であれば、いったん、同胞を啓蒙する責任を負ったならば、検閲に一つ記事が禁じられるごとに、新たに三つ記事を書き続け、送り続けるべきだ。上訴し、抗議すべきである。声を聞かせるための努力を惜しんではいけない。終《つい》には自らの主義主張を丸ごと暗記すべきである。自分自身が生きた印刷機となり、生きた声を上げて叫び知らせるべきであり、最後は迫害、投獄、必要とあらば、絞首刑の艱難を甘んじて受けるべきだ……」と書いている。

加えてこう言う。「いったん公的生活を始めたならば、我々は検閲や検閲官以上に生き長らえなければならない。遠くない将来、もしかすると今日、何とか拳に隠し持っている石を投じることができるかもしれない。いつの日か禁じられた記事を発表し、我々を抑圧する者に対して恥を思い知らせてやろうではないか。検閲は貧しい給金しか貰えない上、名誉のためにも、国民のためにも役立っていないと教えてやろう」。

政権激動に終止符を

一八三六年五月、ラーラの意見が発表されてから数日して、急進派メンディサバル政権が失脚し、穏健派のイストゥリスが代わりに政権を奪《と》ったことは、すでに我々の知るところである。その四日後、「下院議員、もしくは名誉ある陰謀*106」と題した喜劇の初演を機に、ラーラは穏健派の『エル・エスパニョール』紙に、同題の論評を送った。よくあることだが、ラーラは政局に関する段落をこっそり忍ばせている。「この劇は四十年以上前に書かれたもので、作者が意図したわけではないが、劇中に見出されるその辛辣さにもかかわらず、劇は人気を得ることもなく、好まれもしなかった。さて、新内閣のお目見えに立ち会う星回りとなった。少し深刻なだけで同じ喜劇に変わりないこの内閣は、劇作と同じ運命（別の喜劇に席を明け渡す）を辿るべきだ。すでに我々はこの劇に六人の登場人物（イストゥリス新内閣政府の閣僚たち）を見ているが、もはや一幕目すら見ることができない。幕が開いてから、四日は経ってしまったというのに」。

しかし『エル・エスパニョール』紙の編集長はイストゥリスの友人であったため、この記事は拒否され、ラーラが生きているうちは一度も全文掲載されることがなかった。また、「フィガロのお別れ」[*107]と題した公の手紙を編集長宛で送ったが、こちらも発表されることはなかった。代わりに五月二十三日に「フィガロから『エル・エスパニョール』紙編集長へ」という別の記事が発表され、後にラーラによって記事集の第四巻に収録されたが、これは前の版でも何度か繰り返された形式に基づいて書かれている。この記事は先の未発表となった「お別れ」をかなり抑えた調子へと変えて、再執筆し、加筆したものである。「今後も発表し続けようと考えている冊子や〈風刺的〉な著作」の出典などを消しており、それは重大な削除であると、アメリカのスペイン文学者ターは強調して述べている。

『エル・エスパニョール』紙編集長は、ラーラに対する答えとして「『エル・エスパニョール』紙編集長からフィガロへ」と題した記事を新聞に掲載した。まさに同じ号の「演劇：今月の雑誌」と題した無記名の演劇批評中に、同紙に掲載拒否された記事「下院議員」も掲載されたが、イストゥリスについて書かれた段落は削除されていた。

これらの状況から推察するに、文章を変更して掲載するための、何らかの合意を目的とした交渉があったようだ。ラーラは独立した姿勢を求めつつも、『エル・エスパニョール』紙での執筆を続けようとしていた。交渉とまさに同時期に議会が解散し、新たな憲法制定議会の選挙が公布されたことが遠からず関係していただろう。ターはラーラの原稿の中から発見された覚書を発表しているが、新聞社との間で提案された代替案がいくつかまとめられている。一つ目は明白に謳われているが、契約を無効とし、編集とは一線を画す、というものだ。その線引きは、「主な契約と新聞の包括的体制を尊重しながらも、下層階級の問題および権力乱用と依然存在する不平等に関する風刺については、全面的に独立して書かせてもらう必要がある。加えて演劇と文学の分野を担当させてもらう」可能性について示唆しているが、すべて「日当たり、私が要求するにふさわしい報酬」をもって、と要求している。

一見すると執筆上の独立権を主張しているように見えるが、ラーラはお金の都合で『エル・エスパニョール』紙の方針に従うつもりであったようだ。この、ある種の楽観主義的とも言える態度は、後世のラーラの伝記作家や解説者たちのみならず、論敵につけ入られるところとなった。ターはそれらの批判的意見と同調したものの、すぐに指摘し直している。『エル・エスパニョール』紙の態度がラーラにジレンマを引き起こしていたのであり、何とか有利な点を引き出したいと思うのは、ある面、当然のことだった。また、給金の値上げが最終的な判断を下すための絶対条件ではなかった点は明白であった、と。

同編集長はラーラの記事に対する返答として、ざっくばらんに一時休戦を求め、こう発表している。「いまと似た状況にあったときでも、我々の新聞は厳粛かつ尊厳ある態度を守り、閣僚や敵対者については忘れ、〈王座〉と〈自由〉（穏健派自由主義の信条である王政・中央集権の下の自由）という二つの名誉ある目的のために応じるべきだと考えてきた。／今後、国の行く末がどうなることかと専ら懸念していたが、そうこうするうちに国家的危機から我々は脱していた。私の良き友であり協力者である貴殿よ、皆と休戦協定を結び、王室の大権と国民の権利を守るために武器を取るべきだ、という意見に一票投じることをまさか否定はしまい」。

この回答はラーラを喜ばせはしなかった。いかなる代償を払ってでも執筆上の独立権を得ることを願ってやまない彼は、「いくつかの誤解を解くために、フィガロから『エル・エスパニョール』紙編集長へ」[*108]と題した公の手紙を送った。これもまた発表されることはなかったが、ラーラの態度や思想を適切に考察するにはこの手紙の内容を知ることが重要である。ターはこの手紙から二つの引用を行なったが、現在それらが、我々の参照できる唯一の文となっている。

「まず始めに、V氏に申し上げたいのは、歪んでいることに対しては、いつでも戦いを厭わないというのが私の信条だ、ということです。いかなる危機であれ、脱するのをただ傍観して待つ気もなければ、誰とも一時休戦の協定を結ぶ気もありません。今回の危機は長引く見通しですし、なんと言っても私の管轄内（政治・公的生活など）の出来事であるから尚更のこと……。『エル・エスパニョール』紙の編集長V氏に結論として述べたいのは、私自身が書いた拙い著作物に対しては、いかなる責任でも自ら負いますが、他人の書いた執筆物に関しては責任を負わない、という点です。

自らの発想ではないことを書かない、つまり他人に自分の筆を貸さない、私の記事が改変されたり、削除されたりする目には決して遭わない、という条件下でお願いしたい。そうすることで、私は広大な範囲に及ぶ貴紙の中で、いまもそしてこれからも小さな位置を占めることができるのです。これらはV氏に対するお願いでありますが、V氏にとっては、以上の条件を私に認めて下さるのは難しいことではないでしょう。ちっぽけで、理髪師（ラーラのペンネームは『フィガロの結婚』に由来するが、三部作第一部が『セビーリャの理髪師』）がやるような悪戯ごときの記事しか書けない、あなたの親愛なるこのフィガロが革命なぞを起こすことはまずないでしょうから、どうかご寛恕いただきたい」。

この手紙が発表されることはなかったし、前述の、ラーラにとってより有益となる契約も結ばれることはなかった。このような状況にもかかわらず、ラーラは『エル・エスパニョール』紙で書き続けたが、一連の「手紙」シリーズ、政治風刺の冊子は中断され、文化に関するテーマと演劇批評の分野に限られた。ターによると、いままで述べた一連の動向を解く鍵は、数週間も経たずしてアビラの公報に、ラーラがこの地域を代表し立候補すると発表された事実にある。なぜアビラで立候補したかと言えば、同地でラーラはイストゥリス政権お墨付きの候補者と見られていたし、この地域の高級官僚が彼を支持していたためである。知事やラーラの友人でもある知事の秘書ラモン・セルティ、[109]ドローレス・アルミホの叔父であるカレロ行政調査官などの支持者がいた。アルミホは同市内で、まさにこの叔父の庇護下にあった。

ターの指摘するすべての問題点を見てきたが、ラーラの態度を理解し裏付けるための主張を充分に展開できただろう。自身の中での激しい葛藤の後、この偉大なるジャーナリストは、正真正銘の野心とも言える公的業務のために、一時的とはいえ独立した自由を犠牲にしたという点も付け加えておきたい。この当時、借金によって困窮していたラーラが、『エル・エスパニョール』紙で書くのをやめられなかった点も忘れずに考慮されるべきと、ターは指摘する。

一方、ラーラは自国に必要と信じる憲法を打ち立てることに貢献したいと真摯に考えていた。単なるジャーナリストとしての活動に比べれば、権力に対して与えることのできる影響力や確実性という前提において、一層効力を発揮できる議席を望んでいたのは疑う余地もない。また一時的にドローレス・アルミホに対する愛を忘れてしまったとしても、それは些細なことであった。アルミホが住んでいる同都の選挙に勝つことで、新たに彼女に近づけるかもしれないのだから――。実際、ラーラは必要に応じた役割を、肚を据えて何とか果たそうとしていたのだ。彼の、妥協を許さぬ頑なさを一時的に犠牲としたこの歩み寄りには、まさに膨大かつ効果的な理由があったからだ。ラーラが若年層の国政参画を要求していたことも考慮されたい。これは彼自身が代表して当選すれば、まさに「若者」という名の下に突破口を開く、またとない機会となることだろう。

おそらく友人の一人か、ラーラ自身が執筆したと思われる、七月十六日のアビラの公報に掲載された短い記事をターは引用している。二段落目にはこうある。「ラーラ氏は政治と文学の世界で高名な人物だ。前者の世界では、独立不羈《どくりつふき》、無私の姿勢を示してきた。社会を代表するような名誉あるポストへ就任するよう要請もあったが、すべて拒否してきた。ほとんどいつでも反対勢力（野党側＝急進派）にあり、またその立場で、成果を結んできた。〈今日は野党側にあるわけではない。しかしいつの日か必要とあれば、いままでと変わらぬ同じ力をもって野党の役割を受け入れることは明らかである〉。現政府の味方となったのも、速やかに直接選挙を実施し、修正議会を開いたことが理由なのだから」（〈 〉は本論文の著者が強調するところである）。

〈 〉で強調した言葉は、ラーラによってそれとなく示された形ではあるが、彼の心が間違いなく表わされているところだろう。ここには未来に向けて約束された反抗心（いつでも野党側＝急進派へ戻る可能性）がある。政府は瞬時にして支援を取り下げかねないので、真正面から宣言することはできなかったが、ラーラを知り理解したいと思う人にとって、充分明確に表現された言葉となっている。

しかしターは、事実を前にしてラーラが下した判断の過ちについて難詰する。これほど懐疑主義的で思慮深いラーラが、宮廷の陰謀から生まれ、人民による基盤を欠いたイストゥリス政権が惨事に終わる運命にあったと気づかなかったのは信じがたい、と。このような状況にあって、穏健派のマルティネス・デ・ラ・ローサとトレノ伯爵[*110]のどちらもが達成できなかったこと（自由主義穏健派として折衷案的な立憲君主制を打ち立て、第一次カルリスタ戦争の財政難を解決するための財政改革を目指すも、両者ともに完遂できなかった）を行なうのは不可能であった。ラーラの弛まぬ洞察力をもってしての見落としは、おそらく彼の全生涯で唯一とも言えよう。だからこそ、この人間的振る舞いを裁くよう申し立てることはできまい。

ターはさらに続けて言う。「ラーラはいつでも急進的な政治綱領を望んだ人物であり、今回の妥協によって、マルティネス・デ・ラ・ローサの取ったような、まったくの〈中庸〉(justo medio) という役立たずの態度に対して、最も過激な皮肉を自粛し続けなければならなくなったことを思い出されたい。ここで言う〈中庸〉とは、対極にあるすべての政党をこの機に一つの政策と、すべてに平等な憲法下にまとめることであって、最も実現不可能とも思える約束をラーラは受け入れたのだ。そこには、何らかの対応策とともに自国の混乱に対し終止符を打ちたい、という彼の情熱的で高貴な願いがあった、と認識する必要がある」。

ラーラの絶望

イストゥリス政権は三ヶ月しか続かなかった。ラーラが自身の生涯の基《もとい》となっていた断固たる態度で『エル・エスパニョール』紙に屈することなく急進派として抵抗を続けていたら、結果はどうだったであろうか。短期的な危機を迎えた個人の問題としては苦しめられたかもしれないが、三ヶ月も経てば、彼の地位や人格は天文学的に飛躍していただろう。しかし、たった一度だけ、危機を何とか回避しようとした(穏健派イストゥリス政権支持へとラーラが転向し失脚した後の隠遁のこと)ときに、諸々の出来事によって、ラーラは打ちのめされてしまったのだ。ラーラはまっすぐな道を進む星の下に生まれていた。

カラトラバ政権に急進派が舞い戻ってくると、イストゥリス陣営の全政党、王党派、またその嫌疑のある者たちはただ単に疑いをかけられただけでなく、彼らに対して至るところで暴力が蔓延るままになった。ラーラ自身も予期せぬ事件に巻き込まれぬよう、家から外に出なかったようだ。この時ラーラには数え切れないほど敵がいたと推察される。ラーラの人気が高まると同時に、彼のやむことのない攻撃性と、そして当然のことだがイデオロギーの相違によって敵は増えていった。これらの軋轢には歯止めがなくなり、ラーラの虚栄心、楽天主義は厳しく非難された。また、イストゥリス政権失脚後の隠遁と沈黙が大げさに取り沙汰され、彼の心は痛めつけられた。

ラーラの神経は苛立ち、ほとんど病気のような状態だったが、公衆の面前で弁明する機会を望んでいた。それはおそらく彼自身の不満を宥める必要に駆られたためであり、起こったすべての出来事を長文に認《したた》めた。この文書が未発表となったのは、どの新聞に掲載するとしてもあまりの長文であり、日の下に晒すにはあまりに個人的だとラーラ自身が判断したからである。ターはこの文書の中から抜粋した文を公開しているが、ここでいくつかの言葉を取り上げてみたい。「良き選挙もしくは悪しき選挙であれ、国家的もしくは反国家的な選挙であれ、私にも誰にも行く先を予想できなかっただろう。この時から私は黙ろうと決心した。いつの日か公の場で発表することができるまでは」。アビラの公報にもほぼ同じ言葉が掲載されている。ラーラがやむを得ず闘いの場から一時的に避難したのは明らかだったが、それは議席から立ち去り、彼自身に立ち還るためであった。これらの出来事の矢面に立たされたラーラは、外面上は離党という形をとったが、実際には反対勢力から牽制されていたのだった。

結局のところ、ラーラは『エル・エスパニョール』紙に短い手紙を送るに留まった。いかなる新聞にも書けたであろう政治思想への参戦、責任を拒否し、『エル・エスパニョール』紙上では文学と演劇批評のみ執筆するに留める、という制約下で書くことを約束したのだった。彼の敵対者たちによる風評に晒されながらも社会復帰を果たすべく、ラーラは独立性を保った風刺作家という立場を回復させ、二冊の新たな政治冊子を発表しようとした。しかしターが指摘するように、情勢はラーラにとって逆風であった。ラーラ自身が自壊せずに、「急進派」の新たな情勢を受け入れることは不可能であった。それはメンディサバル政権下でラーラが攻撃していたものの継続に過ぎなかった。穏健派つまり保守のイストゥリスと犯した危険な冒険のあとでは、ラーラの神経を逆なでする「保守」という悪意の込められた非難を自ら受けずにして新しい体制を攻撃することはできなかったのだ。あの最も急進的な自由主義の王者として知られていたラーラが、である。

九月、十月と冊子が刊行されることはなく、ラーラは文学批評の短い記事以外は何も発表しなかった。しかしこの沈黙もまた、敗北宣言となってしまったのだ。起伏の激しいラーラの悲観的・厭世的思考は、沈黙を強いられた状態となり、政治キャリアはずたずたにされた。四方八方塞がりの状況にもかかわらず、目に見える形で激高を表わすこともなかった。そしてついに、あの有名な十一月二日の記事「一八三六年の死者の日。墓場のフィガロ」をもって爆発するのである。

時局の政治情勢に触れてはいないものの、記事の全体にわたって燃え上がる政治批判が、国家全体の情勢として地図を広げるように展開されている。数多くの事どもの死を宣告した墓碑銘の中で、かの有名な、幾度も引用された言葉がある。「ここに半分のスペインが眠る。残り半分のスペインによって死んだのだ」（Aquí yace media España; murió de la otra media.*111 保守勢力と近代化を目指す自由主義をはじめとする改革勢力の対立によって二つに分断されたスペインが、まとまりを欠いて衰退していく様子を表わした名言）。これらの墓碑銘の中にまた、ラーラ自身の死を宣告したものがある。「おぞましい墓から無理にでも逃げ出したかったのだ。私自身の心に隠れたかった。いまや生きる気力も幻想も願望もほとんどない私の心へ。あぁ神様！　これはもう一つの墓場だ。私の心はもう一つの墓以外の何ものでもない。なんだって？　さあ読み上げよう。誰がここで死んだのか？　何て恐ろしい碑文だ！　〈ここに希望が眠る！〉と」。

政敵を売り渡した敵対者やライバルたちから批判を浴びたラーラの状況は絶望的だったに違いない。そしてこの時、十一月二十八日に『エル・ムンド』紙と『エル・レダクトール・ヘネラル』紙という反対陣営である穏健派の新聞に協働する契約を結んだのだった。ターはこうコメントする。「自由主義の王者が明からさまにその敵と手を結んだ。表面的には自分に対する悪意ある噂を標的として反撃するためという口実で、その仕事を正当化していた」。

しかしターはラーラの肩を持ち、すぐにこう言い直している。「決してラーラはありふれた偽善者ではなかった。彼の自由主義に対する誠実さに疑う余地はなかった。まさにその諦め切れない自由主義が、穏健派イストゥリス政権との悲惨な冒険であって、最高によく見たとしても妥協としてしか取れない、あの不幸極まりない〈慈悲深い中立〉(benevolente neutralidad)[*112]をラーラに受け入れさせたのだ」と。

ここでいかなる説明や正当化が可能であるとしても、反論の余地はほとんどない。この状況下においてラーラの最大の敵となったのは、自分自身への不満であり、悲劇的な内面の葛藤であった。ラーラにとって、この情勢は耐えがたいものだった。ターはこう指摘する。「あの政治的浮沈の激しい時代において、普通の人間であれば、少し時を待ち忍耐すれば何とかなるだろうと、一時の反動的政情を受け入れていただろう。しかしラーラは別の素地でできていたのだ」と。そして指摘は続く。「激高するほどの神経質さと自己中心性をもち、混沌として誇り高い。彼が目を向けていたのは、自分自身の逆境と、国家のそれとであり、どちらに対しても強い苦しみを感じていた」。

十二月二十六日、『エル・レダクトール・ヘネラル』紙上で、この時期における唯一の記事が掲載された。「一八三六年のクリスマスイブ、私と使用人。哲学的妄想」と題した記事だが、その中でラーラはすべての苦しみを溢れかえらせている。今度の記事は、間接的には風刺となっているのかもしれないが、国家的な命運に対する風刺ではなく、自分自身を丸裸にし、ほとんど罪の告白を大きな声で告げ知らせるものである。そこではラーラ自身の能力不足と失敗を宣言していたのだ。「書き始めたものの、六ヶ月以上経ったいまでも書き終わらずに、私の机に横たわっている膨大な記事と冊子をぼんやり見つめていた。そこにはタイトルしか書かれておらず、まるでそれは、亡骸をただ待つだけの墓場に空いた穴のようなものだ。しかしこれは適確な例えというもので、私はこれら一つ一つの記事に、希望や幻想を埋葬しているのだから」。

ラーラは使用人の口を通して、明らかに自らの絶望を込めた皮肉を浴びせかける。繊細に過ぎる知性の脆さを、ぞんざいな無神経さで批判している。「あんたは文学者で作家だというけれど、自己愛にどれほど苦しまされているというのか！　毎日毎日、誰それの無関心や誰それの嫉妬、多くの人の恨みで、老け込んじまっている！　道化に調子づいて、友を犠牲にして笑いをとる。もっともあんたに友人がいれば、の話だけれど。揚げ句のはて、良心の呵責は持ちたくないときた。政党の一員であるあんたは、別の政党と喧嘩しているだけじゃないか。敗北は屈辱的だからといって、多大なる犠牲を払って勝利を収めたところで、楽しむこともできやしない。自分から攻撃しておいて、敵を作りたくない。それに比べて誰がおいらみたいな者を誹謗中傷するというのさ？　誰がおいらを知っているというのか？……

あんたは言葉をひねり出して、感情や学問、芸術、それに実在しないもの――政治、栄光、知識、権力、富、友情、愛――を言葉ででっちあげている！　それが単なる言葉でしかないと悟るなり、激怒して嘆くなんて。おいらみたいに平々凡々なアストゥリアス[113]人は、食う、飲む、寝る。そして誰もそんな奴を騙しはしないもんだ。幸福じゃないにせよ、不幸じゃない。世界に知られる人物でもないし、野心家でもエレガントでもない。文学者でもなければ、恋することもない。さぁ、あんたにこのアストゥリアス人を哀れむ資格があるのかい！　あんたはおいらを支配するが、（他人や自己愛や実体のない幻に支配されて）自分自身を御することもできないじゃないか。おいらに同情しておくれ、文学者さんよ。おいらがワインに酔っぱらっちまってるのは本当だけど、あんたは欲望と無力さに酔ってるときた！……」。

一八三六年十二月二十七日から翌年の一月二十九日まで、『エル・ムンド』紙に、ラーラは前述の四つの最後の記事を発表した。ついにラーラは直近の大失態という亡霊を追い払い、新たに自分の人生を証明する緊急性に駆られ、公の喧騒の中に復帰した。「六ヶ月もの長く重苦しい期間に、適確な書簡の返事を書けなかったと非難する人がいるが、神様がお望みの時には、パリ特派員への書簡形式の記事を温めながら過ごしていた。誓って言うが、書簡を書くのが億劫になって、ひょっとして書くことへの熱意を失ったのではないか、と考える人がいるなら、私のことを知らないのだ。まったく逆で、まさに私の大好物と言えば時宜にかなった書簡であって、これが指をしゃぶるほど好きなのだ。特に私が感じるままに書けたなら。ぴりっと辛口の、怒りに満ちた書簡であれば尚更そうなりやすい……」。しかしラーラの傷はあまりに深く、もはやその痛みを忘れ去ることはできなかった。無意識に反問を繰り返す執着心がラーラを苛み、「フィガロから学生へ[*114]」と題した生涯最期の記事では、死肉にたかる禿鷹のように舞い戻っている。

「私が言ったことと違うことをする、と君は非難したね。友よ、私は月ではなくマドリッドに住んでいる。今日、あることを言うのは、明日、別のことができるようにするためだ。君は勉強ばかりして頭でっかちになるばかりで甲斐がないね。もし君が結婚したいとして、恋人にこれから不幸な人生が待っていると言うだろうか。金が入り用になって、貸してくれる人の所に行って、貸してくれるのはいいが返さないと言ったり、議員になりたいとして、その地域を代表できるよう努力すると言う代わりに、権力の座に着きたいと言うだろうか。閣僚になりたいという野心があるとして、国民に専制政治を強いるつもりだなどと告白するだろうか。

　学生である君よ、そんなやり方で好きな女性や、金を貸してくれる友人や、議員として選出してくれる地域や、ポストにありつけることなど、永遠にないと思わないだろうか。あることをまず言って、その後、言ったこととは違ったとしても何かをやる以外には物事を達成することができない、という事実が充分に証明されていないとでも君の目には映るのだろうか？　では教えてほしい。成功した連中は、どうやってそれを達成できたと思うかい？　もし私が言っていることに納得できないなら、成功者とは逆の方法でやってみなさい。どういう結果になるか分かるでしょう」。

ドローレス・アルミホとの愛は、彼の最後の砦であったが、これも失恋に終わり、ラーラは逆境を支えていた唯一の取っ掛かりを失った。ラーラは突き放され、深い裂け目へと落ちて行った。

ラーラのロマン主義

嵐のような愛と自殺という最期は、ラーラを真正のロマン主義者として定義づけるのに都合のよい裏付けとなっている。また、一見目を引くが、短絡的な文学の解説を多く生み出したこともここに起因する。ただ愛のためだけにこれほど悲劇的な結末に到達したのだと推測すると、かくも偉大なるジャーナリストが愛によって命を絶ったことは非常にロマン主義的に思えるからだ。

いずれにせよ、ロマン主義の時代に愛のために自殺するのは、他のどの時代よりもはるかにロマン主義的であると言えよう。時代に分類して考えることはいつでも解釈学者を助けるものである。とはいえラーラに関しては、他の多くの視点から分析していかねばならない。取り急ぎここで立証したい点を挙げておきたい。いくつかの逸話的とも言える極めて重要な局面に対する態度において、ラーラはロマン主義的であったであろう。しかしその思想と人生の深い根本に関しては、はるかにロマン主義的な要素は少ない。むしろ、ほとんどないと言ってもよい。

ラーラの作品はすべて、たった一つの目的へと向かっていた。すなわち自由である。ヴィクトル・ユゴ

[*115]ーの有名な定義を文字通りなぞっているようなものだが、ラーラは「文学――歴史と我々の歴史の特徴に対する概略的視点／その現状／未来／基本信条[*116]」といった、よく知られる記事の中で自らの信条を確立している。これらは最後の時期に書かれたものであり、次に引用する文章に、完璧な厳粛さを加えている。「芸術、産業、経済、意識におけるのと同じように、文学における自由。ここに時代のモットーがある。ここに我々のモットーがあるのだ」。この宣言はこれ以上ないほどロマン主義的なものである。ただし前提として我々が、ロマン主義からのみ自由を引き出すことができる、という点で同意している必要がある。

そしてラーラは先の文の数行前に、なぜ自由を求めるのか、について説明している。「〈新しい〉文学の土台を敷くため、つまり我々の築く〈新しい〉社会にふさわしい表現、〈真実〉そのもの、それは我々の社会自体のような〈真実〉である。この〈真実〉そのもの以外に規則はなく、〈自然〉以外に師はいない。結局のところ、現在、我々の築いているスペインのように〈若い〉文学である」。

ラーラは続けてその基準を明確化する。「我々が決定的な判断を下すにあたり、一冊の本にこう尋ねる。〈君は何かを我々に示唆してくれるのかい？〉〈君は我々人類の進歩を表現するものかい？〉〈君は我々にとって有益だろうか？〉〈そうであるなら、君は良い奴だ〉」。文学上で求められる、社会的有用性と理論的・実用的特性などを訴える必要性から、狂気的・夢想的・無政府的なロマン主義からは徹底的にラーラは遠ざかっていた。その反動で恋愛の逸話の数々が引き出されたのではないかとも推察される。ラーラは「基本信条」と題した記事を終わらせるにあたり、以下の紛う方なき言葉を書き加えた。

「さあ、我々の間で今日文学と呼ばれているものを否定しよう。もはや我々には優雅な物言いや、韻文の音、身近な事どものソネットや頌歌に堕した文学は要らない。表現にすべてを注ぎ、思想に対して何も傾注しない文学ではなく、経験と真の歴史（Historia 大文字のHで始まる歴史として強調、普遍的人間の歴史。四六頁、九―一〇行参照）の産物としての文学を、灯となるような、つまり未来のための文学を必要としているのだ。学問的で分析的、哲学的で深く、あらゆる事象を思索し、散文、韻文ですべてを言い表わすような、いまだ無知な大衆にまで到達するような、使徒のように広く知らしめる文学である。〈真実〉を知りたい人にそれを教え、人に〈かくあるべき〉ではなく、自身を知るための〈かくある姿〉を示しながら。つまるところ、文学とは、同時代の科学や、世紀にわたる知的進歩を具現化するためのあらゆる表現である」。

　ロマン主義文学者のロンバ・イ・ペドラハ（三七四頁注90参照）は、ラーラの構想の、革命的で勇気ある性質を強調する。しかし膨張しつつある革新的な衝動の性質をこそ省察すべきだとも述べている。その衝動は、私欲のない、平穏な、美という哲学の範囲からではなく、政治、社会闘争によって分断された陣営から吹きつけるものだ、と加えて示唆する。先述したラーラの記事では、黄金世紀[*117]（十六、十七世紀のスペイン国家、文化の繁栄期）を含むスペインの文学を考慮するにあたり、妥協点を見出すのは困難なものとされている。それらの文学の想像的・美文的性質が優位に過ぎたことが原因でもあったし、また、実用的かつ耐久力のある著作、理論的、哲学的、さらに科学的、体系的な著作の欠如にもそれは起因する。「宗教」と「政治」の二大専制が原因で知的進歩が妨げられた、とラーラが国の失策とみなした点である。イデオロギーについて扱う節までこの点は保留とし、いまはラーラの判断の正確さを問わないようにしよう。ここで重視し強調したいのは、とりわけ彼の政治的・社会的な表現力の特徴であり、作品の動向である。

　ロンバは我々が見たところ、極めて正確にラーラの古典教育について取り上げている。古典教育は文学的な考え方だけでなく、ラーラの思想の全領域を占める基礎的な考え方に至るまで影響を及ぼしている。ロンバは続けて、「哲学だけでなくヴォルテール[*118]、ボーマルシェ、百科全書派[*119]といった十八世紀の精神そのものが、ラーラの奥深くに根づいていた。それらの文学の性質が、ラーラの〈堅固で楽観主義的な、美ではなく真実のために生まれた〉才能と完全なまでに調和をとっていた。まさにホベリャーノスの才能が〈頭脳明晰で鋭い洞察力がある反面、想像力という意味では乏しく生彩を欠いていた〉ように、である」。注釈者ロンバはこう付け加えて言う。「十八世紀の理論的で分析的な文学は、いつでも理解を呼びかけ、常に知識と教育的導きに満ちている。加えて社会の改革と進歩に狙いを定めているが、それはいわば精神を掻き立てる材料のようなものだ。一方、ロマン主義文学は、幻想という慰め、夢想的で、郷愁的、色彩に満ちた、感情や魂の無垢な喜びへと誘うもので、機能面を制しはしない。この言葉は現代の巨匠ラーラについても当てはまるが、まさに彼自身がフランスのロマン主義・啓蒙詩人アンドレ・シェニエ[*120]を引用してこう書いている。〈シャトーブリアン[*121]やラマルティーヌ[*122]の持っていた、郷愁を誘う宗教性や熱情からこれほど人間が離れたことはなかった〉」と。宗教的感情はいかなる意味においても、ラーラには欠如していた。ラーラが宗教問題を提起したことは一度もなかったし、これに関して怒りや懸念を掻き立てることはなかった。この分野に関する言及は冷淡で辛辣、明確であり、不快な皮肉とともに解決済みの問題として、大部分において自由に表現できる主題としてあった。

また、ヴォルテールの精神が直接であれ他の作家を通してであれ、本質的な部分がまったく損なわれることなく、ラーラの中に浸透していた、とロンバは述べている。ラーラの著作の一頁一頁に、十八世紀の宗教であり、ヴォルテールの宗教でもあった進歩思想を普及させたいという意図が見える。すなわち、伝統的な宗教上の信条に対する敵意、貴族階級に受け継がれた特権に対する政治的平等を求める闘いや、能力主義という新しい階級の擁護、無知無学の貧しい市民階級への軽蔑などが表わされている。さらに、贅沢に対する愛、都市の美観と改善のための運動によって明らかとなった物質的貧困とみすぼらしさに対する恐怖、生産階級に対する配慮、あらゆる旧体制の基盤への皮肉、検閲に対するやむことのない抗議も書かれている。ヴォルテールに対するラーラの尊敬はいくつかの著作の件《くだり》にも表現されているが、その部分はあまり翻訳されもせず、取り立てて注解されてもいない、とロンバは指摘する。

ロマン主義への疑い

ラーラが筆を執っていた時代には、ロマン主義はすでに多くの道に分かれており、明白な一つのものへと集約されていなかった点は疑いようがない。しかしラーラはロマン主義を特権的に扱うことはなく、過去の古典主義と同等以上の権利は与えなかった。どこから派生しようと、いかなる派閥も潮流も、生み出した作品自体のもつ価値以外の名誉には浴さない。前述した「文学」という題の記事には、こう書かれている。

「どの国の文学にも、またある特定の人物、ある時代の文学にも我々は憧れたり、理想としたりはしない。なぜなら好みは相対的なものだからだ。完璧な流派もなければ、完全に誤った流派もない。また、後に続く世代が我々を権威として掲げて従うような、安直な役割を担うべきだとも考えていない。我々の後を継ぐ人たちに、人間を知るべく研究に励むように、と強く願うばかりだ。

後世の人たちが、ホラティウス[*123]、ボワロー[*124]といった〈古典〉への道を拓き、ロペ・デ・ベガ[*125]（スペインの劇作家。膨大な戯曲、聖体秘跡劇を書きスペイン演劇を創始）やシェークスピア[*126]を低く評価するというだけでは充分ではない。はたまた、ロマン主義の人間を、ヴィクトル・ユゴーの旗のもとに身を置き、モリエール[*127]、モラティン[*128]といった人たちの規則に閉じこめるだけでも不充分だ。いや、我々の書棚にはウェルギリウスの隣にアリオスト[*129]が、カルデロン[*130]（スペイン文学黄金世紀最大の劇作家。愛、名誉、宗教を三本柱に多くの戯曲を執筆）の隣にラシーヌ[*131]が、ロペの隣にモリエールが傑出している。また一言で言ってしまえば、同じ高さに、シェークスピア、シラー[*132]、ゲーテ[*133]、バイロン[*134]、ヴィクトル・ユゴー、コルネイユ[*135]、ヴォルテール、シャトーブリアンとラマルティーヌがいるのだ」。

ラーラがロマン主義に望んだ文学的自由というのは、望めば古典主義に寝返ることもできるような自由である。ラーラは決してロマン主義者という形容詞を受け入れなかった。デュマ[136]の『アントニー』[137]に関する最初の記事の中でこう書いている。「政党のモットーのような馬鹿げた責任を受け入れずに、また古典主義ともロマン主義とも宣言せずに、改革に対して扉を開こう。同様に我々は誰一人に対しても傾倒することなく、ましてや心酔者とならないようにしたい。また、文学が独立していなければ完全なものとして存在できないほどの独立性を獲得し、各流派が個々に持つ最良のものを、またすべての流派が〈自然〉と調和を保つことのできるものを、唯一、善と美から発するような類《たぐい》のものを採択する希望を抱き、新しいジャンルを擁護することを決意する」。

またマルティネス・デ・ラ・ローサによる『アベン・ウマイヤ』[138]（スペイン・ロマン主義の先駆けとなる作品。主人公ウマイヤは十六世紀アンダルシアの高貴なモリスコ）を取り上げるにあたり、ラーラはこう論じる。「学派やグループ間の対立について、我々が一笑に付すのを許されたい。本質的な基礎について争う対立ではなく、形式のみについて争っているのだから。形式というのは、時代精神の指し示す方向へいつでも従わねばならないもので、永遠に変わり続けるものだ。詩人は理解されるために書くのであるが、称賛されようが非難されようが、同時代の表現と詩人の言葉が適合しないなら、単によく理解されないだけとなってしまうだろう」。

デュマの『ネールの塔』[139]（十四世紀に起こった宮廷でのスキャンダル「ネールの塔事件」が題材の戯曲）の翻訳版である『ブルゴーニュのマルガリータ』[140]に関して、ラーラはこう言った。「古典主義の作家たちが描写したように、自然というものは、それほど控えめで才気と手法に乏しいものではないし、慎ましく窮屈なものでもない。また、ロマン主義者たちが表現するように、無秩序で暴力的だということもない」。

スペイン文学者のロンバはこう評している。「ラーラが青年期に学校で受けた文学上の教育がいかに権威主義的で狭いものであるかを立証するには、『日刊 風刺家ドゥエンデ』の頁をめくりさえすればよい。

ホラティウスとボワローが偉人としてではなく独裁者として君臨している」。詩人たちの墓碑文さながらに巻頭タイトルが掲げられたいくつかの記事では、ラーラが自身の権威を容赦なく示すために、引用が原語でなされ、文が進むにつれ、それが次々と増えていった。

ラーラの筆として知られる最初の記事で、『ドゥエンデ』の第二巻に掲載された『三十年、もしくはある賭博師の人生』[*141]と題したデュカンジュの大衆劇に対する批評についてロンバは解説している。ラーラはその記事で、伝統的なスペイン劇の古い様式を擁護する一方で、フランス様式の新古典主義に対しての確信に満ちた告白と、生まれたばかりのロマン主義に対する痛烈な批判を書いている。ラーラがまさに新古典主義を代表する劇作家モラティンに対して憧れをもっていたことはよく知られているが、その喜劇が古典的感性に従った完全な典型として存在していたからだ。

一八三三、三四年頃は、いまだマドリッドの劇場ではモラティンの喜劇が支配的であり、彼を師として模倣する者たちによって開拓されていた。ラーラはこれらの作品を極めて闊達自在に取り上げている。それはまさに、文学上の型に嵌《はま》った人たちによって成文化された規則を適用する以外に何も必要としないものであり、統一性のある規範を幾度となく提示するものであった。とはいえあまりにも厳格なために規則に合わせられない難しさがあるとして、適用の困難さに関して時に弁解している。

ロマン主義の流派による新奇の演劇が現われ始めたことにラーラは狼狽を隠せなかったし、古典悲劇に代わろうとしている新しい歴史演劇の有効性を問う必要があった。このジャンルの演劇が受け入れられて間もない頃であり、ラーラは依然として社会的意図と目的を兼ね備えた演劇作品に重きを置いた。その意図と目的は、劇の筋書き《プロット》を狙うというよりも、むしろそれを発展させる類の作品、彼の言葉によれば「演劇には集まるが、世界には生きていない人びと」を導くために何らかの真実を示す作品である。

ロマン主義演劇の圧力によって、ある程度、ラーラの古典主義的な思想は修正されることになったが、本質的には変わっていない。個々のケースの事情が要求するよほど強い理由がない限り、演劇には倫理と規範を目的とする必要があると信じ続けていた。マルティネス・デ・ラ・ローサの『アベン・ウマイヤ』に対して行なったラーラの批評の目的からは、「歴史的意味」が欠けているとロンバは強調し、偉大なるこのジャーナリストが百科全書派、新古典主義の教育を受けて思春期を過ごした結果であるとしている。ラーラは、歴史的出来事を扱った演劇のための良識とも言える修辞学上の規則を、自分自身と周りに思い起こさせるための虚しい努力を重ねていた、とロンバは続ける。しかし歴史を「感じる」ことはなかった、と。なぜならラーラの興味を引く人間は、自身がつぶさに研究した十八世紀文学に属する人間であったからだ。普遍的人間、つまり特定の環境や国の事情が影響をいかに及ぼそうとも、時空を超えて常に存在する人間のことである。

さらにロンバは、例えばピレネー山脈を越えたフランスの、学問研究や歴史解説という点で際立つグループのいずれかにラーラを当てはめるとするならば、絵画的・造形的・色彩的な喚起を求めていたシャトーブリアンやティエリ[*142]、ミシュレ[*143]といったロマン主義者たちの間にではなく、むしろギゾー[*144]、トクヴィル[*145]といった哲学思想的な歴史家たちの間に置かれるであろう、と述べている。つまり総合的に把握し分析する十八世紀の精神を受け継ぎ、歴史の発展において中心となる主流の系譜と大法則を研究してきた人たちである。

何度も触れているが「文学」という記事の中で、ラーラはスペインの歴史学者たちを酷評している。彼らはただの研究者であり、時代の動きを解釈しようとはしないし、「引き合いに出す事実の動機を洞察することもしない」からだ。加えてこう書いている。「きちんと論証された歴史というよりも、それらの著作は単なる資料と調理されていない断片の寄せ集めであり、もっともらしい熱弁を選んだ複製のようである」と。また、三番目の記事「科学と文学のアテネオ」*146の中でも、同主題について引き続きラーラは「たった一人の哲学思想的な歴史家も、我々の革命を解く鍵も」存在しなかったと書いている。

ラーラが、ロマン主義の時代に振りまかれていた絵画的・見世物的な側面にはまったくと言っていいほど魅かれなかったのは明らかである。それよりも社会や政治の課題、同時代の社会や自分の生きている世界について言及し、現実的・具体的に即適用可能な性質のものに魅かれたのだ。

我々が知るとおり、ロマン主義は多様性に満ちた複雑な側面を包含しているからこそ、ラーラの中に少なからずの面が反映されているとして、彼をロマン主義者と断定的に分類するのはたやすい。確かにロマン主義が自由によるものならば、というより疑いようもなく本質的に自由から来るものだと言えるのだが、ラーラはどの人間よりもロマン主義者であったと言えよう。ロマン主義的自由は、最初は何かを生み出す力として出現するが、後にさまざまなものに具体化されていく。ここで我々が強調したいのは、ラーラが時代の脈動を特徴づけるその力を、限定された一時的な形式の中には具現化しなかった、という点である。

ラーラは永遠のロマン主義者、すべての時代をまるで自らの住まいであるかのごとくに生きるロマン主義者であった。ラーラはスペイン自然・写実主義の、ガルドスの時代（三六〇頁注7参照）に生きることもできただろうし、ガルドスと同じことも述べただろう。一八九八年初頭を生きていれば、自由や真実、改革と進歩、ヨーロッパ化や近代性を求める記事を変わらず書いただろう。あるいは我々の生きる今日であれば、一言も言葉を変えることなく、『エル・エスパニョール』紙に書いた記事を発表していることだろう。これらはラーラの永続性と現代性を示している。彼自身よりもはるかに限定されたレッテルを貼り付ければ、ラーラは矮小化され、歪められてしまうのだ。

ラーラをロマン主義と位置づけることに対する疑義を正すために、なお他の側面を提示することができよう。その中の一つに、大衆性への否定的評価が挙げられる。ラーラは極めて洗練された、繊細な人間であり、少しでも下品なこと、粗野なことに触れれば、その皮膚の毛が逆立つほどであった。いまや我々は、ダンディズムがロマン主義のもう一つの産物であることを、当然のごとく知っている。しかしこのダンディズム特有の洗練の中にいつ喜びが見出されるのか、またダンディズムそのものを目的として、外的現実に対しいつそれが投影されるのか、といった点を見極めなければならない。

大衆性への嫌悪

ラーラは、彼の時代の社会が抱える粗野さ、田舎者気質への嫌悪から、いわゆる「習慣」に関する記事を多く書いた。「新しい食堂」[*147]（二一七頁）「古き良きスペイン人《カステリャーノ》」（一九一頁）「勤勉さ」「我々はいかなる人種の間にいるのか」[*148]などが最も有名なもので、これらの主題が隠喩的に散りばめられたものは無数にある。粗野であるか否かはさておき、大衆性に対してラーラの中で共鳴するものがなかったというのは、まったく特筆すべき論点である。

芸術に関して言えば、文学以外の記事をラーラはほとんど書かなかったが、文学の中でもほぼ演劇に限定されているため、それらの記事からラーラの好みを確かめることができる。偉大なる風刺家にとって、演劇は文化や知的向上心をもたらすだけでなく、良きマナーを学ぶ場としてであった。このため、ロマン主義の時代に高い評価を得て、大衆に人気のあった風俗喜劇《サイネテ》を拒否したのだった。「翻訳について」[*149]の記事内で、「風俗喜劇においては、ほとんど常といっていいほど、それが書かれた言葉遣いのせいで、低層階級の習慣を正し、和らげ、嘲笑する代わりに、彼らの習慣を褒めそやすという難点があった。棒で殴る暴力的な行為や職権乱用、田舎者の戯言といったものを、鋭敏な筆致、機智の繊細さへと移し替える目的を果たすことができたなら、称賛に価するものにもなるのだが」と語っている。

ラーラは「国家的、大衆に人気のある正真正銘の喜劇」とされるこれらの作品に対し、低い評価を下していた。モラティンと十八世紀の洗練された知識人たちが、ラモン・デ・ラ・クルス*150（スペインの笑劇作家。笑劇や軽喜歌劇など、純スペイン的、風俗的小劇を創作）の風俗喜劇に対して行なっていた評価と同様に、である。このデ・ラ・クルスが、文化的で少数派の演劇のために便宜を図る改革に失敗した責任を負っているのは、よく知られた事実である。大衆に人気のある風俗喜劇に対するこうした嫌悪は、ラーラと当時最も有名だった劇作家ブレトン・デ・ロス・エレーロスとの間の友情に亀裂を生じさせた。

最も民主主義的で、全面的な自由の、偉大なる擁護者であるラーラは、抽象概念として民衆を愛していた。しかし、現実の民衆に対しては貴族主義的で、容赦なく論理的で、冷酷かつ遠くに離れた知性という塔の高みから彼らを擁護していたのだ。家父長主義という政治的立場から、十八世紀の古い「知識人による専制」を幾度となく拒絶していたが、完全な自由主義を益するためと言いながら、意図せずに「すべては民衆のために、しかしそこに民衆はいない」という決まり文句から遠からずのところで歩みを進めていたのだった。ラーラは選ばれし主導的な少数者の存在を信じていたし、あらゆる行動を許容され、集っては騒がしくする無差別的な大衆を嫌悪していた。

一八三四年の謝肉祭における仮面舞踏を見るにつけ、最終的なコメントとしてこう記している。「それは舞踏の場だったが、そこにいるのは大衆であった。社会に関して言えば、我々は全体として貴族主義的であり、人間の平等というものはあの世に取っておくこととしよう。この世における平等とは、かくあるべきと推察できるだけで明確には定義できないからだ……」。二日後に別の舞踏についてコメントしてこう書いている。「サンタ・カタリーナ通りのカフェでの舞踏は、間違いなく今年に見た踊りの中で最高のものだった。実際のところ、劇場で見るより、入場券は予約制で高い値段を出して見る踊りのほうが一層、卓越している。観衆はマドリッドの中でも選ばれし人たちによって構成されている……」。

啓蒙主義の世界にラーラが根を下ろしていたことは繰り返し言及してきたが、啓蒙主義から受け継ぐ遺伝的要素を多く受け取れば受け取るほど、牧歌的叙情詩に描かれるような感情の迸りを拒絶した点を明らかにしておくことは重要である。そうした感情は馬鹿げており、緊急度の高い問題の山積する目の前の現実からはかけ離れたものと見なしていた。まさに百年前から始まったロマン主義的・感傷的な動きが先駆けて孕んでいた要素を拒んだのだ。急進派『エル・ギリガイ』紙の編集長ファン・バウティスタ・アロンソ[151]の詩については、付き合い上、論じることを余儀なくされたのだが、いくつかの儀礼的な称賛のあとに、ラーラは自らの本音の思想へと扉を開いている。彼はこう述べている。

「詩の中では、我々はまだ囁くような小川や、悲しい雉鳩《きじばと》、もしくはフィリスの鳩[152]（メレンデス・バルデスによるロココ・アナクレオン風の官能世界を描いた作品名）、バティロ（アナクレオンの頌歌に出てくる若い青年で、女性、ワイン、田園といった世俗の快楽を好んだ人物）とメナルカス[153]（ウェルギリウスの『牧歌』第五歌に登場する歌う詩人）、牧歌的人生の喜び、笛の音、子羊、乳と蜜が流れる桃源郷、またこういった類の魔術的幻想といった段階に留まっている。この我々の詩の中では少なくとも淫らな考えは見つからない。すべてが純粋無垢である。新たな方向性もまったく見当たらないし、いまだ使われたことのない手法も見出せない。見た目だけは派手な真鍮と堕落した慣習の混合体であるこの老朽化した社会に塗れた一八三五年の詩人は、卑しく脆い感情に捉えられている。安宿やビリヤード、オペラや夜会へ出かけた先から書斎へ帰ってきて、（いわゆる俗世に浸りながら、ありもしない詩の世界の中に入り込んで）恋するように、また抜け目なく、金の鉱脈の間を、フィリスの黒檀の木の間を、そよ風が吹き過ぎる音を聴こうとする。小丘の心地よい生活——実際にはまったく似つかわしくない、カルロス派のゲリラが跋扈《ばっこ》する俗まみれの現実だというのに――をあのゲスナー[*154]（スイスの詩人、甘美な田園詩集などを書いた）風に描写したような、こんな退廃的な詩しか書けない人は、馬鹿々々しいほどの偽善者か、時代錯誤の能なしかのどちらかだ。書く側の人間も読む側の人間も信じていないものを書くとは、一体何を意味するのだろうか」。

そしてその拒否の意を確認しながら、付け加えてこう言う。「何かを発明する前に、我々は何かを忘れざるを得ない。これは二重の仕事であり、すべての人ができるものではない。ひょっとすると忘れようという気になったとて、すでに手遅れだ。我々の間ではすべてがゆっくりと進む。なぜ詩についてだけそんなに急ぐ必要があるというのか」。

啓蒙と自由とロマン

ラーラのロマン主義を理解するのに助けとなる論点だけでも再考しようと試みてはきたが、ラーラの人生に交差するロマン主義的な気質を決して無視することはできない。スペインの文芸評論家セサル・バルハ[*155]は明晰かつ熱烈な文を何ページかラーラに捧げており、その知性と繊細さによって練り上げられた、矛盾を孕んだ悲劇的な闘いへのロマン主義的傾向を説明している。ラーラの中には二人の人間がいる。情熱的な激しい、バルハが「激しやすいロマン主義者」と形容しているラーラと、知的で思索家、バランスの取れた、哲学的な、熟考型で批判的なラーラであり、周囲が、もしくは自分自身が大袈裟な表現を用いるならば非難するか、嘲笑するラーラである。彼は論理的領域と感情的領域の二つを同時に生きていた。この二重性が人生における本質そのものであり、彼自身を破壊しかねない反面、すべての行動の動機となるものであった。内側の世界と外側の世界、精神的状態と社会的状態の不一致が、まさにその諧謔の源泉となった。この矛盾は、ラーラにとって脆さでも消極的な価値でもなかったことを、バルハは強調している。

自分自身の在り方から引き起こされた結果はさておき、内面の闘いは物の見方を鋭くさせ、二重性と矛盾を内包した精神的豊かさによって、ラーラの人間的・文学的性格上、生命力に満ち溢れた特質が生み出された、とバルハは述べる。ラーラは天の配剤か「生まれながら」（羅 a nativitate）の厭世・悲観主義者《ペシミスト》であったが、自分自身にも周りの社会にも、ひいては自分の生きる世界にも不愉快さを覚え、果たして自身への不愉快さは社会や世界が彼に呼び起こすがゆえなのか、自分が周囲に呼び起こしているがゆえなのか定めかねていた。彼の根本的な悲観主義は、個人主義的エゴイズムの上に守られていたが、社会的・人間的に極めて先鋭な意味を内包するものだった。また、寛大さや利他主義によって一所懸命尽くし、より完全で、公正かつ高貴な社会を獲得するという私欲のない熱望とともに、全人生を懸けて闘わせるものでもあった。

バルハは続けてこう説明する。ロマン主義の「悪の師表」（mauvais maîtres 古典、教条主義からの反動で、個人の欲求、自我などを重視したいわゆる「不良性」の強い手本）にありがちな事態、つまり全世界を自分自身の内に閉じ込め、社会的な要素が個人的な要素によって、また他者に対する敬意や理解が自己崇拝によって忘れ去られるような事態は、ラーラにはめったに起こらなかった。「ラーラはロマン主義者であり主観的な作家ではあったが、その著作は客観性と批判精神が優位にあり、現実に対する観察を前にして、自分自身の享楽や痛み、個人的な野心などは忘れ去ることができた」とバルハは述べる。

同様のことを、エスコバルは非常に適確な言葉で書いている。「社会への懸念のうちに感情的なものが表現されている。この特質が最初から最後まで、最盛期のラーラの文学の核心を形成している。完成された作品では、社会の現実を批判的に解釈するにあたり、情を伴いつつ深く関わることで文学的な濃密さが得られている。個人的な苦悩と変えようのない個性を持ったまま、自身が構成員となる社会に対する懸念から生まれた独自の感情表現のための文学的媒介手段を、ラーラは風刺に見出したのだ」。

かくて、コートニー・ターはラーラを「真のロマン主義者」と形容している。また、当時のスペインにおける正真正銘のロマン主義者の一人というだけでなく、世界の中でも際立ったロマン主義者の一人だとする。なぜなら、彼自身と国家の状況を同一化する方法によって、つまり人生と文学がいかに融合されているのかという点で、ラーラは傑出しているからだ。最後の行に至るまで同じ主題を追っていたラーラは、その最も正統的な若きウェルテル式の死によって、またその小説や演劇に現われた外面的特性によってロマン主義者であるのではない。むしろスタンダール*156の感情や精神の在り方（エゴイズムとエゴティズム〈自我主義〉を区別し、自我が誠実であれば人間の心を描き出す方法となるとした近代リアリズムの先駆的考え方）によってロマン主義的なのであり、その比較はどこまでも広がってゆくものなのだ。

我々の理解では、ジュゼッペ・ベリーニ*157（イタリアのスペイン文学者。ミラノ大学教授）が明晰にラーラ特有のロマン主義について定義していると思われる。「詩や夢想といったロマン主義特有の見方を受け入れるには、ラーラは現実にどっぷり浸かり過ぎており、また自分の生きる国家や社会をあまりにも気にかけていた。一方、彼自身の気質に起因して、不運なことに、ロマン主義的在り方のあまりに〈素晴らしい〉天賦の才が備わっていた。その中で最も生き生きしていたのが、ピレネーのあちらとこちらを挟んで、フランスの教育によって形成された、ヴォルテールや啓蒙主義者たちからの影響である。自由主義の登場によって、十八世紀の哲学とロマン主義の理想が融合したとき、ロマン主義的な新たな文学形式の中においてのみ、水を得た魚のような心地良さを見出すことができたのだ。政治的な出来事が展開されるにつれ、ロマン主義的文学は夢想や幻想の場から遠ざけられた。そして、自由の、進歩の、より大きなヒューマニズムの、社会正義の新たな秩序という名のもとに、政治的無秩序の中へとロマン主義が投じられた」。教育的役割があろうがなかろうが、包括的にロマン主義演劇に対するラーラの評価について述べてきたが、このベリーニ的定義の輪郭上に置くならば、ラーラ独自のロマン主義的意義は一層明らかとなる。

ラーラの主な思想をまとめるにあたり、多くの批評家たちがラーラを古典主義かロマン主義かのどちらかに恣意的に分類してきたのだが、アメリカのスペイン文学者バーコウィッツ*158はラーラの哲学的態度は古典主義とロマン主義から等距離にあるとした。ラーラはロマン主義の最も大きな特質である詩や演劇に関して、これといった傑作を残していない。しかし彼の風刺は絶対的に近代のものである。つまり、過去や古典主義のいかなる形式を見つめるよりも、未来を、来たるべき二十世紀の様式を見つめていたのだった。とはいえ啓蒙主義の思想と、十九世紀の自由主義的思想というイデオロギーの混合体が彼の思想であったことは間違いない。

ラーラの厭世・悲観主義

ラーラのロマン主義は、生来の厭世・悲観主義《ペシミズム》と関連づけることができる。悲観主義は周知のように、世紀病（時代・社会の衰退期に顕われる反現実的・頽廃的な心的病）と言えるものだが、過剰な野心とそれを拘束するみすぼらしい現実との不一致の結果としてのそれをロマン主義が流行の波に乗せたことは間違いない。しかしロマン主義以前も以降も、非常に激しい悲観主義というのはさまざまな理由で、いずれの時代にも存在した。悲観主義は、我々が誤った解釈をしなければ、知性からもたらされるものだが、独自に醸成された味つけを必要とする。ラーラが生来、悲観主義的であるという点は決して忘れてはならない要素であり、それが彼の恋愛問題や国家悪に対する客観的な熟考の拠り所となっていた。こうした要素とともに、ラーラの悲観主義が突出したレベルの高さにまで達したことは驚くに値しない。ラーラの中でこれらの要素がうまく組み合わされ抱き留められたのだが、彼と同じ態度が取れれば、いかなる時代でもラーラと同様の実を結ぶことができただろう。

ラーラの悲観主義に関する選集《アンソロジー》を作るとしたら、ほぼすべての記事を抜粋しなければならなくなり、彼の著作全体と同じ長さになってしまうだろう。しかしながら、この悲観主義が時間とともに深化し、拡大した点を指摘せねばならない。一八三四年の最後の週までの、彼の苦渋に満ちた見通しは当時の地域や国家の情勢に因るものだったが、この頃から彼の厭世・悲観主義的見方は、より普遍的で哲学的な、極めて重要なものとなっていった。スペイン近代文学研究者のサンチェス・エステバン[*159]はこの危機に関して特に象徴的な二つの記事を強調して取り上げている。『エル・オブセルバドール』紙、一八三四年十二月十二日掲載の「マドリッドの生活」（二〇九頁）と、『レビスタ・エスパニョーラ』紙、一八三五年一月十六日掲載の「社会」という記事がそれだ。紙面の多くを、国家の現実に関する風刺に満ちたコメントが占めている。これらの記事の中から二つの節を見るだけに留めるが、そこにはこの普遍的な悲観主義が宣言文として掲載されている。

「マドリッドの生活」の中ではこう述べられている。「日常のある一日において、長きにわたる不眠、あるいは前夜の予想もしない出来事によって人びとが瞑想へと誘われるとき、世界の行く末について、私は立ち止まって思索する。すなわちこの世界では私の隣人たちが想像上の空間のあちこちを巡り、何のために、またどこへ向かうのか誰も知らないのを見るときに。すべての人が死ぬために生まれ、ただ生まれたというだけのために死ぬのを見るとき、それにこの地上のあちこちで皆が探し求める真実は常に遠く離れたところにあると気づいて、それぞれが勝手な思いで隣人の家に幸福を見出すときに考えるのだ。さらに褒められたものではないこの状況には終わりもなければ、高い確率でおそらく始まりもなかっただろうと考えるとき、誰に尋ねようが（公よりも自分のことだけに限った）個人的な薄運ばかりを嘆かれるとき、そして人生は矛盾と嘆きと病気、過ちと罪、後悔によって練り上げられていると思いを巡らすときにも――。

私はさまざまなことに感嘆する。一つ目には、崇高なる偉大な存在の力に対して。この力から与えられるたった一つの方法で世界は進行する。どんな人でもそれぞれ異なる願い、それぞれが見つけた願いを抱くものだが、一度に一つのことしか起こらない上、結局はすべてが不満に終わるのである。二つ目に、人生を短くするための大いなる叡智を挙げる。そして三つ目に、他の二つよりも一層驚くべきことであるが、これほどまでに悪しき人生であるにもかかわらず、すべての人が抱く、この人生に対する執着なのだ。最後の一つについては、例えば無神論者の脳は納得しづらい仕組みなのは明らかなのだが、この無神論者をも困惑させるに足りるものであろう。なぜなら人生を愛すべきものに変える力は、神のみに、絶対的な力を持つ神のみに帰するのだから」。

「社会」の記事の中では、以下のように書いている。「人間は野生（社会成立以前の状態）に戻れという信条の人たちが主張するように、人生における様々な必要性に適応した社会は最悪だという点に賛同できる。本当にそうだ。これは一つの不幸だが、我々の住む幸福な世界においては、ほぼすべての不幸が真実なのだ。真実が悪に在ることはすでに明らかであるにもかかわらず、誰もが真実を追求し続けているのを見て我々は驚く。我々のものの見方で言えば、真実を見つけるより簡単なものはない。悪のあるところには、また真実がある。悪というのは、確かなのだ。善だけが幻想である。／

さてよろしい。すべての悪は自然であり真実だと確信したところで、社会が自然であり、人間は社会の結果として生まれたと確認するのは、そう大した仕事ではない。社会に反論することが叶わないのであれば、それを描く以外に方策はないだろう」。

このラーラの悲嘆にくれた厭世・悲観主義《ペシミズム》は、知性と明晰さから生まれたものであって、何があろうと虚無主義《ニヒリズム》へと導くこともなければ、意志を麻痺させることもない。デュマの『アントニー』についての最初の記事の中で、ラーラは彼の悲哀に満ちた哲学をいま一度示す機会を得て、こう述べている。「人生は旅である。旅する者はどこに行くか知らない。しかしいつか幸福へと到達するだろうと信じている。別の人間がすでに先に到着し、帰路の途中で、まだ道中を歩いている人に出くわしてこう言う。〈どこへ行くのですか？　なぜ歩いているのですか？　私は到達可能な限り、できるだけ遠くまで行ったのです。ところが我々は騙されていたのです。この旅には安息できる最終地点があると我々は告げられました。しかし最後に何があったか分かりますか？　何もなかったのです〉。

しかしラーラはこう続ける。「そのとき旅していた者は、どう反応したのだろうか？　〈もし何もないなら、歩き続けるのは価値がない〉とでも？　いや、それでも歩くしかない。たとえ幸福がどこにも見つからないにせよ、たとえ最後に何もなくとも、人間にとって与えられる最善の生活環境は、私たちの現実からは最も遠いところにあるに違いない。さらば旅路にある我々の近くに来て〈最後には何もない〉と言った者に対しては、呪いの言葉を浴びせかけるのが適当ではなかろうか？」　そしてラーラはまさに以下のような考え方を認めている。あのように言った者は「我々にもっと酷い打撃を与えるだろう。なぜなら彼らは少なくとも、向こうへ到着し、道中を満喫し、希望を享受していたのだから。せめて我々に旅の楽しみを味わわせてくれ。前もってがっかりさせないでくれ。たとえ最後に何もなかったとしても、移ろいゆく道中にあらゆるものを見つけるべきだ。もし最後に花畑を楽しめないとしても、美しかろうがそうでなかろうが、湖畔を飾る薔薇ですら楽しむことができるだろう」。

ラーラは偽りと空虚さをすべて承知で、不可能と知る理想のために戦ったのだ。しかしその戦いは彼の人生を正当化し、意義と勇気を与えてくれた。彼のことを熱烈な懐疑主義者とでも定義できるかもしれない。だからこそ、彼の悲観主義は最も内奥にあるものの見方にまで浸透していたにもかかわらず、その社会的行動には何の影響も及ぼさず、最後の瞬間まで情熱的に闘ったのだ。彼の努力を最大限活かすための議席を獲得するという願いは、ラーラの意志が楽観主義的《オプティミスティック》でもあったことのもう一つの証明である。その意志は彼の意識の悲観主義的な部分と悩ましい闘いを繰り広げていたのだ。

ラーラの個人的な問題と、逆風の中の恋愛という苦悩の種を抱えていた点は考慮すべきだが、それらはロマン主義的な一側面として受け止められなければならない。サンチェス・エステバンは、ラーラの公的生活と私生活とであまりに絡まっていた糸をほどいていったが、「マドリッドでの生活」と「社会」の記事中に注がれた厭世・悲観主義的な考えは、まさにアルミホとの関係における危機的な、苦痛に満ちた時と合致している。さらに「ある特定の意図のないものは一行もなく、また現実の出来事に根拠のない細部《ディテール》は一つとして存在しなかった」とサンチェスは解説している。ラーラは個人的問題を誇張し、彼を取り巻く世界の中に投影し、両方とも一つの共通の見方の中に融合させた。そういう意味で明らかにロマン主義的であった。

アメリカのスペイン文学者バーコウィッツは、ラーラの根底的な楽観主義についても指摘している。我々がすでに触れたように、ラーラの記事は移ろいやすい日々の気分に強く影響されていたし、矛盾を抱えながら、悲観主義と楽観主義の間を行ったり来たりしていた。しかし彼の中で支配的な悲観主義は、反対の楽観主義的側面によってバランスを保っていたことも確かであるし、それは彼の記事の大部分に反映されている通りである。悲劇的風刺は、ラーラの人生において特に最晩年の頃の心情のみを象徴している、と言っても過言ではない。

危機的時期へ

バーコウィッツは、ラーラの人生には二つの危機的な時期があったと示唆する。一つ目の時期は一八三四年の最期の数ヶ月に当たる。サンチェス・エステバンの指摘では（バーコウィッツと異なる見解で、危機の時期は一つであり）このときを始まりとして最後にまで危機的時期が引き延ばされたとしているが、すでに引用した「マドリッドでの生活」と「社会」という二つの記事が書かれた頃である。このとき、ラーラは健康を害しており、不幸な恋愛に傷つき、検閲との間で繰り返し問題が起きていたことを改めて思い起こすよう、バーコウィッツは示唆している。

続いて二つ目の危機的な時期は、さらに深刻で決定的だったが、一八三六年の終わりに当たる。このとき、ラーラの最も劇的な記事「冬の時間」[*160]「一八三六年の死者の日、墓場のフィガロ」「一八三六年のクリスマスイブ、私と使用人。哲学的妄想」が生み出された。これらの記事が痛ましい状況で書かれたことはすでに強調したところだが、その内容はラーラの世界と芸術の両方へ同時に光を当てている。書かれた記事全体にわたって、極めて個人的な体験がどの程度含まれているのか、改めてここで考察を付け加えたい。

スペイン・イタリア文芸評論家のローサ・ロッシ[*161]は、「フィガロ」に関する短いが鋭い指摘を含む研究において、先ほど触れた最後の記事に関して特に調査を重ね、こう述べている。ラーラは記事の文章内で、階級、国、歴史などの集合的な描写で不足する部分を、個人史的な情報でもって補っている。こうして公的な要素と私的な要素との間の関係によって記事構成が具体化されている、と。続けてロッシは、「間違った早婚」の記事に例をとり、この記事は結婚した一人の若者の話ではあるが、大部分が歴史・社会的な原因から引き起こされた個人の衰退と、外的現実との間の弁証法的な対立の上に設定され、この話に表現されているような具体的な描写は、社会全体にわたる問題としての重要性を帯びていく、としている。

一方、「死者の日」では、記事の構造としては反対に、「私」が唯一無二の絶対的な主人公となっている。確かに国家の公的生活が執筆の動機となっているが、類推の基準となるのは個人的生活であり、この時点では個人が唯一かつ支配的となっている。社会に対する判断が、唯一、個人の生活という基盤の上にのみ為されているのだ。ここで個人的経験と社会的経験の両側面に接近しているように見えるのはただ上辺だけで、実は後者のほうが排除されている。市街を散歩するにあたり、私自身という主人公がすべての判断基準となっていき、外の世界は分析や判断の対象として立ち上がってはこない。むしろそれはただ拒絶し、悪態をつく対象以外の何ものでもない。風刺の披瀝である以上に、叙述体と説明形式によって覆い隠されてはいるものの、痛烈な批判が展開されているのだ、とロッシは続けて言っている。

他の素晴らしい風刺記事と比べると、「死者の日」の記事の仕上がりは緻密さに欠けているが、この欠如が却って悲痛な効果と激しさによって補われている。かつての素晴らしい記事は、外の現実との密接な関係に基づいており、鏡としての著者の働きによって統制されていた。この鏡は独自性から普遍性への様式化をへて現実を反映させるのであり、皮肉《アイロニー》として十二分に働いていた。とはいえ、引き合いに出される二つの局面の間にはいつでも最低限の合意しか得られていない。しかし「死者の日」の記事では、この合意過程を辿ろうとしても、もはやその足跡すら見あたらない。鏡と客観的現実との間の対立後には、ただ鏡だけが残ったが、死というたった一つの考えに小さく縮まって、もはやガラスは曇るばかりであった、とロッシは言う。こうして、皮肉は激しい非難と嫌味に取って代わられた。

「一八三六年のクリスマスイブ」を精読すると、ロッシはまったく同一の状況に出くわす。著者は、書斎にいる設定の自分自身を一人称で描写する。そして「死者の日」の記事と同様、政治における公的生活はただの舞台設定以上には機能しておらず、最も主要なテーマである「私」という存在の惨めさを描くための一連の類推のうちの一つに過ぎない。外側にある現実はほぼ完璧に、と言っていいほど排除されている。ラーラは「クリスマスイブ」から出発して、自分自身の人生を墓に見立てた「死者の日」に至るに、すでに外側の世界を認識することが不可能になっていた。「クリスマスイブ」に出てくる使用人は主人に対して真実を述べ、ラーラ自身をより一層、意識の底へと沈めていった。なぜなら、ある瞬間、主人にそっくりとなった使用人の言葉は、彼自身の容赦ない自己分析でもあったからだ。

バーコウィッツもほぼ同じ結論に至っている。ラーラが自分自身を悲痛に描写したのは、日常の風刺記事においてであり、そこで着けていた皮肉の仮面は特別際立つものであった。独特の描写は、「悲劇的ユーモアによる風刺」と研究者の分類するような、いま我々が取り上げているいくつかの記事の中で見つかる。これらすべての風刺の中で、傑出した技巧家として主観的な感情の迸りに従いながらも、ラーラは作家としては自分自身を悲惨な状態にあると感じ、この時期になると風刺ももはや意味をなさなくなった。すでに自分の能力までも疑い、風刺家としての機知とバランス感覚を失っていたからだ。具体的な国家悪に対する彼の非難は、人生そのものに対する恨みや不満と化した。「死者の日」「クリスマスイブ」において、ラーラが世界に対してよりもはるかに自分自身に対して関心を持つようになり、物ごとに対する省察が自分自身の内面に向かっていったことを、ロッシ同様バーコウィッツは明確にしている。彼の芸術は別の方向へと進んでいき、向かった先の悲劇は風刺を殺してしまった。

バーコウィッツはこれらの記事のさまざまなニュアンスを示しているが、典型的なロマン主義的側面、つまり共通してラーラ自身に起因する性格を定義づけるものとして明らかにしている。しかしながら、多くの側面において重要性をもつこれらの文章は、すでに我々も述べてきたが、彼の人生の最終局面を表わすものであって、彼の著作の最も優れたものではないだろうとバーコウィッツは告白する。国家よりも彼自身に光を当てており、我々の考えを述べるとすれば、正確に衰退とは言い切れないとしても、進歩の萌芽は一つも見られないように思える。なぜならラーラはあらゆる解決法に目を閉じ、闘いを放棄しているからだ。作家であり、かつて理想主義者と呼ばれたラーラは、いまや幻滅させられ、価値のある風刺を書くことはできなかった。もはや死のほかにその出口を見出せなかった。

ラーラのイデオロギー

ラーラのイデオロギーに近づくためには、前もってその到達へ向かう道を妨げかねない二つの疑問に取り組む必要がある。第一に、ラーラが愛国主義者か否かという問題、また親仏派《アフランセサード》と推定される問題である。第二に、「風俗写生作家《コストゥンブリスタ》」[*162]（スペインの社会慣習や風俗、土地に根差した伝統を描いた文学や絵画などの潮流）としてのラーラの気質であるが、このジャンルとして理解されている典型的な基準に沿って考えると、ラーラがそれに当てはまるのかどうか疑義が呈されてきた。

この段階でラーラの愛国主義について証明することから始めなければならない、というのは少し決まりが悪い。しかし必要不可欠なことでもある。いままでも幾度となくこの点が疑問視され、現在でも状況は変わらない。いくつかの論評で問われてきて、ほとんど論駁する必要さえ感じさせない類の評であるにもかかわらず、それらが巷で為され影響を与えているのだ。ラーラの場合、十八世紀の偉大な改革主義者たちとまったく同じ愛国的な姿勢を保っていた、と言える。退屈ではあるが、再びここで、いままでその目的のために言われてきたことを繰り返し述べる必要があるだろう。誤解されるのではないかという懸念にラーラは生涯苦しめられ、一つ一つの足取りについて自分自身の行動を釈明すべきだと感じていた。自国の状況に面して、そのありふれた仕事に、自らの無知に、また誇りに対して絶対的に満足しているスペイン人たち、さらに自己利益のために立ち位置を変えたくないという低レベルなエゴイズムの下《もと》にあるスペイン人たちと、ラーラは幾度となく対立した。加えて、理想国家として自国を確立しようとするための上昇志向によって、その理想とのギャップに不満を感じているスペイン人たち（外国かぶれによる場違いで時宜を逸した、自国を悪しざまに言う理想主義者のこと）とも同じく対立した。

よく知られる「古き良きスペイン人《カステリャーノ》」（一九一頁）という記事の中で、ドン・ブラウリオという主人公を描写し、ラーラはこう書いている。「中流階級の大部分もしくはすべて、あるいは下層階級のすべての人の間で常に、と言っていいほど見つかるのが虚栄である。これは外国のあらゆる美点を前にして、自国の取るに足りないものを良しとする愛国心である。この盲目のせいで、かくも無思慮な愛情から来るすべての責任が受け入れられているのだ。スペインワインが一番だと言ったついでに、スペインの教育も最高だと言うが、前者に関しては合っていても、後者は疑わしい。マドリッドの空は澄み切っていてこの上ないと言う代わりに、我々のマノーラ嬢はあらゆる女性の中で最高に魅力的だと主張してみたりするが、つまるところそれは排他的に生きている人間なのであって……」。

「あなたは何をおっしゃるのか？　それはまったく別のことだ[*163]」というあまり知られていない記事では、二人のスペイン人が対話している。二人のうちの一人目は、前の話（「古き良きスペイン人」のドン・ブラウリオ）の登場人物と同じタイプだ。「この種の人は、あの馬鹿のんきで世間知らずの容貌をしている上に、ペローナ（カスティーリャ・ラ・マンチャ州、クエンカ県にある都市。『ドン・キホーテ』的な風景、黄金世紀の風情残す風光明媚な街）に行けばこう叫ぶ。〈食べ物や優雅さ《エレガンス》といったもので、なんで外国人を羨ましがる必要があるかね？〉　プラド美術館を見てはこう叫ぶ。〈これが世界を逍遥するってもんだ、最高だよ！〉　そして「飢餓」を描いた絵画をじっくり見て、驚きと不思議に満ちた声でこう言う。〈これが絵を描くってもんだ！〉　ついには王立芸術学院《コンセルバトリオ》にあるスペイン美術の誇るべき姿を見て、虚栄心に満ちてこう言う。〈さあご覧なさい！　我々に足りないのは何かしようとする意欲だけだ！〉

最後に、喜劇を見れば、道化役が話しだすと特に面白くなくても笑い、本当に面白ければ劇作家の手柄であることに気づかず〈こいつは男の中の男だ！　こいつ凄いよ！　最高！〉などと言うタイプがいる。これらは一言で言えば、劇場を辞するときのお決まりの言葉である。〈なんとまぁ、うまくやったもんだ！〉と。幸せと愛国心で一杯の魂は、虚栄心をもつためと、自分たちが幸福で優位だと信じるための唯一の方法を見つけたのだ。すなわち、目の前の物ごとをかくあるべき理想の姿として見るのである。おめでたい人たちだ。彼らの存在は、物理学の法則を証明するための生きた証拠だ。物の色というのは物自体にあるのではなく、それを見る者の目の中にあるのだという法則を」。

自国をあるがままに愛し、かくも幸福に満たされた二人のスペイン人を前にして、ラーラの不満がもたげてきたのである。ラーラは自国を絶望的に愛していたが、それは高い方向からの意味においてであった。自国を理想の高みから熟考し、解決すべき、問題あるものとして見ていた。どこか別の場所に見出すことができるであろう完璧さと充足を自国に願っていたのだ。この努力と要求の態度は、事実は苦いものであるのにその真実を受け止めたくない者たちの憎悪を招くことをラーラは分かっていた。セコの言うように、いつだって真実を表明する者を非難するほうが心地良いのであり、だからこそラーラは勇気をもって、自分が書いている高みの位置を守らねばならなかったのだ。こう述べている。「もし私の意見を聞いたら、ひとは私のことを〈悪しきスペイン人〉と呼ぶでしょう。なぜなら私は悪弊についてそれが正されるように語るのだし、我が愛する国が、私の引き合いに出すような栄達のレベルにまで至ってほしいと願うからだ。この国では恥ずべき沈黙を保つ者か、もしくは民衆の無知にへつらう者だけが国を愛していると思われている。これが永遠に続く悪の原因となっている……」。

「結論」*164と題された感動的な記事では、ラーラは「可哀そうなお喋りさん」に対し死を宣告し、もっと究極的な言葉を書いている。「民衆にへつらう者は、常に上位者にへつらう者と同様、民衆にとって最も有害な敵であった。民衆の目に分厚い目隠しをして、その弱みに付け込む権利を得るために、こう言ってきた。〈あなた方がすべてです〉と。この馬鹿げた称賛が、狂った誇りを生み出し、我々の同胞者たちの多くに、何も前進させる必要がない、何も努力をする必要がない、何の羨望も持つ必要がないと信じさせてしまったのだ。

さていま、我々に対して善意で応えようとする者に問おうではないか。〈人としてより良いスペイン人とはどちらのことでしょうか？〉。こう答える偽善者でしょうか。〈あなた方がすべてです。レースの賞をもらうためにいま一歩を踏み出す必要はありません。なぜならあなた方は前を進んでいるのですから〉。一方、同胞に誠実にこう言う者のことでしょうか。〈まだまだ歩かねばなりません。ゴールはまだ遠いのです。もっと速く歩いて下さい。あなた方は一番になりたいでしょう？〉前者の偽善者たちは現在持っているもので満足させ、幸福へ向かって歩むことを妨げている。後者は国民をいつの日か「善」へ向かわせるための、唯一有効な方法となる正直な言葉を使っている。では二人のうちのどちらがより切実に国民の幸せを願っているのだろうか？　後者が真のスペイン人でしょう。スペインに良き政府ができるように、と正しい方向に進んでいるのは、後者その人だけだ」。そして、（ララ自身が扮する）バチジェルの文通相手であるアンドレス・ニポレサスは、バチジェルの死を報告する記事の中で、もっと執拗に、同じ苛立ちに苦しめられている。「神様はよく知っておられ、ついでに言えば私もよく知っていますが、バチジェル氏は決して国の悪口を言おうという意図があったわけではありません。キリストよ！　神様よ、我々をお守りください！　以前は父が子を愛するように（父親が愛する子供を殴って躾けたように）、自国を愛するバチジェル氏も年四回ほど辛辣な記事を書いて厳しい叱責を送り、それによって愛と厳しさは両立できるという証拠を示していたのです」。

一時期ラーラに対して頻繁に向けられた、もう一つの非難を否定する必要がある。それは彼の厭世・悲観主義に対するものである。いまここで改めて認識して頂きたいことだが、とりわけ、ラーラの人生と国家の将来の可能性を結びつけていたのは個人的・主観的な態度によってではなかった、と我々は理解している。この点に関しては、ロマン主義的なラーラの感性について取り上げた際にすでに考察した。実際、悲観主義者は目の前の存在を受容する。というのも、向上を望みも信じもしないからであり、国家に対しては現状維持であるよう宣言するからだ。しかしラーラは、少なくとも最初の公的生活の何年かの間は、スペインの同胞たちの可能性に対していまだ楽観主義者であったことは間違いない。

真の愛国心とは

国に関してただ非難する者たちほど、ラーラを苛立たせるものはなかった。自分たちが優位に立っていると信じており、自分たちの非難の矛先に対して一つも改善することのない人たちである。「この国では」[*165]という記事の中で彼らの姿勢の深部が露呈されているので、本来ならば記事の全文を引用したいところだが、ここでは一部引用する。「〈この国では……〉このフレーズは我々が執拗に繰り返すものであり、あらゆるレベルの説明においても鍵として働く。悪い意味で我々の目に余る事柄に対しても同じである。（現実を甘く見て期待し過ぎて、実際には改善不可能だと気づかない人を否定するために）〈で、一体全体どうしろって言うんです？〉と。そして我々はこう言い返す。〈この国では！〉 いかなる不快な出来事が我々に起きようとも、完璧といっていいほど、我々はあるフレーズをもって説明するだろう。〈この国のことだから！〉と。我々が虚栄心とともに口に発し、恥知らずにも繰り返す言葉である。／

まさかこれは国中に知れ渡っている後進性から生まれた言葉ではないだろうか？ いやいや、そんなことはない。そうだったらこんな言葉は生まれない。ここで推論できるのは、国民が自分の国がどれほど遅れているか分かった時点で、現実には遅れはなくなるはずだということだ（自国の後進性について分かっていない人が大多数なので後進性を克服できない）。想像力、思考力の怠慢が、我々に起こっている出来事の本当の理由を省察するのを阻んでいるのではなかろうか？ 各々、固有の議論に反応するために、いつでも口癖（「この国のことだ、無理だ」）を言い聞かせて、〈悪事〉に加担している自分には目をつぶり、その責任を一般論的な国情へと引き下ろしているのではないだろうか？」

そして後にこう付け加える。「これがひょっとすると我々の状態なのではないか。そして我々の理解によれば、これが我が国の若年層に見られる自惚《うぬぼ》れの原因ではないだろうか。〈生半可な知識〉が全員を支配している。幸福について我々は知らないが、それが存在していて、所有できると知っている。しかしどうやって？ ということは想像できないのだが——。持っているものを露骨に見下し、もっといいものを知っているように見せかける。こうして互いを騙そうとするが、同じ穴の貉《むじな》である」。

麻痺させる作用（悲観的な言説を広めて人の自主性・自発性をつぶす作用）をもつ悲観主義者、とラーラを形容してよいものだろうか？ 外国の状況を目の当たりにした憧れによって、あらさがしにご執心なだけだ、と彼を告発できるのだろうか？ ここで記事の最後の段落を読むのが適切であろう。「ある外国人の口から、我々の国よりも遥か昔に、啓蒙のもたらす利点をすでに知っている国に属する幸運を耳にしたとして、我々はその事実を詳らかに調査はしないにせよ、何も不思議だとは思われない。（外国人から厳しいことを言われると）外国にまでやってきてその国を批判するなんて失礼だ、招かれているのに恩知らずだと思うかもしれないが、批判自体はその通りだと受け入れがちだ。しかし同胞のスペイン人の口に、今日の我々を風刺するにふさわしい軽蔑の言葉がのぼったとしたらどうだろうか。そのスペイン人は特に自国以外をまったく知らず、不当に名誉を損なうような人たちであって、彼らに対する我々の憤りは鎮まるところを知らない。／

さあ、我々の言葉から〈この国では〉という、ただ自国を中傷するためだけの卑屈な表現を消し去ろうではないか。過去に目を向けて比較することにしよう。我々は幸福だと信じよう。もし一度でも前を向いたら、外国と比較するようになり、現在と比べてより良い未来に向けて準備せざるを得なくなる。その後、我々の進歩の過程では、隣人たちと競い合うことになるだろう。必要が認められた場合に限って、外の良さと内の悪さについての反対意見を述べることにしよう。／

繰り返しになるが、我々自身の持っている力に対する余計な不信感を増幅する不吉な表現など忘れよう。良い面も考慮に入れてスペインを正しく評価しよう。努力と幸福を達成できると信じよう。スペイン人各位は、〈どうせスペインのことだ！〉という気落ちする表現によって、無為に過ごす態度を醸成するのではなく、良き貴族としての義務を果たそう。それぞれが可能な限り、スペインの向上に貢献しようではないか。そうすればこの国は外国人からこんなにも酷い仕打ちを受けることもなくなるだろう。もし我々自身が彼らに恥となる例を露呈しているなら、軽蔑されても何も反論の余地はなかろう」。

ここでもう一つ別の文章に触れる必要がある。すでに取り上げた「結果」と題する記事を改めて見たい。ラーラはこう書く。「ある一つの屈辱的な疑いを晴らさなければならない。偏った自尊心や、時宜を得ない、正気を失った外国偏愛によって、我々の中で自分たちの国を悪く言う傾向が生まれたのではないかと、おそらく多くの人が思ってきたことだろう。我々はそのような愛国心に欠けた行為を行なっているつもりは毛頭ない。晴らすべき疑いというのは、文明レベルの高さでは最先端を行く国ではないにしても、少なくとも他よりは遅れていまいと自分自身に思い込ませることで、危険な幻想を見ている同胞の心にしか宿らない類のものだ。

そのように信じている人たちのために我々は書いているのではない。耳の聞こえない者に話してどうなるというのだろうか。そうではなく分別あるスペイン人のために、我々は良かれ悪しかれ紙幅を費やしたのだ。我々スペイン人には他の人類が為しているのと同じことを為す力があると、我々と同じように信じている人たちのために、また人は教育と行政によってのみ形成されるものだと考える人たちのために。つまり、かつては未開民族だった人たちが今日、世界の発展を牽引するに至っている、と考えるだけで、先ほど述べた永遠の真実、つまり人間は教育と良き統治によって形成可能だと証《あかし》されていると納得する人たちのために、である。科学と芸術そして美徳までが、東から西へ、南から北へと絶え間ない交代によって伝えられたのであって、天がある特定の民族のために、我々皆が手に入れたがる幸せや、皆が追いかける優位性といったものを独占させたわけではないことを忘れない人たちのために。

これらの人たち、つまり我々の幸福と政治的権威というものは聖なる護符に頼るべきものではなく、いつの日か生まれるのであれば屋根の下から、つまり我々自身から生まれると確信する人たちのために。そういう人たちのために我々は熟考しよう。この熟考によって様々な中傷や非難を受けてきた我々の名誉が回復でき、我々について叩かれてきた陰口の裏にあるものも表面化するだろう。また、これが我々の唱える、真の愛国心の基本信条となるだろう」。続いて主題が変わり、「大衆にへつらう者たち」という件《くだり》となる。

フランスとの関係

国を愛する情熱から生まれた強い反抗心によってラーラの筆が動かされていたのを見れば、外国かぶれという罪状からは放免されていることが充分明らかであろう。とはいえ、いつでもフランス崇拝という亡霊からは逃れられなかったように見える。彼の自殺によって、その墓に「ロマン主義者ラーラ」という飾り棚が見事に掲げられることになったのと同様、親仏派の父、フランスへの亡命、パリでの幼少期といったことが、そのフランス崇拝という主題《テーマ》を引き出した。加えてラーラの四つの語（Es mi primera lengua.「私の第一の言語」）が大いに貢献したのは間違いない。いつも繰り返され、文脈から先立って抜粋されることで、偏って解釈されてきた言葉である。

しかし、ラーラの「フランスでの教育」には説明が必要だろう。ラーラは五歳のときフランスへ渡り、九歳のときに故国へ戻った。それから彼の死の二年前となる一八三五年までフランスを訪れなかったが、この頃までにすでに著作のほとんどを書き上げていた。この幼少期の四年間にわたるラーラの「フランスでの教育」がさほど重要だとは考えないようにしよう。生きたフランス語を学んだことは別として、教室での子供たちの教育上のいくつかの習慣以外に残ったものはなかっただろう。多かれ少なかれ、フランスの著述家たちの著作を読むことは、マドリッドから一歩も出ずして行なうことができた。フェイホー[*166]（スペインのベネディクト会修道士。オビエド大学の神学教授）、ホベリャーノス、他の幾多の啓蒙主義者たちもフランスへ一度も旅することなくフランス文化を吸収することができたのと同様に。

ラーラがパリから戻ってきた時点で、スペイン語を忘れていたのは確かであった。その事実を受け入れたとして、帰ってきた当時の九歳であれば、ある国の言葉、ましてや自国の、全生涯にわたって暮らすことになる国の言葉に習熟するのは充分可能な年齢である。ラーラのスペイン語に対する気の向けようは、偏執的であった。まだ幼い子供時分から「スペイン語文法」を書き写す練習をし、時を経て、「類語辞典」の編集を試みるようになった。ラーラは世紀最高の散文作家だと断定的に分類したくなるが、少なくとも最高の散文作家の一人——とはいえ誰が最高の散文作家と言えよう？ バレーラ[*167]（スペインを代表する小説家、外交官。『ペピータ・ヒメネス』が代表作）か？——と言われるほどに、なるほどスペイン語をよく「再学習」したのだ。一方、ラーラについてもう一つ確かなことは、スペインに戻ってからはフランス語を「ほとんど」忘れてしまったという点だ。フランス語の本を読むには充分な淀みなさで自由に扱うことができ、果ては翻訳したり、フランス喜劇を脚色することができた。しかし話すのはほどほどで、書くにはさらに困難が伴った。

ラーラのフランス語に対する深い知識を証明するいくつかの言葉がしばしば示される。別の目的ですでに前述したが、パリから編集者デルガードに宛てた手紙の中の「フランス語は私の第一の言語なのです」という言葉である。しかしラーラの書いた本意は、世間がラーラに着せた「フランスかぶれ」とはまるで逆であった。フランス語が彼にとって第一の言語だということでラーラが言いたかったのはつまり、それが遥か昔の幼少期に初めて学んだ最初の言語であって、ほとんど忘れ去ってしまったし、書くには非常に困難を伴うという意味である。

デルガードに宛てたフランスからの手紙でラーラは、テロール男爵による『古のフランス、ピトレスク・ロマンティック紀行[*168]』という本のためのフランス語の文章を編集する以外にはスペインに向けて特に何も書けなかったと自己弁明し、こう書いている。「本のための文章が足りないということで執筆を任されたのですが、こういう類の仕事はフランス語で為されなければならないので、そう短くない時間を私が費やしたことを、あなたもご推察いただけるでしょう」。続く行では、エッセイが非常に気に入られたようなので、いくつかの記事をさらに書くよう任されたと言い、その点について間違いなくこう書いている。「いままで至極大変だったし、いまも難儀なのは、フランス語を使うことです。しかし私には作文を見てくれる友人もいますし、最終的には、毎日書きながら進歩できるでしょう。フランス語は私にとって最初に学んだ言語ではありますが、扉の蝶番のように錆びてしまっている（傍点部、ラーラの強調箇所）のです。使っていればそのうち流暢になっていくでしょうが」。「私の（学んだ）第一の（最初の）言語」の意味がこの上なく明快に表わされている。

ラーラはフランス様式を引き合いに出すことが常であったが、これはまさにラーラ自身の文章と照らし合わせて明らかにすべき点である。セコはフィガロの文のうちに「ピレネーの向うの見世物を前にした（スペイン人の）騙されやすさ」は決して見られないと、驚くべき正確さで特筆している。それどころか、流行から言語に至るまで、フランス的なるものの馬鹿げた真似をする同国人をラーラが非難した文章は溢れかえっており、選ぶのに困るほどだ。すでに触れたデュカンジュの演劇を批評した『三十年、もしくはある賭博師の生涯』は『ドゥエンデ』の第二巻に収録されているが、ラーラの「フランスの教育」から最も近い時期に書かれたと推察されるにもかかわらず、あたかもフランスを嫌う伝統主義者によって書かれた抗議文のようにも見える。

ラーラがスペイン黄金世紀の規則を無視した演劇を非難することでフランス人たちを嘲笑する一方で、スペインのロマン主義の大衆劇中ではフランス劇の醜悪な物真似が為されていたのだ。これらの文章を書くことによって、ラーラは隣国に対する遺恨を多かれ少なかれ晴らそうと企てたのではなかろうか。冒頭でこう述べている。「いくらパリが流行だからといって、また昔住んでいたことがあったからといって、パリのものを何も身に付けない〈ドゥエンデ〉（ラーラのペンネーム）に、パリから記事の題材がもたらされることになろうとは誰が予想できただろうか……」。

「ボワローの神託」（いわゆるフランス的「自然」、「理性」、「真実」の象徴として挙げている）を意図するために、記事のタイトルをそこから取ってきたにもかかわらず、本文には皮肉に満ちた言葉が溢れかえっている。「ボワローが説明するところによると、スペインの紳士たちはパンを口にすることができれば特権と考え、四足歩行をやめられたのもフランス人のお蔭であるとでも思っている。この義理堅いスペイン人のお偉いさんたちは、思い切って〈ある賭博師の生涯〉を笑い飛ばせないものだろうか？　かのカルデロン時代にマドリッドの創意工夫に富んだいずれかの作家が書いたのでもなく、十九世紀になってM・デュカンジュによって出版されたものだ。啓蒙主義の時代にまさにその国において〈賭博師〉が生まれ、いまだに言い訳と称賛に満ちたポスターに載っている道化師たちを、我々スペイン人は非常に良いものだと評価しているのだ」。最後の段落の言葉は、フランス的なるものへの騙されやすさに対する嘲りの言葉であり、ラーラはあらゆる手段で皮肉を織り重ねている。

「ドゥエンデ」の別の記事では、ラーラは『エル・コレオ』紙のフランス偏愛について嘲笑している。「この、スペイン語ではなくフランス語を話したいという強い願望は、『エル・コレオ』特有のものであり、幾千回となくその機会がお目見えする。なぜ“Soi disant satirique”《ソワ・ディザン・サティリック》（自称風刺家）とフランス語で言う代わりに〈似非風刺家《セウド・サティリコ》〉と言わないのだろうか？ ある言語ではなく別の言語なら、ついた嘘がより説得力が出ると言うのだろうか？」 この種の引用はいくらでも出てくるだろう。

「文学」の記事の中で、ラーラはフランス趣味を採り入れ、フランス文学を輸入した十八世紀の作家たちについて多く書いたが、そうした彼らの意図の重要性については譲歩しつつも、こう書いている。「彼らは当然感謝されるに値するし、我々はそれを否定しようとは思っていない。ただ、若いスペインにもっと広大な地を開きたいのだ。いつの日か、ヨーロッパ文学において、（他から借りてきたり与えられるのではなく）自分の独力で手に入れた、国民としての位置を占めるようになることをただ願うのだ」（傍点部、ラーラの強調箇所）。ここで問おう。これが親仏派《アフランセサド》の人間の言葉だと言えるだろうか？ ここに明らかにウナムーノ*169（スペインを代表する哲学者、詩人。憂国の思想家。九八年世代）的な願いが、すなわちヨーロッパをスペイン化したいという願いが述べられてはいまいか？ しかもそれはラーラの望むレベルにまで高め、その高みから課そうという願いだったのではあるまいか？

デュマの『アントニー』についての二番目の記事に、ラーラはこう書いている。「先の記事では、文学ではなく社会を表わす表現について確認してきたが、スペイン全土で区別なく、すべての文学が同じように受け入れられることはない。この原理を理解すれば、フランス文学が我々の信条や習慣を代弁することはないと分かるだろう。暴力的な無理解によって、完全に自国に適するわけでもなく、また浅はかな考えの断片が押しつけられた場合、我々にはただ害がもたらされるだけだ」。ラーラの時代にあって、なんと「親仏的」だったことだろう、こうした言葉を書くことができたとは？

マドリッドで書くとは

ラーラの親仏主義を告発するために何度も繰り返し取り上げられた言葉を、ここで特別に考慮する必要がある。『エル・エスパニョール』紙に掲載された「冬の時間」と題する記事であり、一八三六年のクリスマスの日に、つまり彼の死の数ヶ月前に発表されたものである。ここに引用する。「ユゴーやレルミニエ*170（フランスの薬学者、植物・自然学者。カリブ諸島からパリへ戻って研究）のように、文明の、出版界の中心にいて執筆活動をする、創造するとは、まさに〈書く〉行為そのものである。書かれた言葉は響き渡らねばならないのであって、池の真ん中へめがけて投げられた石のように、水面の境界まで波と波を繰り返して到達させようとする。中心から周縁に向かって光のごとく放射されねばならない。シャトーブリアンやラマルティーヌのように近代世界の中心都市（パリ）で書くとは、人類全体のために書くということだ。人間の言葉の、尊厳ある高貴な目的であり、誰かの耳に届けるために言葉は発せられる。我々のようにマドリッドで書いていると、自分以外は誰も読まない備忘録《メモ》や回想録を記すがごとく、絶望的で悲しい独白《モノローグ》を繰り広げるような気持ちになる。マドリッドで書くとは涙することである。抗しがたい暴力的な悪夢の中で、まるで見つからない声なき声を見つけること。なぜなら人は自分の仲間のためにすら書くことはできないから。この仲間とは一体誰なのか？　誰がここで声を聴いているのか？　アカデミーか、文学界か、プエルタ・デル・ソル（マドリッド自治政府庁の置かれた「太陽の門」の意の広場。憲法発布などの舞台、古くからの郵便局があり、国内外からのニュース、マドリッド市民が集まる場）の報道陣の輪か、カフェ卓上の会合仲間か、いやはや、遥か彼方を旅する探検隊の分隊か、批評家仲間のゴメスの徒党らか、剝奪する輩《やから》か、される輩か（おそらく批評を通じて名声を剝奪したり、されたりする者たちの意）？」

文脈から切り離されたとしたら、これらの言葉は外国風の幻想による無邪気な吐露と取れるかもしれない。しかし記事全体を読む必要がある。記事の中では、彼の筆が最も暗い筆致となって、大きな苦悩とともに、スペインという国自体が痛みの中に揺れ動いていることが分かる。しかし苦しくもあるが、この痛みが再生と努力を呼び起こすのである。ラーラは以下のように説明する。「かつての我々の偉大さは崩れ去り、国家に対する誇りは我々の胸の中で死んでしまった。唯一これだけが〈国民に偉大なことを企図させ、為さしめる〉ものだというのに。我々は外国の陰謀の玩具と化し、国土は他民族の戦場となり、〈戦いが起こる原因がもたらされた〉」のだった。

ラーラ、つまり自由主義者、平和主義者であり、啓蒙主義に学んだ普遍的人間の擁護者であるラーラは、国の力と度量を誇示し、外側へ向かって広めるように、国民に対して叱責する。誰がそのようなことを言うことができただろうか。さらに、遥か遠きスペイン帝国の将軍たちを呼び覚ますにまでに至る。ラーラの筆によるその誘《いざな》いに、常套句のようなわざとらしい風情はまったくない。こう述べている。

「これは永遠の真実である。国民は生きるための基本信条を自身の中に持っているが、深奥で成長させ、力を蓄積し、外側へ向かって発芽させねばならない。個人と同じで国民は、エゴイズムという大きな法則に縛られ、自分の命よりもむしろ他人の命を貪って（その体に寄生して）生きている。優位性を活かし、力ずくでも恒常的に隣国を搾取できないとは、なんと哀れな国か！　自分たちが彼らに搾取されるのが関の山である。もしくは隣人を引力のように引きつけるか、隣人に引きつけられるかだ。自然の容赦ない法則よ。食うか食われるかである。一般的な意味での国民であれ、個人であれ、被害者か加害者のどちらかになってしまう。戦いは延々と続いている。しかし、いまだ実現できない空想上の平和の世が到来したとして、この貪

り合いは続くのだ。たとえ山の地面を激しく抉る急流の勢いがなくとも、穏やかな流れが川床を侵食する確かな力があるように。／

自らを維持するだけの生命力しかない国、隣国を圧倒するような生命力がない国は、闇に生きることを宣告されている。そして武力が届かない場所には、文も届かない（植民地時代に侵略国まで到達し軍事力で抑えられなければ、文化を広められなかったように、軍事力もあってはじめて文化的影響力を持つようになる意）。剣が血の跡を残さないのなら、筆による一つのアルファベットも、一単語も、一字も印刷されることはない。／

もしできることならアントウェルペンの塔[*171]（ベルギーのアントウェルペンにある、壮麗なローマ・カトリック教会の聖母大聖堂の塔）の上で、霊性に満ちた古代都市ローマの七つの丘で、我々の旗をはためかせようではないか。さすれば、いま一度スペイン式の天蓋が、メキシコ湾を、アラウコ山脈（チリ南部に居住していた先住民族のマプチェ族と、スペイン人征服者との間で戦争が起こった場所）を征服することだろう。我々スペイン人は法を与えるために戻るのだ。ジャガイモを植えて、喜劇を作って、翻訳者を見つけよう。将軍フェルナンデス・デ・コルドバ[*172]とエスピノラ家[*173]、アルバ侯爵家[*174]にトレド家[*175]とともに、ロペ家[*176]、エルシーリャ家[*177]、カルデロン家[*178]たちが戻ってくるのだ。／

というわけで、そのような帰還が我々の未来に約束され、かつてのようにある国民がたった一度の生涯に二つの力強い時代（スペインと植民地の二つの黄金時代）を生きることができるよう運命づけられているとすれば、我々は創造行為をやめようではないか。（黄金時代は過去のものなのだから）政治と軍事上で優位を獲得するのと同じ方法で、文学上の栄光を得ようとするのは諦めよう。もはや時間とともに我々は丸裸にされてしまったのだから」。続けてラーラは、我々がすでに引用した次の言葉を書いている。「マドリッドで書くとは涙することだ」と。偉大なるジャーナリストを意気消沈させたのは、同国人の無気力、無関心、受動性であって、虚しくも日々、容赦ない鞭で刺激を与えようとしていた。いま一度問いに戻ろう。この涙し絶望するスペイン人を、親仏派や外国びいきだと咎められようか？　彼の言葉と熱情が答えを得られずに、ありふれた文学のおしゃべりの中に溶解していき、著作に表わされた声が消え去っていくのをただ見ていられたのだろうか？　幾度も言われてきたように、ラーラの言葉を、ロマン主義特有の単なる不満の声だと片づけてよいのだろうか？

ジャーナリスト、ラーラ

一世紀半前の読者に対して書かれた、ラーラの短い、一見すると軽く、偶然の環境で生まれたようにも思える記事がなぜ束の間の特性を超え、ジャーナリズム界の隅々にまで影響を与えるようになったのか。また、その新鮮さと現在性を保つことができたのか。それ以上に我々国民の最も鋭い描写の一つとなったのか――ここでその秘密に迫ることは重要である。ラーラは同時代の作家たちがジャンルを開拓した、いわゆる「風俗作家《コストゥンブリスタ》」では決してない。ラーラの作品の日常性と狭義の機知を見れば、他の作家たちと同じグループに入れられなくもないが、その共通点と言えば、ただ単に礼儀作法《エチケット》という点だけであろう。「習慣に関する記事」の様式と題材は、ロマン主義の時代精神によって養われた。しかしラーラの傑作を見れば、思考や感情、表現の普遍性を確かに伴っており、単なる風俗主義に抗するアンチテーゼにまで見えてくると、偉大なジャーナリストの作品について謙虚に綿密に研究を重ねたターは述べている。ラーラは具体的な習慣や、出来事や、現象それ自体にはさして関心がなかった。しかし、人間の、歴史の、社会そして心理の現実《リアリティー》が端的に現われた、より深い意味の表われとして、それらに関心をもったのだ、とターは引き続き説明する。ラーラの作品にほとんど絵画的な表現が見られない点もそこに起因する。「習慣の記事」はラーラにとって目的ではなく、単なる道筋であって、適切で通俗的な規範と言えるものだった。時流の中に、彼の生きた時代の社会、政治、文化の全貌を批判する実験を含ませることができた。「軽い調子の形式なのに意図は真面目で、批判的エッセイとフォーマルな風刺のすべての長所を併せもっている。それはただ一つの国民に限られたものでも、個人的かつ知的な責任としての課題に限られたものでもなかった」。厳しい検閲や、党派に対する熱情のあった時代では、取るに足りないフィクションに基づいた「記事」こそ、ラーラにとって最も攻撃的であると同時に防御的な武器でもあったのだ、と続けてターは述べる。フィガロがまさにその通りだが、国民の道化師としてならば、別の形態では不可能であったような表現の自由が可能となったのだ。

　この状況は、ラーラにとって勝利であると同時に苦悩でもあった、とターは解説する。なぜならラーラが自らの文学と政治批評の役割を真剣に考えていたのと同じくらいに、ラーラ自身も読者から真面目に捉えられてほしいと熱烈に願っていたからだ。それゆえ文学の中でも特に風刺の社会的有用性や作家としての高い使命、学派や政党から独立を保ちたいという熱意を明示することに執着した。その反面、彼の慎み深い「流儀」によってあらゆる機会と特権を利用してもいた。しかしラーラにとって喜劇作家と見られることは本望ではなかった。ここに、自分が理解されず、称賛を得ることもないのを目にしていた彼の内面から湧き上がる苦悩の種がある。誇りと不満の入り混じった曖昧な感情が、死にまで至らしめた最期の危機の大きな原因となったのだが、これほどまでに努力して闘った彼の名誉が底に沈んで行くのを目の当たりにした時期のことである。いままでも繰り返し述べてきたが、一八三六年の夏の政治事件で、民心の不評を買うこととなる誤った態度をラーラが取ったこと（メンディサバル政権を批判し、一時期、穏健派のイストゥリス陣営を支持、その後すぐ失権したこと）に起因する。

　ラーラの名声は死後に高まっていくのだが、彼が扱っていた小さな道具（新聞記事のこと）を通じてあらゆる可能性を引き出し、境界を超え、彼の生きた時代と、また未来に対してこれほど価値ある結果をもたらしたのは他に類例を見ないからだ。記事という形式は、言葉と概念を遊ばせる無尽蔵の能力をもつラーラの天才性を発揮するのに理想的であった。この点で、ラーラの天賦の才もしくは「機知」は、セネカやマルティアリス[*179]やクィンティリアヌス[*180]やセルバンテス[*181]、ケベード[*182]（スペイン・バロック期を代表する散文家、小説家、詩人。警句や地口などを駆使する〈奇知主義〉の大家）もしくはウナムーノのように、真にスペイン的であったとターは指摘する。彼の最良の、かつ最も特徴的な記事では、冒頭に簡単なフレーズや的確な考えを表わす言葉が置かれるが、多くの場合タイトルから始まって機知に富んだ洒脱さとともに、縦横無尽に文が展開されていく。ラーラは「習慣の記事」の伝統的な形式に沿いつつ、個人的かつ国家的、同時代的かつ普遍的な表現を生み出す。明るいユーモアと苦い皮肉を気質として込め、時代的な特徴、彼個人の状況、また国情に沿って表現方法を採択した、とターは言う。続けて分析的な要素と主観的な要素、論理と情熱、この相互作用の中にラーラの精神と芸術の最大の特徴が潜んでいると述べる。

旧体制からの脱却

新聞記事という軽い道具を使ってラーラが深みと重要性を獲得したという事実を見れば、彼の知識の蓄積について問うことは無用である。判断するにあたってラーラの重要性を差し引くために、彼の高等教育によらない浅学さについて執拗に述べられてきたが、性急でまったく論理づいていない読者によるものだ。スペイン学界の雄メネンデス・イ・ペラーヨ[*183]はラーラについて「偉大な才能の持ち主だったが、物を知らず、自分自身の無知に気がつかなかった。知らないことは時に推測した。推測と完全かつ科学的な知識との間では歴然とした差があろう」と書いている。しかし学者特有の文化をラーラに要求するのは衒学的な見方ではなかろうか。ラーラは学者ではなかったし、なりたいとも思わなかった。そうなる時間もなかったし、目的を果たすには、学者である必要はまったくなかった。ロンバは、ラーラについての知られる限りの研究やその著作から推察しながら、彼の文化度を示す目録に紙幅を費やした。我々のジャーナリスト、ラーラの知識に関する明らかに誇張された歴史家ピニエイロ[*184]の判断を退けた後に、十九世紀に花開いたデュラン[*185]（スペイン・ロマン主義の研究者で、作家アントニオ・マチャードとも血縁）、アマドル・デ・ロス・リオス[*186]（スペインの芸術と文学の歴史家および考古学者。コンプルテンセ大学歴史学教授）、ミラ・イ・フォンタナルス[*187]（スペイン言語学者、美学者。ギリシャ・ローマ古典、ロマン主義文学を研究）、バレーラ、メネンデス・イ・ペラーヨといった知識人たちと比較すると、「フィガロ」の文化は「放浪者のユーモアと芸術好き《ディレッタント》の気まぐれ」によって得られたものだとロンバは形容している。

しかし、ラーラが知っていた作家は非常に広範囲で多様であったにしても、売店の商品のようにすべての品物を広げるようにしていたわけでもなかろう。学者のような衒《ひけ》らかしをするのは馬鹿げており、その目的ではなかった。ただ目から入ってきたものを語り、解説したかっただけなのだ。スペインは常に独学者の国だったし、ラーラの時代の大学は開かれていたとしても、しばしば当の学者や知識人らから非難されるほど低レベルであったし、公的な学位証明を得ても無益であった。どの時代のどの学生も、彼自身と彼の属した教育機関に負う範囲で語るのだとはいえ、教室での学習を終えた時点を境に学ぶのをやめてしまった者からは何も期待などできない。ラーラは倦むことを知らない読書家であり、幼い頃から文化的環境で育ち、自身の家族の影響によって勉強を始めた。父方の祖母はポルトガル人であったが、傑出した知識とセンスを持つ女性で、彼女がまさにラーラの早熟な読書に対する愛着をもたらす刺激の源となった。すでに触れたが父は親仏派で、医者であり、幼少期からラーラを養った厖大な量の書物を所有していたに違いない。

社会、政治、文学の信条を整然と秩序立った仕方で表現してほしい、とラーラに求めるのも同じく愚かなことである。ラーラの提供していた新聞記事は、日々起こる出来事の緊急性から刺激を受けて書かれており、体系立った完全な公式などはなく、エッセイの中で思索するのが精一杯だった。ラーラには書く時間がなかったのだ。ターの言葉によれば、ラーラの書いた文の戦略的な価値をすでに見てきたとはいえ、それは些細な見かけ上のものにすぎない。砲撃という暴力によってだけ殺されるわけでもあるまいし、明白で本質的な真実を語るためだけに原稿を積み上げる必要もない。結果として、ラーラの新聞記事の仕事から彼のイデオロギーをすべて抽出することができるのであって、ここで改めてまとめてみよう。

ラーラは、旧体制から新体制へと跳躍する最中《さなか》のスペイン現代史の、最も危機的な時代に生きていた。ロンバの証言を再び取り上げることは極めて役に立つだろう。良き保守主義者としてのロンバの言葉が、保守ではない者の行動を裁かずにはいられない証言となっているのが否めないとはいえ――。彼は、二つのことが今日明らかであると言う。「すでに形成されつつあるイデオロギーによって不可避となった革命の必要性と、それを企てている国の側の準備不足」ということである。独立戦争が終結し、スペインは歴史の流れの中で停止した国となってしまい、強大な産業も、活発な商業も、重要な海運業も存在しなくなった。国民の大半は、農業と牧畜によって生活していた。貧しい国民は、自らの運命を諦め、伝統にしがみつき、世俗の教会の導きと保護の下にあり、中産階級はほとんど存在しなかった。野心も自発性もなく、その切望するところは、安定的な公的任務や援助金、年金や恩給によってぼんやりと怠けるための保証しかない。

そのような状況の中、周囲の世界は勢いある経済変化と政治の新しい思想によって動かされ、速やかに前進していった。スペインはこの改革的動きに組み込まれるか、もしくは周辺に残されたままでいるかを選ばねばならなかった。似たような変化を望むなら、国の構造や絶対君主制、行政、階級と機会の不平等、国家財政、公的サービス、土地の相続制度を根底から改革することが求められた。依然、自由商業のうち三分の二以上を占める土地は貴族と教会の手中にあったのだ。こうして見ると、十八世紀の啓蒙主義者たちが解決しようと試みていたのと同様の問題、つまり達成のための理由と同じくらい、それを阻む反対理由が存続していた。

革新の原動力となる思想は外からもたらされ、その変化によって破壊されるはずのあらゆる利害関係の張り巡らされた網と対立していただけでなく、現実の出来事と同じくらいの力で、「主義」という思潮が、スペイン人の生活を成り立たせていた伝統に抗することとなった。こうして外国からの侵略に脅かされる自分たちの歴史と人格、また愛国心に対する複雑な不安が湧き上がった。数え切れない損害を被った後で、旧体制を守っていた無数の者たちの「善意」を受け入れる必要があったのだ。というのも、彼らにとっては「磨かれた愛国心、高い目標と英雄的な態度の最たる忠誠心を否定するなどというのは不当な行為だったからだ」。

ここで再びスペイン文学者のロンバに語ってもらおう。「こうした〈美徳の高さ〉において表面化した盲目と強情が、この政党をより劣勢な状況へと導くことになった。また周辺の情勢を頑なに無視し、事なかれ主義、孤立主義を求めていたのが最大の弱点となった。革命のもたらした宗教蔑視や狼藉を憎むあまり、アンシャン・レジーム*188の悪弊や目に余る横暴だけでなく、その構造的な無能さまでも躊躇なく庇《かば》い、それに加担してしまったのだ。未来に向かって考えるのを拒み、過去に囚われ、前世代から受け継いだものを再検証もせず、批判も加えず、ただ受け入れていたのだった。こうした彼らの態度の大部分はある種、親孝行の気持ちからだったが、同時に宗教的熱情、または既得権益を守ることでもあった。いずれにせよ、その政治的な才能、思想がいかに限られていたかが窺える。保守勢力は、思想の逆りに防波堤を築き、世界の進行を阻止しようとするという、気狂い的なもくろみを抱いた。その瞬間から、保守勢力は押し潰され、壊滅される運命にあった」。ラーラの公的生活が始まったときに見られたのは、このような状況だった。とはいえ、まったく同じ状況が十八世紀にもあったことを、再び繰り返しておく。

ロンバはここで大きな問いを提示する。重大極まりない変革案を導入すべく召集された世代による改革政党は、暴力や大惨事を引き起こすことなく、正義と体系的方法とをもって秩序立てて改革を行なう準備が整っていたのかどうか、ということである。改革が達成されるためにどの段階まで条件を整えなければならないかという説明は求められたとはいえ、それを行なうべき人たちの結束が妨げられてはいなかったのは明らかである。しかしここで掘り下げるにはこの問題はあまりにも複雑であり、ラーラ自身の言葉が本ケースに対する理由を説明してくれるだろう。ラーラは他に類を見ない洞察力で、国民と改革者側の準備不足を指摘していたという点だけに留めておく。だからこそ、あちこちの派閥の過ちを攻撃したのだが、この時からまさにラーラの永久不断の不満と、あらゆるものへの憎しみが増幅していき、ついには最期の厭世・悲観主義と悲劇的な結末がもたらされたのだ。

国家を変える習慣

この軸上で、いま、まさにラーラの思想への接近を試みねばならない。文芸評論家のセサル・バルハは鋭い疑問を提示している。すなわち、批評家と改革主義者という二つの人種が存在していた点についてである。その大部分は「改革を変化、創造、ある特定の組織の廃止だと捉えている。つまり物質的、統計学的な改革だ。これは十九世紀の革命と呼ばれるものの目標でもあった。ある憲法を制定し、別の憲法を撤回するということ、政府の一つの形態を別の形態へと、この君主をあの君主へと変えること、学校を開き、賭博場を閉めるといったことなどだ」。

しかしラーラは、後のガニベット[*189]（スペインの作家、外交官。九八年世代の先駆け）、またさらに後のオルテガ[*190]（スペインの哲学者。生のための理性を主張して、生の生産物としての文化を論じる。『大衆の反逆』等）のように、組織や何か具体的なもの以上に根本的に変革すべきものは国家の性格だと明確に理解していた。「何を提起しているかと言えば、国家の体質的問題、つまり性格の問題である。それ以外は、ボロ馬車と汚い宿と、その結果として生じるものにすぎない」。まさにこの観点からラーラは、彼の同国人の習慣を観察、分析し、風刺しているのだ。怠慢と不寛容と無作法、より良くしようとする努力を阻む自己満足の虚栄心、権威へのへつらい、公的活動へのしりごみ、国民生活に要求されるあらゆるものの前に受け身でいることなどに対して、ラーラは容赦なく鞭を揮《ふる》った。高次の意味において、ラーラの全作品は風俗作家の作とも言えなくはないが、いま一度繰り返すなら、一つの重大な意義と到達点としての「風俗写生主義」である。つまり、詮索的な好奇心や絵画的なもの、何も生み出さない無気力な関心とはまったく次元の異なる重要性を持つものである。習慣を書き留めたノートを見れば、ラーラが革命以外の何ものをも望んでいないことが分かる。「習慣」から何かを引き出す必要があるのだ。

まさにこのことによって、ラーラは理解されず、遺憾なことに軽蔑されてもいるのだ。不潔さ、不注意、怠慢、注意散漫、悪趣味、生活の快適さの欠如といった、外見的には些細なこれらの事柄に対する告発は、他の国の快適さに対する表層的な憧れと取られ、ラーラがスノッブ[*191]としてエゴイズム的に洗練されたものに魅かれていたと捉えられてしまった。

習慣の変化、国民性の変容、社会生活の機能を完備する要求は日増しに大きくなり、不可避的に組織、法律などを根底から変容させるよう働きかけざるを得ない。「優れた」国民はそれを要求するからだ。自由は法令によって得られるものではなく、生きる必要性として得られるものである。ラーラはこのことを断固とした言葉で述べており、これらはすべて綱領として、「公共の庭園」[*192]——メソネロのような選集《アンソロジー》編纂者が「習慣」に分類するであろう類《たぐい》の記事である——の中で書かれている。いかに当時の社会が、他の国で当たり前となっている洗練に背を向けているのかについて、こう述べている。

「時間をかけ、社会制度を整え、我々の古い習慣を完全に忘却することだけが、我々の暗い性質を変化させるのだ。あまりに長きにわたる世紀——人は罪を改悛して苦行するために生きていると信じていた——を経て現状のように形成された国が、こうも暗くなってしまったのは特に驚くに値しないでしょう！　異端審問を行なう政治の下で、これほど長い年月を過ごした果てに！　長い奴隷状態の後に、自由になろうと思っても容易になれるものではない。自由でありたい。毎瞬間、我々はそう繰り返している。法的に自由であっても、我々の習慣、考え方、我々の在り方や生き方に真の自由が浸透するにはあまりにも時間がかかる。しかし悲しいかな、習慣というのは一日では変わらない。ましてや法令で変わるものでもなく、より一層悲劇的なのは、自由がその習慣に根づき、習慣とぴったり一致しない限り、国民は真の自由を得られないという事実である」。

自由のためには市民自体が形成されねばならないが、なぜかと言えば、それぞれの市民に価するだけの社会、制度、自由しか得られはしないからだ。「アンドレスに宛てたバチジェル第二の手紙[*193]」の中でラーラはこう書いている。「迷いから目覚めなさい。バトゥエカス（教育の程度が低く、粗野で、文化活動はほぼ行なわれていない辺鄙な田舎。ラーラの中での後進国としてのスペインの象徴）地方では、お世辞を禁じてやめさせたら、生きられなくなるのだ」。そして、すべてをやたらに褒めるべきだと推奨してこういう。もちろんこれは巧みな皮肉であるが——「ほかの事柄に関しては、しっ、お黙りなさい！　報道は発表されずに隠蔽されるもので、政治はこの国の在来種ではない。意見というのは馬鹿が持つもので、真実はそのまま放置しておきなさい。舌は我々が黙るために与えられているばかりか、自由意志は人の言いなりになるために神様から与えられている。我々に見せたいと思うものだけを見る目、我々に述べてほしいと思うことだけを聴くためだけの耳、我々を連れて行かせたいと思う場所にまで歩かせる足……。

私のアンドレスよ、見て頂ければ分かるように、バトゥエカス地方の人々を例にとれば、黙り続けるという長い習慣によって舌は麻痺し、お互いにおはようの挨拶もうまく言えなくなっている。恐れを抱き、単細胞で臆病で、壁に自分の影が映れば怖くなる、自分自身を敵に回さないようあれこれ配慮する。まさに死ぬのではないかという恐れによって死に至る。その死はある種、人間にとって最も惨めな死に方と言える……。バトゥエカス地方の人々が他より抜きん出ている優位点とはいかなるものか、彼らの口をつぐませて沈黙させる恐怖がどれほど特殊なものであるかについて、充分ご納得いただけたことでしょう。いや、もう少し言わせてもらいたい。私が思うにいまの僅かなお喋りまでをもやめなければ、彼らは幸福の絶頂には到達できないだろう。広大な墓地に生える糸杉の間の枝々に吹くそよ風ほどの、ほんの僅かなお喋りさえも完全にやめたときに、墓の中同然の平穏さ、平和の中の平和を享受することだろう」。

大衆教育の必要性

自分たちを改善しようとするための革新と改革を頑なに拒んでいたのは、国民自身であった。だからこそラーラは教育を強化する以外に方法がないと考えた。なぜなら全般的な無教養こそが思想の自由な拡大を妨げるものだからだ。これは時間と手間のかかる方法だが、唯一可能な道だった。「間違った早婚」――また「習慣」に関する記事!――という有名な記事の後記で、ラーラは置き去りにされた国民から離れたところにいる少数の知識人の存在だけでは不充分だ、と強調している。「いままでのところ大衆とはただ単に数が多い人たちを言うのではなく、極めて文明化した国の最も進んだ人たちと同じレベルで歩みたいと思う人種のことだ。しかしこのように歩む大衆は、彼らの師が歩んだのと同じ道程を辿りはしない。文明国の速い歩みについていく充分な強さも活力もないので、息をあえぎながら立ち止まり、常に遅れていく。再び同じ位置に追い着こうと時に走りはするが、拘束された足で飛び跳ねる人のようにスキップをするばかり。下手な速記者のごとく、生きた声についていていくことができず、紙の上に大幅な欠落を生じさせ、最後の言葉以外は聞き取って書くこともできない。

これら大衆は自国に無頓着な人と呼ばれており、フランスで発せられた最後の言葉の響き《エコー》に過ぎない。まさにこの階層に対して我々は記事を書いてきた。そもそも原因追及から始めることが必要不可欠だということを考えもせず、上辺だけの無関心さで単純に効果を得たいと考えることからもたらされる結果を描いているのだ。つまり踊り場まで一気に階段を昇ろうとしている。もし上にまで到達したいのなら、一段一段ただ静かに昇ることにしよう。〈他の人たちはもっと先に到着してしまうだろう！〉と、我々に向かって人びとは叫ぶ。〈彼らのほうが先に歩き始めたのだから、我々より先に到着することに何の問題があるだろう？〉と、我々は応えよう。彼らを到着させて、我々は後で追いつこう。いずれにせよ到着するのだから。しかし跳躍して頭をぶち割ってしまったら、我々にはどんな手段が残されるというのだろうか？／このような無茶な大衆は、大きくリードしている人たちのグループと合流するという無謀な狙いを捨てるべきだ。まずはきちんと順を追ってやらねばならない。教育、そして訓練である。これらの大きく堅固な基礎の上に、建造物は建つ。またもう一つの大衆よ、歩き出せ。この膨大な大多数者は、三世紀にもわたって座ったままだ。高慢な少数者よ、大衆を指導するために立ち止まれ。あなた方は自分の心と偉大な願望とに欺かれてきたが、いつの日か希望が遥かな光となって見えるだろう」。

ロンバはラーラのこの言葉を引用して、彼の言葉を「弱冠二十三歳の、思慮深く、鋭い眼識の作家」によるものだと形容している。そしてこのジャーナリストの初期の仕事を引き合いに出して解説するに、習慣に関する彼の風刺が高いレベルに到達していることをいみじくも指摘している。「〈可哀そうなお喋りさん〉の中では、政治に関する言及は明からさまではないが、風刺は常になされ、数も多く、信じがたいほど挑戦的である。それらは一見すると社会にはびこる悪い習慣、無能さ、下層行政に携わる役人の馬鹿げた施策に向けられているようだが、実際はその精神と核心にある慣習を破るために向けられている。スペイン社会に自由な意識を呼び覚ますため真っ直ぐに飛んでいく。世に存在する、怒りを覚えざるを得ない不公正にまで下りて行き、その目を開かせ、眠っている願望を呼び覚まし、公的なことに直接関与し介入する行動を取るよう促すために」と述べている。

大衆を教育し、改革のための準備を施すというのが、ラーラの常なる姿勢であった。そうすることで改革と進歩が同時に実現可能なものとして全体的に形成されながら、国家・社会が構築されると考えた。ラーラは主題に戻る機会を得ると、デュマの『アントニー』に関する最初の記事を活用する。「何千回も我々は述べてきたが、かなり前からスペインは、小回りの利く国でも、一つの同じ動きによって駆り立てられる国でもなくなった。すなわち、スペインには三つの異なる国民がいる。第一は、何に対しても無関心な大衆。遥か昔から国家に関わる事柄には鈍感で、死んだような状態になっている。何の必要性もなく、刺激に欠けていて、何世紀にもわたっていつでも上位者の影響に屈することに慣れ切っており、自分自身では動こうとせず、何かによって動かされているに過ぎない。害にならないとしても、これはゼロである。彼らを元気づけるという唯一可能な影響が及んだとして、必ずしも我々の意図に沿うとは限らない。

第二に、中流階級。ゆっくりとではあるが啓蒙されて、自ら必要性を感じ始めた瞬間から、いままでが悪い状態にあり、いまもそうであることを認識し始め、改革を欲する人たち。変化することによってのみ、利益を得ることができると知っている。光を求める階級で、また光を好むが、まるで子供のように見ている所から光までの距離を計算することはない。対象を欲するがゆえに実際より近くにあると思いこむ。手に入れたいと腕を伸ばすが、光を支配する方法を知らない。なぜ光の現象が起こるのかも知らないし、光を手に摑むと火傷することさえ知らないのだ。

第三として、特権階級。数は多くなく、外国で育ったか、外国に圧倒されたことがある。移民の落とし子、あるいはその被害者（親がスペインで迫害を受けてフランスに逃げ、フランス生まれやフランス育ちの次世代がスペインに戻る等の動きから生み出された移民等）。スペインで自分たちは孤独な存在だと思い込んでいる。どこへ歩を進めようとますます孤独は募り、他の階級より前に出れば百もの権力が立ちはだかることに愕然とする。自ら二輪馬車《ティルバリー》（無蓋軽装二輪馬車）を牽引していくのだと勘違いしているが、実際引くことになる重い馬車を目にした途端、後脚で立ち、引綱を引きちぎり、勝手に走り出す美しいノルマン種の馬さながらである」。

あまりに単純に「演劇の批評」と分類されているこの記事には、我々が触れてきた問題に対するラーラの主要な考えが包含されているが、アソリン[*194]（スペインの作家、劇作家。スペイン独自の魂を求め九八年世代の存在と意義を明確にした）は記事が矛盾していると判断した。なぜならラーラは「革新的」で「過度に近代主義的」な文学の擁護者であるのに、そのような特徴をもつデュマによる『アントニー』を否定したからだ。しかしスペイン文学者のファブラ・バレイロ[*195]が巧みに説明したように、ラーラがスペインにおいてはデュマに対し反対意見を取ったのは、その作品の中でロマン主義の反社会的傾向が露わとなっていたからだ。一方、フランスにおいては、ロマン主義的英雄の名の下に、個人を苦しめるブルジョワ階級の、また物質主義の社会への攻撃が必要であり、称賛されるべきものであった。しかし「スペインのような国、つまりブルジョワ社会が実質的には存在しない国を攻撃するのは矛盾となってしまう」。加えてファブラは「スペインが少しだけ垣間見ていて、これから構築しなければならない社会、またスペイン国民にとっては〈深刻な不道徳〉と象徴される社会を、アントニーは嘲笑している。デュマのメロドラマを攻撃するにあたってラーラは、この才能ある人物の美学的あり方に対抗して、社会における倫理的あり方という味方を得た。究極的にロマン主義的な最高位の思想である。そう、〈大胆で、新しく、言うならば過去の体制を破壊し、未来を創り出す倫理的目的〉を願っていた。

しかし、スペインにおける新たなアントニーたちによる倫理的な偽の自由主義が、真の革新を阻む可能性があるのではないかとも懸念していた。ラーラは結局のところ、特権的自由を前にして、万人のための法の下の自由を擁護していたのだ」と述べている。

ラーラの文学的源泉

ラーラの背負った文学上の負債（ラーラが他の作家の作品を盗用したのではないかという議論がある。ラーラが原作者に借りがあるという意味）の問題はかなりの物議を醸したが、それは二次的な重要性に留まるということを前もって示唆しておきたい。ラーラ自身が明らかにしているその主な債権者は、フランス人のジュイ[*196]（フランスの劇作家、風俗作家、新聞記者。十九世紀初頭にオペラや演劇作家として活躍）であるが、当時の他の風俗作家についても取り上げる必要があるだろう。スペインのジャーナリスト、チャベス[*197]はこの問題について取り扱い、さまざまな貸し付けについて教示した。フランスのロマン主義文学者ル・ジャンティ[*198]はその主題に立ち戻り、「目につく類推」を指摘している。アメリカの歴史学者E・マクガイア[*199]はラーラを俗悪な剽窃者と見ていたようで、ラーラがあまりに負債を背負っているので、我が国の文学作品の中で高い地位を認めるに値するかどうか疑問視していた。

ロンバは些細なことに大騒ぎはしていないが、我らがスペインのジャーナリストが書いたいくつかの記事の中にジュイに対する負債を認めている。また最近ではスペイン文学者フランシスコ・カラバカ[*200]が、明らかにラーラを貶《おとし》めようとして記事を準備したが、あたかもラーラが他人の作品の一部を無断で自作として使い、切り貼りして一つの記事に組み上げていたかのような話を作りあげている。無知な読者は他に情報源がないので、鵜呑みにしてしまっただろう。またカラバカはラーラに先行するフランスやイギリスのモラリストや風俗作家、古典主義のモラリストや道徳家、さらにスペインの伝統的な作家をも着想源として挙げている。それらの影響があまりにも積み重なっているがゆえに、カラバカ自身はラーラの文化度を最小限に貶めようと目論んだのだが、むしろラーラの広範囲な文化度を証明してしまった。とはいえ、あまりこの点に拘泥する必要はないだろう。

ラーラは明らかに、無関係な思想を引き合いに出すことのできる、かなり広範囲な判断基準を持っていた。いくつかの機会には、ジュイの記事を翻訳し採り入れたことをあけすけに打ち明けている。『可哀そうなお喋りさん』の序となる「二つの言葉」の記事中には、一見するとラーラの図々しさといおうか、厚かましさとも取れる数行が証拠として見受けられる。もっとも、そう見えてしまうのは、ラーラが他人の発想を元にしてどれほど立派なものを作れたのかを知らないからだ。

すでに挙げた注解者たちの文を読んでいると、ダマソ・アロンソ*201（スペインの文献学者・詩人。二七年世代。『怒りの子ら』でセルバンテス賞受賞）が「原典作者」（出典元となった作品の書き手）たちを取り上げた際の注記が執拗に記憶に甦ってくる。原典を見つけるというのはしばしば、ある作家の独創性《オリジナリティ》を実証するための確かな方法となる。ラーラにもこれが当てはまった。例えば「古き良きスペイン人《カステリャーノ》」（一九一頁）はボワローの「風刺詩 第三巻」*202とジュイの「サロンの習慣」*203に着想を得たと言われている。それを証明するために、カラバカはラーラのたった二つの段落に対して二つのコラム記事を書き、お客をもてなす接待役《ホスト》の退屈な親切心について書いたボワローのいくつかの詩句を引いている。しかしそれらフランス人による筆致からは天文学的な距離があり、結局、教養の欠如した無知から類推されたことにすぎない。というのも、ラーラの描いたスペインの現実という絵画は、至極活気に満ち溢れているからだ。ラーラが描いた風刺の根本的な意図はさておき、最高の作家ガルドスにも匹敵する、真の小説と言っていいほどの出来栄えだ。

「一八三六年の死者の日」も、説明によると、ジュイの「墓」[*204]と題した記事から着想されたと言われている。確かにジュイも死者の日に墓地を訪れ、死者についての解説を書いている。しかし我々はこの記事がラーラの人生とその死に多大な価値をもつことについて再三にわたって触れてきたし、すでにその点は理解している。記事にはラーラの個人的な苦悩に満ちた投影と、墓場で見つけた墓碑に刻まれたスペインの国情が現われているのだ。この重要性を示唆する事実として、フランスの風刺作家もまた、別の死者の日にこの墓地を訪れていた可能性もあろう。しかしラーラにはたった一つの墓碑銘で充分だった。「ここに半分のスペインが眠る。残り半分のスペインによって死んだのだ」。ラーラは墓地を訪れたときジュイを案内役になどしていないし、そのような必要もなかった。たとえ案内役としたにせよ、墓碑銘が残された、ということでラーラは充分許されるべきであろう。

いずれにせよ、ジュイによる影響の大半がダマソ・アロンソの記事中に示されているが、その時期はドゥエンデとして活動するジャーナリストの出発点であり、後に「習慣」に関する風俗作家として活動する経歴の最初の頃のことだ。これらの記事において、共通の条件の下、多様な国々に適用して書き替えることはさほど難しくなかった。それらの中には例えば「勤勉さ」「アルバム」[*205]「狩猟」[*206]「決闘」「抵当と弁済」[*207]「世界はみんな仮面、年がら年中カーニヴァル」[*208]といった一連の記事が挙げられるが、重要性としては一段下がると言わざるをえない。しかし、前述の記事の中にも似たような設定と背景が見られたが、ラーラは、両手に溢れんばかりにして自国の生活についての観察の種を蒔いていたのだ。また、いつでも記事の中心となる風刺的意図をもって、一国を超えた普遍的価値をもたらす内容としていた。アメリカのスペイン言語学者ウィリアム・S・ヘンドリックス[*209]はジュイに対するラーラの負債について丹念に研究しているが、それぞれのケースにおける接触点を示しつつ、次のコメントによって調査を締めくくっている。「ラーラの記事は例外なく、潜在的にフランス人の記事をより良く向上させたものであり、本当に稀なことだがフランス語から翻訳した場合は、いかに矛盾点があろうとも、全体として深くスペイン的、まさにその伝統において独自性の高いものとなっている」。充分に適確な言葉である。

しかしこれらの偶発的な負債を認めたとして、ラーラの他のあらゆる記事に関してはどうコメントするのだろうか？　特に政治についての記事は、ラーラが日々、国の現実を目の当たりにして、まさに具体的な彼の視点を示し、風刺を投げかけ、多かれ少なかれ彼の個人的問題を併せ飲んで書かれたものだった。常に見張っている検閲との間で繰り広げられた彼自身の冒険について語っていることはどうだろうか？これらすべての著作のうちに、ラーラの最大の価値と永続性が現われているのであって、ジュイの痕跡というのは、三日月の先端ほどにしか目に見えない。道徳、イデオロギー、社会経済といった他の影響についてもそこに認めることはできない。すでに我々は、彼が純粋に啓蒙主義的・百科全書派的な教育を受けてきた点について、何度か言及してきている。ゆえに先に述べたいくつかの記事は、基礎的な文化をもった全人的な彼自身の作品であり、紛う方なき人格をもつ作家としてのラーラの独創性を根本的に阻むものでは決してない。

作家ラーラ

ラーラの価値を貶めようとする目的、つまり批評家としての地位に影を落とす目的で、ラーラの文学的才能が秀でていると、取り立てて称賛されることがしばしばある。この策略はよく知られた手で、文学者としての価値を認めることによって、思想については幕を下ろそうとする意図をもつ。実のところその幕の後ろには、いまだ隠された、傾聴すべき事柄が多々あるにもかかわらず、である。また逆に彼の思想だけを受け入れるようにして、その文学的価値については沈黙するというのも同じく不当な態度であろう。かといって、ラーラの文章すべてが傑出した選りすぐりの作品だと考えるのも馬鹿げている。仕事の性質上、ラーラは早書きで、多くの場合それがよく見てとれる。彼のフランス語は完璧ではないにせよ、言い回しのいくつかにフランス語の影響が見て取れる。

ラーラは常に適切な言葉を使っていたわけではない。最大限の正確さで表現することに注意を払っていたため、適切な言葉が見つからないこともあったのかもしれない。ある一定の頻度で段落は非常に長くなり、挿入句に挿入句を重ねていた。しかし一つの事柄の後にまた別の事柄を配置するのが常というわけでもなかった。大半は一つの主題に対してあまりにも多くを思いつき、たくさんの洋服を小さなスーツケースに詰めるがごとく、最大限一つに盛り込んでいる。挿話や笑い話を挿入するのを好み、機会あるごとにそれが繰り返され、あまりに過剰で、時に悪趣味にすら見えるほどだ。彼の散文にはちょっとした修辞法がいまだに現われているが、前の世代から引き継がれたものである。

これらの軽度の偶発的な欠陥は置いておくとして、ラーラの散文は、目的や意図の核心へと正確に到達させる文体との間で完璧に調和のとれた表現法となっており、一つの模範的な型を成している。最も脂がのっている時期は過剰と言えるほど数多くの記事が産み出されたが、その散文は完璧な機械のごとく、驚くべき正確さと説得力によって機能している。すでに我々が知るように、彼独自の分野と言えば風刺であり、この分野において我が国の文学作品の中で匹敵する競合《ライバル》はいままでもいなかったし、またいまもいない。これらの題材を手中にし、ラーラは科学者としての容赦ない正確さをもって目標を定め集中した。正確な言葉、溢れんばかりの仄めかしや隠喩、迫真のフレーズ、物事が浮き彫りとなる適切な表現を武器に、彼は筆を走らせていった。ネコの足取りのような調和と敏捷さで、段落と段落が関連づけられている。絶対的な肯定が憚られるならば、得難いという程度の表現に留めておくが、これほど制約された方法で、これほど多くの事柄を封じ込めるとは驚くべきことだ。しかもあの機知と洒脱さとともに、である。

読者のお許しを得て、ほんの取っかかりにすぎないが、いくつかの文章を例として引用しよう。この作家の巧みさはあまりに豊潤ではち切れんばかりであり、近い将来、彼の記事で膨れ上がった選集をまとめねばならないだろう。「アンドレス・ニポレサスからバチジェル宛の手紙[*210]」の中で、ラーラは求職者について語っている。「その他のことに関しては、私も何も得ようと努力はしまい。しかし職場と、川のようにいつも流れてくる収入を手に入れるのは何より良いことだ、という考えは変わらない。病気になろうがなるまいが、職場に行かなかろうが給料が出る。火鉢で暖を取りながら、無料で『ラ・ガセタ[*211]』（La Gaceta）紙と『エル・コレオ』紙を読み、一服の煙草のあとのまた一服、出社の時間が来たと思ったら、そうこうしているうちに、もういまや帰宅の時間、といった具合だ。

あなたの家に八歳の子がいて、キリスト教の教義を覚えたくもなく、さっぱり覚えてもいない年頃だとしたら、どこかの職場に出入りさせてしまいなさい。ほら、この子には資格がもらえる。でも職場に入れたけれど何の役にも立たず、あなたを敵視する職場の人が現われて、即座に職が奪われるとしたら？　いやいや、いつでもちょっとした手当ては残るものだ。いま現在の働きに対してでなければ、以前に働くことをやめていた時分の手当ても含めてである（職を得ても前述のように、まったく働かずして給金が得られ、その時分も働いていたと見なされ給金が出るという意味）。仕事もせずに給料が入ってくる、こういった職に憧れる理由は、そこに荷車を動かすような原動力があるからで、もしそうでなくとも自分はスペイン人だというだけで、魚が水を好むがごとく、楽で収入の良い仕事が大好きなのだ。こういう類《たぐい》以外の職を得るために勉強するなどとは、我々の自然の性向にはないし、決して我々の間で賛同は得られない。あらゆることに精通するためにだなんて、そんな勉強による助けなどご免だ」。
つづいて、仕事の給金以外の手当てについて触れている。「他のちょっとした仕事と言えば、私の父の友人の仕事があった。二万レアルの給金と、汚れた手段で（役所などで受けるちょっとしたチップ、賄賂のこと）はや四万レアルの手当てが見込まれていた。しかしそのお金は使い道をよく知る優れた紳士の手中にある。十二月も下旬のクリスマスの頃、実入りに困ったご婦人や同じようにお金に困った人たちに対して、様々な分配の仕方で、一番金額が少ない年でも五百レアルほどを支給していた。誠に慈悲深いことに、施しをしてくれたのだ……。あぁ！　こうしてみると、汚れた手によるものだとして何の問題があろうか？　人から奪われたものが神様へ捧げられるのだ。これを盗みだとでも？　罪のない、棚からぼた餅的な、予期せぬちょっとした臨時収入による利益はただ巡ってきたものだ。もし通りに出て通行人から奪ったとしたら、それは確かに盗みかもしれない。しかしそのお金を職場で受け取ったとしたら？　あらゆる快適さとともに、そして何の災難もなく……。

もし君が交渉部門にいるとしたら、その部門の担当の手によって取引は生れるのだ。相手が君の友達なら、やってあげたいという気持ち以上に何もないでしょう。私にはとても理に適ったことだと思われる。誰でもそうすることだろう。もしも、君の書いたちっぽけな報告書が効を奏して、友人が一財産を築けたとしよう。その友人が義理堅ければ、君の手に僅かな金を滑り込ませ、気遣いを見せるのは当然だ。いや、そう気にすることはない。嫌なら受け取らないことだ。別の人が代わりに貰うまでだ。最悪の場合、友人の気に障ることになる。当然のことだ。彼がお金の所有者なのだから、誰も穿った目で見やしない。頭に思い浮かんだ人にお金をあげようが、窓から投げ捨てようが関係ないだろう？　感謝は大いなる美徳だということに基づけば、感謝したがっている善人を無視するのはあまりにも無礼なふるまいではあるまいか……まぁいい……美徳が世界からなくなり、世話好きの雇用者がいなくなり、感謝する心もなくなり、さぞかし良い世の中になることだろう」。

そしてこう続ける。「これで分かってくれたと思うが、私はそのような職を狙ってはいない。私がその職に伴うもの（「手当て」や裏事情など）を知らないからというわけではない。この職に難点があるとしたら、ポストがあまりに少ないということだ。そうでなければ私だって仕事をとっくに見つけている。これが我々の不幸なのだ。というのも、革命がある特定の一日で為されてきたかのように、ただ名目上（誰がそれを行なっているのかという名目上）の問題に他ならないからだ。うまくいく秘訣はこれらの浮沈の読みにあり、人の集まるグループの長があの人かこの人かを知るというところにある。二十人の求職者に対して十の雇用しかない（これが我々を苦しませる悪である）。もし二十の雇用に対して十人の求職者の割合であったら、すべてが解決されることでしょう。なぜこのような状況に誰も目を向けないのか分からないが、これは明白な真実となっている」。

喜劇的「自由」

次の文章はラーラによる演劇批評の一節である。フィガロの手がけた一ページごとに、政治的なことをはじめとした深い含意に出くわす。記事を安易に区分けしがちな人たちの目を開かせるには最適な例となろう。「ここで〈新聞の検閲に対する規則〉から除外された項目のうちの一つを取り上げよう。もし望まれるなら、もちろんその項目について話すことができる。すなわちヌマンシア（紀元前二世紀にイベリア半島を制圧しようとした六万のローマ軍に対し、土着のケルト・イベリア人わずか二千五百人との間で激しい戦いが行われた地。敗れたスペイン側の愛国心の象徴となる史跡）について話すことを禁じた項目は一つもない。他のことについて話せないというのは真実である。しかし一日にしてすべてを語ることはできないでしょう。目下の問題である今日という一日に関して言えば、他のことを話せるようになる日まで、あの〈ヌマンシア〉についてあなたが話すのを邪魔する者がいるだろうか？　なおいっそう問題の風通しは良くなることだろう。（当局の言い分では）何があっても、新聞というのはいつも綺麗なままでなければならない。黒塗りなんて許せないから、二千レアルの罰金を科してやるぞ、と（検閲で引っかかった部分を黒塗りして発行し、読者に訴える手法をとる新聞社に対し、当局はそれをやめさせるために二千レアルの罰金を科していた）。新聞とは常に、改心なんかせず、頑固であるべきだ。カルロス党員が悔い改めもせず、パスポートがなかなか更新されないのと同じことだ。あらゆる推測で満ち溢れた上演劇場はほぼ満席になっていたと言える。これについて述べるのは危険がない、と我々には思える。同じく悲劇は愛国的な比喩に満ちていた。我々スペイン人は自由を、特に喜劇の中の自由（楽観的な、道化としての自由）を非常に好むものだ。数え切れない拍手喝采！　あまりに完璧なる幻想に、これほど過分に繰り返された〈自由〉――。本当は悲劇の渦中にあるということを人に忘れさせるほどである。まるで真実に見える、これが劇場の魔術の凄さである！

規則の中で禁止から除外されているもう一つの項目は（俳優で、舞台に登場していたという設定の）セニョール・ルナ[*212]（ルナは月を指し、この地上の人ではないことを彷彿させる）である。この人については話すことが許されている。俳優としてのセニョール・ルナは〈宗教上の事柄〉でも、〈王座の最高権力〉でも、〈王家の法令〉でも、その上演によって何らか〈根本を成す〉わけでもなく、また何らかの拠り所すら持たない。静寂を乱すこともなければ、法律を犯すこともないし、正当な権力に逆らうこともない。〈仄めかしで仮装する〉こともなく、古くて悪質な上着を着ているだけだ。放縦でもなく、良習であれ悪習であれ、いかなる習慣にも反対していない。誹謗中傷的でもなく、その規則に含まれるいずれの禁止事項にも引っ掛かることがない。セニョール・ルナはもちろん君主でも外国政府でもない。我々はと言えば、いま読者が読んでいる、このページのこのあたりが空白にならないように何とかしなければ。（空白のままにしたら）初回は二千レアル、二回目はその倍、三回目はもうお終い（新聞社閉鎖、二四頁一五行目注釈参照）だ。我々がこう言うのは、セニョール・ルナのことは好きになれなかったからだ。ただ悲しいかな、我々には打つ手がない」。

次は「謎の文通相手バチジェルに送る、フィガロの二通目にして最後の手紙[*213]」からの文章である。「下院に関して何かコメントできることとしては、人間を動物から区別する企図で神様が与えてくれた、あの言語能力を実際に使うには時期尚早だとしか伝えられません。現在、急を要するのは、知っていることについてそれぞれが黙ることです。分厚い書物の一巻にして言いたいわけでもあるまいし、実際そうしたとして誰も読みはしないのですから。要するに人間は自由であるべきなのですが、それを毎朝、新聞の中で述べるというのも間違っていましょう。言葉の才というのはすべての事柄と同じように、日々繰り返せば、読み手に飽きられるだけです」。

一八三四年にラーラは自分の裁量で、新聞を編集しようという思いに再び駆られた。最終的には意気消沈して計画を放棄するのだが、三五年の一月二十六日に発表された「新しい新聞」という記事の中で、自分自身の仕事について認識させられる始末となる。ラーラは何と皮肉にも、現在の新聞について考察しようとして、その重要性について言及を始めるのだが――。「新聞の長所は評価できないほど貴重なのだ。第一に、新聞があれば、勉強する必要がなくなる。長い目で見れば、新聞が教えないことなどないからだ……新聞によって議会が招集されて、我々の〈自由〉という建物を土台の上に建てようとしていることをあなたは知る。また新聞によって二つの階級があることも知る。つまり下院のほかに、上院があると分かる（存在感が薄くて、何の役割を果たしているのかよく分からない上院の存在は、新聞のお蔭で一般の人々の知るところとなるという皮肉）。新聞では、あなたもご存じのように、〈然るべき変更を加えて[*214]〉(mutatis mutandis)、つまりある文章を削除して別の文章を挿入し、演説者がそう話した、とされることもある。ご承知のように演説者の適切な言葉を繰り返すためにも、例えばこの議論をいつの時点の議論として入れるべきなのか、ただ単にオフレコの〈会話〉であるべきなのか、といった次第である」。

この記事の結論として、作家がぐったり疲れて家に着いた様子が描かれている。「〈何をしているんだ?・〉

と、私は不機嫌に写字生に尋ねる。こう私に答える。〈旦那様、あなたが私にお命じになったので、この旦那様と同じ名前の人物のモノローグを翻訳しているところです。ボーマルシェの『フィガロの結婚』*215の文章ですよ。旦那様がこれから発表なさる記事集の題辞にするためです〉〈さて、何と言っているかね？〉〈マドリッドでは、印刷業界にまで及ぶ自由の体制が確立されている。この体制の下、著作の中で権力や信仰について、また政治や倫理について、公務員や自治体について、喜劇について、何かに所属している誰かについて語らないことを条件に、二、三の検閲による監査、改訂を経たならば、私は自由に印刷することができる。この美しい自由を享受するために私は新聞を発表するのだ……〉。写字生がこの件《くだり》に至った時点で、〈もう充分だ！〉と私は叫んだ。〈もう充分だ。それは私のために書かれたものだ。ここに書き写してくれ。ここの私の記事の末尾に、これが書かれた年、一七八四年と日付を〉〈よろしい。あとは今日の日付、一八三五年一月二十二日と。最後にフィガロと書いてくれ〉。

創作者ラーラ

ラーラは、ほんの少しの言葉で巨大な視点を示唆するだけでなく、読者をたった一撃で、たった一つのフレーズで、ラーラの創り上げた世界へ誘う点で他に類を見ない。ここに一つの例というより、一つのモデルを挙げよう。ラーラは「牢獄からの帰還」*216と題した演劇の一幕の中で、まさに新しい喜劇の概要を書こうとしている。こう幕が開ける。「ヘルトゥルディス嬢は、かの有名な独立戦争の後、カディスに住んでいる夫人である。ここまでは何の変哲もないが……（カディスの女流詩人マリア・ヘルトゥルディスを彷彿。太陽の娘と呼ばれた美貌だったが、不貞の恋の相手の海軍少将が刺殺され修道院に入るという劇的な人生を送った）」。続けて出てくる調子について説明する必要があるだろうか？　かくも素早く効果的に、全描写に染み込んだ嘲笑の雰囲気を表わしたこれらの方法以外で、いかに創作することができただろうか？　各々のフレーズは火花の散るがごとく表わされ、かくも意図的にすぎる鋭さを振りまくラーラの才を確信したいなら、「称賛を、もしくは私にこれを禁じてくれ」もしくは「言えないことは、言ってはならない」[*217]といった記事を全文読んでみてほしい。

イタリアのスペイン文学者ジュゼッペ・ベリーニは、とりわけラーラの教義的内容と、幅広い範囲の政治的風刺を特筆しながら、繰り返し記事の文学的価値について明言している。「ラーラは創作者であった」と述べ、紛う方のない生命力と才覚が彼の記事には刻まれており、書くときはいつでも正確で近代的な言語、つまり彼の時代の表現を追求していたと述べている。しかし常に古典的正確さと、言葉そのものと時代特有の問題が要求する革新性との間でバランスをとっていたのだ。たとえ大きな次元での叙述的作品、演劇、価値ある詩歌が生み出せなかったとしても、その理由は「〈歴史の一ページ〉を生む独自の創造者であり、その中に感情と先鋭かつ不安な天賦の才と、スペインに対する激しい情熱とを込めていた。流暢な表現かつ彼のスタイルである非常に近代的な示唆で溢れんばかりにしていたからであろう」。

スペイン現代文学者のセシリオ・アロンソ[*218]は、ラーラの政治的傾向を研究してきたが、同時に著作中の文学的性質を強調して取り上げ、あまりに豊かな文学性を湛えており、教訓的な効果が目立たなくなるほどだ、と指摘している。「神よ、我々を助け賜え」[*219]という記事に関しては、ラーラの文体上の多様極まりない資力を列挙している。それは他のあらゆる作品のどの頁にも同じように見られるものだが、散文の完全なる独自性と質とについて言明し、こう述べている。「皮肉は文学的デフォルメからくるものであり、この長い文章の中の最初の行から現われる。まず何よりも、読者の関心を呼び覚まそうとしているのだ。〈君〉という二人称を使い、卑俗な言葉や装われた対話、ユーモアある歓喜の声、例やたとえ話のための比較、混沌とした対照法《アンチテーゼ》、音遊び、反復、修辞的疑問、感嘆文、政治をテーマとした笑い話などを誘発しながら、挿話の結末をじらすことで統制のとれた均衡の破れを試みる方法など（結末を笑い話にしてしまうなど、ある種の亀裂を生じさせて、文学上の効果や政治的風刺の鋭さを狙う表現法）、これらはラーラが豊富に蓄えていた表現法の一部である。文体上の洗練への意志から着想され、同時に政治的な鋭い意図に彩られた文を前にしていることは否めない」。

セシリオ・アロンソは、ラーラの政治的文章とロマン主義詩人エスプロンセーダのそれとを比較し、後者は卓越した詩人であるにもかかわらず、矛盾するようだが、新聞紙面の記事協力の際に文体についてほとんど配慮していない、とする。政治記事はまさにエスプロンセーダのためにあると言っていいが、なによりも「その目的がイデオロギーの分類という機能上の手段であったからだ……多くの場合、［彼の文章］は明確で実用的な意図を表現している。エスプロンセーダは、自分の文章の中に自己自身を見つけることはなく、曖昧性の低い用語で表わしながら、周囲の政治的現実を把握しようとしている」。

他方でラーラは、「風刺を待ち望む国民の期待する、皮肉《アイロニー》と機知《ユーモア》という遊びの奴隷」であるとアロンソは主張する。これは軽蔑的な価値評価へと閉じ込めてしまうきらいがあるだけに、我々にとってはラーラがまさに皮肉の能力の「奴隷」であったとは言い難い。とはいえ、表現手段に満ち溢れた豊富な兵器庫の所有者であったことは確かであるし、それを使いこなす名手であったラーラが熟考しながら執筆する際に、自らの楽しみとして利用していたのであろう。イデオロギーの上で最高度に緊迫した瞬間でさえ、すべての文にわたってラーラの文学的特徴が認められることは間違いない。その文章の文学的豊かさを繰り返し述べて、アロンソはこう付け加える。「ラーラの政治風刺の〈批評そのもの〉が到達するところを決して否定はしないが、ある一定の読者層に対し、いかほどの効力があったのかについて確かめる権利が我々にはあるだろう。そうした読者の大半が懐疑的であったことで、フィガロの精神には虚無感が生まれ、その虚無感が作品のうちに幾度となく反映されており、疑いようもなく最後の衰退の原因となった。一八三六年に書いた文の中の深く政治的・急進的な内容は、ラーラの生涯で評価されるに至ったのだろうか？ はたしてどれだけの現代人が、プロのユーモア作家による痛々しい道化師の仕草の中に、それ以上のものを発見できただろうか?」

観察する興味は尽きない。例えば作家アソリンなどのラーラ研究者たちは、彼の死の直後に新聞に発表されたいくつかの論評を検証し、「フィガロ」の記事の濃度と到達点に対する無理解を強調している。しかしこのような理解の欠如が絶えないのは、彼の皮肉の才からくる文学的魅力とやむことのない感情の迸りが真意を韜晦し、文章に表わされた劇的なまでの真剣さが多くの人にとっていかに分かりにくいものとなっていたか、という点である。

言葉は器なり

すでに我々は繰り返しラーラの言語に対する気配りについては触れてきている。急を要する致し方ない時々《じじ》には裏切ることもあったとはいえ、彼自身のうちには言葉の正確さと厳しさへのたゆまぬ関心があった。これは偉大な古典から学ぶよう、心を砕いてきたことの賜物である。しかしある種、苛烈とも言えるほど言語の純粋主義[*220]（言語改革の手段の一つで、国語の明瞭な輪郭を保つために、それに生じた変化を否定したり、混入した外国語を排除したりして、過去の姿を取り戻そうとする主義・主張）的な信仰を拒絶し、言語も近代化され、同時代的に進歩していくことを願っていた点で、まさに十八世紀の啓蒙主義者たちと同じ信条を掲げていた。マルティネス・デ・ラ・ローサの『エルナン・ペレス・デル・プルガール、偉業の人』の批評[*221]の中で、皮肉を込めてこう言っている。

「……その文体は我々の黄金世紀の最良のものに匹敵する。この我々の主張がどれほど正確かというと、『エルナン・ペレス・デル・プルガール』を読むにつけ、時折、まるで黄金世紀から掘り出された本でも読んでいるかのような錯覚に陥ったくらいである。この念入りさとも、ソリス[*222]（スペイン・バロック文学の代表者として知られ、演劇、詩、散文を執筆）やマリアナ[*223]（スペイン黄金世紀の女流作家。十七世紀スペインの宮廷文学を代表）の文体の巧妙な模倣とも言える文を目の当たりにして、わざとらしい

（フランスなどの影響を嫌う）純粋主義の極みだ、と言い出す人もいるかもしれない。また全作品を懐古趣味という者もいるだろう。あまりに細心の模倣に、その作者が用いる仕掛けが露呈しているのではないか、と思う人がいても無理はない。浅はかな理解となるかもしれないが、進歩と思想の前進に伴って、言語はそれらに従属するのだと指摘することに満足を覚えるのだ。つまり、言語をある与えられた点に固定させ、生粋にものを書くというのは、不可能に挑戦するに等しい。セルバンテスの言葉を話すのは今日《こんにち》不可能であり、黄金世紀のスペイン語を蘇らせようとしても骨折り損のくたびれ儲けで、創作中の作品の展開を損ない、全体にわたる印象を台無しにしてしまう」。

別のケースはもっと明白である。「アルバム」という記事の中では「〈アルバム〉という単語はカスティーリャ語ではないという主張は、〈純粋主義者〉ではないしそうありたくもない我々にとって、ほとんど重要性のない反論である。人間が神様もしくは自然と協定を結んで、かくかくしかじかの音節の組み合わせでしか自らの心を表現できないようにした、という話はどこにもない。いったん合意され、その単語の意味が通じれば、適切な単語となるのだ。言語自体が理解されるようになり、その言語が妥当となった瞬間から、目的は果たされる。さらに、外来語を多く採り入れるための柔軟性を持てば持つほど、より良い言語となる。そうすれば必要とする単語が見つからなくても他言語から採ってくるだけで、言葉が不足することはないからだ」。

「文学」の記事では、十八世紀の作家たちが、フランス趣味を導入しながらいかに我々の文学を復興させようとしたかについて書いている。「（我々の文学の再生という）実行者たちは、（フランス文化・文学に憧れて、依存し模倣していながら）それでも自分たちは独立していると信じ続け、〈言葉〉が、我々のいにしえから続く混迷より救われることを願っていた。すなわち、十八世紀フランスの思想を導入するに際し、十六世紀の我々の言葉によって表わすことを望んでいた。彼らは自国語の純粋性を守りさえすれば、自分たちには独自性があると勝手に思い込んだのだ。それゆえ、詩においては、古き良き時代の味わいも守られることになった。（古いスペイン語をそのまま使用した十八世紀の作家たちの詩の中に）黄金世紀のエレーラ*224やバロック期のリオハ*225などの詩人たちの声が、いまだ生きているがごとくに響いている。散文においては、セルバンテスの言語に対するあらゆる革新は罪悪と断言されていた。啓蒙期の文筆家たちであるイリアルテ*226とカダルソ*227やその他の人は、いかなる犠牲を払っても純粋主義者であることを宣言し、皮肉という武器を使ってあらゆる新しさに対して攻撃をしかけた。一方、メレンデス*228（十八世紀スペインの法律家、政治家、詩人）、ホベリャーノス、ウエルタ*229（スペインの詩人、新古典主義劇作家）、モラティンらなど、作品で手本を示しつつ同意見を支持した者もあった。／

さてここで、極めて重要な点を示唆しておきたい。すでに述べた通り、文学とはある国民の進歩を表わすものだ。話し言葉だろうが書き言葉だろうが、思想を表現する器《うつわ》にほかならず、進歩そのものの象徴とも言える。そもそも、思想や形而上学、数学や自然科学あるいは政治のような分野では、古い考えに対して新しい考えを付け加える。または、従来の考えに今日的な考えを組み合わせたり、過去の類推に加えて新しい類推を試みたりして前進させる。そんな中、言葉についてだけは進歩を停止させることができるだなんて、純粋主義者の方々に大変失礼を承知で申し上げると、気がふれているとしか思えない……。純粋主義者たちは諸々要求してくるものだが、彼らの意見でせいぜい認められるとすれば、単語と言い回し、新しいフレーズを導入する際に、言葉の種類、特質、語源、形態を尊重し、よくよく調査する、できる限り規則を守るといったことであろう。／

ここに、スペイン文学再興を成し遂げた名士たちには理解されなかった真実がある。彼らは外来の、異国の思想を採り入れ、自分たちの言語を着せるといったことを望んだのだ。しかしこの言語は〈主の聖衣〉（イエス・キリストの聖衣は、十二歳のときにマリアが縫ってくれたもので、成長に合わせて大きくなった）とは違い、年を重ねるごとに進歩とともに成長することがなかった。古くはかくも豊かな言語であったのにもかかわらず、新しい必要性に対しては貧しいものとなった。一言で言えば、この衣服はそれを着るべき人にとって小さくなってしまっていた。我が国の文学者たちが、より深く時代精神の中へ入りこむにあたって、おそらくこれが足かせの一つとなったのではなかろうか」。

ホセ・ルイス・バレーラはこの最後の句を引いて、ラーラはいまや原理・原則ではなく現在に流れる意識によって、「規則の中にではなく言語の慣用そのものに、言語上の変化の理由を見ていた」と主張する。論理学者に対抗して、「言語の慣用こそが最高権威」なのだ、と考えていた。そしてラーラが「文法と論理の関連づけや規則性こそ言語の完全さを示すという考え、言語がその完全なる頂点に達した時点の形態に固定する可能性（例えばギリシャ語は古典ギリシャ語が一番正しいとする）、理性から直接生まれる規範の優位性といった公理に反抗していた」と繰り返し述べている。それらは「ダイナミズム、つまり生命力そのものに反するもの」だからだ。

いままで見てきたように、ラーラの文に認められる文体上の手法を詳細に表わすには、より多くの紙幅が必要とされる。バレーラはすでに触れた研究の中で、他のさまざまな特徴はさておき、諺《ことわざ》研究的な要素を豊かな成果物として挙げている。ありふれた表現や典型的な諺のフレーズが、一見して厳粛な調子で使われているが、そうすることで意図した重要性を一段落とす効果を与えている。節の破壊、連辞などによって、最初の言葉の肯定に対して皮肉とともに抑制された特徴を加える——例えば、〈私の友人の一人——何らかの名前を与えなければならないが……〉など。また、喜劇的効果を狙った言語の繰り返し、同じ言葉を使いながら異なる意味を持たせる使い方などが特徴的である。ラーラの文中では俗物的なイメージが非常に多く使われているが、バレーラが強調するところによると、それらは不敬な態度とイデオロギー上の伝統破壊行為との間の相関関係を成している。

今まで述べてきたイメージは不均等な比重の言葉を組み合わせているが、そうすることによって権威を失墜させたり、低俗化を図ったり、引き合いに出す言葉をユーモアに富んだ形にして大衆化させている。さらに特徴的なのは、自然主義的な表現が完璧なレベルにまで到達している点である。一人の人間やその機能を、動物学や植物学の世界に属するといった体《てい》で表現しているのだ。中でも「新しい植物、もしくは反乱分子。自然史に関する記事」といったカルロス党員についての記事は特筆すべきであるし、ジャーナリストのもつべき資質や、政党支持者を取りまとめる資質といった条件の上に成立している記事である。

このほかラーラの文体の特徴と言えば、混沌とした列挙があるだろう。至極異質な要素を単純に並列に並べるだけで、機知に溢れた効果を引き出す表現となっている。また人間活動が機械的、自動的に表現される場合には、理性的・自覚的な状態が剝奪されたような効果を生む。

戯画的表現を頻繁に使っていた点をここで改めて述べる必要もないが、それは風刺の目的上、必要不可欠だったからであり、ラーラはこの目的のために至極多様な形式を用いている。例えば一人の個人に限って述べるに留める形式、もしくはすべての状況へと広げて応用していく形式など、である。

劇作家ラーラ

前述のように、ラーラはさまざまなフランス語の作品を翻訳したり採り入れたりしながら、自身のオリジナル作品と交互に書いていた。『マシーアス』という劇を例外として、それらすべての作品が匿名か「ラモン・デ・アリアラ」(Ramón de Arriala) というペンネームで書かれている。アメリカのスペイン文学者アルバート・ブレント[*230]は劇作を二十タイトルまで分類したが、すべての作品が上演されたわけではなく、また、完成していない作品もある。未完成作は少なくとも三つあり、引用のみで知られていたり、諸々の書類の中に紛れて見つかった原稿として残されていたりもする。同時代の演劇についての、またフランス劇のいわゆる駄作の翻訳に対するラーラの厳しい批判はすでに見てきた通りだが、極めて厚顔無恥な矛盾を抱えたフィガロ自身にも咎を問うことはできるだろう。なぜならラーラが担当、もしくは翻訳した作品のほとんどが、自身が批判していた演劇に対する実践の手本となるような類《たぐい》のものではなかったからだ。とはいえラーラ自ら再三にわたって告発してきたように、大急ぎで何のリスクも責任もなく翻訳されたものが、原作作品《オリジナル》よりも高い値で取引され、原作を書くよりも遥かに少ない努力で済んでいたのだった。

演劇は大衆娯楽を供給する他の産業と同じく、一つの分野として成り立っていたが、当時ではほぼ唯一の娯楽産業と言えるだろう。ラーラは死すべき人間である他の大勢と同様、実入りを必要としており、演劇の世界で、今日で言う映画作品やテレビ番組のシナリオライターといった職種で口に糊していた。匿名を隠れ蓑にしていたこと、ガレー船の船漕ぎ（中世スペインでは犯罪者の受刑として囚人や奴隷がガレー船の中で過酷な船漕ぎを課せられた）のような文学を彼自身の仕事として口に糊していたことを思えば、ラーラは許されて然るべきであろう。これらの演劇界の犯罪の大部分にラーラが関与していた頃は、スペインで最も高給取りのジャーナリストとなるにはまだまだ程遠いところにいた点も加えて理解されたい。とはいえ、彼の奥底に深く根づいた信条に反してこれらの仕事に従事せねばならないという必然性によって、作家の苦しむ内面に山積していた不満の山に砂の一粒がさらに加えられたと推測するのは、なんら不自然なことではない。

ラーラが手がけた翻訳であり、「共作」とも言えるこれらの劇作のいくつかは、彼のオリジナル作品ではないが、好奇心を満たす程度に触れてみよう。アメリカのスペイン言語学者ハーマン・ヘスペルト[*231]は、ラーラのフランス語の翻訳に対して高尚な関心を寄せて研究してきたが、ラーラの手によって原文《オリジナル》から翻訳に付け加えられ改変された項目を詳しく研究するのは興味が尽きない、と明言する。なぜなら、いつでも彼の人格という側面を照らし出しているからだ。

『フェリペ』[232]は、フランスの劇作家スクリーブ[233]による二幕構成の同題喜劇の翻訳であり、今日、我々が『薔薇』と呼んでいる作品のことである。貴族と平民の間の闘争について問題提起し、最終的には愛の勝利によって階級が平等化されるという結末へと導かれる。五幕構成の、スクリーブによる『ベルトランとラトン、陰謀という術』[234]の翻訳である『陰謀という術』[235]は、デンマークのクリスチャン七世[236]（デンマーク＝ノルウェーの王。侍医および大臣のストルーエンセに摂政を執られ、王は遊蕩の生活を送った）の宮廷における陰謀の複雑な絡み合いを描いている。一八三五年の初演の年に二十九回も上演されたが、当時としては極めて多い数字であり、それ以降の二年間でも何度か上演された。

ヘスペルトは「念入りで才能きらめく」とラーラによる翻訳を形容しているが、翻訳版ではいくつかのエピソードが改変され、スペイン宮廷に不信を呼び起こす作品へと変貌している。同じくスクリーブによる『リケボルク家――不釣り合いな結婚』[237]の翻訳版『間に合った出発』[238]は、家庭の倫理に関する寓話であり、臆病なブルジョワの好む美徳の勝利へと結論づけるものだったが、翻訳者であるラーラにとってこの点で共犯者となることはできなかった。ここでもラーラは寓話と登場人物をスペイン化するために、出来事と設定を改変している。さらにラーラは初めて劇場で、登場人物の口から彼の記事の調子を持ったいくつかのフレーズを言わせることにしたのだった、とヘスペルトは示唆している。

『君の愛か、死か！』[239]は、スクリーブによる同題の面白おかしい笑劇の、原作をそのまま翻訳したスペイン語版であり、結局のところ、感情的なロマン主義に対する嘲笑と、日常生活において耐えるべき犠牲への称賛がなされている。フランスの劇作家ロックロワ[240]とバドン[241]の共作による、パリの劇場で成功を収めた最新作『リシュリュー卿治下の決闘』[242]のアレンジである『決闘、もしくは二時間の恩情』[243]は、ジェームズ一世[244]の英国議会を舞台に繰り広げられる不貞関係という味付けをした話で、宮廷においてあり得そうもない陰謀が展開されていく。まるで現代のカラー映画を観ているようである。理由ははっきりしないが、ラーラはリシュリュー治下のフランスからスチュアート朝英国へと舞台設定を移しており、これは作品にとっては何の益もない設定変更だった。というのも、フランスの歴史的人物に付随する挿話は、英国の環境や宮廷とはそぐわなかったからだ。

デュカンジュのアレンジである『ロバート・ディロン、またはアイルランドのカトリック信者』[245]は非常に人気があったが、身の毛もよだつメロドラマでラーラは恥ずかしく思っていたに違いない。しかし評判の鳴り響く成功を得た、とヘスペルトは断言している。このデュカンジュの作品は『カラス』[246]と題され、エリザベス朝のダブリンにおけるカトリック教徒ではなく、一七六一年のトゥールーズにおけるカルヴァン主義者に題材が変更された。当時あまりに大きな反響を呼び、世間を最も騒がせた「事件」（カラス事件。一七六一年トゥールーズで、プロテスタント一家がカトリックに改宗しようとした息子を殺害したとし、一家の当主が裁判にかけられ処刑された。ヴォルテールが冤罪である確証を得て再審を請求、『寛容論』として発表）であり、ヴォルテールが喧《かまびす》しい議論を引き起こす契機となった史実である。ラーラは日付、場所、舞台の設定を変え、カトリックが迫害される側でプロテスタントを迫害者として登場させた。これは大衆好みであり、喝采を呼んだであろう。まったく逆のドラマとなって、一つの熱狂が別の熱狂へと取って代わられたところに妙味がある。

フランスの詩人ドラヴィーニュ[247]による同題のアレンジ『ドン・フアン・デ・アウストゥリア、天職』[248]は、かなり前に翻訳していたものだったが、ラーラが舞台に実現した最後の作品となった。デュマの『テレサ』[249]への批評の中で、ラーラは『ドン・フアン・デ・アウストゥリア』について、もちろん自らの関与については触れずに、明確な表現方法が固まらないうちに初演が差し迫って行なわれたため——というのも自分自身に起因する失敗だと明かすことはさすがにはばかられた——カシミーロ・ドラヴィーニュの劇場でなされた評価のすべてを見ても、非常に価値の低いものであったと筆を尽している。問題の作品について、ラーラは「英雄譚的な喜劇」であり、「〈豊かな人間〉〈ガルシア・デル・カスタニャール〉（スペイン黄金世紀の劇作家ロハスによる劇作『王の下には誰もいない』の主人公で、自らの名誉と君主に対する敬意の間で葛藤する、十七世紀スペイン劇の典型的な人物）といった我が国の古典劇に似た作品であったが、その価値を等しくはできなかった」としている。

しかしこの「ドン・フアン」は、黄金世紀劇のパロディであり、あの時代のあらゆる出来事にはより一層の敬意が表されて然るべきところ、ここでは酷く扱われ嘲笑の的とされている。ラーラがフランス原作のかなりの数のディテールを穏やかにし、長ったらしい話は削除したにもかかわらず、である。ドン・フアン・デ・アウストリアとフェリペ二世[*250]は街頭の放蕩者となって、一人の女性の好意をめぐって争いとなり、ドン・フアンが彼女のお気に入りとなった。そのためフェリペ二世は修道院にライバルを閉じ込めようと企むが、ユステ[*251]に隠遁していた父カルロス一世[*252]によって妨げられる。本作の物語の筋には非常に興味深い複雑さがある。この争われた若い娘はユダヤ人であったし、フェリペ二世は無関心な彼女に復讐するために、異端審問所へ起訴されるようにしたが、再びカルロス一世によって鋭い歯牙から救われることになる。さらに若い娘の父親の債権者というのが、まさにこのカルロス一世であった。

ラーラが彼の時代の演劇界に対して怒りを覚えていたのは疑問の余地がない。質に関しては、彼もその一端を担っていたため余りあるほど分かっていた。しかし、ラーラがスペイン化するために外国の登場人物を同じ質の高さを保って修正し改変を施した結果を見れば、演劇を作る素晴らしい才能の持ち主であったことが分かる。仮にラーラがもっと長く生きていれば、翻訳の経験を積み、劇作家としても目をみはるような成果を残していただろうと、ヘスペルトは敢えて述べている。しかしここで具体的に我々が考慮したいのは、ラーラ自身の書いた原作作品《オリジナル》に関してであり、その点をヘスペルトはいまだ考察していない。

自作の演劇について

ラーラは自分自身で舞台劇を三つ書いている。まず『フェルナン・ゴンサレス伯爵とカスティーリャの解放』[*253]という駆け出しのときの作品であり、一度も上演されず一八八六年のバルセロナ版の全集収録までは発表されもしなかった。ラーラはロペ・デ・ベガのカスティーリャ伯爵[*254]（カスティーリャ伯およびアラバ伯のフェルナン・ゴンサレスのこと。武勲詩に登場する十世紀の人物）の喜劇をよく知った上で、十七世紀スペイン黄金世紀の劇作家ロハス[*255]の喜劇『最も高貴な美しさ』[*256]に傾倒し、それに基づいて作劇している。伝統に従って、伯爵の二重の解放[*257]（ムーア人から領土を奪い取り、キリスト教徒の再植民を達成した後、レオン王国からの独立をも果たした）を踏襲して書いた作品だ。

『勘定係はもうたくさん』[*258]という五幕構成の散文喜劇は、ラーラが初めて舞台へ実現させたもので、スクリーブの一幕しかない作品『勘定係よ、さようなら』[*259]からのアレンジであり、より正確には原作から発展させた作である。ラーラは、ロマン主義の作家、劇作家、画家などが集まったパルナシージョ[*260]というサークル仲間であり、畏友フアン・グリマルディ[*261]（スペインで活躍したフランス出身の劇場支配人、フランス舞台監督。十九世紀のスペイン演劇界の牽引役）を彷彿させるように書いている。グリマルディは、当時の演劇において最大の成功を収めた、フランス喜劇のアレンジである『愛がすべてに打ち勝つ、もしくはヤギの足』[*262]（原作羅語 omnia vincit amor、原作では羊の足となっているが、一ひねりしてヤギの足としている）の著者であり、また実業家であった。

『勘定係はもうたくさん』は風俗喜劇もしくは道化師による喜劇であるが、設定の多くがありふれていると揚げ足を取っても無意味である。なぜなら、それはまさに著者が意図したことであり、作品のもつ風刺の意図のために登場人物を戯画化して誇張したのは確かである。自分の属する階級からの飛躍を企み、貴族になるという妄想に駆り立てられ、貴族階級と姻戚関係を結ぶことを熱望し、その貴族階級の悪徳まで特別視して崇拝する金持ちのブルジョア階級をラーラはからかっている。ここでは同時に貴族階級をも嘲笑しているのだが、貴族である登場人物が、我を失った放蕩者となって、破産の危機を救うために小売店の店主の娘と結婚しようとする設定だ。この作品には非常に面白いシーンがいくつもあるが、それらは連続した行き違いの上に成り立っている。良識ある人物を体現した小売店主は、娘に求婚したいとかねてから望んでいる男であるところの、カタルーニャのタピスリー職人の息子を伯爵のもとに行かせる。そこで正真正銘の伯爵をタピスリー職人の息子と取り違えられるようにしたというわけだ。かくて店主の娘で小売店員のビビアナは、伯爵と取り違えた男の行儀作法や態度に接するにつけ、この男を結婚相手として欲しくてたまらないという態《てい》になり、本物の伯爵である二人目の男を軽蔑して、悪魔のような大騒ぎを引き起こしたあげく、ついに解決へ向かうというお定まりの教訓に終わる。

ラーラは弱冠二十歳にして書いたこの喜劇の中で、非常に将来が望まれる文の巧みさで演劇分野での頭角を現わしている。さて、ここでスクリーブの喜劇とラーラの作との関係について語らねばならない。初演の後に、ブレトン・デ・ロス・エレーロスは『エル・コレオ』紙に掲載された批評文の中で、ラーラの劇作がフランス人作家の著作の単なる翻訳であるとして糾弾している。さらにひねくれたことに、このケースに対する特定の言及をしており、「最初の二つのシーンの」対話の鋭さを称賛するのだが、それはスクリーブの著作から取られたとされる箇所なのであった。また、かつて訴訟問題にまで発展しラーラと剣を交えたカルネレロについては『カルタス・エスパニョーラス』紙に発表した彼の批評文と、そのまた後日の匿名のコメントの中で、ラーラが庶民を褒め称えるために貴族の評判を落とそうとした、と告発している。この告発は、カルネレロが当時ラーラに向けていた敵意によって説明できる馬鹿げたものであるのだが、ラーラは『エル・コレオ』紙宛に送った二つの公開書簡の中で、この種の非難に対して然るべき理由とともに抗議文を寄せた。その翌年の一八三四年五月にも、復権を図って、再度スクリーブの喜劇との関係において『勘定係はもうたくさん』の負債とされた問題を提起するのだが、というのも『ディアリオ・デル・コメルシオ』[*263] (Diario del comercio：日刊商業) 紙中の匿名の記事に、ラーラの喜劇はただの翻訳だったと書かれていたからだ。そこでラーラは「名誉回復」と題した短い記事を『レビスタ・エスパニョーラ』紙に掲載した。

実際、主なアイディアは取ってきたものであり、「征服権に基づきそれを行使した」とし、二、三の場面は「よりよく書けたかどうかは疑わしい」が、それ以外の残りすべて、つまり「スクリーブの短い一つの軽喜劇」(傍点箇所の強調はラーラによる)と、ラーラの喜劇を構成する五幕の間で変更され、相違がある表現はラーラ自身のオリジナルとしている。ヘスペルトは念入りな研究をへて、ラーラが作品を構成する十六場面のうち十三場面はスクリーブから採っており、ラーラ自身が述べたように「二、三」ではなく、十二場面は『勘定係よ、さようなら』の最初の二幕から再制作されていて、さらにそこには六つの場面がラーラによって追加されていた、とする。しかしながら、続く他の三幕は、原作とはまったく関連性がなく、完全にラーラの手による作品となっている。ヘスペルトは、これらすべての新たに創作された場面のうち文字通りの単なる翻訳と言えるものは一つも見当たらないが、ひな型としては同じ設定が含まれていると主張している。とはいえ、ラーラはスクリーブが設定した登場人物を、生粋のスペイン人典型《タイプ》へと完全に変容させ、正真正銘のマドリッドの雰囲気へと舞台を移すことに成功している。

ジャーナリズムにおける、また、スペインの随筆《エッセイ》におけるラーラの傑出した地位は、彼の他の作品に対する冷淡で消え入りそうな眼差しを求めるか、少なくともそのような態度を正当化させていると言えよう。こうした現象は繰り返し見られたが、ある著述家が特定の作品もしくはジャンルにおいて独自のスタイルに秀でると常にそうなる。ラーラの場合は、他の作品を無視することが全面的に不当かと言えばそうではない。確かに、他の、重要性の低い作品すべてに目を通す時間がないために何度もほぼ同じ言葉が使われていたりするが、ラーラの筆が過剰なまでに繰り返しの仕事《ルーティン》に拠っていたことは考慮されるべきである。

劇『マシーアス』

何はさておき、『マシーアス』（二六〇頁）という劇は、特別な考慮に値する作品である。しかし驚くべきことに、ラーラに関する豊富な文献目録の中で、たった一つの例外を除いて、この劇に関する特定の研究と明らかに分かるタイトルは見つからない。決して我々の作業からうっかり見落とされてしまったわけではない。ここで例外となるただ一つの文献を検討しよう。それは十八世紀スペイン文学者のロベルト・G・サンチェス[264]の記事であるが、「マシーアスとドン・フアンの間に――スペイン・ロマン主義劇と愛の神話[265]」と題されている。サンチェスはまさに以下の指摘から文を始めている。ラーラに関する研究は日々増えているとはいえ、彼の演劇作品や演劇に関する随筆への綿密な調査研究は今後に俟たれる、と。サンチェスは、歴史全般もしくは演劇史、またそれらの総合的な研究などにおいて、『マシーアス』に関して何度も繰り返し言われてきた二つの観点を思い起こしている。第一に、劇作としての価値が充分評価されていない点、第二に、劇の主人公と著者のアイデンティティが一致するのではないかと推測される点である。それを示す例として、スペイン言語学者バルブエナ[266]の言葉をサンチェスは示している。「ラーラは、古代の詩人に自分自身を重ね合わせていた」と。

またスペイン演劇研究者のルイス・ラモン[267]によるいくつかの言葉が、どちらの主張に対しても一つの定見として役立つだろう。「この作品で唯一関心が寄せられているのは、まさに極端なドラマ性である。ラーラの個人的な愛のドラマの移行であり、それを吟遊詩人マシーアスに受肉させている」。また別の言葉でこう補足されている。「マシーアスはドラマチックな英雄であり、ロマン主義的英雄の典型となっているが、ラーラの足元にも及ばない。ラーラがこの作品を書くにあたって、大きな歴史を忘れ去り、現在の自己自身の内面の歴史だけを描いていたのならば、深遠な、正真正銘の、この時代を生きる肉と骨の人間[268]（hombre de carne y hueso.『ドン・キホーテ』のサンチョの言葉。ウナムーノの『生の悲劇的感情』中にも引用）のドラマが我々に残されたことであろう。作家の生涯を文学的神話に昇華させたとき（自ら、または他者によりフィクションに作り上げられたとき）に現実より優れて見える作家が多い中、ラーラに限っては逆である。その生涯、一人の人間としての現実のラーラのドラマは、神話の中のラーラ、つまり、劇中のマシーアスや小説『病めるエンリケ王の侍従』の主人公よりもはるかに優れていたのだ」。

サンチェスは記事の中で、究極の目的を示している。すなわち、著者と主人公のアイデンティティの一致という意図を解体し、ラーラをして劇を書かしめ、没入させ、反映させるに至った、個人史的視点ならざる、本質的な文学上の理由を説明することである。下敷きとなった『マシーアス』の伝記的・文学的意義の復権については、ほとんど考慮に入れていない。

サンチェスは原作に直接あたったわけではないが、マシーアスの伝説に沿って博識に基づいた念入りな読解を行なっている。『マシーアス』の普及に関する情報を我々に示し、この伝説中に現われる「敬意ある愛」とはどんなものかを示す、という目的である。その後、トリスタン[269]の神話との混合を研究し、愛する者の完璧な典型として、「死の中の愛」という動機、すなわち二人の愛し合う人間の死という動機にまで到達している。まさにテルエル＊[270]（『マシーアス』の下敷きとなった悲恋の伝説「テルエルの恋人たち」の舞台となった地名）の歴史上、また我々のすでに知るところであるが、『マシーアス』の中で起こった出来事のように——。サンチェスはマシーアスとドン・ファンの間の相違を思慮深い理由とともに研究し、最後には、ラーラの人生との関連を推察するのは過ちだとして反論している。

歴史もしくは吟遊詩人の伝説と、ラーラ自身の人生との間には一つも接触点がないことを明らかにする必要性もないだろう。実際、ラーラが『マシーアス』の中に自己自身を描いていると推察した者は、どの挿話からも双方の間の類似点を見出すことはできなかった。さらに、ロベルト・サンチェスの論文を読んだ後では、幾星霜にもわたって『マシーアス』伝説にまつわる愛の神話を醸成してきた文学上の関連づけが繰り返されてきたこともまた、理解し難いものだと告白しよう。サンチェスによれば、ラーラがガリシアの吟遊詩人という肖像に彼の愛の情熱を伝播させ、自己を投影し、彼の最も内奥の個人的体験を劇的な人物へと変容させ対象化するのは困難なことであった、とされる。後に見ていくが、エスプロンセーダが『歌』や『サラマンカの学生』＊[271]の冷酷性の中に実存的反抗心を客観的に転移させたようにはいかなかった。まさに、もしサンチェスの博識なる研究が正しいとするならば、愛の神話のあらゆる栄光とともに、マシーアスはラーラの意識にまで到達し、その精神の高みにおいて一体化したのではなかろうか。そして文学上の人物にラーラ自身の情熱を投影させるという目的は、より一層高いレベルにまで到達したのではなかろうか。ここでまさに、ラーラの中で大きくなった象徴的価値としてのマシーアスの役割が理由として挙げられよう。ラーラには、マシーアスを通じて、ある一つのことを明示する必要があったからだ。

山高帽にジャケットといういで立ちのいかにも吟遊詩人的な劇に、ラーラの「内面の歴史」を織り込むことは到底できないにもかかわらず、ルイス・ラモンは無理やりでもそうできないのは寂しいとでも言いたげだ。しかしラーラの時代には、抒情詩は別として、ブルジョアにとっての個々人のリアリズムは小説中にも劇中にもまだ表わされてはいなかった。どの国のロマン主義作家でも、最新の出来事や、極めて革命的な思想について述べるだけに留まった。過去の人物や、ありそうにない異国の幻想の人物などが代弁を果たしたものの、時代錯誤や不正確さについては気にもかけていなかった。それが当時の文学形式だったのであり、ほとんど例外はなかったと言ってよい。仮に即興的で緊急度の高い事柄を扱うのであれば、別の種類の文章がその役割を果たしたのだが、まさにここでラーラのケースが当てはまるだろう。ラーラは純粋な散文でカルロス党員や法令についての記事を書いていたではないか。例えば自由や愛といったまったく別の類の主題は最も議論を醸したが、歴史や文学上の神話化された栄光に包まれた人物に投影し、具現化すれば、最高の輝きと意味を与えることができた。だからこそ、ドン・ファアンはロマン主義の時代にかくも効力があったのだ。

ラーラがマシーアスを選んだのは、彼の体内で燃え盛っていたすべてのことを言わせることができたからであり、マシーアスは実際に舞台の上でラーラの言葉を代弁しているのだ。だからこそルイス・ラモンが「マシーアス、劇的な英雄」が「ラーラの足元にも及ばない」としたことは、認めるわけにはいかないだろう。逆に、マシーアスは劇の形式、つまりマシーアス固有の文学の器の中に、最も大胆な記事で述べられたような「自由」を謳う思想、習慣や社会的障害を前にした個人の承認、反抗と非従順、自己の高揚といった思想を表現したのだ。いや、記事では及びもつかないほど向こう見ずで過激な内容をも語っている。記事では述べることを禁じられた表現ともなり、現実的で具体的な題材を扱う新聞記事の性格には合わない内容だったからだ。しかし、情熱的な吟遊詩人の口にならば、それを言わせることができた。マシーアスはある一つの象徴を投影しているのだが、十五世紀の城壁に囲まれて語るという舞台設定に守られていた。スペインのロマン主義において、マシーアスの演説ほど個人の自由をエネルギッシュに訴えたものはない。

　ロベルト・サンチェスは、アメリカのスペイン文学者オティス・グリーン[*272]を支持してこう述べている。例えばロペの喜劇『その死まで言い続けん[*273]』では、吟遊詩人がその情熱を公にも謳いあげたため、この向こう見ずな行為によって侮辱を受けた夫（その妻が詩人の愛の対象になったため）の手によって詩人は暗殺されてしまう。ここでは純粋に名誉の問題が提起されているのだが、それはマシーアス自身も認識しているものであり、死の直前に彼はこう述べている。「こうして私は彼に機会を与えた／彼はその名誉を守ったのだ」。つまり黄金世紀の喜劇では、マシーアスの愛は姦通罪に問われ、死に至る罰を受けるべきものだった。しかしラーラのマシーアスは単に詩を吟じるのではなく――ラーラ自身もほとんど詩を書かなかった――挑発的にもエルビラの寝室にまで侵入し、情熱という権利以外の何ものもない中、彼女を連れ去ろうとする。恐ろしいフレーズが口にされるが、まさにこのとき、確かにマシーアスはラーラの足元にまで及んでいる。「……破壊し、取り消すのだ。／君が結んだその恐ろしい絆を。／愛人こそ本当の意味での夫婦なのだ。／なぜなら愛によって結ばれているのだから。愛より聖なる絆があろうか？／その神殿は宇宙だ。／どこにいても神は結びつけた二人の話すことを聞いている……」。そして彼女自身の夫が到着したときに、夫の前で妻は叫びを上げることになるのだ。

　結末はより一層意味深い。エルビラはマシーアスの情熱に突き動かされ、紛う方ない愛の告白を受けたため、マシーアスを牢獄から助け出そうとする。二人がエルビラの夫とその刺客たちによって発見され、マシーアスが暗殺されたとき、エルビラは夫に罵詈雑言を吐き、「怪物」と呼んで自害する。しかしこの言葉によってエルビラは、マシーアスが「墓がほどなくして祭壇となる、／そこでは死が私たちの婚姻の契りを結んでくれるのです」と叫んだ、あの情熱的な反抗心の高みにまで昇ったのだった。サンチェスが説明するように、「愛する二人の間にはいかなる種類の後悔なども存在しない。まったく反対に、挑戦的な形でその愛を実行する。その最後の高揚に至るまでだ。死は敗残どころか、一つの神格化であり、偉大なる崇高さの中に、〈死の中の愛〉が完遂されるのだ。トリスタンからの遺産だと解説者は推測しているが、ラーラの生み出した重要な価値をいかなる場合においても無に帰することのない遺産である。『マシーアス』はロマン主義的宣言としての最大の価値を持っていた。もしついにラーラがロマン主義者の列に加わるとしたら、まさにこの『マシーアス』をして、であろう」。

ロマン主義劇の先駆け

ラーラの重要性を評価するのに、大きな関心の的となる一つの細部《ディテール》がいまだ残されている。安楽椅子に座っている批評家たちが持つことのない類の関心であろうが、我々の演劇史においては看過することのできない重要な点である。『マシーアス』は一八三三年の最後の月に検閲にかけられた。その初演は公に告知されたものの、上演は禁じられるに至る。教会と政府の鋭い嗅覚の持ち主たちが、愛の装飾和音《アルペジオ》以上の何ものかを劇中に発見したのは明らかである。王が亡くなって、体制が代わり、マルティネス・デ・ラ・ローサが政権につくまで、ラーラは劇を引き出しの中に閉まっておかねばならなかった。一八三四年九月二十四日に初演することができたが、それは政府の首相自らが書いた戯曲『ヴェネツィアの陰謀』[*274]を封切りした後であった。しかしあの特殊な状況下にあって、ロマン主義劇の歴史上、ラーラの劇に僅差で『ヴェネツィアの陰謀』が先んじたのだと言える。ロベルト・サンチェスは彼の記事のほぼ最後のほうで、条件付きではあるが、ラーラは「マシーアスという人物の意義を予見した。この作品によって、〈後に続くロマン主義劇の神秘の一つの原型《モデル》を定着させた〉」のだと認めている。括弧の強調は我々によるものであるが、敢えて言挙げする必要もないだろう。

文学的な資質に関して、『マシーアス』には否定しようのない卓越性がある。いくつかの性急な表現に対して反論するというのも馬鹿げている。例えばエルビラが、結婚の約束の期日が満ちた、そのまさに当日に結婚したことなど。これに類するその場しのぎは他には見られないし、ラーラの作品においてそれらは非常に些細なことであり、良い意味で正当化されるだろう。こういった類の幕を舞台に一つも持ち込まない人間は一人もいない。劇は五幕で構成されており、中断なく進んで行く。部屋は変わるが、ビリェーナ卿の同じ宮廷が舞台である。ラーラが古典主義の教育を受けたことのもう一つの証左ともなるが、厳格に三一致の法則（《仏：trois unités》演劇は、一日の間（時間）に一か所（場所）で起こる一つの事（筋）を扱うべきであるという作劇理論。アリストテレスの理論を受けて、十七世紀フランスの古典劇作者たちが主唱）に従っていると言えるものの、物語《プロット》の一致については無理に追求する必要はない。ラーラは「物事の途中で」*275（羅 in medias res）出来事を設定するのであり、前もって挿話を準備することもないし、使い古されたテクニックと簡単な手法で舞台を埋めたり、出来事を薄めたりして観客を楽しませることもない。最初のいくつかの対話のみで問題を特定し、すぐにマシーアスの舞台登場となる。感情の爆発が起き、すべての次元を橋に架けてドラマが続いていく。そして感情の高まりのうちに展開していき、事件が詰め込まれ、ついに最後の幕へと続く。

ラーラは詩才がないと常に言われているのを認めるが、その不面目でさえもここでは好都合である。もしラーラが詩人であったなら、この劇の中で多くの詩の誘惑に引きずられてしまったことだろう。しかしそうではなかったので、言葉の輝きよりも英雄の生命力《バイタリティー》と内面に気を使うことができた。これらが常に必要不可欠な要素であり、各々の人物の魂を正確に創り上げている。情熱の推移としてボルテージは完全に上昇線を描いていく。マシーアスの内面では、障壁が大きくなるにつれ、瞬間、瞬間に感情が高まっていく。一方エルビラの内面では、女性的な恥じらいと結婚した女性としての倫理的意識によって、感情の爆発がしばし抑えられていた。しかし恋する情熱的な女性として、長い間にわたって抑えられた愛が最後には激情へとエルビラを駆り立て、彼女はマシーアスの誘発した悲劇の混乱へと飛び込んでいく。

課せられた夫との間では控え目で非常に人間的な会話がなされるが、この夫には苛立たせられる。メロドラマ的な嘘のない反応は適確な描写である。ラーラは最もドラマチックな緊張の走る瞬間でも、韻律的に八音節の組み合わせを使ったりせず、十一音節のもしくは十二音節の、自由自在な状態で類韻音を踏んだ。模範となった新古典主義悲劇の影響というほどでもなく、覚えやすく簡単な音楽的韻律を避け、より控えめな、散文に近い形をうまく使ったといった具合である。そうすることで、登場人物が修辞的に表現するのではなく、真実を表現するのに適した形を採ることができる。恋人たちの熱のこもった非難ですら、完璧に計算された「情熱の論理」に従っている。

以上のまとめに入るが、故意に言及しないことや無関心などの不当な態度が今日までラーラの劇に対して取られてきた。『マシーアス』はスペイン・ロマン主義劇の重要な作品である。実際は著者の不運によってそうなってはいないのだが、正当な系譜の中でロマン主義劇の最初に位置し、それ以前の数々の代表的な劇よりも優れており、少しもラーラの価値を貶める作品ではない。マシーアスの中へのラーラ自身の投影が推測され議論されたが、ありふれた形で繰り返され、いつでも非常に軽く扱われ、まるで疑問をさしはさむ余地のない事実のように受け止められてきた。しかし、正しく理解され、そのことが負っている重要性を認めるという条件下で受けとめられねばならない。つまり伝記的・挿話的に単純に結びつけられた関係のようにではなく、彼の最も本質的で根本に根づいた個人的な体験と思想とが、文学的神話の中に自発的に受肉されたものとして、である。劇を発表するにあたっての誘《いざな》いとして、ラーラは「二つの言葉」という序を書いているが、『マシーアス』を正しく理解するために不可欠な部分である。「ここに一つの劇作品がある。その名前は付け難い」とある。続けて、古い喜劇と、古典的様式でありながら近代的な劇と、悲劇もしくはロマン主義劇の条件をすべて一つにしたらどうなるかと問うている。

さらに、これらすべてのジャンルの結びつきを拒絶した後で、こう結論づける。「それでは、マシーアスとは一体何者か？　著者は何を為そうと目論《もくろ》んだのか？　マシーアスとは愛するだけの男だ。ただそれだけだ。彼の名と悲劇的な人生は歴史家に属する。その情熱は詩人に属する。できる限りの想像を駆使してマシーアスを描くこと、もしくはかくあるべきマシーアスを描くこと、彼の狂熱による錯乱から生まれた感情を展開させること、そして人間を描くということが、私の劇作の目的である。ある流派の徴《しるし》を見出そうとする人や、分類のための名前を作り出そうとする人は間違うことでしょう。何のための名前だというのか？　マシーアスの中に、興味深いシーンや、純心から生まれ出づる感情、ほどほどに表現された愛、幸せな役回りなどといったものを望む人たちのご期待に沿えますように！」

この「二つの言葉」ほど透明なものはない。ラーラは当時、影響力のあったすべてのジャンルの潮流から、自分の作品を断ち切ろうとしていた。いつでも交換可能な、その他大勢の空っぽの流行作品として発表されたくはなかったことを示すためであった。黄金世紀の劇の再生であれ、新しいロマン主義劇であれ、いずれも同じである。「ある流派」の徴をつけずに、ただ一人の人間の肖像として、歴史家に属すのではなく詩人に属する人間の、つまり作者自身のはらわたから創り上げられた、いわばマシーアスの神話の中に溶け込んだ人間の肖像としてありたかったのだ。

小説家としてのラーラ

必要とあれば、もう一つの証左を見ることができる。ガリシアの吟遊詩人がいかにフィガロの頭の中で煮えたぎっていたかを示す事実として、ラーラが書いた、たった一つの小説が挙げられる。『マシーアス』が封切られる数ヶ月前の一八三四年初頭に発表された『病めるエンリケ王の侍従』の主人公にも先の思いが体現されていることを挙げたい。ラーラは、劇よりも小説の中でより一層不幸に役割を果たしていた。物語中の多くの基本的な項目は劇を踏襲しているが、登場人物は一層多く、筋書きは一層複雑で、場面の求めにある程度忠実に応じた雰囲気で味付けされている。この適切な舞台背景によって、劇作品に力を与えていた贅肉のない、集中した激しさは失われている。

いずれにせよ、ラーラが著者であるというだけで、この小説は明らかに評判が損なわれている。読者にとって奇妙に思われるのは、辛辣で痛烈な記事を書いたのと同じ筆で、この小説に登場するおどろおどろしい要塞の中の不気味な寝室や廊下へと誘う文を書いていたことであり、また絡み合う冒険が他愛ないようにも――とはいえそれらのうちの一つも『マシーアス』には見られないことを主張しておきたい――見えるからだ。そもそも小説作品を創り上げるラーラの腕前が他よりも際立っているとは我々がさほど期待していないにせよ、『侍従』が当時の時代的にも、また性質としても控えめな小説であったことが不評の理由として挙げられる。

当時の厳密な時代性に基づかせるため、ラーラの小説はあらかじめ計画的に練られたウォルター・スコット[*276]の模倣であったと、アメリカのスペイン文学者ニコルソン・B・アダムス[*277]がある短いコメントの中で注意を喚起している。これに対し、新聞記者のコロンバイン（三六四頁注26参照）がこの模倣の元になったと思われる作家を特定するようなコメントを否定しているとはいえ、反論のための説得力のある理由は挙げられていない。しかし、アダムスが特別に強調して述べているように、『侍従』はスコットの小説と「情熱の力点において」異なっており、それを証明するためにスコットの文とラーラの文を比較している。「愛は『侍従』において主要な力となっており、ラーラはその目的のために、仰々しい大言壮語を使うことなく、ありのままの誠実さを帯びて語るのを恥ずかしいとは思わなかった」とアダムスは述べている。

アダムスは小説中の情熱的な愛の宣言と、ラーラの愛人ドローレス・アルミホとの関係を関連づける誘惑に負けて、それが「あまりに短絡的」に見えるかどうかは分からないものの、関係が始まった日付などから提起されるさまざまな仮説を検証している。すなわち、『侍従』が、それ以前か、それ以降に書かれたかを確かめる必要があった。おそらくアダムスは、六年前に発表されたリュモーの論文の存在を知らなかっただろう。同じ意味のターの示唆を無視していたわけではなかっただろうが――。その論文によれば、ラーラの新婚の頃の一八三一年には、すでに彼とドローレスとの関係は始まっていた。つまり、『勘定係はもうたくさん』の封切りの頃のことである。アダムスはいくつかの文を特に取り上げているが、それらは同時期に起きたと思われる出来事を反映しているようで、ラーラの手による疑わしい味付けと見られている。このスペイン文学研究者のために、「伝記上の誤り」の熱心な告発者らや他の意地悪な者たちなどに謝罪しておこう。しかし『侍従』はその精神において、ウォルター・スコットよりも遥かにロマンティックであると結論づけている。スコットをもってしても、劇中のような場面で「愛人こそ本当の意味での夫婦なのだ」と書くことや、悲劇的で不幸な力としての愛について考えることはなかったであろう。

詩人、ラーラ

ラーラの詩作は議論の余地なく、他の作品と比べて価値が低く、しばしば脇に置いてしまうのは当然のことである。フランス人リュモーは、卓越したラーラ研究者の一人だが、これらの詩に対して特別の関心を寄せている。なぜならその価値において乏しいとしても、いくつかの伝記的な事項、特にラーラのイデオロギーや文学の根源を明らかにするための特別な意味が含まれているからだ。リュモーから出発して、エスコバルがこの題材を深めている。

リュモーはラーラの詩の制作期を三つの時期に分けている。一八二七年の終わりまでは真面目で高貴な詩作に勤しんでいる。この頃から一八二九年四月までは、詩を諦めて「風刺家ドゥエンデ」の発表に時間を費やした。これを終わらせて、ラーラは再び詩作に戻ったが、古代ギリシャの抒情詩人アナクレオン*278やロココ風詩人メレンデス・バルデスのような愛すべき、軽やかなトーンの詩となっている。一八三〇年の間は、ラーラはきっぱりと詩を諦め、ジャーナリズム、演劇、小説に身を捧げた。とはいえ彼は人生の最後まで詩歌を書き続けたが、自己の身の回りについて書くか、または厳格な意味で非常に内面的な詩となっていた。リュモーは六十篇の詩作品を分類しているが、ラーラの生涯を通じて、十二篇の詩歌しか発表されていない。

ラーラは他の著述家と同じように、詩歌を作ることから文筆を始めた。リュモーが言うには、ロマン主義の時代において、詩人は高貴で重要な響きを奏でており、ラーラもその栄光を望んだ。ラーラの生きた時代の若者にとっては、新古典主義の詩歌が完全に効力をもっており、最も近代的な表現は前世紀から受け継がれたイデオロギー上の急進主義といったところにあった。キンターナ[*279]（マドリッド出身の詩人。バルデスに師事、ホベリャーノスとも交流）、メレンデス・バルデス、シエンフエゴス[*280]（スペインの作家、詩人、演劇作家。バルデスが師、キンターナと交流）、リスタ[*281]（スペインの数学者、詩人、ジャーナリスト、知識人。百科全書派の影響）といった上の年代の代表的詩人たちが、尊敬の的であり偉大な師であった。彼らは時代特有の環境に結びついた新しい政治、社会、哲学思想を詩に歌い、専制政治や狂信的行為、不寛容を非難したのだ。エスコバルが強調するように、「忌むべき十年間」[*282]（フェルナンド七世による一八二三年十月からその死までの十年間。自由主義の反動から来る絶対主義への復帰）に生きた若者たち、つまり体制の敵である彼らが、これらの公共的な詩の中に現代に通ずる叙情詩となるであろうものを信じ、見出したのは自然な流れであった。

　叙情詩のトーンをもちながら、ラーラは最初の詩歌の中で重要で役に立つ思想を表現しようとしており、これら初期の詩作は高揚した調子で、格調高い型に嵌め込まれている。すなわち教訓詩、頌歌と風刺詩である。ラーラが初めて発表した作品は「一八二七年のスペイン産業博覧会に捧げる頌歌」と題したもので、詩としては質の良くないものだった。というのもきっかけとなった詩の着想源自体も同様に粗悪であったからだ。メソネロによると、産業博覧会は「あまりに貧相で、絶望させるものであった。公的な博覧会というよりは、その中と奥の部屋はまるでどこかの倉庫のようであった」。しかし歴史的な関連においては非常に意義あるものだった。ラーラの頌歌のテーマは国家の経済拡大である。産業博覧会はみすぼらしいものであったが、より自由で近代的な人たちのグループが鋭意努力した初めての機会であり、ラーラは彼らに刺激を与える義務があると考えたのだ。エスコバルはこうコメントする。「このようにして、我らが作家は文筆の経歴を、ブルジョア階級の拡大を特徴とする歴史的過程の中に置いた。そこに自由主義の足場が建てられていたのだった」。

　大きな主題に対する懸念が、「ギリシャへのヨーロッパの介入から着想された、自由へ捧げる頌歌」[*283]を作歌するようラーラを突き動かした。また、なお第二期の作品に当たる「一八二九年の地震に際して[*284]」と題する最長詩を書いたが、こちらも頌歌であった。これらの「役立つ詩歌」という判断基準によって、最初の作歌のうちの一つともなる新たな詩を書くよう動かされ、三行連句の風刺詩を作る。新古典主義の規範に従った詩型で着想されたが、荒廃した国情を目にしたラーラの苦悩と、自身の努力が不毛だと考えるようになった落胆が現われている。エスコバルはこれらの作歌の重要性を強調している。詩の中にラーラの軌跡の最初の出発点を見ることができるからだ。ラーラは本質的に風刺家であり、新古典主義的な古い形式の中で風刺を書き始めたが、この形式はまさに教育を通じて受け継がれていたものだ。しかしすぐにこの型が窮屈となり、新しい時代にそぐわないと気づくようになる。なおも『可哀そうなお喋りさん』のために二つの詩形式の風刺を書くが、それらは「議会の悪徳に抗して[*285]」と「情勢に関する悪質な詩歌に抗して[*286]」——そのうちにはもちろん自身の詩歌も含まれている——と題されたものである。

その後、彼の文学的才能は随筆や新聞記事へと形を変えて花開き、風刺によって近代的な様式を自らの手で創り上げたのだった。

訳者コラム

大地の人間

通りに出て、サンタ・クララ通りの小さな教会を曲がった角に「この家にマリアーノ・ホセ・デ・ラーラが暮らし、亡くなった」とある。そこに書かれた年は、すでに一世紀も前になる。ここで暮らし、亡くなる。いまだに自殺というラーラの悲劇的な死が生き続けている。人びとは信じる心で夢見ていた。ラーラは何も感じていないのだろうか？ 私を感じているだろうか？と。彼の大地、国民、スペインを感じているだろうか？ ラーラは一つ一つの儚い瞬間を大切に書きとめ、永遠とした。永遠なるものを瞬間に込め、失われゆく瞬間を永遠としたのだ。ラーラ自身が「大地の人間」と呼んだ人たちの波に浸り、彼もまた、スペインに共通する孤独のただ中にいた一人であった。ラーラを囲んでいた大衆は、笑い、遊び、気晴らしをし、喜び、楽しんでいた。時に泣き、絶望していたとはいえ——。そして過ぎ去り、彼らだけが残った。

「聖農夫イシドロのお祭り」　——ミゲール・デ・ウナムーノ

（一九三二年五月二十二日、『エル・ソル』紙）

スペインの大地には、魔的な力がある。抗いがたい魅力――「ドゥエンデ」(duende) と名づけられた、得も言われぬそれは、人びとの生活に染みわたり、踊り、歌《カンテ》の中で、小悪魔の笑みを浮かべている。独特の混合文化――イベリア、ケルト、フェニキア、ギリシャ・ローマ、ゲルマン、ユダヤ、イスラムが育んだ土壌は、幾世紀にもわたって「スペイン」の統一化を阻んできた。長年蓄えられた躍動する魔力を、人びとは各地の特殊性とともに醸成させていた。ヨーロッパの辺境となるスペインは、国の内部においても各地域が辺境性を保ち続けたとも言えよう。「ドゥエンデ」には、家を支配する者の意もある。各家とも言える各地域の特色と結合することで、より一層、ドゥエンデは活力を得ていった。

いみじくも「ドゥエンデ」という執筆名《ペンネーム》を自らに付したラーラ本人こそが、スペインのもつ魔力を筆先に込め、スペイン国民の覚醒を促そうとしていた。しかし彼は地域・辺境性、より卑近に言えば風俗や習慣といったおのおのの特殊性と結びつくのではなく、スペインがスペインとして独自の力を総体的に発揮することを望み、「普遍的価値」――いまやキリスト教的価値をも超えた――を探り、筆を走らせた。ラーラは「大地の人間」の一人として、人びとの間に立ったのだ。ほどなく、「ドゥエンデ」は絶望するほどの孤独を感じることになる。

冒頭のウナムーノの文にも書かれた、スペインに共通する、ラーラの感じていた「孤独」とは、政治闘争によって何一つまとまらない「国家」の縮図である都市において感じる人びととの隔絶と、さらに地域主義的な特殊性を手放せない各都市、各地域間の断絶と、内外双方から来るものではなかったか。俯瞰すれば、スペインはヨーロッパ大陸の孤島となっている。愛国心や郷土愛、と言葉にすれば肯定的かもしれない。しかし、愛着の裏側には排他感情や他国・他地域との対立意識が潜んでいる。私は学生の頃、ペルーやメキシコの同居人とスペインの地のいわゆる「ピソ」（共同住宅、アパート）に暮らしたことがあるが、かつての植民地国出身の人びとにも「スペイン」気質はしっかりと受け継がれているような印象をもった。互いを容易に信用せず、他国同士何らかの対抗意識を持っている。スペイン語を話すということで、ゆるやかに連帯意識があるものの、明るい挨拶の影で互いに探るような目線を交わしている。それぞれのスペイン語は土着の文化・気質と混じり合い、独特の音調と語彙の違いで「お国柄」を織り成す。互いに互いの「国民性」の特徴をからかい合い、笑い話にして、結局のところ自国を肯定する話の落ちをつけることも――。こうして各国、微妙な自尊心を保っているようでいて、「母体」スペインのデジャヴとも、遺伝とも思える愛郷主義を垣間見るような気もしたものだ。

かほども地域の特性を保ち続けたスペインが、大航海時代には一致団結し海を越えられたのはなぜか。キリスト教信仰という支柱に貫かれ、ヨーロッパの辺境にありながら、真にヨーロッパたりえるための普遍的価値《カトリシダッド》を広めるという事業が人びとを結わえたのだ。異様なほどの飛躍を見せ、地域も国も超えた世界主義的（進歩主義的）な動きとなったのは、レコンキスタの八百年が醸成した巨大な反発力がその大地に潜んでいたからとも言える。いつでも大地が人びとを創っている。共通した一つの「理想」を狂気的なほど信じた彼らには、見えない神、見えない黄金の国が見えていた。しかし、時は過ぎ去り、沈まぬ太陽は黄昏色に染まり、神の恩寵の光は色褪せた。人びとの心からは次第に「理想」が失われていったのだ。互いに結わえるものがなくなれば、力は内側へと向かい、個々の違いが急速に目についてくる。統一と分裂、ディエス・デル・コラール[*287]の指摘する進歩（世界主義）・伝統

〈孤立主義〉と振り子は揺れ、国家としての内部の原動力は消耗されていく。スペインは真っ二つに分断され、孤独はより一層深刻なものとなった。ついに他のヨーロッパ諸国から取り残され、「近代」スペインは後進性という枷を嵌められてしまう。

ラーラの生きた時代は王位継承をめぐるカルリスタ戦争をはじめ、国内対立の動きが特に激しくあった。また、啓蒙思想によって旧体制のキリスト教会支配や非合理性に対する妄信が解け始める一方、革命、反革命、自由、伝統などの新しい観念と現実が交錯し、政権は目まぐるしく交代する。政府要人、知識人たちをはじめ、自由を謳った国家の指導者たちは一夜にして亡命を余儀なくされ、スペイン国内に腰を落ち着けることも儘ならない。少数のエリート層に「国民国家」を形成する意識は芽生え始めたといえ、その存在理由と実現を深く考えるほど、彼らの人生も、また「国民」となるべき人びとの生活、教育基盤も安定していなかった。この引き裂かれたスペインへの憂いを感じた一部の少数者は、絶望的な孤独——国内においても、世界においても——にさいなまれた。絶望を感じないためには、ウナムーノが描いた「大衆」よろしく、笑い、遊び、時間を過ごすしかない。

かくて近現代スペインにおける最初の「孤独」を感じたラーラの魂は、苦しみに苛まれ自らの命を絶つこととなる。スペインの大地に肉と骨を奉げ、新たに生まれ変わることを信じて——。

大地と一体となったラーラは、いま何を夢見ているのだろうか。

マリアーノ・ホセ・デ・ラーラ略年譜

一八〇九年（〇歳）

三月二十四日、ホセ・ボナパルト一世の軍医マリアーノ・デ・ラーラとサンチェス・デ・カストロの間に生まれる。

一八一三年（四歳）

フランス軍敗北となり、ラーラ一家は戦禍を逃れ、ボルドーへ避難、医師ラーラは軍病院に数ヶ月勤務する。ボルドーで修学する。

一八一四年（五歳）

三月、イギリスのフランスへの進軍を目の当たりにして、一家でパリへ移り、引き続き学校へ通う。

一八一八年（九歳）

父ラーラがフランシスコ・デ・パウラ王子の侍従医を務めたことによる特赦をフェルナンド七世より受け、ラーラ一家はスペインへ帰国する。マドリッドのオルタレサ通りのピアス小学校に寄宿して修学する。

一八二七年（十八歳）

「一八二七年のスペイン産業博覧会に捧げる頌歌」を発表し、作家として活動し始める。

一八二八年（十九歳）

『日刊 風刺家ドゥエンデ』と題した五巻の雑誌を発行する。『エル・コレオ』紙を批判した記事を書き、同紙の編集長カルネレロと対立する。記事「カフェ」「闘牛」「ドゥエンデによる通信」等、執筆。

一八二九年（二十歳）

サロンやカフェに出入りし、ロマン主義の作家、芸術家のサークル「パルナシージョ」の仲間らと議論を交わす。「一八二九年の地震に際して」と題した頌歌を発表。

八月十三日、ホセファ・ウェトレットと結婚。フリアス侯爵が介添人、マヌエル・ブレトン・デ・ロス・エレーロスが立会人となった。

一八三〇年（二十一歳）

実業家グリマルディのために、フランス演劇の翻訳と自作の劇を書き始める。高名な弁護士マヌエル・マリア・デ・カンブロネロの息子と結婚した人妻ドローレス・アルミホと知り合い、後に愛人関係が始まる。劇作『勘定係はもうたくさん』（スクリーブ作）翻訳。

一八三二年（二十三歳）

八月二十七日、『可哀想なお喋りさん』の第一巻が刊行される。スペイン独自のオペレッタ作品「誘拐」（トマス・ヘノベスによる音楽）を制作。『レビスタ・エスパニョーラ』紙に執筆協力するようになる。

記事「古き良きスペイン人《カステリャーノ》」「間違った早婚」「公衆とは誰か、そしてどこで出会うのか」「抵当と弁済」等、執筆。劇作『フェリペ』（スクリーブ作）翻訳。

一八三三年（二十四歳）

『可哀想なお喋りさん』の刊行が中止となる。「フィガロ」のペンネームで、『レビスタ・エスパニョーラ』紙で多数執筆、「習慣」について担当する部署を率いる。劇作『マシーアス』が検閲により発表を禁じられる。「ご婦人がたの『エル・コレオ』」編集長を務める。記事「明日またどうぞ」「新しい食堂」「この国では」等、執筆。

一八三四年（二十五歳）

『病めるエンリケ王の侍従』を発表。ドローレスとの不倫が取沙汰され、妻ホセファと離婚する。アルカラ・ガリアーノ編集長の『エル・オブセルバドール』紙で何ヶ月間か執筆するため、いったん『レビスタ・エスパニョーラ』紙への執筆協力を辞める。九月二十四日、劇作『マシーアス』が公開される。記事「こちら側のある自由主義者からあちら側の自由主義者への手紙」「マドリッドの生活」「我々はいかなる人種の間にいるのか」「公共の庭園」「言いたいことは言ってはならない」等、執筆。

一八三五年（二十六歳）

劇作、文学、政治、習慣に関する記事集『フィガロ』が、マドリッドで刊行され始める。友人のカンポ・アランへとともにエクストレマドゥーラ地方を旅し、「メリダの遺跡」等の記事を書く。ドローレスがスペイン南西部のバダホスに滞在していたため立ち寄り、そこからリスボンへ向かいロンドン行きの船に乗る。パリに数ヶ月滞在する。帰路、穏健派自由主義の新聞『エル・エスパニョール』紙と、好待遇の契約を結ぶ。記事「スペインの修道院」「決闘」「勤勉さ」「生計を立てられない生き方」「アルバム」「狩猟」等、執筆。劇作『陰謀という術』『君の愛か、死か!』（スクリーブ作）翻訳。

一八三六年（二十七歳）

急進派自由主義のメンディサバル政権を当初は支持していたが、永代所有財産の解放策が、必要とする人々を益しない結果を招いたことを見てとると、ほどなく政権批判に回るようになる。ドローレス・アルミホの住むアビラへと旅する。同都で議員として立候補し、穏健派のイストゥリス政権支持者として当選する。しかしグランハの軍事蜂起によって、八月十二日、選挙は無効となった。急進派自由主義者たちと、険悪な関係へと追い込まれ、離党する。『エル・レダクトール・ヘネラル』紙と『エル・ムンド』紙の穏健派の二紙と契約を結ぶ。記事「一八三六年の死者の日。墓場のフィガロ」「一八三六年のクリスマスイブ、私と使用人。哲学的妄想」「冬の時間」等、執筆。

一八三七年（二十七歳で没）

記事「フィガロから学生へ」執筆。カルロス党員に対し民主的ブルジョワの進歩的改革を目指す軍人エスパルテーロが勝利を収めた後、ドローレスから別れ話を持ち出される。二月十三日、マリアーノ・ホセ・デ・ラーラはピストル自殺する。

二月十五日の午後、多くの参列者をともない、自由主義と文学を謳った荘厳な追悼声明が行なわれた。新聞紙上でラーラを追悼し、その人物像に関する公開議論が多く交わされた。

第二章　ジャーナリズム——記事セレクション

【訳者解説】 スペインの国民病とも言われる「怠惰」。古くはフェリペ二世の時代に遡るまで、スペイン人たちの「のんびりした仕事ぶり」と、ドイツ人が文書に書き残しているほどだ。大いにグローバル化が進み、経済主導の無彩色《モノトーン》に多かれ少なかれ染まった現在はいざ知らず、懐かしのペセタ通貨時代にこの国を訪ねた人ならば、何を買うにも永遠に待たされ、駅の切符窓口の担当が延々、長電話をしている光景に戸惑いを隠せなかったことだろう。この国において客サービスというものの存在を疑わせるほど、働き手の自由裁量に任された「人間的」なペースが保たれていたのは、さほど昔のことではない。長きにわたりカトリック信仰に支配されていた「敬虔な」国民がなぜ、かほども「怠惰」に犯されたのだろうか。ラーラの生きた十九世紀初頭には、教会権威に対して人間理性の光が当てられ、「非合理性」に疑問符が付され始めたものの、依然として「怠惰を助長し、自分たちの置かれた現状に満足し、改善を求めない」*1伝統主義は、近代啓蒙主義のヨーロッパ諸国から批判の的となっていた。とはいえ、教会主導で生きてきた「伝統的」な「国民」の頭の中に、現実世界に適用できる基本信条、エチケット、規範といったものが突如生まれるはずもない。神に代わる理性の光で人生観を変え、勤勉に働き、社会制度を改善し、経済を成長させるといったことに、人びとは腐心できるのだろうか。スペイン社会の明日とはいかに――。外国人の眼を通して、スペイン国民に意識を変えさせようとした、ラーラの最も知られる記事である。

明日またどうぞ

「怠惰」を死に至る「大罪」と初めて呼んだ人は偉人に違いない。ここのところ書いた記事は、意に反してかなり説教調になってしまった。したがって今回は、この「大罪」についての歴史を長ったらしく、詳細に取り上げることはしまい。罪というのは歴史上重要な主題であろうし、かなり興味深い歴史に違いないのだが——。間違いなく言えるのは、怠惰の罪を犯して天国への扉を閉ざされた人数は一人や二人どころではなく、それは将来も変わらないであろう、ということだ。

こう思索していたのは、ほんの数日前からだが、奇遇にもある外国人が私の家を訪ねてきたのと時を同じくする。彼は良きにせよ悪しきにせよ、我々の国に対していつも大げさで、誇張したイメージを持ったい、あの外国人の一人である。例えば、この国の人たちはいまでも二世紀前の栄光に包まれていて、正直で寛大で騎士道精神をもった人たちだとか、アトラス山脈の向こうの、サハラ沙漠の流浪民のような野蛮人ではないかなど。前者のイメージは、我々の性格が手付かずの遺跡のごとく残されている、との想像から引き起こされる。後者は、震えながら通りをやってくる旅行者が、まさに彼らが犯罪に巻き込まれないよう守ってくれる役割の、どこの国にもいるありふれた守衛のことを強盗なのではないか、と疑うような思考からくる。

確かに我々の国は、短時間ですぐに理解できるような国ではない。大胆不敵と呼ばれることを恐れなければ、我々の国は手品に例えられるだろう。実に安っぽいトリックが使われているというのに、人びとを驚かせ不可解だと思わせる、あの手品だ。いったん種明かしをしてしまえば、観客はなぜ自分がそれに気づかなかったのか、とあっけにとられてしまう。人間は、鋭敏な頭脳が自分には備わっていると思いたがるものだ。物事に納得できる原因が見つからないと訝《いぶか》しく思い、かなり深いところに真因が隠されているに違いないと思い込む。まさに人間の自惚れであろう。何かについて理解できないのは、自分の物分かりが悪いからだと認めるよりも、その「何か」が理解不能な「謎」である、と声高に言うほうが楽なのだ。自分たちを動かすための真の方策に対して、我々がまるで無知な状態にあると気づいたとしても、例えば外国人が容易に我々の国に入り込めない点を疑問に思う道理などはまるでない。

こういった外国人の一人が私の家を訪ねてきたのだが、面会するにあたり、然るべき資格ある者としての推薦状を携えてやってきた、と私に言う。家族間の金銭に関する込み入った事情や、そのお金の使い道に関する将来的な希望をはじめとして、この地の産業や商業の投機目的のために彼の豊富な財産を投資する、といったパリで着想した広範に及ぶ計画などが、我らが愛する国へと彼の足を運ばせたのだ。

近所の人々が日々行っている活動にそろそろ慣れてきた頃、彼はこの国にはほんの少ししか滞在しないつもりで、資本を投資する手堅い投機対象が見つからなければ尚更のことだ、と形式的ではあるが断固として私に告げた。この外国人のことは一考に値すると思われたので、すぐに彼とは交友を結ぶことにした。彼がぶらぶらすること以外の真面目な目的で旅しているのであれば、遺憾だがいちはやく故郷に帰ったほうがよい、と説得しようと試みることにした。とはいえ彼の申し出を尊重し、私自身の考えをもう少し明確に説明する必要性を感じた。

「さて、ここで貴殿は十五日あまりを過ごすことを決められ、その期間内で用事を済ませようとなさっているのですね」

と「ムッシュ・サン＝デレ《遅れ＝なし》」（Monsieur Sans-délai 仏語で「遅れなし」）と呼ばれる彼に話しかけた。

「確かに十五日ですが、それはかなり長く見積もって、ということです。明日の午前中には私の家族の事情について調べるために系図学者（家系や貴族の系譜、紋章などを調べ、家柄の起源を調べる学者）を探し出し、午後にはその文献を繰って、我が先祖を見つけ出さねばなりません。そして夜には私がいかなる者か分かっているという次第です。明後日には系図学者が出してくるだろう情報に基づいて、義務づけられた形式と法に則って結果をお見せできることでしょう。明白で、否定できない正当なケースとして――ちなみにこうなった場合のみ私の権利を行使する予定ですが――三日目には法的に審理され、晴れて私自身の問題を解決できます。私財を投じようと考えている投機に関しては、四日目には私の考える提案をまとまった形としてお見せできるでしょう。提案の良し悪しとか、法的な認可の可否は置いておいて、五日ほどの話です。六日目、七日目、八日目もあれば、マドリッドの物見遊山には充分です。九日目は休んで、十日目には手続きの席上に着いている、と。もしこれ以上長くここに滞在すると不都合が生じるなら、家に帰ろうと思います。それでもまだ十五日のうち五日ほど日が余ってはいますが……」と彼は私に応える。

ムッシュ・サン＝デレがこう述べるに至って、瞬時に体中からこみ上げてくる笑いを抑えるのに私は必死になった。この間《ま》の悪い愉快さを行儀よく鎮められはしたものの、私の唇に驚きと落胆を湛えた柔らかな笑みが覗くのを妨げるにはいたらなかった。彼の実現したいと言う計画を聞いて、私の属する中流階級の意地悪さが表情に出てしまったのだ。

陰険さと慇懃無礼さの狭間にある物言いでこう告げた。

「すみませんが、ムッシュ・サン＝デレ、マドリッドに十五ヶ月ほど滞在なさった頃に、貴殿を昼食にご招待させてください」

「何ですと？」

「十五ヶ月経っても、貴殿はまだここにいらっしゃることと思いますよ」

「ご冗談を仰っているのでしょう」

「いいえ、もちろん違います」

「私の希望する日に立ち去れないとでも？　確かにその考えは愉快ですね！」

「貴殿のお国のように、活発で勤勉な国にいらっしゃるわけではないことをご理解下さい」

「おぉ！　外国を旅したことのあるスペイン人は、同国人に対して優位なのを見せつけたいがために、いつでも自国の悪口をいう習慣ができてしまうのでしょう」

「貴殿に断言しておきますが、見積もられている十五日のうちに、必要とされている協力者のうちの一人たりとて話をつけることはできないでしょう」

「また大袈裟な！　私の計画についてあらゆる人に話をつけるつもりですよ」

「誰もが無気力に応対することでしょうね」

サン＝デレ氏は、身をもって体験しない限り納得する様子ではなかったので、いったん黙ることにした。私が話したような事実に直面するにはさほど時間はかからないだろう、と確信していたからだ。

日が明けて翌日、系図学者を探しに二人で出かけたのだが、友人から友人へ、知り合いから知り合いへと尋ね歩くことしかできなかった。ようやく適当な人物に巡り合ったが、我々が急《せ》かすのに困った様子で、少し時間が欲しいとはっきり訴えた。急を要すると強硬に頼んだが、お願いだから二、三日の間どこかで暇をつぶしてくれないか、と断固として言うのだった。私は微笑んだ。そして、我々は立ち去った。三日が経ち、再び訪ねた。

「明日またどうぞ。まだ旦那様は起きていません」

と使用人が我々に答えた。

「明日またどうぞ。旦那様はたったいま出かけたところです」

とその翌日にはこう言われた。

「明日またどうぞ。旦那様はお昼寝《シエスタ》*2していています」

とまた翌日、我々に答えた。

「明日またどうぞ。今日は闘牛を見に出かけました」

と翌月曜日には、我々にこう答えた。

「何曜日の何時だったらスペイン人と会えるのだろう？　ようやく会えたと思ったら〈約束を忘れていたので、明日またどうぞ。まだ書類が清書されていないので、明日またどうぞ、だ〉」

すでに十五日が経ってしまった。私の友人はディエス氏宛で新聞に公告を出したが、苗字をディアスと間違えて掲載される始末で、知らせは何の役にも立たなかった。新たな手がかりを待ち望みながらも、先祖にまったく行き当たることができずに絶望する友人に対し、私は何も言葉をかけられなかった。

原理・原則がないのだから、申し立てなど通るわけがなかった。

非常に有益な機関設立や事業計画を提案するためには、通訳を探す必要があった。が、通訳を探す過程で、系図学者と同じような足跡を辿ることになる。明日から明日へ、日は過ぎついには月末となってしまった。日々食うための実入りの必要に迫られ、かなり切迫した事態となっていたが、働くための時間をまったく見つけることができなかった。筆耕にいくつかの書類の写しを取らせたが、でたらめで埋め尽くされていた。というのもこの国にはきちんと書き方の分かる筆耕などいないからだ。

まだ止まらない。二十四時間で燕尾服を仕立ててくれというオーダーに、仕立て屋は二十日かかった。靴屋はできあいのブーツを取り寄せるのに手間取り、彼は待たされるばかり。アイロンかけ職人はシャツ一枚に十五日も費やした。つばの部分をちょっと変更しようと帽子屋に送ったところ、二日もかかった。頭が風に晒されるので、家からは一歩も出ず仕舞いになった。

彼の知り合いや友人は一つも会う約束を守らなかったし、約束を守れないことを知らせもしなかった。手紙にも応えない。何という真面目さ、正確さだろう！

「この地をどう思われますか、ムッシュ・サン＝デレ？」

と数々の証《あかし》を経て彼に尋ねた。

「私はこの地の人は一風変わっていると思います……」

「ええ、皆そういう人ばかりです。ものを口に運ぶ手間さえ面倒なので、食べないで済ませようとする人たちです」

こんな調子で日々が過ぎゆく中、敢えて名前は挙げないが、ある行政部門の改善提案だけは首尾よく提出することができた。まさに提案は功を奏したと思われた。

四日後、我々の提案の進展を確かめに足を運んだ。守衛は我々にこう言った。

「明日またどうぞ。事務局長は、今日来ておりません」

〈さぞや重大なことが起こったのだろう〉と私は独りごちた。我々は散歩に出かけたが、何と奇遇なことか！　我々はレティーロ公園[*3]で事務局長に出会ったのだ。冬のマドリッドの透き通った美しい陽光の下、奥さんと散歩しながら、何と忙しい様子であったことか。翌日の火曜日、守衛は我々にこう告げた。

「明日またどうぞ。事務局長は本日、面会を受けつけていませんから」

「相当大きな交渉に当たられているに違いないですね」

と私は言った。

私は性質《たち》が悪い上、小悪魔《ドゥエンデ》（ラーラのペンネーム）でもあったので、鍵穴から中をのぞき見る機会を窺った。当の事務局長は火鉢に紙巻タバコをくゆらせ、コレオ紙のクロスワードパズルを手にして、答えを見つけるのに苦労しているようだった。

「今日はどうもお会いすることは叶わないようです。事務局長は、実際、目が回るほどお忙しいようです」

と私は相棒に告げた。

水曜日にさっそく面会の機会を我々は与えられたが、最悪なことが起きた！　不運にも書類一式が返答待ちとして、ムッシュの計画に対する唯一の、しかし宿敵とも言うべき相手に渡っていたのだ。計画を実現すると損害が及ぶであろう、まさに当の本人の手に——。はたして書類は二ヶ月の間返答待ちとなり、期待を裏切ることなく、非常によく情報に通じた当該の担当者がやってきたのだ。我々の宿敵である情報提供者と非常に懇意な間柄の担当者からは当然、我々は約束を取りつけることができなかった。この担当者は無垢な美しい目をしていて、我々が待ちぼうけを喰らっている合間にでも、我々の申し立てがいかに正当なものかを充分説得できた相手だったに違いない。

そうこうするうちに、幸運だらけの我らが素晴らしき事務所に、返答待ちの状態から書類一式が戻ってきたのだが、送り先の部門が間違っていたとのことで、この些細な間違えを訂正し、再度正しい部門に戻す羽目になった。該当する機関と事務局へと渡り歩き、三ヶ月ごしに長蛇をなして手続きさせられた。まるでウサギを探すフェレットのように、生きていようが死んでいようが、ウサギを巣穴から引っ張り出すことすらできないのだった。この国に来ると書類一式は最初の機関を通過した後、永遠に次の機関へ渡ることはない。

「ここからは、かくかくの日付でそちらにもう送付されたはずです」

とある機関で言われる。

「こちらには何も届いていないですが」

と別の機関で言われる。

「何たることでしょう！　我々の書類はガリバイ*4（スペインの軍人、王立陸軍元帥、ヌエバ・エスパーニャの副王で、フランス介入による不安定な植民地情勢の中、八十歳の高齢に至るまで現役に留め置かれた）の魂さながら中空に浮いたまま、これほど活発な人々の住むこの街のいずれかの屋根に止まった鳩と化していることでしょう」

と私はムッシュ・サン＝デレに言った。

もう一度やり直す必要があった。再び根気強く！　再び急いで！　何という錯乱！

「これらは通常の手続きに沿って行なわれる必要があります」

と、役人は大げさな声で言った。

つまり大事な点は、軍役と同じく、我々の書類一式がどれほどの年数を奉公に出て過ごしたかにかかってくる。半年もの間、昇ったり降りたり、署名されたり報告されたり、承認にかけられたり、事務所に行ったり机の下に落っこちたりして、いつも翌日また差し戻されるのだが、終いにはこんな端書きがついて突きかえされるのだ。

「提出者の計画の正当性と有用性にもかかわらず、非認可」

「あはは！　ムッシュ・サン＝デレ、これが我々の交渉の仕方なんですよ」

一笑に付して私は叫んだ。

しかしムッシュ・サン＝デレはひどく憤慨していた。

「どれだけの滞在期間を無駄に費やしたことか？　六ヶ月の間、毎日どこへ行っても〈明日またどうぞ〉と虚しく言われるばかり。ついにこの喜ばしい〈明日〉が訪れたと思ったら、断固として〈ノー〉と言われるなんて？　あげくの果てに金まで支払わなければならないだなんて？　ついでに、彼らに頭を下げねばならないだって？　我々の目的を邪魔するために、複雑に絡んだ陰謀が画策されたのは明らかです」

「陰謀ですって、ムッシュ・サン＝デレ？　陰謀とやらについて二時間以上考え続けられる人間はこの国にはいませんよ。正真正銘の陰謀とは怠慢のことです。それ以外には絶対にないと誓えます。これが隠れた大きな原因です。物事に気づくよりも、物事を否定するほうがよほど容易なのです」

ここに至って少し脱線とはなるかもしれないが、前述した提案の却下の理由について話さないわけにはいかないだろう。

「あの調子じゃ彼は、今後も手痛い目に遭うことでしょう」

と私に向かって、非常に真面目な愛国心ある人物が言った。そこで私はこう答えた。

「もし彼が破産するとしても、いまひどい目に遭っている出来事が理由ではありませんよ。彼が要求するものが与えられたとしても、誰も何ひとつ失うものなどないでしょう。いや、むしろ彼は自らの大胆不敵な行動、もしくはその無知に対する責め苦を負うのです」

「いったいどういう意図でフィガロさんは仰っているのでしょうか?」

「こう仮定してみてください。お金を浪費し破産したいとしても、役所の職員の承認がなければ、この国では誰も死ぬことすらできないでしょう?」

「しかし、フィガロさん、まさにこの外国人紳士が望んだことを実現するとなると、いままで別の方法でそれを手に入れてきた人たちに損害が生じますね」

「その別の方法というのは、良からぬ方法という意味でしょうか?」

「そうです。しかし我々はそうやってきましたからね」

「物事を為すのに、結局、悪い手段を使わざるを得ないなんて何と残念なことでしょうか。常に考えうる最悪の手段で物事を為すというのは、悪が未来永劫続くようにしている人たちに遠慮しなければならないからというわけで? まず先に、新しいやり方が古いやり方に害を及ぼさないかよく見る必要があるだなんて……」

「そんなふうに出来上がっているのです。今日までそうやって物事が為されてきたわけですし、これからも我々はそうしていくのです」

「生まれたばかりの赤ん坊のときからそうだからと言って、ずっと貴方に粥を与え続けねばならないとでも?」

「とはいえ、フィガロさん、このケースは外国人のことですよ?」

「ではなぜ、生粋の国民は彼のようにしないのでしょうか?」

「こういった類《たぐい》の口車に乗せられたら、我々は血を流すことになるんです」

業を煮やして私は叫んでしまった。

「貴方は多くの人が犯す間違いをしていますよ。いつでもあらゆる良いものに対して最初から障壁を置いて、通れるなら通ってみろ、と悪魔的に楽しむ習慣を持つ多くの人たちと変わりません。この国では、我々は気違いじみた誇りを誇示しています。何一つ知りたくない、何も知らなくても何でもお見通しだと自惚れて、人から学ぶことをしない。我々と対照的に他の国の人たちは、自らの無知を認め、その無知を打ち負かす唯一の方法として、自分たちより進んでいる他国から学ぶ立場をとっているのです」

続けて私はこう言った。

「よく知らない国に赴く外国人は、外国で財産を賭してまで、新たな資本を流通させ、社会に貢献しようとしているのです。それに、才能とお金でもって計り知れない利益を社会にもたらしてくれる。もし財を失ったとしても、彼は英雄となります。もし儲かれば、その仕事に対する報奨を得るのはまったく正当なことです。我々だけだったら決して得ることのできない利益をもたらしてくれたのですから。この国に定住するそのような外国人は、貴方が推察するように、我々からお金を搾取しようとしてきたのではありません。必要に応じて定住し根を下ろすのであって、五、六年もすればすでに外国人でもなく、もはや外国人に戻ることもできない。彼の多くの財産と家族は、すでに自分の選んだ新しい国と密接に結びついていて、その富を成した土地と伴侶を得た国民に対して愛着を感じるものです。その子供たちはスペイン人であり、孫たちもスペイン人となる。我々からお金を引き出す代わりに、持ってきた資本を投資し、生産性を上げて残すために来てくれたのです。

さらにもう一つ、才能という別の資本をも残すわけで、それには少なくともお金と同じ価値がある。外国人はこの国出身の人たちを多かれ少なかれ必然的に用いることになり、我々に食い扶持を与えてもくれる。国を改善し、新たな家族を形成することで人口増加にも寄与してくれる。これらの重大な事実を理解するような、分別ある思慮深い政府ならば、自国へ外国人を招いてきたでしょう。フランスの栄えある高い地位はいつでも、外国人に対する大きな歓迎に因るものです。ロシアが最先端のレベルに到達するのに他国が要したよりもはるかに少ない時間で、第一級の国々に肩を並べたのは、世界中の外国人を呼び込んだことにあるのです。アメリカ合衆国も外国人に頼っています……。しかし貴方の顔つきを見ていると……」

と、適切と思われるタイミングで、自分の言葉を遮って結論づけた。

「納得させられてはならぬと思い込んでいる人を説得するのは、非常に難しいということがよく分かります。とはいえ、もし貴方の気が向くようならば、我々は大きな希望をもたらすことができるのですが！」

この痛烈な攻撃を結論として、我がサン＝デレを探しに立ち去ることとした。ムッシュは私にこう言った。

「フィガロさん、もう行きます。この国では何かをするための時間がまったくないのですから。注目に値する重要な資本に何があるかだけを見る程度に留めます」

そして私は彼にこう言った。

「あぁ、我が友よ！　どうぞご機嫌よう。貴方の、そのか細い堪忍袋の緒が切れませんように。我々の国の物事のほとんどが目には見えないということを、忘れず気に留めて頂けたらと思います」

「一体そんなことが有りうるのでしょうか？」

「決して私のことを信じようとなさらないのですね？　このところの十五日間を思い出してもみてください……」

ムッシュ・サン＝デレの表情が、嫌な記憶を呼び覚ましたことをありありと示していた。

「今日はおりません。明日またどうぞ」

とあらゆるところで我々は告げられた。あげくの果てに、

「特別許可をもらえるように簡単な請願書を残してください」

と言われる始末。この請願書の件《くだり》を聞いたときの我が友の顔は見ものであった。想像の中で思い描いていたのである。報告書やコネのこと、そしてあっという間に半年、そして……。こう言うに留めた。

「私は外国人です。我が親愛なる同国人たちからはお墨付きをもらっているんですよ！」

我が友はますます当惑していき、我々のことをますます理解できなくなっていった。日がどれだけ経っても、何ひとつ物珍しいことなど起きなかった。ついに、気の遠くなるような半年が経った頃、それよりもっと長い半年を過ごしかねないところだったが、私の忠告に従って、この国の悪口を言いながらようやくムッシュは帰国したのである。すでに私が前から述べていた理由を挙げて、我々の習慣に関する「朗報」を外国へと持ち帰ったのであった。特にこの六ヶ月の間、「いつでも明日またどうぞ」と言われる以外には何一つできることなどなく、永遠の未来である明日があまりにも重なった後には、できうる限り最良の、いや唯一の善処とは、すみやかにこの国を立ち去ることのみであった。

怠け者の読者の方々よ――私のいま書いている文をここまで読み進めてくれていればよいのですが――あの善良なムッシュ・サン＝デレが我々について、我々のこの物ぐさについて悪口を言うのは仕方ないと思われるでしょうか？　我々の故郷を喜んで訪ねてくれる明日という日が、いつの日か来ると言えるでしょうか？　さあ、この疑問は明日へ置いておくことにしましょう。今日のところは、貴方はもう読むのにお疲れでしょうから。いつものように、もしまた明日、もしくはまた後日、本屋に行って、財布を出して、

私がまだ貴方にお伝えしなければならないページを読むために目を開けるのが面倒でないなら、私は自分自身が見知って、ほとんど看過してきたこれらの多くの出来事がどうして起きてきたのかを語ることにしましょう。天候その他もろもろの原因による影響のせいで、恋愛を成就するチャンスを失ったのも一度や二度の騒ぎではない。着手した計画や雇用の機会を数々失ったのも、ぜんぶこの怠け癖のせいなのだ。もしかするともっと積極的に狙っていたら、容易に手に入っていたかもしれない。つまり正当で必要な訪問とか、我が人生の中で自分自身に大変役立つはずの社会的関係とかを諦めてしまっているのだ。明日へ先延ばししないためにも、今日実行できない取引などない、と貴方に宣言しよう。

私は十一時に起きて、お昼寝《シエスタ》をして、カフェテーブルにもう一本脚が生えるくらい座りっぱなしで過ごして、話したり、いびきをかいたりしながら、善良なスペイン人として七、八時間を過ごしている、と貴方に告白しよう。もしカフェが閉まっているなら、足取り重く時間をかけて毎日の待ち合わせ——面倒だから一つ以上の約束はしない——に顔を出しに行き、座席に釘づけ状態で煙草を一服、また一服と吸い、永遠に欠伸を繰り返せば、午前零時か一時になっている。夜はほとんど怠けて過ごし、面倒臭くて眠ることもできない。つまり、我が魂の読者よ、この絶望的な我が人生で、これだけの回数をこんな風に過ごしているにもかかわらず、一度も首を吊って死のうと思わなかったのは、まさにこの怠惰のお蔭なのだ。

さぁ、今日までついに三ヶ月以上もあったにもかかわらず、私のノートの最初の行、つまりこの記事のタイトル「明日またどうぞ」を書いてから毎夜、毎午後、何か書こうと思わない日はなかった。毎晩、電気を消すときに自分の決意を、子供のように信じ切って自分にこう言い聞かせてきた。「よし！　明日は書いてやろう！」と。ついに明日という日を迎えられたことに感謝しよう。すべてが悪かったとも言えまい。しかし、あぁ、何ということだろうか、あの二度とは戻ってこない明日よ！

『可哀そうなお喋りさん』第十一巻収録

一八三三年一月

(Vuelva usted mañana)

【訳者解説】 十九世紀初頭スペイン、重くのしかかる教会の権威に綻びが見え始め、各家庭での道徳教育も従来通りとは行かなくなってきた。いままで両親は教会の言ったことを繰り返せば、さほど小難しく考える必要もなく、自信をもって子供たちを教育できた。しかし、一度入った教会への疑いの亀裂は、簡単に繕うことはできない。隣国フランスにお熱を上げ、外国かぶれになり始めた「進んだ」子供たちを抑止する術もすぐには見当たらず。上辺だけの文化模倣は、もっとも危険な結果となる可能性を孕むというのに――。真の自由主義、ひいては民主主義を確立するにも、各個人の中に確固たる信念がなければ、単なる烏合の集と化してしまう。家庭が社会の、国家の最小単位だとすれば、ここで起こることは、そのまま拡大図として投影されるのだ。スペインが国として確立する前夜、いかなる光が見い出されうるのだろうか。ラーラが描いたある男女の結婚生活に関する本記事は、かつての社会や道徳をそのまま取り戻せ、というような教訓めいたことを言っているのではない。家庭ひいては国家の悲劇を招く前に、まずは個々人が判断力をもって自己確立すべきだと、読者一人ひとりにわかりやすい演劇《ドラマ》で訴えているのだ。

間違った早婚

「抵当と弁済」[5]についての記事のなかで我が甥っ子について触れたが、実は最近もう一人甥っ子が増えた。兄弟がいれば甥っ子もできるし、当然、自分も伯父さんになるというわけだ。この甥っ子の母親は私の姉妹の一人であるが、まだスペインで普及して一世紀も経たない、あの教育を受けた女性である。家ではロザリオの祈り（カトリック教会における伝統的な祈りで、「アヴェ・マリア」を繰り返し唱える私的な信心業）を毎日唱え、日めくりカレンダー[6]でその日に当たる聖人の生涯を読み、毎日ミサを聴きに行き、家事にいそしみ、教会の決めた祝日の午後には散歩をし、午後十時までは夜の礼拝をし、枝の主日（イエスのエルサレム入城を民衆が木の枝を道に敷いて歓迎したことを記念する祝祭）には新しい服をおろすというような――。いつでも「お父さま」が見回っていて、当時は「パパ」などとは軽々しく呼ばれることはなく、お父さまは古くさい聖遺物よりも頻繁にその手にキスを受けていたものだった。家の隅々までくまなく目を配り、美徳へと向かわせるという口実のもと、その実、あからさまに悪徳へと導く小説などの禁じられた本を、恋人にそそのかされて女中たちが手にしないかと心配していたものだ。こういった教育が今日のそれと比べてより良いか悪いかについては触れないが、ただこれだけは言える。フランス人たちがやってきたお蔭で、我が妹の場合は、良かれ悪しかれこの教育というものが確固たる信念をもって支えられていたわけで

はなく、ただ単に習慣と旧世紀の恐ろしい両親の重圧によって保たれていただけであって、この生活様式は簡素で規則正しいがちっとも面白くはないということに、ナポレオンの連れてきた近衛兵のフランス将校たちと少し接触しただけで気づいてしまったのだ。事実、この短い人生ではより良く過ごすことができるというのに、わざわざ悪く過ごすべきだということを言われて納得できる理由があろうか。スペイン式のパンはパン、ワインはワイン（スペインの諺で、包み隠さず、歯に衣着せず言うことだが、ここでは単純素朴な習慣の例えとして引用）という簡素な生活の代わりに、フランス式の習慣を好む私の妹は、ビトリア（ジョゼフ・ボナパルトがスペイン独立戦争の一八一三年に英・西・葡連合軍に敗れた地）[*7]のかの有名な日課、片目の「酔っ払いのペペ」（ジョゼフ・ボナパルト（ホセ一世）のスペイン語の蔑称で、スペイン人からは酔っ払い、隻眼、女たらしなどと呼ばれていた）の運命を辿ったのだった。スペイン人の立てた風評とは違って、彼はとても美しい二つの瞳を持っていた。一度もワインは飲まず終いだったが——。かくて妹は、フランスへ移住したのだった。

我が妹が時代精神を受け入れていたということは言

うまでもない。彼女が後にフランス人から受けた教育は、スペイン人の両親から受けた最初の教育と同様、非常に低級な土台に基づいていた。我々、脆い人間は中庸でとどまることを知らず、「キリスト年間カレンダー」（Año Cristiano と呼ばれる十九世紀に発行されていたローマ・カトリック教会の典礼用のカレンダー。その後スペインでは最も長く発刊され、一九〇一年が最後の版）から、ピガルト・レブラン（十八―十九世紀フランスの小説家で享楽主義を標榜。若い頃に女性と駆け落ち、投獄される。『ことわざ』は、反キリスト教的な内容ゆえ発禁）へと急転換し、ミサや礼拝をやめてしまった。かつてなぜ教会へ通っていたのか分からなかったように、いまやなぜやめるのかを分からずして、である。彼女曰く、子供の都合に合わせて教育を受けさせるとのことで、本は何でも手あたり次第に読ませればいいそうだ。無知だの宗教的な熱狂だのと言い出し、さらには「悟性の光」やら「啓蒙」やらと、わけの分からないことを言い出す。加えて、宗教というのは社会的取り決めのことで、頭の足りない者が善意で入るものらしい。ゆえに子供が健全な若者であり続けるためには、宗教なんて要らない、と妹は主張する。「お父さん」「お母さん」と呼ぶのは野蛮人であり、「パパ」「ママ」と呼べば、子供たちにとって一番の友達のような存在にもなれるのだから、話すときは対等に口を利くのが当然だ。ただし、子供たちが両親には絶対に打ち明けることのないいくつかの秘密と、両親から子供たちへの平手打ちはその友情からは差し引こう。これらのあらゆる真実を私は非常に尊重する。ひょっとすると前世紀の真実より一層大事にするだろう。なぜなら人それぞれ顔が違っているように、世紀ごとに真実は違うからだ。

　日めくりカレンダーに載っているような伝統的な名前が人気を失ったことで、我々に馴染みのないアウグストと命名された子供が、何にも構わない無頓着な性格になったとしても、わざわざ言挙げするに及ばない。この何にも構わないということが、今世紀において最も危惧されている特徴なのだから。

アウグストは本を読み、頭に知識を詰込み、混同した。浅はかで、虚栄心が強く、自惚れていて、プライドが高い。なおかつ頑固で、自分に与えられた以上に主導権を握りたがった。私の義理の兄弟が亡くなって、何の目的かはわからないが、アウグストは我が妹とスペインに戻ってきたのだった。彼女のようにあちら側へ移住する幸運に巡り合わなかったこちら側スペインにあって、我々があまりに野蛮人だという事実に妹はほとほと困惑していた。また、いかに神が存在しないかという確信に満ちた知らせがフランスからもたらされたが、あちら側では確かな筋によって知られる情報だという。十五歳にならずして青年は、すでに社会の中で自分が抜きん出ていると自惚れていて、生意気に言葉を駆使し、問題提起した。また、充分教育を受けた青年よろしく、実に弁が立ち、理屈っぽかった。それに毎日といっていいほど、スキャンダラスな冒険について、誰それと誰それの恋愛沙汰などについての噂話ばかり聞いていたので、恋愛して大人ぶるのは彼には当然のことに思えたのだった。

不幸にして彼はある若い娘さんを好きになった。この娘さんはと言えば、彼と同じく充分な教育を受けてはいたが、実を言うと家を取り仕切ることができなかった。暇な時には、といっても彼女は毎日が暇だったが、おセンチな小説を一日に一冊、終わりまで一気に読んでいた。それは世界でも稀にみる馬鹿げた愛着といえよう。時折ちょっぴりピアノを弾いて、たまにはアリアを歌ったりしたが、彼女はたいそう美しいコントラアルトの声をしていた。ウインクしたり、ピアノを弾いているときに脚や手を必死に押しつけてきたり。それに『新エロイーズ』（ジャン＝ジャック・ルソーの書簡体小説で、貴族の娘ジュリーと平民の家庭教師の青年の恋愛物語）から写された往復書簡のいくつかを交わしていた。出会って四日足らずで純粋無垢な二人が戸口の窓ごしに逢引きをし、戸の隙間から手紙を滑り込ませていた。この世の中における究極の目的のためだと言って、使用人たちに袖の下を渡していたが、終いには内心は面白く思っていなかったと思われる友人の一人が、困ったことにつき合っている彼を家の人に紹介してしまったのだ。不幸の極みは、単に周りにあいつは長らく恋人がいないと言われたくないがために、二人が付き合い始めるはめになったことだ。ところが、最初は単なる想像の産物に過ぎなかったのが、本当に酷く愛し合っているのだと、足並み揃えてお互いを信じ込んでしまった。何と軽率に信じたことだろう！　親戚一同は巷《ちまた》に知られるあの無垢な愛着を諫める方策をもって警戒し、悪の根を断とうとあらゆる努力をしてみたのだが、時すでに遅し。

我が姉妹は古いしきたりには「無頓着」な今様《いまよう》の人で、啓蒙思想の影響を多分に受けていたとはいえ、自分の貴族の身分や家柄を決して忘れ去っていたわけではなかった。というのも、二つのことに関して注意が喚起される。一つ目は、古臭いことにこだわらない、と格好をつけている点。二つ目は、我々は貴族であるとし、遥か昔から父祖たちが食うために働いてはこなかったことに誇りを持っている点だ。妹はこの種の貴族性に対する執着を残していたものの、財産をきちんと維持してはいなかった。我が甥っ子アウグストが、どこの世にも認められず、食えずに死にかけるという運命にあった理由の一つが、この貴族のステイタスである。甥っ子が仕事を覚えることができていたなら、おぉ！　親戚一同そしてスペイン国民一同は何をか言えることがあっただろうか？　娘は大して高名な家の生まれということもなく、小説で得た教養とドゥエットの才能以外には何も持ち合わせていない上、その階層の人たちの華やかさを維持するには不充分な住宅家財しか持っていない。一方、彼氏の側だが、貴族の身分を盾にして、何の仕事にもついていない。ついに物申さざるを得なかった。

——若き紳士君よ、何の用事で我が家を訪ねてきたのかな？

――愛するエレナさんを頂きたいのです。

と甥っ子は答える。

――何の目的で、紳士殿よ？

――彼女と結婚するためです。

――でも君は仕事にもついてなきゃ、何の経歴もないだろう……。

――それは僕の問題です。

――君のご両親が許さないだろう……。

――いいえ、大丈夫です。あなたは僕のパパたちをご存じないでしょう。

――よろしい。娘が欲しいなら、君がしっかり養うことができるという証明と、ご両親の同意を得てきなさい。それまでは、もし君が娘を本当に愛しているのなら、婚約前には娘を訪ねてくるのは少しご遠慮願いたい……。

――分かりました。

――若者よ、それならまぁ、結構なことだが……。


我々のオルランド（ルドヴィーコ・アリオストによるルネサンス期イタリアの大叙事詩『狂えるオルランド』の主人公。オルランドの失恋と発狂やシャルルマーニュのロマンスが描かれる）は石のように立ち尽くしていたが、これらのあらゆる障壁を打破しようと固く決意していた。

さて、次に娘さんと母親のやり取りをうまく描写したいところだが、うまく書き切れないので要約すると、まず外出を禁じられ、バルコニーから顔を出して若者と通ずることが禁じられた。しかし、この従順な良い娘《こ》は、自由意志、つまり夫を選ぶ自由についてとんでもない生意気さで口答えしたものだから、自分で選んだ夫には財産が一文もないことを充分悟らせ、思い留まらせるまでには至らなかった。自分の愛と幸せに対する両親からの感情的な押しつけと嫉妬としか、彼女の目には映らなかった。ついに、結婚は何においても愛が大事であり、喰うことは恋する二人には必要ない、と結論づける。どの小説中でも、例えばアマンダもモルティマー（アイルランドの女性作家レジーナ・マリア・ロッシュの流行のロマンス大衆小説『モルティマーとアマンダ――修道院の子供たち』に登場する主人公たち）も生活について触れていないし、ニンニクスープくらいの安い食事なら事欠くことはなかっただろう。

アウグストと母親とのやり取りは、アウグストの彼女と母親とのそれと大して変わらなかったが、決して論理的ではないが先の真実から正しく導き出された結論はこうだ。両親は子供たちを支配すべきではないし、子供たちは両親に従うべきではない、と。加えて子供たちは両親から自立した存在だと繰り返し主張され、両親が彼らを育てて教育を施したことに対して、何ら負い目を感じるべきではない、それは親たちの欠くべからざる義務なのだから、と言う。ましてや母親が自分たちを産んだ理由は我らがカダルソ（軍人、文筆家。マドリッド社交界の寵児。三九八頁注227参照）の本に書いてあるように、子供のことを考えていたわけではないのだから、産んでくれたことに対してちっとも感謝する気になどならないと、他にもさらに生意気な口を叩いた。

それでも両親らが断固として妥協しないのを見て、アウグストは誘惑や強奪の手段を試みた。これも駄目だと見ると、勇士と化した甥っ子は、娘の自由権を守るために、いま流行りの法的手段に訴え、代理人の介入によって両親から引き離そうとした。この計画が実行の運びとなって二週間もすると、甥っ子は決然として自分の母親と言い争うことになった。こうして甥っ子が家から追い出され、少ない食糧も奪われる一方、エレナはこれまた流行の、中立的立場に置かれた。しかし今日使われているこの種の中立は、我々のアンジェリカとメドロ（『狂えるオルランド』の登場人物で、シャルルマーニュ配下のアジアの王女アンジェリカとサラセン王メドロの恋はロマン主義文学の先駆け）が毎日よりいっそう逢引きを重ね、よりいっそう夜には愛し合うよう運命づけられるものだと理解されたい。

ついに幸せの日が訪れた。要望が聞き入れられたのだ。ある友人が甥っ子にお金を貸してくれることになり、婚約が交わされ、家が手に入った。とはいえ友人のお金が続いている間に享受した幸せは、最後の一銭が底を尽きてから、この良き子供たちには二度と訪れなかった。あぁ、何という痛ましいことだ！ひと月が過ぎたが、娘はメドロを愛撫し、彼のためにアリアを歌い、劇場へと繰り出し、マズルカを踊る以外は何もできなかった。メドロのほうと言えば、言い争うことしか知らなかった。このような状況にもかかわらず、愛だけで生活できるはずもなく、解決法を探すことが必須となった。

甥っ子は朝早くからお金を無心しに出かけたが、一般に考えられているより彼にとっては困難で、食うための実入りを妻に持って帰ることができない恥ずかしさから、夜までぐずぐず帰宅しなかった。あまりに悲惨な舞台なので幕を開けないことにしよう。アウグストが妻から離れて自らの卑屈な境遇を嘆息している間、不幸せな配偶者である妻は嫉妬と怒りの狭間で煩悶していた。まだお互い愛し合ってはいたが、貧すれば鈍する（小麦粉がないところではすべてが不快という諺）である。まったく悪意のない表現でも不機嫌な舌によって発せられれば、致命的な攻撃へと変わる。傷つけられた自己愛は、最も効果的な愛の解毒剤となる。二人の心を和らげるはずの、かつては燃えていた炎の残り火が、この侮辱によって消し去られてしまった。一方が他方を咎めたて、不幸なアウグストは妻が自分の家や運を犠牲にしたと罵り、彼自身が誘発した張本人だとはいえ、ここのところの妻の不服従に対して面罵する。非難が非難を呼び、終には憎しみへと変わった。

おぉ、ここで悪が留まればよかったのに！ 我が甥っ子の胸の内に煮えたぎっていた、誤って理解された名誉心の残骸が、家族を養うための卑俗な仕事に就くことを阻ませた。賭け事へと走るに躊躇《ためら》いもなく、その結果、あらゆる悪徳と卑しさ、あらゆる危険へと貶めることになった。さぁ、いま一度ベールの幕を開けることにしよう。狂騒による最初の一筆から始まった絵画に掛かったベールの幕開けだ。さぁ、最後の一筆へと急ごう。

かくも惨めな状態で三年が過ぎ、両親よりも丸々と太った三人の子供たちが幼児用の玩具を手に、家をしっちゃっかめっちゃかにしている。婚姻と貧窮の現実は、不幸な者たちの目をくらませていた目隠しを剝いでしまった。エレナの優しさは、夫の目には媚態としか映らない。彼女の高貴な誇りは我慢ならない尊大さへと、楽しくて笑ってしまうお喋りは無礼で辛辣な無駄口へと変貌した。彼女の輝く瞳は弱々しい光となり、その魅力は萎んでいる。かつてのほっそりとした体形は失われ、足がやけに大きく、手が醜いことが明らかとなった。何の愛嬌もなくなったのは、何にも考えなくてすむから。妻の目にはアウグストはもはや、かつての親切で魅惑的で柔軟な、理解ある男とは映っていない。怠け者で何の能力もなく、ちょっとした才能もない。ただ嫉妬深く、傲慢で横暴な男であり、夫と呼べるようなものではない……。

それに引き換え、お金を貸してくれて、庇護を約束してくれた、夫の友人の寛大さたるや、何と貴重なことか！　彼は何と敏感に動いてくれて、あらゆる事態に対応できるのだろうか！　何と英雄的で親切だことか！　これほど気をまわしてくれ、願いを叶えてくれる人がいるだろうか！　卑俗な仕事に彼女が就くという煩わしさから彼女を守ってくれる！　アウグストが彼女を置いて一人ぼっちにする日には付き添ってくれる。このまめさと細やかさ！　どれほど親身になって聞いてくれることだろう、夫が浮気をしているようだと、夫のことを案じる風情で彼女が打ち明けるときも……！

あぁ、誹謗中傷と貧困の影響の大きいこと！　仮にしっかり養ってくれる伴侶を彼女が選んでいたならば、ひょっとして聖ルクレチア*8（紀元前六世紀、ルキウス・タルクィニウス・コッラティヌスの貞淑な妻。横恋慕の脅しにも屈せず、父と夫に復讐を誓わせ命を絶った聖女）にでもなれたかもしれない。ついに誘惑に負けて、もっと素晴らしい運命が待ち受けているのではないか、という偽りの希望に彼女は身を任せてしまう。

ある夜、我が甥っ子が帰宅すると、子供たちだけしかいない。

――お母さんはどこだ？　この洋服は何だ？

友人の家まで走って行く。マドリッドにいない？　何たること！　稲妻に打たれたようだ！　そんな馬鹿な？　警察まですっ飛んで行って、事情を伝える。かくかくしかじかの特徴の若い女性で、おそらく兄弟と一緒に馬車でカディス[*9]のほうへ向かったようだ。甥っ子は数少ない家具をかき集めて売り払い、一等車で二人の逃亡者の後を急いで追った。しかし、よほど早く二人は出発していたのか、目的地のカディスに到着してもいまだ追いつくことができない。到着したのは夜の十時となっていたが、脇目もふらず知らされた安宿へと走る。所在を尋ね、急いで階段を昇って行き、内側から鍵のかかった一部屋を示される。ドアを叩く。答える声はあまりにも聞き覚えのある声で、心臓に響く。ドアを一層強く叩くと、裸の男がかんぬきを引いた。アウグストはもはや人間ではなく、部屋に落ちた雷であった。鋭い叫び声によってお互い知った仲だということを悟った。持ってきた二発の弾丸の込められたピストルを友人の胸に向ける。そして誘惑者は血を噴き出して床に倒れた。可哀そうな妻を追い詰めたが、すぐ近くの窓が開いていて、浮気女は恐怖と罪の意識に取り憑かれ、考えなしに身を投げた。五メートル近くの高さからである。苦悶の叫び声が彼女の最後の不幸を告げ知らせ、復讐は完璧なものとなった。アウグストは犯罪現場の舞台から急いで立ち去り、誰かに見つかる前に部屋に閉じこもった。急いでペンを取り、短い時間で自分の母親に宛てて次のような手紙を書き残した。

母へ

半時間もすれば、私はもうこの世にはいません。

どうか三人の子供たちの面倒を見てください。
もし本当に子供たちのことで心配したくないなら、
どうか教育を始めてほしいのです……。
父の例から学んでほしい。何の知識もないうちに
物事を軽く見ることが何と危険かということを重々知るようにと。
子供たちに何かましなものが与えられないのなら、
せめて慰めとなる信仰だけは奪わないでください。
激しい感情を抑えて、お世話になっているすべての人を敬うように。
どうか私の過ちを赦してほしい。この不名誉と罪によって
もう充分に罰を受けているのです。
私の間違った不安が高い代償を払わせたのです。
君たちに涙を流させることを許して下さい。
永遠にさようなら。

手紙を書き終えると、安宿中にもう一発の銃声が鳴り響いた。この大惨事によって、永遠に私の甥っ子は奪われてしまった。彼は誰よりも美しい心をもっていたというのに。自分自身を不幸にし、また周囲の人たちをも不幸にしてしまったのだ。

私の不幸な姉妹は、手紙を読み終わって二時間もせずに、手紙を見せるために私を呼びつけた。寝床に衰弱し切って横たわり、この上なく忌わしい妄想に取り憑かれた状態で、医師たちからはすでに見放され

ていた。
「子供……無信仰……結婚……宗教……不幸……」といった言葉が、彼女の青ざめた唇の上を虚しくさまよった。そしてこの忌わしい印象が、悲しいことに私の感覚器を支配してしまって、実は今日、読者の皆さんへもっと陽気な記事を書こうと思っていたのが、妨げられてしまったのだ。またの良き機会まで取っておくこととしよう。

『可哀そうなお喋りさん』第七巻収録
一八三二年十一月三十日
(El casarse pronto y mal)

【訳者解説】 スペイン馴染みの習慣から生まれた喫茶《カフェ》文化。社会のお茶の間とも言うべき気の張らない社交場であるカフェ、バールは、街の至るところに吹き溜まる人びとをいまだ拾い上げている。お喋りや時間つぶしへと、あの悪癖の「怠惰」へと誘うに余りある数で街に完備されているのだ。いかに寒村といえども、必ずカフェは存在する。電化製品店がなくとも、カフェはある。時間つぶしする場所さえあれば、多少の不便も不思議と我慢できてしまう。そもそも便利さとは、忙しさの度合に応じて効力を発揮するものだ。加えて、友達に家族、近所の人と集えば、さして罪悪感を持たずに済む。百年の恋も冷めたとき、恋人同士で過ごした時間が何の生産性もなかった、と気づくほど残酷に悟らせはしないのが、集団で作り出す習慣の恐ろしさである。この日常の繰り返しと累積が、民度のレベルを作り上げていることも知らずに——今日もカフェに人びとは集う。「カフェ」の記事で繰り広げられるラーラの人間観察は、当時のスペイン人の典型《プロトタイプ》を描いてはいても、無意味に時間を費やす人間普遍の性《さが》を炙り出し、責任を持たない生き方に対する警鐘を鳴らしている。真の国家、真の民主主義は、孤独を知る者にして初めて成しうる。民主主義国家に生きる人間誰しもに問われている問題である。

カフェ

個々人について語ろうという意図はなく、
人間の生き方そのものや性格を明らかにするつもりである。
――ファエドルス、寓話序一―Ⅲ[*10]

なぜだか知らないが、生まれつき好奇心が強い性質《たち》で、あらゆることを知りたいという欲求は、私が産声を上げると同時に生まれた。私の全身の毛細血管に至るまでこの願望が煮えたぎっていて、日に四回以上は、見知らぬ人々の気まぐれな会話を聴ける場所へと駆り立てる。その後、私が部屋で過ごす時間には格好の気晴らしの材料が提供され、眠らずに寝台《ベッド》の上で過ごす夜も少なくはない。自分が耳にしたことに思いを巡らし、あの気狂いたちの一員となって笑っている。

あらゆることを知りたいという欲望によって、街のとあるカフェへと忍び込んだのは一昨日のことだ。そのカフェへは暇つぶしに立ち寄る人が多い。眼鏡をかけっぱなしでなければ話せない二、三の弁護士たちと、ステッキを手にしないでは治療できない医者が一人。それにタバコの歴史的発見がなされる以前には決して生きられなかったであろう四人の行商人が、もうもうと煙を立てていた。ニコチンと過剰なほど密接に結びついた存在となっていて、昨今、これらの男たちのなかの幾人かは「レタスちゃん《レチュギーノ》」（ファッションに敏感でおしゃれ好きで、見た目だけは一人前を気取る若者のこと。レタスに育つ前の苗を西語でレチュギーノと言う）といった馬鹿で下品な名前を付けられる始末で、別名、間抜けと呼ばれる彼らは、二つ三つの宝石箱分の宝石をじゃらじゃらと体の正面につけ、さながら宝石店のようだ。店の看板である宝石を彼らから取り去ってしまい、もっと理性あるものとして思考するように、人間として活動し、動き回るようにと、また、なによりも間抜けな頭にもう少し塩で味付けをさせようとでもするなら、もはや彼らには社会とつきあう術《すべ》もなくなってしまうことだろう。

さて、私はと言えば、これらのグループのうちのどれにも属さないものだから、屋根のようにして被った帽子のつばを影としてようやく席に座ったが、頭のバランスを取るのに多少手間取った。私のもう一つの気狂い的な趣味は、外国からマドリッドを訪ねた風情を装って過ごすことなのだ。もはや自分の姿が誰の目にもつかないだろうことを確信した。幸いなことに、私はあのとてつもなくでっぷりとした輩たちの一人ではなかったのだ。ほとんどの人たちがパンチやコーヒーを頼んでいる中、オレンジジュースを注文した。ウェイターが何を勧めてこようが、そんな意見にちっとも耳を貸すつもりもなく、自分で頼んだものを味わいながら、コートの襟を目にまで届かんばかりに立て、帽子のつばを下ろした。こうして快適な状態に落ち着いて、あの騒がしい集まりの中から、どれだけ馬鹿げたことが飛び出してくるのを捕まえられるか、待ち構えた。

ちょうどガセタ紙によって報じられ、皆が知るところとなった、トルコ＝エジプト艦隊の海戦*11（ギリシャ独立戦争中のナバリノの海戦。ギリシャを援助する英・仏・露の三ヶ国連合艦隊が、トルコ＝エジプト連合艦隊を壊滅）敗北という大ニュースが話題になっていた。一人が、もはや解決済みの問題としてこう言った。「やれやれ、やっとこれで終わったというもんさ。今度こそヨーロッパからトルコ人たちが出て行ってくれるだろうよ」。トルコ人の問題を、まるで親に学校へ連れて行かれる子供たちのごとくに語る。続けて、今回の件についてては列強の国々が熟考するだろう、と言う。大きな困難があるとすれば、領土からトルコ人たちを追い出す点にではなく、今日まで考えられてきたのと変わりなく、同盟国家間でトルコをどう分割するかが論点だと述べた。終いには、まぁトルコはチーズとは違うのだから、と結論づける。彼に続いて、退役した若い軍人が締め括りにこう述べる。彼は戦略の知識に長けていると自惚れている男だ。いままで幾たびとなく真っ先に血を流して戦ってきたし、また、軍神マルスなのかヴィーナスの徴《しるし》なのかは分からないが十字架状の手の深い傷が吉兆を示しているので、戦争に参加することに一票投じる、と言う。加えて、すべてが英国人の仕業であるとし、奴らはあくどい人間で、遥か昔からコンスタンティノープル[*12]を支配して現在のハーレムを商品取引所へと作り変えるつもりだったのだ、なぜなら建物が非常に快適だし、当然だが海事を強化できるからだ、と言った。

彼らは自信たっぷりといった感じで、憶測を言っている風でもなく専門家ぶって話しているものだから、極めていい加減で、今世紀の傲慢さを象徴する「知ったかぶり」の輩だと知らない人が聞いたら、彼らが直接トルコのスルタンと連絡をとったり、欧州主要国の政府にスパイを置いたりして情報を得ていると信じてしまったことだろう。私は笑わずにはいられなかった。ラム酒をあともう一杯飲むか飲まないかに、世界の命運がかかっているのだから。そのとき、会話に加わっていなかった一人の男が明らかに私のほうを見て、極めて謎めいた様子で近づいてきた。開陳された意見を軽蔑するあまりおし黙っていただけなのに、私が彼の仲間にでも見えたらしい。私が国家に対する陰謀を抱く人物だと気づいた様子で、耳元に口を寄せてきた。さも大仰な雰囲気からして、政治的妄想に取り憑かれていることは見て間違いない、と直ちに私には分かったのだが。

「我が友よ、肝心なことは言い当てられていませんね。一八〇二年にある男の子が、王になるべくして誕生したのですが、この子がギリシャを支配するだろうということを、です。同盟列強の面々は、彼がギリシャの国王になれるよう準備しているのです。さぁ、迷いから目を覚ましましょう」と、まるで私が騙されていたのだというかのように、したり顔で続けた。「オーストリア帝は、一生涯この甥っ子がどこかの国を支配することはないという事実を、心配せずにはいられないでしょう（だから列強がギリシャ支配を準備している）。いかがかな？」論点を深めただろう、的中しただろうと言わんばかりに、答えた。

私は彼にその通りだと答えた。実際、彼の意見に反論するような知識も動機も私にはなかった。ほどなくして、近づいてきたときに急速に高まった関心と同じく急速に冷めた無関心な状態で私から離れていかなければ、彼に一刻も無駄に過ごさないようにと、また列強に彼の計画が知られるようにしたらいかがか、と忠告したことだろう。強大国家は彼の計画を考慮しないわけにはいかないだろうし、頭を悩ませてきたギリシャ問題の解決のためには、彼の計画以上にシンプルで実現可能な方法が国家間で見つかっていない可能性が高いだけに、尚更のことだ。

顔を別のほうへ向けると、私の席にかなり近いテーブルのところに、ある教養人《インテリ》らしき男がいた。最高度に光り輝く眼鏡をして、少なくとも教養人に見せようとしている男がいた。眼鏡なしのほうがよく見えるであろうことは間違いないが、眼鏡のガラスごしに見つめ、かぎ煙草の詰まった箱から、かなりの頻度で粉を取り出している。考えすぎで重たくなった頭のストレスを放出するために煙草を鼻まで持っていく。床と机の大きなスペースを、胸のレース飾りやチョッキ、ズボンで占めていた。ここで我が読者に忘れて頂きたくないのは、ナポレオンが非常に計算高く皇帝にまで昇りつめたのは、明晰な頭脳をもっていたためである。すなわち、その明晰さのための何摑みもの煙草が彼の昇進に大いに貢献しただろうことが知られた時点から、別名くしゃみ促進剤の使用がこれほど一般に普及したのだった。熟考しようがしまいが、知性ある人物として知られたいのなら、かくも貴重で必要不可欠な粉でせいぜい鼻の穴を詰まらせないようご注意を。さて、先ほどの人物に話を戻すと、彼は一緒にいた連れ合いに、

「こんなことってありえるだろうか……？」

と話しかけようとしていた。この連れ合いは、寒さに襟を立てる仕草を女性に素敵だとでも褒められたことがあったのか、寒くなかろうがその仕草が癖になっているようだった。先ほどの人物は手に持っているパンフレットを見ながら、

「我々スペイン人がこれほどまでに惨めだというだけではなく、むしろ粗野な人間に違いないだなんてありえるだろうか？」

スペイン人であるということで私が受けた待遇による共感から、私は心の中で彼によくぞ言ってくれてありがとう、と声をあげていた。そして彼は続けてこう言った。

「このパンフレットを見てください」

「何です？」

「苛立たしいし、耐えがたいくらいだよ」

と言って立ち上がると、表現の効果を強めるために、机をありったけの力で叩いた。誰かが飲み物を頼んでいたら、どのコップもひっくり返っていたに違いない。

私は彼を直視した。起こってしまった何らかの不幸に非常に関心がある人物なのか、もしくはこの男を怒らせた類のパンフレットがマドリッドで発行されている現状に対し、げん骨を振り下ろして八つ当たりする以外に表現できないほど激怒している気狂いなのか、いずれかに思われた。

「しかしマルセロさん、あんたにこれほどの癇癪を起こさせたそのパンフレットって、一体どんなものなんだい？」

「いや、これには充分な根拠がある。良きスペイン人として祖国を愛する我々は、似非《えせ》作家たちがずいぶん前から氾濫させている不面目な行いには我慢がならないのですよ。誰も彼もが作品を生み出して、日の下に晒すべく為されるあの努力のことです。白日の光なんて何たる忌わしさだ！　あの文学というカンテラ（candil アラビア語 qandīl 起源。光を灯すランプのこと）の光で目をくらまされるくらいなら、暗闇に住んだ方がましですよ！」

ここで皆は隠喩に気を取られていたが、我らの主人公は暗黙のうちに称賛されていると思い、さらに彼の言葉が全聴衆の関心を摑んでいるという幸福を得たように確信した。ますます断固とした様子で続ける。

「一度たりとて、いや、全生涯でこれほど酷いものを読んだことはない。友よ、どうぞ最初のページを開けて、読んでみて頂きたい。〈本来高貴な芸術である印刷術や業界をディアリオ・デ・アビソス紙（短いニュース、生活に役立つ情報、迷い犬、落とし物などのお知らせを集めた掲示板のような新聞）編集長が貶めていることへの抗議の手紙〉とある。貴方はどう思いますかね？」

「そうだな、正直言うと、目的は称賛に価するような気も……。というのも僕自身、この手のジャーナリストにはほとほとうんざりなので」

「そうですね、確かにその点は同意します。この編集長は疑う余地なく、風刺と良識ある人々の怒りを買うのがたまらなく好きなのです。しかしたとえこの編集長なるジャーナリストが最悪の印刷術とこれらの馬鹿げたニュースによって出版界を貶めているとして、抗議したイニシャル名の人物が一体どんな輩かと言えば、このまさに高貴な芸術が、ここに書かれたような下品な言動のために費やされる原因の張本人ではありませんか。もう少し読み進めて頂けるでしょうか。四、五行目のところで〈あらゆる栄光の極み〉とある。続いて人文界に与えるべき障害者年金（人文界は保護されるべき、障害者に与えられるような特別手当が必要の意）についての件《くだり》の後に、面白くもないそのアイディアを、韻をふんだ形で再び繰り返すなんて困ったもんだ。ピグミー[*13]の国やら、山猫の目（壁の向こうまで見通せると言われている）やら、ガリレオの天体望遠鏡、教養ある高祖父たち、低俗で馬鹿げた話題が多すぎて、使っている単語の数と同じくらい跋扈している。これらの話題のうち一つとして時宜を得たものはないし、一人の読者を笑わせることもない。結論として、ここに書かれた最悪の詩のような不出来な脳細胞をもっている人間が書いたのだと分かる。最悪といっても、甲乙つけ難いほどすべてが駄作なのだが。

　次の件《くだり》も見てみてください……。ほら……。私は息が詰まってしまいそうです……。何と詩情に欠けた人物だことか。誰か有名な人の書いた絹のように美しい詩をまねて、襤褸《ぼろ》の切れ端のような自作の詩に入れ込んだあげく、あいつは芸術の女神《ミューズ》と取引があるとか、デタラメばかり書いている。パルナッソス山[*14]（古代ギリシャのアポロ神、ミューズら女神に捧げられた聖山）では誰もあいつなんか相手にしていないから、ペガサスの糞の掃除もさせてもらえない有様だ。だから受けるべき当然の報いとして後ろ足で蹴られることさえないわけだ。その証拠に詩と言うにはほど遠い代物を我々に捧げてくれているが、この下手くそな詩に詩らしき点があるとすれば、短い行で書いてあることくらいだ。何の面白みもない無味さと無関心しか呼ばない愚かな所業ののち、イリアルテ氏（スペイン啓蒙主義、新古典主義時代の寓話研究者、三九八頁注226参照）をまねしようとでも思いついたのか、でたらめで、てんでばらばらな最悪の詩となっている。詩情に欠けたこの人物の苦しむ頭の病は、ディアリオ・デ・アビソス紙の編集長の不感症と似ている。あんな非常識な書き方をする前に、ちゃんと子供たちまでもが暗記しているホラティウスの『書簡詩』[*15]の最初の一ページでも読んでいれば、そんな書き方がどういう効果を生むか知ることができただろうに。ホラティウスは詩才のない人間の書いた駄作を読んで、『書簡詩』を書いたらしい。もしホラティウスが、後の時代にこんな輩にこんな駄文を書かれると知っていたなら、作品を書かなかったでしょう。馬鹿にあげる甘い蜜などないのですから……。一体こんな戯言に一レアル（八クワルト銅貨と三十二マラベディ）近くも払う人間がいるのだろうか？　なぜお金を返してあげないのだろうか？　紳士諸君よ、もうこれ以上私には耐えられない。この男は生来、頭を病んでいたか、もともと頭がなかったかのどちらかだ」。

ここで、我らが主人公は口を開けて欠伸をしようとしたが、そこに彼と一緒にいた男が割って入ってきたのだ！　私は気をもんだ。

「まさに仰る通りだ！　マルセロさん。もし俺があんたなら、こういうパンフレッティストたちに対抗して文を書いて、喜んでこっぴどく奴らを叱ってやる」

「何を仰るんだい？　まさかあの男について、活字で抗議文を書くに値するほどの人物かと思いますか？　それはまさにあの男の言う、出版という芸術を彼とかあのジャーナリストよりも、もっと低く貶めるようなものでは？　それに言いたいことを書き切るだけの紙が一体どこにあるんです？　彼だけがこんな扱いに価する唯一の人間でもあるまいし。もうとっくの昔から無味乾燥な作家たちに我々は荒廃させられているのです。これを言うのは、作家アリアサの書いた「謙虚であることの小訓話」（一八二七年にファン・バウティスタ・アリアサがハビエル・デ・ブルゴス作の喜劇を批判したエッセイ）さながらの気持ちで……。少なくともアリアサの文には面白味も機知もあちこちに見受けられた。ウェルギリウスが言うように、多々引用することで衒学的に思われたくはないですが、「大海原を泳ぐ者は滅多にいない」（Apparent rari nantes in gurgite vasto.（出版界にはあまりに酷いケースが多すぎて、いちいち取沙汰することはできないの羅語））のです。あなた、本当に少しではありますが、面白いところがアリアサのエッセイにはある。もちろん馬鹿げた箇所も同時に見受けられる。時折アリアサは、デ・ブルゴスの喜劇が何の役にも立たないと言ったり、他の箇所では良いと言ったり矛盾してはいますが。アリアサの中に書かれた詩はこれといって素晴らしい出来ではない。ディアリオ・デ・アビソスの編集長を攻撃した男の詩よりほんの少しマシなくらいだ。何よりも紳士諸君よ、まるで散文ではごく理性的に話すことができないとでも言うかのように、韻文を創りたがるこの男たちの感覚の欠如に対して、私は冷静でいられません。少なくとも下手な詩よりも出来の悪い散文のほうがまだ我慢できる。詩についてボワロー（俗流詩人を攻撃、作詩で守るべき美学原則を定めようと試みた）が述べたことを読んでみてください」

あらゆる他の芸術には種々異なる段階ありて、
第二級の地位にも得々として名誉を感じる者もあり。
されども詩作と韻文という危険な芸術には、
凡庸から最悪という段階は露ほどもなし。
（ボワローの言葉：竹本忠雄訳）

そしてこう続けた。
「もし私が書くとしたら、〈神秘的香りとともに歴史に残るカーネーション、もしくは聖ヨハネの祝日に神霊あふれる庭で摘まれた花束〉（ラーラの時代、二重タイトル「〇〇もしくは〇〇」というつけかたが流行っていた）等々といった本の著者のことも決して許しはしない。タイトルが風変りであるだけでも断罪さるべきだし、歪んでいて理解不可能な隠喩も同罪です。そんなタイトルを頭としたら、胴体となる本文は支離滅裂に決まっている。ここでまた韻文と来た！ あくまで韻を踏まねばといった感じだ。こんな調子じゃ、動物までもが韻文で話し出すことでしょうよ。そしてルイ十六世[*16]（フランスの国王。ルイ十五世の孫。妃はマリ＝アントワネット。国民への反逆罪で処刑される）の悲劇を書いたあの傲慢な著者よ。「こんなに大きく口を開けて断言するこいつは一体何を提供してくれるのだろう？（Quid feret…?）」という、あのホラティウスの言葉がぴったり当てはまるじゃないか！ 街中の建物を覆っている張り紙に書いてあるような、自己礼賛した、ひどく自惚れた表現を見たことがないでしょうか？ これは何のためでしょう？ それは月並みな韻文と眠気を誘う悲劇を書くためにあるのです。あまりに眠たくさせるので、薬局でモルヒネの代わりにでも販売できたらいいでしょう。もう私は何も言いません。『赤ひげのオルック』（盲目の作家ホセ・マリア・デ・メラスによる作で一八二七年に書かれた）の盲目の著者は、我々にこれを売りつけようとしたが、まったくと言っていいほど傲岸不遜なやり方です。自分がホメロスと同様に目が見えないので、第二のホメロスとして自分を売り込んだのです。何と痛ましいことか！ とても可哀そうなことだと同情します。しかし盲人用の杖で何の罪もない芸術の女神たちをぶちのめすことはないでしょう。

さて、これから挙げるあるタイトルについてあなたがたはどう思われるでしょうか？ ついこの間、私は下らないもの想いにふけりながら通りを歩いていて、ふと顔を上げると、私の体よりも大きなポスターが貼ってあって、もっと大きく書いてくれればよいものの読みづらい文字で〈ご婦人方のためのお茶〉と書いてある。いまから私が言おうとすることをあなたがたは信じてくれるでしょうか？ まさに私の妻はヒステリーに死ぬほど悩まされている女性で、この不調はご婦人方にとって非常に共通する問題なのです。

私がまさにここで願ったのは、何らかご婦人がたの不調を直すための薬であってほしかった、ということです。まるで賢者の石を見つけたかのように私は狂喜し、広告をそれ以上読まずにどこで売っているのかさえ分からないまま、どこかのカフェででも入手しようとすぐさま思ったのです。さっそく行き当たった最初のカフェに入りました。医学の進歩に心躍らせ、私はたったいま見つけたばかりのご婦人方専用のお茶について尋ねました。ボーイはこう応えました。〈お客様、もちろん私どもはお茶を給仕いたしますが、今日にいたるまで当店でご用意しているお茶に関しては、いつでもご婦人方、紳士方どちらにもお出ししております〉。

続いてどこかの市場で入手できるのかと思いついたのですが、市場でも私の顔を見て笑われるばかりでした。ここからも立ち去ったのですが、薬局でも、雑貨店で同じような扱いで……最後の最後に、見つからない絶望のあまり、もう一度ポスターのところまで戻ってようやく分かったのです。何と私は馬鹿だったのでしょう！　驚くべきことに、それは本のタイトルだったのです。おぉ、何と完璧な頭脳だことか、こんなタイトルを付けたとは！　と思わず叫びました。スペインでは気を失った場合くらいしか、ご婦人方はお茶を飲みません。カモミールや穏やかな花やサルビアといった、そういった場合によく効くと言われるお茶ですら偶然手元にあるということもない。というわけでそんなお茶を飲むために集まって話すことなどもない。もし食べ物や飲み物のタイトルを付けたいのなら、なぜ〈ご婦人方のホットココア〉と言わないのでしょう？　ご婦人方がお喋りするには喫茶しながら、という必要なんてまるでないのですから！　巷にあふれているタイトルに巻き込まれて通りを歩かされないように。何のひねりもないかもしれないが、少なくともその作品自体が何の役に立つのかを誤解させることはないでしょう。例えば〈チンチョンでの講演、冬の夜〉といった場合、もし死んでしまった人たちについて話すのであれば、〈地獄の講演〉もしくは〈あの世の夜〉といった具合にすればいい。決して〈ご婦人方のお茶〉などという、食欲をわかせた後に、我々の口を四分の一程度開いたままにさせるタイトルではなく！」

マルセロ氏はさらに続けた。「さてもし私が思い切って何か書くとしたら、一人残らず批判するだろうことを、あなたがたはご理解くださるでしょう。いやいや、もう私の頭の中はアイディアで一杯なのだ。さぁ、あの苦情の「手紙」に話を戻すことにして、この素晴らしい事例を見ることにしよう。笑われないような広告文句を掲載するべきだと、つまり、例えば〈ロシア製青年（靴がロシア製なのではなく、青年がロシア製）のための靴〉だの〈タックのない（タックのないズボンではなく、タックのない＝味気ない男性の意）男性のためのズボン〉だの〈ヤギ皮製の女性（ルームシューズがヤギ皮製なのではなく女性がヤギ皮製）のルームシューズ〉または〈綿製の紳士用（ニットシャツが綿製なのではなく紳士が綿製）ニットシャツ〉の販売を告知する広告に目を通していないということで、かのジャーナリスト氏を告発することができたならよかったのですが。〈何某という帽子屋が、短い命（「短い命」と帽子の「少量のストック」corta existencia をかけている）のため一掃セール〉と広告を打つ始末。他にもまだある。〈ある寡婦の方が〈メイド（処女）〉（doncella という単語はメイドの意味と処女の意味があってどちらの意にも取れる曖昧な表現の広告になっている）の仕事を探していて、お宅に伺えます。メイド（処女）についての、あらゆることに通じています〉。それにまだある。確か手元にあったと思うけれど、いくつか目にした広告で、興味を引いたものをきちんとメモしてあるのです。さぁ、あなたがたにも読んでもらいたい」。

✓　今月八日月曜日の午後、ドイツ製の詩作用の紙で製本された、ロザリオちゃんと題した小さなノートを紛失しました。十月二十日。

✓ ガジェガ・ビエハの宿屋、聖ルイス地区、二十番地にて、ビトリア、ビルバオ、バヨーナ行きの車が六席空いています。十一月八日。

✓ バニョ通り十六番地四―二にて、今日から十二日の午前十時から夜中まで、古典派のオリジナル絵画、サイズさまざま、公正な価格にて販売します。

✓ 子供のいない夫婦で、しっかりと働くことができ、身元も保証する人がいるのですが、司祭様もしくはどんな紳士の方のもとでもいいのですが、働き先を望んでいます。十月四日。

✓ 今月二日、カルメン通りからブエン・スセソ教会の間で、サンタ・クルス教区とサン・ヒネ教区の結婚と洗礼の証明書を含む書類がなくなりました。

✓ 今月十日水曜日、クルス劇場の八番ボックス席にて、モロッコ革のケースに入ったレミエール社製の双眼鏡を紛失しました。十月十六日。

✓ 直毛羊のイギリス製の黒いストッキング、紳士淑女用の最高級品を販売します。同上。

――こんな調子で永遠に終わらない。十月と十一月だけでこんな感じだ。広告料の使いみちが批判の的となるのは当然なので、私もこうした告知のようなものを掲示せざるを得ない状況となったこともある。しかしそれらは人づてに聞いた話ではなく、自分が経験したことに基づいて書いている。私は費やす必要があるときにお金を使うことは何とも思わないが、あのジャーナリスト風情を養うために給金を使う理由はまったく見当たらない。あの男は、私についてや、我々の必要とするものをなくしてしまった不幸のことを笑っているだろう。

「よくぞ言ってくれた、マルセロさん。あんたはここまで、よくお話しなさった」

「ええ、話しますとも！　お務めで呼び出されない限り、もっと話すところですよ」。

立ち上がりながら、そして時計を引っ張り出してそう言った。そのときもし時計が一時間前の時間を指していたなら私は喜んでいただろうに、あのやかましい男を好きになっていると同時に、すでに頭が痛くなり始めていた。

そしてこう続けた。

「我が国を愛するあまり、国が遅れた状態にあっても私には関係ないのです。この国で我々は何も良くすることなんてできないでしょう……。誰かさんのせいであって……。そうです、あなた……あぁ！　もし感じることすべてをうまく言い表せられたら！　しかしすべてを語ることなどできません……。それが悪いことだからというわけではなくて、すでに時間も遅いことですし、放っておくのが一番です……。可哀そうなスペイン！　おやすみなさい、紳士の皆さん」

忘れてしまう前にカギ括弧つきで、強調して前もって言っておきたいのだが、冒頭に話したあの好奇心のせいで翌日も私は調査することになった。まったくの偶然にして、幸運にも私の手中には、非常に国を愛する一人の善きスペイン人が飛び込んできたのだ。我々は野蛮人なので何一つ良いことなどできないだろうと――確かに我々は野蛮人であるに違いないが、しかしこの種の偽善については耐えることとしよう――言ったのだ。この人物はかなりの金持ちだったが、ある県の仕事に就いて、貧しい者や金持ちから金を得て日々のパンとしていた。しかしあまりに詐欺を働いたので、不名誉にもその地位を失い、マドリッドに住んでいたのである。他の多くの者と同様、私に向かってあの「可哀そうなスペイン！」という表現を繰り返したのだった。

さて我がカフェに話を戻すと、あまりにも多くの素材をノートにまとめた疲労感とともに私は立ち上がった。とまれ、立ち去る前にいくつかのテーブルを見渡してから、と思い直した。テーブルの一つには、平服の軍人らしき男がいて、誰かに見られないように人目を避けている様子だった。というのもあのような服で出歩くのは禁じられていたからに違いない。しかしその特徴的な口ひげで身元がバレてしまっている。ひっきりなしに手を口ひげに当てて触り、捻じってはまた捻じり、糸をよって紐を作っているかのようだ。コップをお皿に戻すや否や、また口ひげを忙しなく触り出す。口ひげが顔から飛んで行って、逃げ出すのを恐れているかのようだった。若そうに見える女性と一緒に、かなり奥まった隅のところにいたのだが、誰かに聞かれはしまいかと憚りながら、非常に低い声でひそひそ話をしていた。慎重に見ても従姉妹か親戚かの類だろうと察しがついたので、彼らについて調査するのは終わりにして、これ以上留まろうとは思わなかった。

もう一人、男が向こうのほうにいたが、独りぼっちでいるのを喜んでいるといった風情で、無表情に椅子に座っているが、なぜだか足をせわしなく揺すっている。特別に何かを見つめているということもなく、他人が懸念するような事どもにはレベルを合わせないといった態《てい》だ。虚栄心に満ちた様子で、すべてに対して関心がないといった雰囲気を醸している。巨大な葉巻を満足気に口にくゆらせ、何度も煙を吐く。燃えさしのように真っ黒で、理性ある人間の口というよりは屋根上の煙突のようであった。それにもかかわらず、彼を燃え尽くしている虚栄心の大部分を形成するものなので、肺を煤で満たすために一レアル以上は払ったに違いない。

生来自惚れた人間に対しては怒りを覚える性格でもあるし、立ち上る煙に窒息したくなかったので彼から離れることにした。別のテーブルに目を移すと、同席の友人たちに何度もシャーベットを奢っている別人種の愚か者がいた。お金を支払い、虚しく飲み物を飲むばかりだが、この馬鹿げたことに皆が彼に付き合ってくれるのは、友達だからだと信じていた。一杯奢られるごとに何万回となく「僕は君の友達だよ」が繰り返されていた。彼は非常に才能があり、鋭敏で面白みがある、などと皆から信じこまされていたので、馬鹿げた役回りを続けているのだ。いつでも奢ることで周りの者の自尊心を傷つけるものは、敵以外の何ものも得られないということを彼は知らないようだった。というのも、独立を保ち、他人に対する批判も辞さずにいられるよう、他人に奢ることができる状態を誰だって望んでいるのだ。誰しもが他人を痛めつけたいという性質があるのだから、これは何とも羨ましい状況と言える一方、我々を侮辱する者に対してはもっぱら憎しみが募るものである。とはいえ、当面は彼の気前の良さからちゃっかり甘い汁を吸っている我々ではあるが――。彼はまた、金の切れ目が縁の切れ目ということも知らないようだ。そうなったら真っ先に彼のことを馬鹿にし、その髭を笑い、まるで知らない者のように無視するのが、この奢られた者たちなのだ。ボーイが戻したお釣りの小銭をこれ見よがしに軽蔑する態度だったが、そのとき、一人の貧しい老婆が彼に近づいてきて、彼の軽蔑する小銭の幾らかを乞うた。彼は金を持つ人間に課せられている義務を果たすという信条があったので、「姉妹よ、これでお許しを」と渇いた調子で繰り返し、お金を施した。さらに席から立ちあがって、老婆を押しのけ、こう付け加えた。「さぁ、序曲が始まりました。この歌劇では十二レアルと二クワルトの小銭の中から可能な限り絞り出すのがいいでしょう。それにしてもこれほど可哀想な人が存在するとは、何という不幸なことか。私は心が痛みます。どこへ行っても貧しい人にしか出会わないのですから」。

能なしではあるが、言葉だけは心あるこのもう一人の男からもようやく離れることにした。

それからほどなくして、かなりの好奇心をそそられて、非常に身なりのよい別の若者に目を向けたが、その顔つきに私は違和感を覚えた。何か注文したときにはいつでも小銭をくれてやるので、時折、私に話しかけたがるウェイターが私の興味に気がつき、近づいてきてこう言った。

「あの若者をご覧になっていますね」

「ああ、誰だか知っているかい？」

「ご覧のとおりとても若く、エレガントな若者ですが、毎日、幾人かを誘ってカフェやパンチ、アンダルシア地方のラム酒や、昼食、ハム、オリーブを頼みにやってきて幾人かに奢るのです。よくお金について話していますが、いつでも立ち去るときに、ものすごく感じが好いと同時に尊大な表情を浮かべて、私にこう言うのです。《明日、君にお勘定を頼もう》。もしくは《明後日、ツケを払うよ》。そう言われてかれこれ半年も経つのです。いまだにお金を返してもらった試しがない。彼を見つけては話しかけるものの、まったく駄目で、何にも返してもらえないのです。最悪なのは、彼よりもこちらが恥ずかしくなってしまい、《お支払いをお願いします。そうでなければ給仕しません》と言うのが躊躇《ためら》われるのです。私のお財布でどうやら彼は着飾っているようです。おぉ！ 彼だけだったらまだしも、伯爵や侯爵、紳士の称号や衣装の外見をしていながら、よほどの約束をとりつけない限り絶対にお金を支払わない輩が多くいるのです。さて、これに対して何ができましょうか？」

「ひどい話ですね！ 彼と話している、あのもう一人の若者は？」

「ああ、旦那様、分かります……あの人ですね？ ええっと……あぁ、もしあなたが彼をご存じでしたら、あきれることでしょう。いずれにせよ彼が何という名前か、誰なのかは言いません。あなたにとっては、私はただのウェイターに過ぎないでしょうけれど、私にもちょっとは遠慮があるのです。誰の評判も台無しにはしたくないのです」

「さて教えて頂きたいものですが、もし彼が自分の借りの始末をつけられないのだとして、なぜあなたが遠慮しなければならないのです？ 当の彼はあなたのことなどほとんど意に介さないというのに？」

「でもね、いまあなたが御覧になっている、あのすごく身なりのいい人ですが、あの人は何かっていうとオペラのこけら落としがあれば、チケットを持ってきてくれたりして、それを私は二倍、三倍の破格の値段で売ることができるのです。正規の定価よりも少し多く値段を出す人には、一ダースか二ダースごとに特別報酬を与えます。平席では二十、四十、七十レアルを引き出せる。セミラミス（紀元前八〇〇年頃のアッシリアの伝説上の女王。美貌と才知を兼ね備え、バビロンの空中庭園を造らせた。この女王を主題としたオペラ多数）は三オンス以上の値段だったと確信していますし、そのうち、私が売り子だと評判が立つようになったのですが、それは私自身の手で利益を引き出しているからです。彼はと言えば、多く儲けて、評判を失うこともない。比べて私には評判なんてものはない。人から見れば着ているものもみすぼらしく、必要に駆られて他の人に仕えるばかりで、名声を得ることなどからは外れています。ちっともお金は儲からないし、信用という意味でも何一つ得られません」。

ここまできて、私は出て行くことにしたが、廊下を通るときにも依然、観察を続けた。ある若者が誰も見ていないと思ってミルクを沸かしている器に水を少し混ぜていたのを、見て見ぬ振りをしなければならなかった。こってりし過ぎたミルクの脂肪分を適度に薄めていたと信じることにしよう。その部分はいつでも味覚を台無しにするものだから。隣り合ったビリヤード場から出て行くときには、煙草の煙と人ごみの間をかき分け、日がなビリヤードのキューで玉を突いて、ドラムのしわがれた喧しい音を立てている極めてよからぬ風貌の人たちの間を、かなり急いで通り過ぎた。そこには絶え間なく「一、二……」と叫ぶ声とともに、思慮分別ある人の耳を損なうような、下品で余計な言葉が飛び交っている。不幸にも、長年のうちに思うように急いで歩くことのできなくなった善良な男性にぶつかって私は躓いてしまった。そんな体の状態なのに、取るに足りない四十年をビリヤードの試合に費やすために出かけることをやめず、彼自身が試合する腕が追いつかない場合は、他の人の試合の観客になることもやめなかったのだ。私は生来の鈍さゆえに強く躓いたので、あまりの痛みの中で、ただこう叫ぶことくらいしかできなかった。「この男たちはなぜここにやって来るのだろうか。これほどの齢を重ねて、ビリヤードという悪癖を続けるなんて、まるでマドリッドに教会が存在しないかのようだ。もしくは家や奥さん、従姉妹や乳母といった最期を看取ってくれる存在すらいないのだろうか」

帰路の途中、私は愚痴っていた。この日の観察に笑う気力もなかった。人間は幻想によって、また環境に従って生きるものだということを常に確信しているというのに。ベッドに入って明かりを消して、眠りにつくときには、いつもの習慣でこう告白するのだった。《眠りこそこの世において夢想《キメラ》*17ではない唯一確かなものだ》と。

『日刊　風刺家ドゥエンデ』第一巻収録

一八二八年二月二十六日

(El café)

【訳者解説】人からどう思われたいか、に主眼が置かれたとき、自己は自己でなくなる。虚栄心が冷静な自己把握を阻み、社交場での形骸化した習慣や会話は、はたして自己が何ものか、自分の意見とは何かを分からなくさせる。ある程度の教養をもつ中流階級が、どのような社交・社会生活を習慣化させるかが、社会、国家形成の肝となる。果たして、十九世紀初頭、スペイン中流の習慣とはいかなるものだったのか――。ラーラの時代のとある中流家庭の「おもてなし」を描いた本記事は、当時の実情を活き活きと見せてくれる。人に好かれることだけを言う、形式化した内容のない社交辞令が交際だとしたり、「スペインの正直さ《フランク》」という押しつけを良しとする、いわば中流の「絶対善」とも呼ぶべき態度が、この層の、ひいてはスペイン国家の真の民主化を阻んでいるのではなかろうか。表面上の社交を重視するあまり、決して真の意味で他人を尊重する礼儀《エチケット》は身についていないのだから。ラーラの辛辣な筆が、問題意識を喚起する。スペイン一国を越えて、いかなる国にも見受けられる中流的「虚栄心」の阻害するものが浮き彫りとなっていく。

古き良きスペイン人《カステリャーノ》

私くらいの年齢になると、すでに築き上げて何年も経ってしまった生活の秩序を好んで変えようとは思わないものだ。生活様式を変えることになぜ嫌悪を抱くかと言えば、家から出ない習慣を破って外出すると、何か良いことが起こるかもしれないという期待がことごとく裏切られ、家を出なければよかったと後悔しなかったことが一度もないからだ。これだけでも充分苦しめられているのに、親たちの世代から引き継がれた人との交際上の礼儀《エチケット》の名残りによって、時折は招待を受けざるを得ないと感じもする。あまり断っていると失礼に思えるし、配慮に欠けている、忖度し過ぎている（招待を受けることで相手に面倒をかけると思い断ること）、と他人から思われてしまう。

ここ数日、私は自分の記事の材料収集のために、近所の通りを歩いていた。思索に耽るあまり、アイディアが思い浮かぶと笑いを抑え切れず、無意識に唇を動かす哀れな男と化した自分に気づいて驚くこともしばしば——。時折、蹴躓いて気づくのは、詩人や哲学者にとって、マドリッドの石畳は最適の環境ではないということだ。私の傍を通る人の悪意に満ちた笑いや、驚いたようなしぐさは一度ならず、公共の場で独り物想いに耽るべきではない、と改めて反省させられる。私同様、上の空で急いで角を曲がる人たちとぶつかることもよくあることだが、心ここにあらずの人間は、柔軟な肉体を持つ人間とはみなされず、ましてや栄誉ある泰然とした人間として扱われるわけがない、と気づかされる。こんな精神状態でいたのだから、一体どんな感覚を湧き上がらせてはならないというのだろうか？　巨大な腕にくっついた――そういう風に思えたのだ――巨大な手による恐ろしい平手打ちによって、不幸にもアトラス（ギリシャ神話の巨人の神。イアペトスとクリメネの子で、ティタン神族の一人。オリンポスの神々と戦ったため、ゼウスによって蒼穹（天空）を肩にのせて支える罰を課せられた）の肩とは似ても似つかぬ私のか弱い肩が叩かれたのだから。

このような暴力行為も挨拶にあたるとは知らなかったが、私のことを普通以上に温かく迎えているつもりの歓待を無視したくもなかったので何とか我慢したが、その後、痛みで一日中体が曲がってしまった。これほどまで私を酷く扱う、友情に厚い人間は誰なのかを知るためだけに、後ろを振り向いてみるとするか。ところが、我が同胞の古き良きスペイン人《カステリャーノ》は、その面白くもない行為を一度ならず永遠に繰り返す人種であった。読者の皆さん、私に対する信頼と愛着を彼がいかに表わし続けたか、言い当ててみてご覧なさい。何と私の目に手を当て、後ろからしっかり押さえたのです。

――だぁれだ？

その洗練された悪ふざけが芳しく成功を収めたことに狂気して叫んだ。私はあやうく「動物」と言いかけるところだったが、ふいに誰だか思い当たったので、言葉を置き換えることにした。

――ブラウリオだろう。

と彼に答えた。

その言葉を聞いて、彼は手を離し、笑って脇腹を押さえた。こうして通りを騒がしくさせ、我々両者は騒ぎの渦中に立っていた。

――やぁ、友よ！　どうやって俺だって分かったんだい？

――君以外の誰だって言うんだよ……？

――故郷のビスカヤ[*18]から来たのかい？

――いいや、ブラウリオ、そうじゃない。

――何だ、いつも連れないな。どうしたんだよ？　スペイン人同士の挨拶じゃないか。しかし君がここにいるなんて、嬉しいなぁ！　明日は俺の誕生日だって知ってたかい？

――君にご多幸を、と祈るよ。

――俺たちの間ではよそよそしくするなよ。俺は正直者の、古き良きスペイン人だって知っているだろう。パンはパン、ワインはワインさ（スペインの諺。包み隠さず、歯に衣着せず言うこと）。というわけでお世辞は要らないぜ。とはいえ君を招待しよう。

――何にだい？

――昼食を俺と一緒にさ。

――いや、無理なんだ。

――いやいや、断る選択肢はないぜ。

――いや、できない。

と、すでに震えながら繰り返した。

――無理なのかい？

――気持ちはありがたい。

――ありがたい？　なら散歩でもしてくれればいいさ、友よ。俺はもちろんF侯爵でもP伯爵でもないさ……。一体全体、こんな扱いを友から受けて驚かない人間がいるのかね？　君は自惚れた人間に思われたいのかい？

私を遮って続ける。

――もしそうじゃなければ、二時に家で待っているよ。早めの時間からスペイン式の食事をしようじゃないか。たくさんの人を呼んでるんだ。例えば有名なあのXとか、彼は即興で美しい詩を吟じてくれるだろうよ。Tはあの天性の優雅さで、食後にロンダ[*19]の伝統曲を歌ってくれることだろうし。夜にはJが何か音楽を歌って奏でてくれるよ。

少しだけ私も気を許し、彼に譲歩することにした。なんて最悪な一日だ、誰にでも起こりうるものだが……と独りごちた。この世で友情を保つには、友の心遣いに耐える勇気が必要だ。

――絶対来てくれるよな、さもないと喧嘩だぞ。

――絶対行くよ。

と、死んだ声で応え、気分は最悪だった。まるで罠にかかって、虚しく転げ回る狐のようだ。

――じゃあ、また明日。

と言って、お別れに私の頬をつねった。

農夫が種を蒔き終わった畑から離れて行く雲を空に見つめるように、彼が立ち去るのを見送った。そして残された私は、この敵意に満ちた、忌わしい友情を一体どう理解すればいいのか悶々としていた。

想像するに、読者の皆さんは非常に洞察力に優れておられるから、もはやお気づきのことでしょう。我が友ブラウリオはいわゆる上流階級や社交界に属するには程遠いが、下層階級の人間というわけでもない。中流階級の一介の雇われ人であり、資産と給金を併せて四万レアルほどの収入がある。ボタン穴に結ばれた細いリボンに、襟の見えないところには小さな十字架を付けている。つまり彼の階級、家族、生活に属する人物であり、皆が選ぶ教育や、心地の良い、それとなく示される行儀作法に対して抵抗することは決してない。しかし虚栄心が彼には見出される。中流階級の大部分もしくはすべて、あるいは下層階級のすべての人の間で常に、と言っていいほど見つかるのが虚栄心である。これは外国のあらゆる美点を前にして、自国の取るに足りないものを良しとする愛国心である。この盲目のせいで、かくも無思慮な愛情から来るすべての責任が受け入れられているのだ。スペインワインが一番だと言ったついでに、スペインの教育も最高だと言うが、前者に関しては合っていても、後者は疑わしい。マドリッドの空は澄み切っていてこの上ないと言う代わりに、我々のマノーラ嬢はあらゆる女性の中で最高に魅力的だと主張してみたりするが、つまるところそれは排他的に生きている人間なのであって、両方の肩甲骨にはっきりと目に見える瘤のある愛人がいたというだけの理由で、まさに瘤が死ぬほど好きになってしまった、私の親戚の女性に起こったことと、大なり小なり似ている。

　社会の慣習、お互いに対する尊重、都会風の遠慮、また人びとの間に素晴らしい調和をもたらす交際上のいわゆる洗練といった類《たぐい》のことを、古き良きスペイン人に話しても無駄である。ただ人に気に入られることだけを言って、気分を害することは決して言わないことだ。古き良きスペイン人の言葉を借りれば、「たとえ明けの明星にでも失礼な言葉を浴びせ」（相手が誰かも見ずに失礼なことを言うの意）たくてうずうずしており、誰かについて気に入らないことがあれば、「面と向かってはっきり物を言う」までなのだから。頭の中で何もかも逆になっているので、「お世辞（cumplimientos）」という言葉は、「嘘（miento）を果たす（cumplo）」ことであると思っているらしい。洗練というのは偽善のことであり、慎ましさというのはへつらいのことだと考える。あらゆる美点にも良くないあだ名がつけられ、彼にとって上品な言葉というのは、ギリシャ語に毛が生えた程度のものだ。子どもの教育と言えば、部屋に入るとき、開口一番「神様が貴方がたをお守りくださいますように」と唱え、加えて移動するときはいつでも「お暇《いとま》のお許しを」と、家族全員一人ひとりに尋ね、全員にお別れの挨拶をすることに尽きると信じているのだ。これらすべてを忘れないように用心する様子は、さながらフランス人と条約を結ぶときのようである。結論として、こういった輩は同伴者に促されなければ延々長居するような失礼な人種で、控えめにも机の下に彼らの「頭」と呼ばれる帽子を置き忘れたに違いない（ララは、人の家を訪問し、帽子をテーブルの上に置く野蛮な習慣があることを皮肉っている）。不運なことに杖を手にできない場合、手持無沙汰の対処に困って、ただ邪魔なだけの手も腕も処分したいという願いを叶えるためなら何だってするだろう。

約束の日の二時になった。我が友ブラウリオは旧知の仲なので、食事に行くのに過度に着飾るのはどうかと思った。とはいえ、服に穴が開いているだろうことは間違いないのだが、色付きの燕尾服と白いハンカチを避けるわけにはいかなかった。今日《こんにち》の中流家庭では必須の衣裳と見なされているからだ。可能な限りゆっくりと着替えた。まるで不幸な死刑囚が刑執行前に罪を告解するかのごとく、時間を稼げるのであれば、もう百や二百もの罪を告白したかった。二時に招かれていたが、部屋に入ったのは二時半であった。

永遠に続く儀礼的なお迎えのご挨拶については話したくもないが、食事が始まる前に、お客さんがひっきりなしに、家を出たり入ったりしている。というのも彼のオフィスの全従業員を一人も無視しないようにしていたためだ。従業員の奥方たち、子供たち、ケープに傘にチョッキ、愛犬などなど。いまどきの紳士に対して向けられる馬鹿げた社交辞令については、何も書かないまま空白にさせてほしい。部屋を飾っているこの広大な社交の輪については話さないが、あまりにも異質な人びとが集まっていて、時が過ぎ去るのは早いものですね、夏よりも冬のほうが寒くなるのが通例です、といったことを話している。さて本件を見ていくこととしよう。時計が四時を示すと、すでに我々招待客だけが残った。残念なことに我々を楽しませてくれるはずのX氏は、この種の饗宴に非常に長けた人物なので、宴の日の朝に体調が悪くなるという妙技を行なってみせた。著名なT氏は、絶妙なタイミングで他の集まりに誘われて約束ができてしまったらしい。非常に歌をうまく歌い、音楽を奏でるはずだったお嬢さんも、声がしわがれてしまっていた。そんな状態なのに、歌の中の一言くらいしか聴衆に伝わらないことに、彼女自身が驚きを隠せないようだった。その上、彼女の指は化膿して炎症しているようだった。あぁ、いくつの希望が消え去ったことか！

——さぁ、我々は食事しに来たのだから、テーブルに着きましょう。なぁ、だいじょうぶだよな、お前？

と、ブラウリオ氏は叫んだ。

——ちょっと待って頂けるかしら。これだけのお客様をお迎えしていて、もう少しお台所での準備が必要で……。

と、彼の奥さんが耳元ギリギリのところで答えた。

——分かったが、もう四時だぞ。

——すぐに準備できますから。

五時になってようやく我々はテーブルに着いた。ホストは我々がそれぞれ定位置に着席しても、躊躇《ためら》っているのを見てこう言った。

——皆さん、今日は無礼講です。我が家では社交辞令は要りません。あぁ、フィガロ君！どうか楽にくつろいでほしい。君は詩人なんだし。それにここに集まる紳士たちは、僕たちの仲が良いのを知っている。君は僕のお気に入りなんだから、誰も君の気分を害することは言わないよ。さぁ、燕尾服を脱ぎたまえ。汚してしまうぞ。

――僕が何を汚すって？

唇を噛みしめながら、彼に応じた。

――気にするなよ、僕のジャケットを君に貸してやる。申し訳ないけど全員分はないのだがね。

――そんな必要はないさ。

――おぉ！　はい、はい。ほらジャケット！　取って、試してみてくれ。ちょっと君には大きいかもしれないけど。

――でも、ブラウリオ……。

――仕方ないだろ。そう格式張るなよ。

ここにきて彼は無理やりに私の燕尾服を脱がせた。ゆったりした縞のジャケットにすっかり埋もれて、脚と頭が少しのぞいているばかり。袖がぶかぶかで食事するのも儘ならない。御礼を言ったところ、彼はついに私に対して心遣いが通じたと思ったようだ！

招待客がない日は、我が友は低いテーブルで充分満足している。靴屋で見かける足を乗せるスツールより少し背の高いくらいの代物《しろもの》で、友人とその奥さんに言わせると、もっと高いテーブルなんて何のために必要なの？とのこと。この小さい食卓からは、井戸からくみ上げられるように、食事が上昇して運ばれていく。長い距離を移動する間中、汁は垂れっぱなしとなる。もし彼らが普通のテーブルを持っていたら、年がら年中快適に過ごせるわけで、余計なことを考えるようになるだろう。かくて招待用の大きなテーブルを設置することは、あの家では一大事件と受け止められている。ところが、我々十四人が充分座れると思われていたテーブルが、実際は八人くらいしか快適に食事できない。我々は中途半端な位置に座らなければならず、肩寄せ合って食事を取ろうとするので、招待客同士の肘と肘はぶつかり合い、非常に深い友愛に基づく理解を示しながら、お互いに親密な関係を築き始めることになる。私はと言えば特別待遇で、五歳児と太った男に挟まれた席に座っていた。五歳児はいくつかクッションを積み上げた高い位置に坐っていた。この隣席の年少者は落ち着きなく動くのでクッションが傾いたりして、その度ごとに座り直させてやる必要があった。太った男はどこへ行こうが一人で三人分の空間を占めていたので、どの側面からも体が洪水のようにあふれ出していて、まるで針先の上にでも座っているかのようだ。静かにナプキンを広げると実に真新しい。これらもまた普段使いの調度品ではなかったからだ。あれら礼儀正しい紳士たちは真っ白のナプキンを燕尾服の襟にまで引き上げていたが、まるで首の襟部分とソースとの間をつなぐシャツの前身ごろのように見える。いったん着席してホストが叫んだ。

――紳士淑女の皆さま、本日は禁欲の修行となるでしょう（つまらない食事しか提供できないことを詫びる社交上の一言）。しかし我々はあの有名なフォンダ・デ・ジェニエ（十九世紀にできたマドリッド最古のフランス式レストラン。ラーラは洗練された料理の殿堂だが、値段が高いと評価）にいるわけではないと悟ってください。

ホストが必要だと思って述べた言葉がこれである。

裏腹に豪華な食事が用意されていれば、馬鹿っぽいわざとらしい言葉だ、本当に貧しい食事しかないなら、招待した友人たちを禁欲の行へ誘うなんて何という無神経さだ、と私は独り言ちた。

我が良き友人ブラウリオが、残念なことに本気で言っているということに気づくまで、さほど時間はかからなかった。それぞれの皿を渡したり受け取ったりする際の礼儀の言葉はいつまでも続き、悪趣味で、我々はやり取りにうんざりさせられた。

――どうぞお取りください。

――取って頂いてもよろしいでしょうか。

——お構いなく。

——それは頂きません。

——それをご婦人へお渡しください。

——もちろんよろしいです。

——すみません。

——ありがとうございます。

——皆さん、無礼講ですよ。

とブラウリオが叫んで、最初に自らのフォークを動かした。

スープの後は、味はまあまあだが、非常に複雑な料理が出てきた。あらゆる種類の濃厚なごった煮で、食べるのに手間取って面倒で、無礼にも等しい料理が続いた。ここで肉料理が入って、あちらでは野菜が、ここではひよこ豆が、向こうではハムが。雌鶏料理は右側に、豚の脂身は真ん中に、そして左側にはエストレマドゥーラ*20（スペイン南西部の州でバダホス・カセレスの二県からなる）地方のソーセージ。続いて豚の脂身を挟んだ子牛肉が来て、あぁ、何と呪わしいことか。これの続きがあれで、あれらで、今度はあれらといった風に。半分は安食堂から取り寄せた料理で、この事実だけで誉め言葉は免除されるだろう。あとの半分の料理は日常の使用人と、この祝宴のために補助として雇われたビスカヤ出身の女性と、この家の奥さんの手によるものだった。奥さんはおもてなしに纏わるすべてに目を配らねばならなかったが、それは結局すべてが手落ちとなったことを意味していた。

——この料理はちょっと焦げていて、何とか誤魔化さないと食べられないわ。

と、小鳩料理について妻がコメント。

――でも、お前……。

――だって、ほんの少し目を離しただけで、あの使用人たちと言ったら分かるでしょう。

――何て残念だろう、この七面鳥は三十分くらい早く火を止められていたら！　火をかけ過ぎだ。

――皆さん、このシチューは何だか焦げて黒ずんで見えませんかね？

――一体どうしろって言うの？　一人で全部なんてできませんことよ。

――おぉ、何と素晴らしい！　美味しいです！

といって、全員が料理を残した。

――この魚は腐りかかっている。

――生鮮食品の店員によれば、取り寄せたばかりだって言っていました。なんて間抜けな店員かしら！

――このワインはどこから手に入れたのでしょう？

――いいえ、それについては何も言わせません、なぜなら……。

――このワインは死ぬほど不味い。


これらの短い会話は、絶え間なく妻に対して何らかの怠慢を注意する夫の、人目を忍んだ凄まじい視線で飾り付けられていた。しかし二人のどちらもが、似たようなケースで洗練されていると評判の、あらゆる種類の慣習的なやり方に通じた人間なので、すべてのへまは使用人たちのせいであって、いつまでたっても給仕を覚えることができないからだ、と我々に理解を求めた。しかしこうした不注意があまりに頻繁に繰り返されるので、もはや視線が送られることもなく、夫には妻をつねるか足を踏んづけるかの手段以外に頼る術がなくなっていた。妻は辛うじてその瞬間までは、夫の追及よりも優勢を保つことができていたのだが、いまや顔は火を噴くようで、目は涙が溢れんばかりになっている。

——奥様、どうかこのことでお気を揉まないでください。

と、隣にいた男が言った。

——あぁ! もう二度とこんなことを家ではやらないと、あなた方に宣言します。あなた方はどれほど大変か分からないのです。もう一度、ブラウリオ、一緒に食堂に行きましょう、あそこなら……。

——まぁまぁ、我が妻よ、もう、どうにか……。

——ブラウリオ! ブラウリオ!

恐ろしい嵐が吹き荒れる寸前であった。しかし招待客の我々もこれに負けじと、何とかこの言い争いを鎮めようとした。最大限のおもてなしだと理解してもらいたいという願いから生じた争いだったが、これはブラウリオのやり方に大部分の原因があり、社交辞令なしで、と皆に繰り返し言った彼の断固とした言葉から引き起こされたのは間違いなかった。集まった客たちには社交辞令は無用だと再三促したのであり、これが彼のいうところの厚くもてなされるということであり、食事をよく知っているということらしい。上流社会の慣習に対する甚だしいまでの無知さ加減で、こうまでして上品に過ごしたがるなんて、馬鹿げていると思わないのだろうか? 心遣いを示すために、強いて食べたり飲んだりさせられ、他を好む選択肢を一切許さないとは? 普段の食事マナーは棚に上げ、なぜ誕生日に限ってこんなにも綺麗な食べ方をしようとするのだろう。

さて、私の左側に座っていた子供が、トマトを添えた赤身肉の料理に乗ったオリーブをいくつか飛び跳ねさせた、そのうちの一つが私の目に当たって一日中ものがよく見えなくなった。それに私の右側にいた太った紳士はテーブルクロスの上の私のパンの横に、赤身肉の骨を、また齧《かじ》った後の鶏肉の骨を慎重に置いていった。正面の招待客は肉を切り分けるのがうまいのを鼻にかけて、去勢された若鶏か、もしくは雄

鶏なのかまったくわからない鶏を、死体解剖よろしく引き受けていた。被害者となる鶏の年齢のとうが立ちすぎているためか、もしくは加害者側の解剖学的な知識がまったくないためか、どこにも関節が見当たらない。「この若鶏は関節がないな」。不幸にも汗をかいてもがいている様子は、肉を切り分けるというより、鋤を入れているようであった。何と奇妙なことか！攻撃をしかけるうちに、まるで鱗のある動物の上にフォークが滑り落ちていくようだ。若鶏は暴力的にお見送りされ、かつての幸せな時のように飛び立ちたくてしかたない様子だったが、鶏小屋の止まり木に止まるかのごとく、テーブルクロスの上にできる限り静かに止まっていた。

驚きは皆に広がり、不安は限界にまで達していた。なんだかんだやっているうちに、若鶏が皿から滑って飛び、スープ入れへと着地してひっくり返り、私のこの上なく綺麗なシャツをびしゃびしゃにしてしまったのだ。と同時に、肉を取り分けていた男がすかさず立ち上がり、逃げ出した鶏を捕まえようとした。急ぐあまり右側にあったワインボトルが腕で押し倒され、バルデペニャス[*21]（カスティーリャ・イ・ラ・マンチャ州シウダー・レアル県。有数のワイン産地）産のワインが大量に鶏とテーブルクロスの上にぶちまけられた。ワインはこぼれ、騒ぎは大きくなり、テーブルクロスを救うために塩が雨となって撒かれた。テーブルを救うには、クロスの下にナプキンを入れて吸い取らせるしかない。この大騒ぎの劇場舞台に、一人の大女優が立ち上がった。まったくもって当惑した女使用人がソース入りの皿に鶏を引き上げようとしたのだ。そしてあろうことか私のそばを通るとき、少し傾いて、油脂に満ちた呪いの雨を降らせた。まるで草原に落ちる雨滴のごとく、私の真珠色のズボンに永遠の跡を残した。この使用人の不安と困惑は治まるところを知らず、ますます混乱してお詫びもうまく言えずに、引き下がって行った。さらに戻って行くときに、綺麗なお皿を一ダースと、年代物の強いワインの注げる小さなコップを乗せたお盆を持った男性の使用人とぶつかり、この舞台装置すべてが恐ろしい大音響と混乱の中、床へとぶちまけられた。「聖ペテロ様！」とブラウリオは声をあげたが、すでにその表情には致命的な青白さが広がっており、そして彼の妻の顔はというと、火が噴いたように真っ赤であった。「いやいや続けましょう、皆さん。大したことではありません」と、友は我に返って何とか言葉を添えた。

あぁ、素晴らしきは、誠実な家庭よ！　身の丈にあった料理と、究極のところは家族の日常の幸福をなすことが目的でありますように！　昨今流行りの、まさにこの昼食の饗宴のような大騒動はどうかお避けください。ただ、日々きちんと食べて給仕する習慣だけが、惨事から免れさせてくれるのです。

これ以上に不幸なことが起こり得ましょうか？　あぁ、天よ！　ええ、私にはまだ不幸が降り注いだのです！　歯が黒ずんで黄色いファアナ嬢が、自分の使っているフォークで皿から料理を親切にも取り分けてくれたが、私はというと、ただそれを受けて飲みこむしかなかった。子供は招待客の眼を狙ってサクランボの種を飛ばすのに興じていたし、レアンドロ氏は極上のマンサニージャ酒*[22]（スペインの白ワインの一種で、シェリー酒のこと）を試すようにと、自分の使っているグラスで勧めてきたが、さすがに丁重にお断りした。そこには消すことのできない脂っこい唇の跡がくっきりとついていたのだから。あの隣席の太っちょな男は、煙草をずっと吸い続け、私は彼という暖炉の煙突と化した。ついに、おぉ、これらの不幸な出来事の最後を飾るのは！　騒ぎと会話の音がもっと大きくなり、雄鹿の鳴き声と化した声が、韻文や十行詩を求め始めた。ここではフィガロ以上の詩人はいないだろう。

――ちょうどいい。

――ぜひ何かお願いします。

と全員が叫んだ。

――無理やりにでもお題を出そうじゃないか、一人ひとりに一つずつ詩を詠んでもらおう。

――では、「ブラウリオ氏に捧ぐ、今日この日に」はどうかな。

――皆さん、お許しを！

――いやいや、やる以外ないぜ。

――生まれてこのかた、思いつくままにしか即興詩を作れないのです。

――子供じゃあるまいし、頼むよ。

――では帰りますよ。

――ドアを閉めろ。

――何も詠まずにここから立ち去っちゃいけないよ。

からくも詩を詠み、支離滅裂な戯言だったとはいえ、それに皆は興じていた。一層の騒ぎと、煙草の煙と、地獄絵図が広がっていった。

神に感謝して、ようやく私はこの新しい「伏魔殿《パンデモニウム》」（ジョン・ミルトンが『失楽園』で描いた悪魔の潜む地獄の首都）さながらの場所から逃げ出すことができた。ついに外の空気を吸うことができ、自由の身となって通りに出ることができた。もはや馬鹿はいない。もはや私の周囲に古き良きスペイン人たちはいないのだ。

――あぁ、神様！　心より感謝を捧げます。

と、ほっと安堵して叫んだ。まるで何匹もの犬から逃げおおせ、ほとんど犬の鳴き声が聞こえなくなったときの鹿のように。金輪際、富や仕事や名誉といったものを望みません。家へ招待するような祝宴からは自由にしてください。これからは、祝宴が大事件となるような、あれらの家から解放してください。つまり招待客にふさわしいテーブルしか置かないような、苦痛の種以外の何物でもないものを心遣《エチケット》いだと思っているような、いわゆる洗練されたことが行なわれるような、詩が詠まれるような、子供がいるような、太った人がいるような……つまるところ古き良きスペイン人たちの野蛮なる正直さが支配するような家からです！　もし懲りもせず似たような誘惑に陥ったなら、ビーフステーキがこの世からなくなって、一切れのローストビーフも私の目の前からなくなりますように。それにマカロニのパイが消滅してくれて、ペリグー[*23]（フランス南部、ヌーヴェル＝アキテーヌ地域圏の都市。トリュフを使った肉料理が有名）の七面鳥やら、ペリゴール[*24]（トリュフの産地、フォアグラの美食で知られる県）のケーキやらもなくなるように。ボルドーのブドウ園など干上がってしまえばいいし、みんなで美味しいシャンパンの泡を味わえばいいのだ、ただし私は除いて。

私の心からの願いに結末がついたところで、シャツとズボンを脱ぐために部屋へと急いだ。心の中では、たとえ同国人だとしても、また、同じ思想を持っていたとしても、すべての人が同じ習慣や繊細さを備えているわけではない、これほどまでに異なる物の見方があるのだからと、よくよく考えながら。服を着替えて、あまりにも不吉な一日を急いで忘れることにした。ほとんど物を考えない人たち、つまり自由でのんきな教育という有益なくびきにつながれて生き、お互い気まずくならないために敬意を払い、尊重しているふりをする人たちの間で過ごした一日を、である。一方で煩わしい想いを明からさまにし、攻撃し合い、お互い酷く傷つけあう人たちがいるが、もしかすると真の意味でお互いを愛し合い、尊重し合っているのではなかろうか。

『可哀そうなお喋りさん』第七巻収録

一八三二年十二月十一日

(El castellano viejo)

【訳者解説】「マドリッドで書くとは、涙することだ」との嘆きに表われる通り、ラーラは大都市の真ん中で孤独を感じざるを得ない状況にあった。書けども響かぬ大衆へのメッセージは、砂上の文字のごとく消えていく。本記事に描写されたマドリッドのとある若者の生活は、真の人間の生き方からはかけ離れている。喜びも悲しみもなく、漫然と過ぎゆくまま、彼自身も砂塵と化す。一方、ラーラは書きたいことも書けぬ状況で、検閲の眼をかいくぐり、風刺を駆使し、何とか真の人間生活を取り戻すべく、スペイン国民へ訴え続ける。ここではお説教めいた訓話を語るのではなく、ある日常の一コマを鮮やかに描写することで、自己批判の精神を各自が持つよう促している。人間の有限性——一刻一刻、死に近づいていく——を思い出させ、生活という日常の一コマが人生の縮図となることを読者は意識せざるを得ないだろう。無為に過ごす生活は、人間生活ではない。また、単なる暇つぶしの友達づきあいも、人間関係ではない。都市に生きる平均的人間を通じ、真に生きるとは、と問うている。

マドリッドの生活

私はこの世のあらゆる出来事に心を動かされる。これは私の核心部分が、中流という階層に属しているからに違いないことの証明でもある。最上流階級と下賤な階級のちょうど真ん中にあるが、上流も下流もいずれかに属する者は何にも驚かないのだ。前者にとっていくらか価値を感じるものなどないし、後者にとっては何の価値もないものしか存在していない。私の本質は前者と後者からちょうど等距離に位置していて、常に何事にも感嘆して生きていることを告白する。あらゆることに心動かされる自分は、何にも感じずに生きられるわけがないし、その思いが強くなればなるほど、彼らから遠ざかるように感じる。

日常のある一日、長きにわたる不眠、あるいは前夜の予想もしない出来事から人びとが瞑想へと誘われるとき、世界の行く末について、私は立ち止まって思索する。すなわち、この世界では私の隣人たちが想像上の空間のあちこちを巡り、何のために、またどこへ向かうのか誰も知らないのを目にするときに。すべての人が死ぬために生まれ、ただ生まれたというだけのために死ぬのを見るとき、それにこの地上のあちこちで皆が探し求める真実は常に遠く離れたところにあると気づいて、それぞれが勝手な思いで隣人の家に幸福を見出すときに考えるのだ。さらに、褒められたものではないこの状況には終わりもなければ、高い確率でおそらく始まりもなかっただろうと考えるとき、誰に尋ねようが（公よりも自分のことだけに限った）個人的な薄運ばかりが嘆かれるとき、そして人生は矛盾と嘆きと病気、過ちと罪、後悔によって練り上げられていると思いを巡らすときにも——。

私はさまざまなことに感嘆する。一つ目には、崇高なる偉大な存在の力に対して。この力から与えられるたった一つの方法で世界は進行する。どんな人でもそれぞれに異なる願い、それぞれが見つけた願いを抱くものだが、一度に一つのことしか起こらない上、結局はすべてが不満に終わるのである。二つ目に、人生を短くするための大いなる叡智を挙げる。そして三つ目に、他の二つよりも一層驚くべきことであるが、これほどまでに悪しき人生であるにもかかわらず、すべての人が抱く、この人生に対する執着なのだ。最後の一つについては、例えば無神論者の脳は納得しにくい仕組みなのは明らかだが、この無神論者をも困惑させるに足りるものであろう。なぜなら、人生を愛すべきものに変える力は、神のみに、絶対的な力を持つ神のみに帰するのだから。

これは人生について考えるときに一般論として捉えられているものであり、どんな種類の国を例に取ろうと、文明国であれ、未開国であれ、とどのつまりどこでも一緒なのだ。この点では、人は必要に応じて多様化するのだから、より高い階層か低い階層かのいずれかに所属するだけのことだ。しかし各々の幸福について言えば、何も進歩はしていないだろう。教養ある人間と粗野な人間の間にある違いは何かと問えば、会話の言葉遣いの問題だけだ。ウェリントン卿[*25]はホイッグ党[*26]について話すだろうし、放浪するインディオはジャガーについて話すことだろう。しかしホイッグ党が解散してしまうことと、ジャガーが禁猟となるのとは、どちらにも同じ悲しみをもたらすことだろう。文明の程度によって職業も言葉も変わっていくが、運命については変わらない。我々人間が犠牲者として生まれ、死刑執行人から絞首刑の縄を見せつけられて追い回される身にあるのは、黄金に輝く丸天井の下であれ、田舎の藁ぶき屋根の下であれ同じである。次にマドリッドの生活について例に取れば、あらゆることに対する思考を停止することで、それは受け入れられるのかもしれない。

ここで、ある平均的な若者を例に取ろう。この青年は常識的な分別の持ち主ではあるが、何かやろうと考えさえしなければ、お金には特に困っていない。自然の摂理が才能を配分する方法を見れば（自然はある人にすべての恩恵を与えたり、逆に何も与えなかったりはしない。ゆえに、この人がほどほどの知恵と経済力をもっていることは）さほど驚くことではない。一言でいえば、まったくの馬鹿にはなり切っていない金持ちといったところだ。ここ数日、彼と散歩をしたのだが、特段、深い友情があるからではなく、散歩するには二つの方法しかないからだ。一人で歩くか、誰かと一緒に歩くか、である。若者の間の会話では、謹むよりも、思慮に欠けて道を踏み外すことが往々にしてある。というわけで、ほんの少しの問いと答えによって、世間でいうところの正直さ、つまりほとんどの場合、軽率な受け答えとなってしまうであろうレベルにお互いが位置することを確認したのだった。どんな生活をしているか、その生活に満足しているのかと私に尋ねた。話はさっさと済んでしまったのだが、最初の質問に対して、私はこう答えた。

「新聞記者を生業にしています。多くの公の文筆者と同様、ほとんどの時間を自分が思ってもいないことを書き、その思ってもないことを他の人たちに信じさせることに費やしています。褒め称える以外に物を書くことはできないのですから！　言い換えると、人が耳を塞ぎたくなるような、怒りを買うことでも言いたくて仕方がない、それが私の人生です」

二番目の、私が自分の生活に満足しているかという質問には、少なくとも末期の昇天を迎えるときと同じくらい諦めの境地にいると答えた。

「それであなたは？　マドリッドの生活はどんなものでしょうか？」

と私は尋ねた。彼はこう答えた。

「私はいたってありふれた境遇にある若者でして、物は書きません。つまり…、書くと言えば…。昨日ボレル氏に、何ヶ月も預けっぱなしのフランス製のズボンを早く送ってくれるようにと、短信を書いたくらいです。誰しも何らかは書くものですが、他に何を書いているかは、改めてお伝えすることにしますよ。

私はあまり朝寝坊するのは好みません。しばしば早起きします。午前十時にはしゃんとしています。お茶を飲むか、時折はココアを飲みます。国の習慣にならって生活することが必要不可欠です。その時間にはいずれかの新聞が届いて、使用人が目を通した後、私のところに持ってきます。ざっと目を通して、戦況（当時は第一次カルリスタ戦争中）に関するニュース記事を読みますが、いつもどこかですでに読んだことがあるような気がしてなりません。どれもが同じように思えるのです。別の新聞が届くと、それを手に取ってはみますが、最初の新聞の二刷を読んでいるのと変わりません。新聞というのは、マドリッドに暮らす若者のようです。名前が違うだけで、内実は同じです。毎朝、我々が自由であったなら全員が幸せになっているだろう、幸せになるためには何を為すべきか、といったことが書かれた非常にシリアスな記事を読むと、疲れてしまいます。盲人に見るべきものはないと告げるのと同様、無意味なものです。

すでにこの時間になると、二度寝する気も起きず、新聞を置いてしまいます。肩掛けを首まで巻いて、外套を羽織って通りへと出て行きます。聖ヒエロニムス通りからカレタス、プリンシペ、モンテラ通りまで一巡りして、ある区画まで来ると私と同じような境遇の友人全員と出くわします。しばし彼らと一緒に立ち話をして、カフェで煙草を買い、ちらっと見かける人に挨拶をし、着替えるために家に帰ります。

もし天気が悪いなら？　防水羊毛の外套を羽織って、侯爵夫人の家で午後二時くらいまで過ごし、次に伯爵夫人の家で午後三時まで、また別の伯爵夫人の家に午後四時まで。どの家でも同じ会話をします。行く先々の家では、さっきまでいた家とこれから行く家の悪口を聞くまでです。これがマドリッドでの会話のすべてです。

もし普通の天気なら？　モンテラ通りまで行き、ラ・ガジャルダの店に入るかトマスの店に行きます。場合によってですが二、三時間過ごします。有名人のミナ（フランシスコ・エスポス・ミナのこと。当時の超有名人）を見かけて、あとはカルロス党員、通りがかりの女性やらにも出くわす……苦痛と希望を感じつつ……。

もし天気がいいなら？　乗馬に出かけます。アトーチャ門からレコレト門まで、そしてレコレト門からアトーチャ門まで。行ったり来たり何度もして、最後に歩いて一巡します。レストラン・ジェニエ（一九九頁）で食事をするか、市場へ出かけます。いったん家に帰りはしますが、ほとんどは外出しています。

食事をし終わったら？　プリンシペ通りのカフェ・ソリト（マドリッド・プリンシペ通りにあった十九世紀のカフェ。ラーラをはじめロマン主義の作家や芸術家たちがよく集い、当時の雑誌などでも取り上げられた有名な場）へ出かけ、二時間、一本の煙草、二人の友達と過ごします。モンテラ通りで話したのと同じことを再び会話するのです。あぁ、よかった！　こうして今週は用事に事欠くことがなかった。少しはじっくり考えたこともあったし、それに少しは……。いやいや、結局のところ、無為に過ごすだけの国では、少なくともお喋りすることが妥当なのでしょう」

「いま劇場では何をやっていますかね？」

と我が国のある一人が私に尋ねる。

「そうだね、一つ目は交響曲、二つ目はスクリーブの劇作、三つ目は交響曲、四つ目は、これまた多作のスクリーブの新劇、五つ目は交響曲、六つ目は民族舞踏、七つ目は、さらにまた天才スクリーブの翻訳から、二幕の新喜劇、八つ目は交響曲、九つ目は……」

「あぁ、もういいよ。なんてこった、神様よ！」

「そういう君は何を読んでいるんだい？　昨日の新聞じゃないか」

と私は言った。

「そりゃそうさ、毎日似たようなもんだよ」

「確かに……でも君、ここに今日のギジェルモ劇場の予定があるよ」

「ギジェルモ？　おぉ、もし昨日だったらなぁ！　あっちはどうだい？」

「あれはクルス通りの劇場だね。まぁ、何をやっていようが関係ないさ」

「いやはや、僕はここでお鉢が回ってきたようだ。このお鉢が回ってくるって意味分かるかい？」

「あぁ、もちろんだよ、君。僕もよく行き当たった順番でどこか適当に入ったりするよ」

と、散歩仲間に私は答えた。

「よし、じゃあ、ちょっとボックス席に行ってくるよ。もし劇場が終わって、まだ街が夜でなければ、もう一度カフェにでも行って店主と少し談義しようかな。その後はどこも行かないさ。もし夜になっていたら、イブニング用の服に着替えることにしよう。Eの家に行って……とっても心地良い社交場なんだ。まったく本当に。前夜と、月曜日に行ったのと同じ社交場へ……。それに朝の時間帯にも訪ねた社交場でしょ、あとはプラド美術館、劇場と……心地よければ、飽きたりはしないもんさ」

「それで君は社交場で何をしているって言うのかい？」

「何にもしないさ。居間に入って客間の小室を通って、また居間に戻って、離れに行って、また居間に戻る、と。また客間の小室から出て、離れにもう一度入って……」

「その後は?」
「その後は自宅に帰って、おやすみなさい!さ」
これが、確かに我が友が語った生活である。この生活を読んで、読み直して、誰も不快な気持ちにさせてはいないと思われた。というのも誰のことも描いていないからだ。この生活のためには何も挑戦することはないだろうという気持ちになった。いかなる分野でも愚か者を知っているとはいえ、今回は生活に執着する人間について考察してみたのだった。

『エル・オブセルバドール』紙、第一五一号
一八三四年十二月十二日
(La vida de Madrid)

【訳者解説】娯楽とは、日常の仕事に打ち込んでこそ、大きな活力を与え、刺激剤となってくれるもの。メリハリのない生活は、永遠に日常が続くとの錯覚から生まれるのではなかろうか。永遠に生きられると思えば、今日という日はさほど重要ではない。娯楽も必要なくなることだろう。娯楽には娯楽の文化がある。そこに打ち込むことも、仕事をすることも、すべてが人生につながっている。レストランにせよ、出かけ先にせよ、選んだもので自己が創られる。ラーラは、本記事の中でスペインに娯楽の種類が少ないと嘆いていたわけではない。娯楽も生活も、仕事、社会、国家に対する意識が高まれば高まるほど、文化を醸成する一つの場として重要な役割をもち、疎《おろそ》かにはできないことを暗に示している。考えもせず、皆が行く場所に漫然と行く、という生き方では、文化は醸成されない。一人ひとりが意識をもてば、単なる外国文化の真似ではなく、おのずと国民に合った選択肢が生まれてくる。面倒だから選択肢を作らないことと、簡素さを混同してはならない。文化はいわば面倒なことの集積なのだから。

新しい食堂

我が愛する祖国では人びとは食うために生きてはいない、と告白するのはまさに言い得て妙だろう。何と有難いことか、反対に人びとは生きるために食っているのだ。実際のところこれは、我々が好む悪癖を示している。この点だけに限らない。断じて我々は多様な娯楽に事欠いているわけではないし、また種々、生活に便利なものが欠けているわけでもない。しかし「一体どんなお国柄でしょうか、貴国は?」と、我々の習慣を学びに来てひと月も経たない外国人が私に尋ねる。

実のところ、その外国人はフランス人で、フランス人というのは世界の中でも、我々スペインたる存在の、単調で陰気な沈黙をほとんど把握できない人種だ、ということを予め知らせておくべきだろう。朝から彼は私にこう言った。

「乗馬したまま通行できる大通りはもちろんあるでしょうね? 失礼かとは思いますが」

彼に答えて私はこう言った。

「申し上げるのも恐縮ですが、ここにはそういった大通りはないのです」

「ここの上流階級の若者たちは、乗馬は好まないのでしょうか? 馬も通りを走ったりはしないのでしょうか？……」

「馬は通りを走ったりはしません」

「狩りに出かけましょう」

「ここでは狩りの習慣はないのです。狩りのための場所も、狩るものもない」

「では馬車で出かけましょう」

「馬車もないのです」

「分かりました。では一日、田舎の別荘で過ごしましょう」

「田舎の別荘もないですし、一日どこかで過ごすこともありません」

「でも他のヨーロッパ諸国のように、幾種類かは娯楽があるでしょう……。舞踏が見られるような公共の庭園や、もっと小規模かもしれないが、ティボリ遊園地（一八二六年に開園されたパリの遊園地）やラネラ公園（ロンドンのチェルシー地区にある公園）、エリゼ宮などの……。何らか公衆のための娯楽ですよ」

「公衆のための娯楽はありません。公衆は遊ばないのです」

スペインの公衆は、娯楽で楽しみたい、という内なる必要性を感じたことはない、もしくは本当に皆そう見えるのだが、賢人のように自らの思索にふけることに喜びを覚えるのだ、と率直に告げたときの外国人の顔は必見だろう。外国人である我が友は、私が彼の信じやすさにつけこもうとしているのかと思って、不信感と諦めの狭間にある表情を浮かべていた。最後にこう私に言った。

「忍耐ですね。では雰囲気のいい場所で催される舞踏を見に行くか、夜のお出かけ《ソワレ》に行くかで我慢することにしましょう……」

彼を遮って私はこう言った。

「我が友よ、落ち着いてください。そろそろ私にお求めになっている雌鶏（卵を産む、何か産み出せるもの）はいないとお伝えするのがよいでしょうか……？　マドリッドには舞踏はありませんし、夜のお出かけの習慣もない。それぞれお喋りしたり、お祈りしたり、気の置けない友達数人と一緒に家で好きなことをしていれば、それで充分なのです」

あまりに悲しいことだが、我々の習慣を描いたこの絵画ほど正確なものはない。年がら年中ではないが、週にたった一日だけ我が同国人たちは気晴らしをして楽しむ。すなわち月曜日に当たるが、何によって楽しむかについて言う必要はないだろう（月曜日はスペインの習慣で闘牛が開催される曜日。二四二頁「闘牛」参照。）。他の日は公衆の娯楽とは一体何かということを思索するためだけにある。下層階級については、一年で最も楽しい日と言えば、カスタネットを靴下のように手に嵌めて——靴下と言ったのは、ある種の人たちの手は足のように見えるから——通りの真ん中で輪になって、がらがら声と不規則で耳障りなタンバリンの音楽に合わせて激しく体を動かすことに絞られる。上流階級の娯楽と言えば、乗馬はもちろん、狩りの試合、田舎の別荘、モンテラ通りにある二、三のお店に集約できるだろう。その界隈では午前中一杯、昼食に行くまであとどれだけ時間があるか数えて楽しく過ごすことができる。リスボンからの重大なニュースが特になく、噂話の的になるような美しい容姿の人たちが通るのに出くわさなければ。出くわせば意見交換に委ね、質問はさまざま出ることだろうし、やることがなくなることは決してない。

「マドリッドでは、皆さんは午後をどう過ごしていますか？」

「お昼寝《シエスタ》をします」

「昼寝をしない人は何をするのです？」

「起きています。それだけです。確かに夜には、ちょっとした劇場があったりもします。喜劇の道化師のだみ声にしばらく口笛を吹いて野次ったり、プリマドンナの美しい顔に向けて拍手喝采する、といった無邪気で上品な気晴らしがあります。とはいえ毎日催されるわけではありませんし、楽しむといっても非常に限られた人たちの間で、です。ちなみに彼らはいつも一緒の顔ぶれで、祖国の習慣に従う大多数の国民の中にはめ込まれた、外国の習慣を好む小規模な集団《グループ》を形成しています。いわば大きな円錐の中に入った小さな円錐のようなものです」

さらに、哀れな中流階級については、その境界線はますます失われ、消えつつあり、上は上層階級に食い込み、もぐりこむ者は少なからずいて、下は下層階級の一番上にまで浸食し、その慣習を占めつつある。彼らにはたった一つの楽しみしかない。誕生日が来た？　結婚式がある？　赤ちゃんが生まれた？　奥さんの勤め先が決まったって？　ここスペインでは大喜びの種である。厳かに祝う方法はたった一つしかない。身分にふさわしく値切られた、立派な貸し馬車が必要だ。しかし馬車には入りきらない大家族がいる。最大でも六人くらいしか馬車には乗れない。いざ、パパ、ママ、二人の娘たち、招待した二人の親友に、偶然向こうからやってきた従姉妹、義兄に、そのメイド、二歳の男の子にお祖父ちゃん、お祖母ちゃんは先月亡くなったので、数に入らないといった次第。長旅用ではち切れんばかりになったスーツケースの蓋と同じくらい閉めにくいドアを閉め、いざ食堂へ。豪華な昼食の期待に胸が膨らんで、どうにかこうにか馬車で到着する。素晴らしいお祝いを待っているときの胸の高鳴り、馬車の定員オーバーで招待客の膝の上に座る若い女性の紅潮した頬。何と言っても喜ばしいのは、今日はお昼にいつも食べる家の鍋料理じゃないということ！　こんな状態で興奮気味の一同は、数キロ先からでも、何かお祝い事の家族が馬車に乗っていていざ食堂へ向かっている人たちだ、と誰でも分かる。

話は変わるが、三年続けてマドリッドの食堂で食事をしなければならないという不幸に私は見舞われた。日中だけで、我が国の習慣の中に認められる種々の移り変わりや、人びとの考えを手っ取り早く観察したいという願いや、友達と少しは時間を過ごしたいという願いに誘われて、私は的外れなことを強いられるはめに陥った。つい最近のことだが、知り合いによって、昼食の時間に私は家から引きずり出されたのだった。

「食堂に食べに行こう」

「そうだね、でも僕は遠慮しておくよ」

「きちんとしたものが食べられるんだから、レストラン・ジェニエにでも行こうぜ。最高の食堂じゃないか」

「確かに良い食堂だね。まずまずの食事が四十ペセタもあれば食べられるんだったら、まぁね。でもそれくらいの値段を出す魅力があるかな？　部屋の趣味は良くないし、装飾もまったくない。カーペットもなければ、上品な家具も一つもないんだから。それにきちんとしたウェイターもいないし、豪華なサービスもない。鏡も暖炉も、冬にはストーブも、夏には氷で冷やした水もない……。ボルドー産ワインもシャンパンも……。バルデペニャス産のワインは決してボルドー産にはなれないのだから。いくら同じアイリス種をかけあわせたとしても」

「じゃあ、ロス・ドス・アミーゴス食堂へ行こうよ」

「食べに行くのにわざわざ外に出て、階段を上って、大きな部屋でも顔が見えるようにマッチをポケットに入れて行かなきゃいけないんだものな」

「どこへ行ったってそうだろ。美味しい昼食が今日食べられるって信じてくれよ」

「どこの食堂へ行ったとしても、僕たちにどんなものが提供されるか言ってほしいかい？　つまりこうだ。第一に、汚らしいテーブルクロスにナプキン、不潔なグラスに皿、それに汚らしいウェイターとくる。煙草の吸いさしの入ったポケットからフォークを出してきて、ハーブ入りのスープとかいう、あまりに暗示的で何かを言い当てることのできない料理を出してくる。続いて、珍しい料理としてイタリア風牛肉の煮込み、次に普段の料理と変わらない脂身を挟んだ牛肉料理、地元のワインに潰れたオリーブの実、パン粉をたっぷりつけた羊の脳みそと足のフライ。昨日の客の残した若鶏に、我々が明日の客のために残すだろうデザートなどなど」

「でもあんまりお金を持っていかなくてもいいからね。ここでは安く食べられるから」

「いや、ものすごく辛抱しなきゃならないぜ。我が友よ、我慢の限界まで」

しかし他に手だてはなかった。我が友は情けをかける余地もなく、この日は不味い食事を食べるという気まぐれに囚われたようだった。というわけで、ロス・ドス・アミーゴス食堂に行くのに付き合うことになった。ところが、同じアルカラ通りに、古いペロナ食堂を取り壊した跡に大きな新しい看板が出ていて、我々の注意を引いた。「コメルシオ食堂」とある。

「新しい食堂かな？　行ってみよう」

店舗の設置については、店主たちに充分な資金がないので、立派な建物を選びたいところだがこんな有様だ。装飾についても同様、外観に我々スペイン人はお金を払わないことに慣れている。「食べなければならないなら、床の上でも！」と我々はよく言うものだ。というわけで、新しい食堂について何も目新しいことはない。

しかし我々はすでにつぶれてしまった半年前の店で見ていたのとは違う顔ぶれに出くわした。上品な人たちがいて、素晴らしい期待をもたらした。実際のところ、新しい食堂は最高に良かったということを告白せねばならない。しかしフォンタナ食堂も建ったばかりの頃は素晴らしかった。二、三ヶ月もすればこの新しい食堂もフォンタナと同じ運命を辿ることだろう。今日出くわすメニューの多様性は、必然的に状況に応じて譲歩されていくことだろう。しかし絶対に失われないものはそのサービスだ。新しい食堂はウェイターの数を減らすことは決してない。なぜならすでに数少ないものを減らすことは困難だからだ。すべてにわたって、同じ原則が採用されていた。各部屋に一人のウェイターがあてがわれ、一部屋には二十ほどテーブルがあった。

それ以外にも、食堂の中では、隠れた観察者にとっては滑稽な情景が繰り広げられるものだ。もし入口のほうの席でデザートを食べている家族があったとして、酔っぱらってもおらず気持ちも落ち着いている人が、ただ食べるというだけで大騒ぎしている彼らの様子を戸口から見たら、どんな印象を受けるだろうか？　何と人間とはみすぼらしいものか！　なぜあれほど笑っているのだろうか？　何か面白いことでも言ったのだろうか？　いや、違うのです、読者の皆さんよ。ただ食べ終わったということに笑っているのだ。倫理や崇高さよりも、ただ食べ終わったというだけでは、人間の肉体的な面が勝利していない限り、これほどまでに楽しいはずがない。あそこに馬車でやってきたあの家族がいる……。さぁ、見ざる聞かざるだ。目を離して、耳を塞ごう！

いま入ってきたあちらの若者は、五ペセタの半分の硬貨しか持たずに食べに来ていた。しかし隣のテーブルに二十人もの知り合いを見つけた。面目上、同じテーブルについたが、同席の目撃者たちだけのために、五ペセタ分を頼んだ。全員が知り合いばかりだったが、別のテーブルで食事をしている女性を狙っていたなら、もっと高い値段の食事を頼んだことだろう。出くわした少数の友人のために、不幸な彼は破産するのだ。金持ちでもないのに、見栄っ張りだなんて恥を知れ！　放蕩者になりたくないがために、誤って持たれた恥よ！

そしてあそこにいるもう一人の男性は？　あの男は毎日同じ時間に、何軒かの食堂を巡っている。誰かを探しているような振りをして、実際は別のものを探している。あぁ、あっちに見つかった、知り合いがいる。真っ直ぐに彼らのところまで行って、最初に言った言葉は、

「やぁ！　何だ、君たちもここに来ていたのか？」

全員がこう答える。

「一緒に食事しようぜ」

最初は弁解しながら、一人で食事しなければならなかったのは……待ち合わせている友達が来なくて……。

「やれやれ、じゃあ君たちと食事させてもらうよ」

と、ついにそう言って席に着く。

招待者たちはまさか彼と一緒に食事するとは露ほども思わなかっただろう！　しかし彼は前の日から彼らと一緒に食事することになると分かっていた。彼らが時間を待ち合わせていたのを聞いていたのだから。多くの日は他の人の予定を噂で聞いて食事に行き、また幾日かは実際に約束するのを耳にして食事に行くのだ。

おや、あちらにいるお互いを一切見ずにウェイターに個室を頼む男女とは一体……？　いやいや、もうそろそろ行くとしよう。友人と私は食事を終えて、あの介添人もいない、間違いなく怪しい夫婦が人目を憚って食事しに入った部屋の、半ば開いた扉の前を通り過ぎるとき、ある種の好奇心が湧いてきた……。

我々は少し立ち止まって、話していることを聞かれたくない人たちの注意を引くために足音を立てたところ、人間嫌い特有の物凄い不機嫌さで扉がばたんと閉められ、我々の不遠慮さと無礼を思い知らされたのだった。立ち去りながら私はこう言った。

「我慢だ。この世ではあらゆることを観察できるわけではない。絵の中でもどこかは暗く不鮮明なままになるのだから。レビスタ・エスパニョーラ紙の習慣に関するこの記事は、まさに黒く残されたまま（検閲によって黒く塗りつぶされ、真実が隠されるという意も含んで）になることでしょう」

『レビスタ・エスパニョーラ』紙、第八十八号
一八三三年八月二十三日

フィガロ記

(La fonda nueva)

【訳者解説】 スペインの偉大さ、それは古代、中世から脈々と受け継がれてきた偉大な祖先たちの生き方や、その歴史の証《あかし》としての文化遺産の中にも見出されよう。ウナムーノが英仏独などの先進諸国に「発明は彼らに任せておけ」と言ったのは、スペインの内なる歴史——永遠の歴史へ向かえば、進歩思想では見えてこない、スペイン独自の価値が自ずと浮き彫りにされると確信していたからだ。ラーラもスペイン内部に蓄えられた偉業を見ていた。が、皮肉なことに、スペインが発明を任せたヨーロッパ先進国のほうが、スペインの文化遺産の価値を認めていた。当時、永代所有財産の解放によって教会や修道院が次々と解体され、スペインから英仏へと手つかずだった文化遺産が多々流出していたのだ。スペインがスペインとして独自の力を保つには、自分たちは何ものだったのかを再確認し、何を残し、何を革めるのかを問う必要がある。単に過去の栄光に縋るのではなく、祖先たちの大きな奔流に自分たち自身も参画できるような国民になれないのなら、少なくとも過去の遺産を守るべきだ。ラーラが先駆けて提起した問題は、スペイン一国にとどまらず、いま、ここに生きる我々にも問われている。

スペインの修道院——そこに隠された芸術的価値

最先端を行く先進諸国で最高度に到達するほど築き上げられた文明は、芸術に対して決して有利に働くことはない。つまり、近代国家の国民が、実利的な面で発展すれば偉大な芸術家は消え去っていく、と一般には言われているし、そう信じられている。反証するにも支持するにも、この考えを披歴するには、あまりにも長い記事となってしまうであろう。仮に政治的権利、自由、物質的利益など、一言で言えば数字で測ることのできる文明度の優位性と、魅力、幻想、古代民族の詩歌、芸術に対する評価と保護といったものを結びつけることができれば、我々の理解するところの、社会の美しい理想像となるのではなかろうか。しかし、文明度が頂点に達すると、芸術や偉大な芸術家たちは生まれない、というのが常であるならば、少なくとも自分たちが所有するものの価値を認識し、とりわけ保存すべき立場にあるだろう。

この点で我々と似たような状況にある国は少ない。我々の先祖たちがずいぶん前に歩んだ道を、我々は悠々と確固たる足取りで共にはできていない。しかし待ち受けている大きな危機を、我々は迎えていないのであり、幸運なことに残さねばならない僅かな過去の遺物をまだ大惨事から救うことはできる。スペインは片足をいまだ過去につっこんだまま、もう片足を未来に向けて大きな一歩を踏み出していくという、まさに移り変わりの危機的瞬間にある。この変化は、いままで大いに望まれていたにもかかわらず、遅れを取ったために急激となる可能性があるだろう。反作用がもしかすると作用を上回るかもしれない。もしその一歩が遅れてしまい、社会の衝撃が暴力的となって、時に血を見ることになったとしたら、それは計算上の誤りに起因する。前もって何かを破壊せずして、築き上げることができると信じられてきたのではなかろうか。残念ながらそれは不可能だ。新しい一日が始まるには、夜が終わらねばならない。もし何らかこの法則の例外が認められるとしても、我々の立法者たちには当てはまらない唯一のケースだろう。いままで政治における奇跡が望まれてきたが、芸術においても望まれるべきであった。

政治においては、融合も後退も中道の可能性もない。ある一方かもう一方か、すべてか無か、のみである。新しい主義が生まれるには、古い主義を犠牲とせざるを得ない。しかし芸術においてはそうではない。政治の未来について真剣に懸念する国民であれば、あまり重要ではない損得については忘れ、意に介さないものだ。もし国民にとって芸術が何をも意味しないのであれば、先を見通す力のある政府であれば何らかの意義を見出すべきだ。その有為転変に対して無関心でいるべきではない。

ひょっとすると我々スペイン人は、自分たちの所有している文化遺産[*27]について充分知りもしないし、価値を認めてもいないように思われる。すでにある環境に生まれ、雰囲気に慣れ切ってしまっているなら、多くの場合、それを羨望する外国人の力を借りて、文化財の真価に対し目を開かされる必要がある。

ユダヤ人追放令[*28]（十五世紀末のスペイン王国で行なわれた、ユダヤ教の信者、つまりユダヤ人に対し改宗か、国外退去かを命じた法令でスペインの絶対王政を築く最初の施策の一つとなった）が大きな岐路を踏み出す最初の一歩となったが、引き続き歴史の道を歩むのに遅れをとってはならない。いまや、あまり先見性のない多くの狂信者たちが日々その原因を悪化させており、どこに悪因があるかを我々に示しているのだから。革命を指揮することは無益にその犠牲者となるより価値あることだろう。土壌を豊かにするためには、強いて堤防を築いて土壌を損なうよりも、土砂流を注いでしまったほうが賢明なのと同じである。まさに政府によって時代の動きは統制されるのであり、今日、罪に当たることをした我々の友を罰し、明日にはその罪を賛美せねばならないという不都合な状況から免れることができよう。

この記事の目的である芸術に限れば、その真の位置づけをわかっている啓蒙的な政府が、革命へと導いていく最前線に立ったとき、我々がいまだ所有するそれらの文化財は救われることだろう。遅かれ早かれ終いには、文化財に満ちた修道院は我々の地から消え去っていく運命にあるのだ。なぜなら社会の要請は変わるのが常であるし、修道士たちはもはや我々の時代に属してもいない。それに我々の時代には狂信的な犠牲者や狂信を強いる者はいなくとも、慰めとなる立派な宗教心はすでに根づいているからだ。

もしそれらの修道院が文学的、歴史的、芸術的な豊かさを内包しなくなったら、どうなるのだろうか？もしかすると致命的な先見の明のなさによって、いつの日か火にくべられ、略奪される運命へと強いられるかもしれない。建築、彫刻、絵画、原稿、勲章、記録文書などの、スペインの国家資産、つまり外国人が価値を認める財産が、である。外国人たちはこれらを研究し、素描・複製し、それらを自国へ持ち帰るために時に盗むことさえある。何と恥さらしなことか、それらの財宝を熟考し、我々の歴史、業績、過去の偉業、比類なき栄光を、後に彼らが我々に語って聞かせるのだ、軽蔑的な侮辱とともに。

これほど興味深い点であるにもかかわらず、我々の政府の関心を引くことすらできていない。専制政治を溺死させ、我々の過去の乱用を無に葬りさって、新たに我々の国を復活させよう。そうすれば我々の名前と栄光と芸術を救うことができる。カエサルのように泳いで（カエサルは水泳に長けており、泳ぐことができたお蔭で敵の襲撃を免れることがあった）海を渡ろうではないか、いまや我々自身の意見を口にするのだ。我々に受け継がれる唯一の宝を過去からつかみ取り、未来が我々に差し伸べる王冠に宝石をはめ込もうではないか。

いまのところ中世のように宗教というマントで保護されているが、それらの文化財が暴力によって破壊されないためにも、政府は丹念な予防策に訴えるべきである。平和のうちに熟考され、票を投じられた法律によってのみ、破壊行為の根絶という結果はもたらされるのであるが、あれら数え切れない古文書や写本、パリ国立図書館に蔵されている『我々の家系の貴族証明書』といった希少であまりにも古い版に至るまでの数々は、暴力と秘密の策による以外に一体どうやって入手できるというのだろうか。

実直な人たちで構成された民間の委員会によって、これらの修道院を巡回する役割を任じることはできないものだろうか？　神秘に包まれた修道会が、現在まで秘密裡に城塞の中に文化財を隠し保護してきたのだが、その芸術的、文学的財産に、より安全な行き先を与えるための委員会である。たとえ委員会のような集まりでなくとも、何らかの形で集まりを持つべきだが、その場合でも、すでに手遅れとなっている危険性があるだろう。

フランス革命が起きた当初、これほど重要な分野（文化財の保護）について考慮しなかったことで、いかほどの損失があったことだろう？　今日ではもはや天に声は届かないので、起きてしまった悲劇を虚しく嘆くばかりである。

我々の愛国心が認められるかはわからないが――誰かの耳に届く、つまり社会的反響があるということは起こり得そうもない条件下だが――さぁ、急いで政府に喚起しよう。我々の立つ位置を知っていると考えている外国人たち、つまり彼らのような妄想家たちに弁解するためにも。我らがスペインの文化遺産を救うために、外国人たちは奔走しているが、しかし実際には彼ら自身のために救おうとしているのだということを急いで知らせよう。パリの人文系の機関が我々の領土に、政府の同意と庇護のもと、いかほど費用がかかろうとも見つけられる限りの絵画や写本などを素描・複製し、買い取るために委員を派遣しよう

《いまは亡き恋人よ，あとは修道院へ行くばかり》
ゴヤ作，1814-23 年，プラド美術館蔵

としているのは明らかだと我々は知っている。しかし我々は、これらの品々が彼らに売り払われないものと確信できるだろうか？　これほど洞察力を欠いた所有者たちの目には苦悩が映ることはない、と予想できはしまいか？

もう一度繰り返す。これは議論の余地のない事実である。まったく利害関係のない独立した立場から言えることだ。なぜなら誰かから聞いた情報ではなく、偶然に機密を知ってしまったのだから。

では我々も外国人たちの考えていることを行なおうではないか。急ぐことにしよう。良き要因によって復讐が果たされる、完全に勝利する日を遠からず迎えられるために。もしわれわれが先見の明のない状況の一因となっているのなら、それを是正し、二度と同じことが起きないような日を迎えよう。我々は自分たちの所有するものを分かっていて、価値を認めているとヨーロッパ全土に証明しよう。先祖たちよりも少ない流血で、より実りある革命を我々は起こすことにしよう。自由と平等のために父祖たちが奔走した道に参入するとき、自分たちのように後に続く場合は、不毛で何の創造性もないおそれがあることも覚悟しよう。少なくとも保守的であることを証明しようではないか。つまるところ、真の意味で啓蒙的で、芸術や人類の叡智の価値を認める国民となって初めて、我々の愛国的な努力という王冠を飾るために待ち受けている自由に対してふさわしい者となれるのだ。

『レビスタ・メンサヘーロ』紙、第一五六号

一八三五年八月三日

フィガロ記

(Conventos Españoles)

《バリャドリッドの聖フランシスコ修道院正面図》
ベントゥーラ・ペレス画，18 世紀

フアン・アントニレス・デ・ブルゴス著
『バリャドリッドの歴史』より

【訳者解説】 騎士道と結びついたとき、闘牛はこの上なく美しい戦いとなる。人も牛も一つの「死の美学」に向かって、一瞬の生を燃やすドラマを競技場で見せてくれる。昨今では動物愛護の観点から、闘牛に対する否定的な意見を書いた文として本記事が引用されることもあるが、それは書き手の主として意図したところではないだろう。本記事では、ただ闘牛の是非を問うているのではなく、モーロ人による発祥起源からその後の騎士道精神と結びついた闘牛の歴史までをも大きく振り返り、スペインから失われつつある高貴な精神を呼び覚ますよう叱咤しているのではなかろうか。美学が失われたとき、闘牛には残虐性と野蛮さだけが残される。闘牛場から騎士が引いたあとは、瀕死の牛を痛めつけようとする民衆の歓声だけが響き渡るのだ。いまやラーラの時代には、残虐行為を見るために無作法で無教養な人びとは競技場へ駆けつける。その娯楽に文化と高貴さは色褪せ、ストレス解消の見せ物となってしまった。ラーラの筆先はかつての闘牛士のごとく、スペイン人一人ひとりに名誉を賭けた真剣勝負を挑む。

闘牛

あなたはご存じでしょう、ローマ人が最大の甘美なる
ゲームたらしめた、おぞましき見世物の恐怖を。
あらゆる外国人を、奇怪な蔑視から
蛮族呼ばわりした、この民族は、
人々の涙をもってのみ己の目を楽しませ、
血をもって己の舞台を淋漓《りんり》と染め、
哀れな人々に虎を、獅子を放ち、
その泣き叫ぶ声を聞いて気晴らしとしたのです。
ローマ人は、震えおののく奴隷たちを熊にあたえて
その四肢が引き裂かれるのを見物し、
重々しき元老院議員はこれらの残虐の場へと駆けつけ、
若き巫女たちはそれを自らの快楽たらしめたのです。

L・ラシーヌ[29]（ラシーヌの息子）ノアイユ公爵夫人[30]宛 獣心に関する書簡[31] 竹本忠雄訳

若者よ、己れの力を行使せよ、
ヒイラギ[32]の槍を手に。
騎兵中隊を前にして、
野獣を前にするのではなく。

馬上槍試合にて、
あぶみを短くする馬術《ヒネーテ》は[33]、
モーロ人から伝わった。
いまやスペイン中世からの、
正統なる馬上試合の復活を。
闘牛士と牛には平和を与えよ。

ケベード 書簡、風刺、検閲

この見せ物は、モーロ人にその起源があるが、特にニコラス・フェルナンデス・デ・モラティンが述べたように、トレド、コルドバ、セビーリャのモーロ人からもたらされた。彼らが公の場で初めて闘牛を行なったと言われている。高貴なモーロ人は生来の残虐性と騎士道的理念を混ぜ合わせながら、勇気を誇示するために闘牛を行なっていたが、ほどなくその闘技はヨーロッパ全土に広がった。愛する女性の前で勇敢さにおいて傑出し、その褒賞として彼女たちの心を射止めることへの熱望が、民謡や指輪探し*34（十六―十八世紀スペインで行なわれたモーロ人伝承の戦闘競技。馬に乗った騎士たちが列をなして、槍や投げ槍の代わりに金属の輪を投げ、盾で受け止めるというゲーム）の遊戯といったレベルにまで闘牛を普及させたのだった。

ペラーヨ*35（八世紀アストゥリアス王国初代の王。西ゴートの王子。レコンキスタの象徴となる伝説的な王）を継ぐスペイン人たちが、スペインの半分までも支配下に置いたモーロ人たちの小王国の多くを再征服《レコンキスタ》したが、族長だったモーロ人たちはすぐに同国民となり、友人、近しい親戚たちとなった。多くの場合、モーロ人とスペイン人は敵対関係にもあったが、同盟者となる場合もあった。いずれにせよ、スペイン人たちはモーロ人たちの慣習を多く採り入れたが、そのうちの一つが闘牛だった。その残虐性は、当時は許されるべきものと考えられていた。戦いのない時期でも闘士の志気が落ちないように役立つものであったし、戦場の戦いに勤しんでいた貴族も自分たちの勇気を見せつける、つまり真の意味で庶民より優越を感じる機会でもあった。さらに牛は恐ろしく、獰猛きわまりないので、牛と戦うことにいったん慣れれば、自分と同種の人間と戦う際は恐れることなく相手を軽蔑することができた。

牛を馬上から倒した最初のスペイン人は、我らが英雄かの有名なルイもしくはロドリゴ・ディアス・デ・ビバル*36（中世スペインの軍人、傑出した指揮官で、中世騎士物語に由来する「勝利者」とも呼ばれる。カスティーリャ王サンチョ二世のもとで軍人として活躍）ことエル・シッドであったが、亡骸となった後も戦いに勝ち続けたという伝説の人物だ。エル・シッドまでは、スペイン人たちは狩猟の隊列を組んだときだけ、この美しい動物と戦っていた。エル・シッドがお付きの者たちの前で初めて牛を槍で倒したとき、皆はその力と見事な腕前に感嘆したのだった。

これがニコラス・フェルナンデス・デ・モラティン（三七四頁注93参照）をして、マドリッドの闘牛祭りへと向かわせた動機となったことは疑いようがない。当時はモーロ人の城に隣接する小さな場所で、トレドの方式に従った闘牛が行なわれていた。かくてバルセロナで出版されたモラティンの遺作集には美しい五行詩が謳われたのであり、当時の習慣に対するイメージを抱くことができる。

その時代までは、スペイン人の祭典と言えばモーロ人から受け継がれたものに限られていた。エル・シッドと同時代の、アルフォンソ六世[*37]は公の祭りを催したが、広場に二匹の豚を放つという簡素なものであった。二人の盲人、より正確に言えば、棒で武装し、目隠しされた二人の男が登場し、棒で何度もお互いを殴り合って、民衆を楽しませるのだった。闘士たちの身は危険にさらされるとはいえ単純素朴な催しで、豚を殴ることができれば、その豚を闘士は授かることができた。

この経緯にもかかわらず、フランシスコ・デ・セペダ[*38]（十七世紀イエズス会士、スペインの作家。人文学の教授）学士によるスペイン概略史の中では、一一〇〇年頃の歴史に触れ、古い記録によると公の祭りで闘牛が行なわれていたが、すでにその頃「スペインだけの見せ物」として言及されていた、とある。スペイン年代記では、一一二四年には、サルダーニャ[*39]にてアルフォンソ七世[*40]がベレンゲラ・ラ・チカ[*41]と呼ばれたバルセロナの侯爵子女と結婚した年に、いくつかの催しの中で闘牛が行なわれたことが記されている。レオン[*42]の街では、アルフォンソ八世[*43]が娘のウラカ王女[*44]をガルシア・デ・ナバラ王[*45]（十二世紀カラトラバ騎士団の初代団長と任命され、アルフォンソ八世のもと騎士団を指揮）と結婚させた折に、豚が代わりに使われたとはいえ、同じく闘牛のような祭典が確認されている。

十三世紀半ばにかけて、モーロ人たちとは和平を結んだのだが、すでにこの頃にはアンダルシア地方のベティカ[*46]に僅かなモーロ人が残されていただけだった。スペインの貴族階級たちは暇を持て余していたようで、この種の娯楽を愉しむようになり、それらを国の祭典とした。モーロ人からもたらされた馬上槍試合や指輪探しの遊戯、ピレネーの向こう側から採り入れられた中世の勝ち抜き戦、ドン・キホーテ的な冒険などが好まれた。才能と勇気あるモーロ人たちの名声に感動した貴族たちは、闘牛の戦いで傑出していたムサ、[47]ガスル、[48]マリケ＝アラベス[49]（三者ともモーロ人の兵で武勇において伝説的な功績を為した猛者）といったグラナダ人たちと競うことを望んだ。この戦いのためには、マラガにあるロンダ山脈で見つかる最高の牛があてがわれたのであった。

民衆による賞賛と新奇さ、特に戦いと未開の時代であった当時の獰猛な気質などは、この娯楽の浸透に大いに貢献したのだった。その後、二つの主な原因が闘牛を成立させることになった。一つ目は、あらゆる人間活動に騎士道的礼儀が入り込むようになったこと、二つ目は、王たちがしばしば闘牛の手槍を摑むために王笏を脇へ置くのを厭わなかったこと、が挙げられる。その影響として、常に見受けられたことだが、いわゆる世間の一般意見が徹底的に王・貴族階級のそれと迎合したのであり、美しい婦人の手から勇気に対する褒賞を得るために戦う君主を真似ようとしない貴族などいなかった。また力が弱かったとしても、当時、美しい貴婦人を求めるあまり、ごく臆病な者の心からでも、彼自身に眠っていた愛を引き出すことができたのだった。

闘牛は貴族階級の間だけに許される祭典であったため、完全に牛を槍で突いてから、牛の足首の関節を断ち切った後、入場の合図の音が聞こえるまでは、庶民が介入することは禁じられていた。その後、ようやく群衆は広場に飛び出ていって、我々の時代で言えば、民衆のための闘牛というあの耐え難く野蛮な慣習に違《たが》うことなく、棒や槍、投げ槍で武装し、あらゆる方法で牛を殺すために急いで駆けつけるのであった。群衆は牛を殺そうとするが、その意に反して牛が反撃し、不幸な結果を引き起こすことも少なからずあった。すなわち、動物の角の向いた方角から催しを見るという不幸に見舞われた、この可哀そうな素人たちは、貴族階級の誰かに対して助けを望んではならないのだった。貴族にとっては、庶民を救うことは恥ずべき、品位を落とすことと考えられていた。この貴族は、ローマの劇場であの詩人テレンティウス[50]の言葉「私は人間である。私は人間のいかなることも無関係だとは思わない」（Homo sum, nihil humani a me alienum *puto.*）が鳴り響いたときに、詩人へ喝采を送った者たちとは随分人種が異なる。手槍、長槍、手袋、帽子といったものを落とした場合を除いて、馬上から降りることはなかった。もし馬から降りた場合は、牛を殺して落とした物を拾ってからでなければ、馬に再び乗ることはできなかったのだ。

　闘牛を採り入れはしたが、スペインの巧みなやり方を採り入れなかったローマでは、牛の殺し方が無秩序な状態であったことにより、多くの不幸が起こる原因となった。とりわけ一三三二年には、興奮する牛によって十九人のローマの騎士と多くの庶民が命を落とし、かなりの怪我人も出たのだった。その年は、ヨハネ二十二世教皇の在職期間中であったが、イタリアでは闘牛が禁止され、スペインだけで闘牛が存続し、完成の道へと急速に歩みを進めていく運びとなった。十五世紀のカスティーリャ王フアン二世[*51]の統治に至っては、一四一八年十月二十日、マリア・デ・アラゴン[*52]との結婚のお祝いに、スペイン中央部のメディナ・デル・カンポ[*53]で大規模かつ数多くの闘牛祭りが行なわれたのだった。

　ほどなくしてこの目的のためにいくつかの広場が建設され、刺又や槍の一突きで牛を殺すようになった。この任務は、モーロ人の奴隷や、後には黒人、混血に課せられるようになった。

　フロリアン[*54]は『コルドバのゴンサロ』[*55]の中で闘牛祭りについて言及しているが、カトリック女王がグラナダを目の前にして軍営を張る部隊に対し、闘牛の催しを行ったという物語詩《ロマンセ》に描かれたエピソードから、当時これらの催しが一般に普及していたことを証明していると推察した。歴史上の真実は、この同じ女王が闘牛を廃止しようとしたが、それを達成することは不可能だと見なしていたとされる。アラゴンから贖罪司祭に対して書かれた手紙の中でそう断言されており、カスティーリャの宮廷内の仕事を主題とするゴンサロ・デ・オビエド[*56]（スペインの植民地行政官、歴史家。カルタヘナ総督、植民地行政官）の著作の中にも掲載されている。

マドリッドでは、まだ王家の宮廷はできていなかったが、すでに闘牛場が建設されようとしており、一つ目がメディナセリ家[*57]の前に設置された。その後、アントン・マルティン広場[*58]へと移され、またソト・ルソン[*59]にはもう一つ別の広場があり、最後にはアルカラ門[*60]の外に現在に至るまで存在しているものがある。外壁を朱で塗られ、スペイン国と建築界の誉れとなる建物で、あたかもローマの円形劇場と競うがごとくにある。階段席はかんなのかかっていない木材でできており、幾年、幾世紀と保たれるほど頑強ではない。この仕上げられていない木材を見ると、木の幹や丸太のように天然そのもので、そのうち大地に根を張るのではないかと思われるほどだ。ありえないほどの手抜きでできていて、いつの日かの月曜日、熱狂する観衆は闘牛場の下敷きになって埋葬されることだろう。まさに人間の為す業の脆さが具現化されたイメージである。

歴史を辿れば、カルロス一世が闘牛を非常に愛好しており、素晴らしい巧みさで牛を突き刺し、槍で打ち止めたことが知られている。また息子のフェリペ二世の誕生を祝って、バリャドリッド広場で長い槍の一突きで牛を殺したことが、同時代の人々によって伝えられている。

グレゴリオ・デ・タピア・イ・サルセド[*61]（十七世紀サンティアゴ騎士団の騎士。馬術の専門書を記す）によれば、十六世紀ポルトガル王のセバスティアン一世[*62]、ペルーの征服者ピサロ[*63]、スペイン貴族ディエゴ・ラミレス・デ・アロ[*64]などの面々も、同じく闘牛の腕前で劣ることはなかった。そして後世の時代には、セア[*65]、ベラダ[*66]、マケダ公爵[*67]、カンティリャナ[*68]、オセタ[*69]、サラテ[*70]、サスタゴ[*71]、リアニョ[*72]、ビリャメディアナ伯爵[*73]、グレゴリオ・ガリョ[*74]、サンティアゴ騎士団[*75]の騎士といった、闘牛の腕前によって際立ち、大いなる名声を得た人物が多々いたものだ。サンティアゴ騎士団の騎士は、当時はグレゴリアナ（七世紀ローマ教皇聖大グレゴリウス一世からとられた名称）と呼ばれ、今日のピカドール（牛の肩に刺す銛打ち役のバンデリリェロや、牛に最後のとどめを刺す闘牛の主役マタドールの前に出場して、馬上から牛の肩を槍で突き刺す役）たちからはモナと呼ばれている足を守るための脛あてを発明するに至っている。また、フェリペ五世[76]の統治していた頃までは、傑出していたプエヨ[77]、スアソ[78]、モンデハル侯爵[79]や他の多くが闘牛で短い槍を巧みに使っており、闘牛の技術について書かれた様々な著書のなかで彼らの名前は挙げられている。

カルロス一世の子息フェリペ二世は、父親の勇敢さを受け継がず、また闘牛による祝祭の愛好も受け継がなかった。ゆえに彼が王室文書によって闘牛を禁じた初めての王となった。この君主の統治していた一五六五年、王領における悪弊への対策を講じるため、王の影響下、トレドで宗教会議が招集された。シグエンサ、セゴビア、バレンシア、クエンカ、オスマの司教たちとアルカラの修道院長ほか、傑出した人物たちが集まった。会議は、他の六人の参加者の中で最も古参で、コルドバ司教として非常に高名なクリストバル・ロハス・デ・サンドバル[80]を中心として執り行なわれた。この宗教会議では、闘牛の催しは神にとって非常に不快なものであり、もしキリスト教徒の誰かが牛をあしらい、戦いの誓いを立てていたとしても、それを果たす義務はないとされた。破門という罰の下、闘いの誓いを禁止し、祝祭の日にこのような見せ物を行なわないよう命じられた。命にもかかわらず、この見世物は世で変わらず頻繁に祝われていたため、ローマ皇帝テオドシウス[81]やレオ一世[82]、アンテミウス[83]に依拠する非常に尊重されていた法律によっても、祝日に闘牛を行なうことが禁じられた。かくて、平日に闘牛が行なわれるようになり、マドリッドでは月曜日がその日に当たったのだ。さらに教会関係者のいかなる者も、自らの身分を弁えずに闘牛に参加したならば、通常の判例に応じて罰せられた。さらに、一六八二年に、トレドの司教区会議において、聖サビーナ[84]の称号を冠する聖教会の枢機卿マヌエル・ポルトカレロ大司教猊下[85]によって、同典範が同処罰とともに改定された。

ローマ教皇、聖ピオ五世[86]は、一五六七年十一月一日に交付されたデ・サルテ・グレギス勅書[87]の中で、闘牛を法的にも禁止し、事実上、掟が破られたら破門と異端排斥の刑罰を受けることになった。闘牛を許可できるのはどの場合も、王の判断にのみ帰された。参加していいかどうかは教会の許可制とし、闘牛で死んだ闘牛士を聖域に埋葬するのは禁じられた。

しかしその後、同じフェリペ二世統治下の一五八〇年にかけてと、フェリペ三世[*88]統治下の一六〇〇年にかけて、ローマ教皇グレゴリウス十三世[*89]ならびにクレメンス八世[*90]に対し、闘牛を行なっていたスペイン人たちは非常に技術に長けていて、大きな危険はむしろ牛のほうにあったと説得するに至り、破門を撤廃することにした。とはいえ修道会に属する通常の教会関係者と、共通の教会法に定められた権利をもつ世俗の聖職者たちに対してだけは、破門が効力を持ち続け、闘牛に参加し規則を犯した際にはその罰を受けることになった。

宗教会議で定められたこれらの祝祭を禁じるための、数え切れない法令と教会法が存在し、それらの中には、闘牛の技について極悪業とまで呼び、その稼業を売春業に匹敵するものとして定めているものもある。

フェリペ三世もまた闘牛を好んでいたが、一六一九年にマドリッドの広場を再建し、完成させたことはよく知られている。

後継者のフェリペ四世[*91]は、牛を槍で突き、殺しただけでなく、闘牛の刺殺用の剣《エストケ》や短い槍、又の分かれた農具などを使って、四百頭以上のイノシシの命を奪ったと言われている。

カルロス二世[*92]の時代にも、この熱狂は貴族たちの間で続いていた。しかしカルロス二世王位末期と、一七〇〇年の死以降の長きにわたる期間にはフェリペ五世が統治するようになり、王位継承戦争[*93]（ハプスブルク家カルロス二世の死去により断絶したスペイン王位をフェリペ五世が王位継承。オーストリア、イギリス、オランダがこれに抗し、一七〇一―一四年まで続いた）を始めてしまった。突如として深刻な対立や支配がもたらされ、この君主の下では闘牛への愛好はほとんど見られなくなった。まさにこのとき、再び王室文書によって闘牛が禁じられ、完全に貴族たちから関心が逸れてしまった。その愛好は煽り立てられたのと同じくらいの勢いで、ぴたりとやんでしまったのだ。この君主の嗜好による影響は、ほとんど全土に渡ってスペイン国民に及んでいたのだった。いみじくもフリードリヒ大王[*94]が詩的に書いたあの言葉のように――。「アウグスト[*95]（十七―十八世紀ポーランド・リトアニア共和国の国王、ザクセン選帝侯、強力王と呼ばれる伝説的な王）が飲んでいたとき、ポーランドは酔っていた」。

人間というものは奇妙なことに、ある極端な狂気からもう一つの狂気へと移りかわる。動物の角に突き殺されて死ぬという高い誉れに嫉妬した貴族は、取るに足りない前哨的な役割だとしてもいかなる庶民にも腕を競うことを許す者はいなかったが、突然、牛と戦うことを軽蔑し、それほどまでに危険な娯楽を続ける者のことを極悪人とまで呼ぶようになった。名をあげたプロの闘牛士たちが、命を賭して豊かになる可能性を手に入れたのは、まさにそのときからである。しかし実情は、彼らは取るに足りないお金で公の娯楽のために雇われたのであり、その待遇はさして良くはなかった。

フェリペ五世の後継者フェルナンド六世[*96]とカルロス三世[*97]は、あのフェリペ二世に倣って、慈悲の宗教的行為として行なわれるのでない限り闘牛を禁じた。この考えに基づいて、カルロス四世[*98]ならびに現在の我々の君主――神のご加護がありますように！――は、年に二回、ある時期には特定の闘牛が行なわれることを認めたが、身寄りのない隷属者たちを救済する目的で行なわれた。結果、災難はたった一つの病院に集約するほど縮小した。

しかし、もはや闘牛は原始的な高貴性を失ってしまっている。以前はスペイン的勇気の証明として行なわれたものだが、いまや野蛮性と残忍性だけとなってしまった。これらの祝祭では残酷に動物を苦しめるための豊富な手段が生まれ、常識的な観客をも苦しめた。いまでは犬を使うようになったが、何の罪もないのに命を落としていく。ただ単に犬より牛が強いという理由で、残忍な飼い主が戦うよう仕向けたというだけの理由で死ぬのである。さらに馬についても同様である。命を落とす罪などなく、ただ騎手に忠実な動物であるために、牛の角で腹を突かれて飛び出た腸を足に絡ませ、苦しみながら死んでいく。犬や馬の他に、シンプルな飾り付きの銛と火の使用も例として挙げられる。その上、観衆は昼食の食べ残しを闘技場の砂のフィールドに投げ捨てていく。闘牛は文明化した民衆の、何と罪のない、楽しい娯楽だと言えようか。

かくて月曜日を迎える。マドリッドの住民たちは週の七日間を過ごすのではなく、たった一日のために生きているようだ。その日には騒然としながら、馬車や馬に、または幌付きの馬車、二人乗りの四輪馬車に乗って、闘牛場の扉の前まで急いで駆けつけなければならない。円形競技場へ到着するにはあまりに時間が足りない。何と素晴らしいことか、ここでは鞭うたれる動物が見られるのだ。この動物は人間に扮した何十人もの徒歩、もしくは馬に乗った「猛獣」（人間のこと）たちと戦うのであって、これらの「猛獣」たちは内臓を、観衆の顔へと向かって風に舞わせる、という名誉のために戦うのだ。観衆は金で雇われた英雄主義の価値がよく分かる人たちだ。ここでは、内臓を失うことを誇りとし、娯楽と言えば視線を血の海に泳がせることで、闘牛での破壊行為を見ては、笑い、賛嘆の声を上げる。

針がちくっとその繊細な指を突いて血が噴き出ただけで昨日は驚いていた純朴な乙女までもが、熱心に円形競技場へ出かける手だてを見つけようと必死である。口論をするやかましい声を聴くだけで眩暈を起こし、取るに足りないちっぽけな、彼女と同じくらい臆病な鼠が走り去るだけで、また、彼女に危害を加えようなどと露ほども思わず、巣にいるだけの罪のない蜘蛛を見て青ざめるような乙女までもが、である。もしくは、愛情にあふれた、あらゆることを繊細な眼差しで見つめる主婦も同様である。闘牛場では極めて攻撃的で、永遠に黙殺するほかない言葉を聞いてもうろたえないばかりか、その言葉を放つ男たちと同じくらい恥ずかし気もなく聞いている。崇高な四足動物の臓物が引っ張りだされて、踏みつけられ引き裂かれるのを見ても気を失うこともない。むしろ十何頭もの馬が動物の内側にある驚嘆すべき構造を彼女たちの目に晒さなかったなら、もしくは無鉄砲な誰かが闘牛場にまき散らした血をもって、理性と人間性への攻撃に対する復讐を果たさなかったなら、不満気に競技場を後にするのだ。

職人はと言えば、抑えきれずに闘牛を見に行き、楽しむ輩《やから》だ。おそらくその週に稼ごうと考える大半を代償にして。あとの残りは日曜日の夜に翌週の稼ぎのご褒美として、常連になっているワイン売り場に前もって支払われる。羊の乳のデザートと非常に忍耐強い神のラバピエ《洗足》地区（マドリッドのユダヤ人街。丘陵の迷路のような作りの街並でシナゴーグの遺跡があった。労働者階級の多くが住む長屋があった）で、宗教上の慣習に従って祝われたキリスト受難の山車の踊りとともに過ごした午後以降、ちょっとは考えることのできた頭はすでに完全に失われている。これらの慎ましやかなスペイン人たちは、幸せに日曜日と月曜日が過ごせれば満足なのだ。その他の日には節約し、家に小麦粉がなくとも、現場で働こうとも、奥さんが時間をかけて作った骨付きリブロースの料理で我慢する。浪費して雀の涙となった財布を償わんとして、である。こういった類の息抜きがなければ生きていけない人がいるのは、スペインの愛情深い夫が示すことのできる最もわかりやすい愛の証《あかし》だと考えているからだ。しかし、すべては肉体を伴った物理的習慣の問題と言える。

ある風変わりな種の階層は、これらの催しには足を運ばない。感傷的な彼らはレーテー川（ギリシャ神話に登場する黄泉の国にいくつかある川の一つ。川の水を飲んだ者は、完璧な忘却を体験）の水でもよかっただろうが、バスクのビダソア川*99の水の中で過ごし、あらゆるスペイン的なものを放棄するのだ。二ヶ月ほどして戻ってきたら、古き良きスペインの煮込み料理に吐き気を覚え、自分たちが生活していた通りがわからなくなっては探し回り、自分の父親の名前が何だったかも思い出せない輩だ。こういった外国かぶれな人たちは、闘牛の場外にいる。彼らには伝統的なタラサ*100（スペイン・カタルーニャ州バルセロナ県にある町。古くからタラサの布は名産）の布でお金をかけて、衣服を仕立てるように強いてはいけない。毎日、決闘の慣習に従って、どちらかが血を流すまで闘うのを許してあげることだ。尊大な態度で人びととぶつかって躓き、人びとを踏みつけ、一つ眼鏡の位置を直すようジェスチャーで示し、鞭で叩き、プラド、劇場、あらゆる場所で人びとを侮辱したり、笑わせたりするのも許してあげてほしい。楽譜の一楽章もわからずしてオペラについて議論し、フランス語、イタリア語、スペイン語の混ざったわけのわからない言葉で話すのも。この人種にとっては闘牛は退屈で、いま一度繰り返すが「野蛮な見世物」なのだ。

これらの祝祭では、たいそう優美な言葉が使われるのだから、言語学者にとって何の成果も得られないということがあろうか？　何と不思議な言葉だろうか、どこにも書かれたことのない、新しい言語を形成しているが、マラビージャス（マドリッドの古い劇場がある場所）、ビスティージャス（マドリッド旧市街）、ラバピエス、バルキージョ（チュエカ地区にあるバルキージョ通り。ここは昔からマドリッドの文化や芸術を育んできた老舗通）地区でしか知られていない言葉だ！　その言語は、非常に数は少ないが、表現力に富んでいて、エネルギーに満ち溢れた言葉でできている。巧みに使えば、語の調子によって膨大な意味と異なるニュアンスをもたらす。おぉ、なんと口数が少なく、並外れた浸透力をもった国民であることか！　たった一言で、あなたにとっての称賛、怒り、嫌悪、嫉妬、欺瞞、享楽、新奇さ、復讐といったことを表わすことができるのだ。あなたが愛する人に向かえば口説き言葉になるし、敵に向かえば侮辱の言葉にもなるといった具合だ。したがって、この地上には、隣人たちにわかってもらおうと言葉を重ねて全生涯を費やし、自分の言語を理解できないまま年をとって死んでいく国民が存在するものだ。中国人よ、闘牛に行くといい。スペイン人の慧眼に満ちた、言葉少なくして多くを語る姿を学ぶことだろう。さあ、皆さん、祝祭《フィエスタ》に来てみるといい。かのホベリャーノスが言うとおりだ。

未熟な若僧《マホ》（十八世紀終わりから十九世紀初めにかけて、マドリッドの下町で伊達な恰好をしてボヘミアン的な暮らしを送っていた人々）は横柄な態度を見せつける。マラビージャス地区の汚らしい住民は、自分自身よりもみすぼらしい言葉を好むものだ。同情を誘う下町娘は、無作法で華美な衣装を身に着ける。やむことのない怒鳴り声は、正気な頭をくらくらさせる。扉は開け放たれ、人波に押され、暑さに、埃に、座席に、すべてが窒息するほどの不快さで、汚れた空気の風に乗って、煙草やワイン、小便の芳しい香りが漂ってくる。

この記事を結論づけるにあたって、次に続く詩作をもって終えることにしたい。闘牛に関係するものだが、熱狂的な人たちを不快にすることはないだろう。

かの高名なペドロ・ロメロ*101に捧ぐ（ニコラス・フェルナンデス・デ・モラティンによるスペイン・ロンダ出身の伝説的なマタドール、ペドロ・ロメロに捧げた長詩であるが、本記事で詩自体は引用されておらず、タイトルのみ掲載）

見習い闘牛士
（ドン・ペドロ・カルデロン・デ・ラ・バルカのお話）

ある日、見習い闘牛士が
飛び入りデビューを果たそうと
いざ、槍の一突きを喰らわすために入場した
なんと、ずぶの素人の友達が加勢するらしい
見習い闘牛士は颯爽とマントを肩にかけ

帽子をくれ、と武者ぶるい
馬に乗り、手には槍、向かうところ敵なしだ
牛の囲い場から二十歩足らずまで近づいた
やにわに牛は飛び出す
顔を合わせるや、牛は馬に向かって突進する
尻と尻を突き合わせるがごとく
二頭は背を向け合い、唸り合い、
たがいの体と尻に手痛い打撃をぶちかました
あぁ、騎士は牛に向かって真っ逆さま
助太刀の友達は牛を切りつけてやろうと
剣を抜くやいなや、見習い闘牛士を切りつけた
どうにか騎士の体面を保って立ち上がり
見習い闘牛士は大声で観衆にこう叫んだ
この郷士殿は一体どちらの後ろ盾なのでしょう?
私か、はたまた牛か?
誰も答えることはできなかった……

『日刊 風刺家ドゥエンデ』
一八二八年五月三十一日
(Corridas de toros)

《闘牛——タウロマキア 11 番：
もう一頭の牛を槍で突く勝利者エル・シッド》
ゴヤ作，1814–1816 年，プラド美術館蔵

訳者コラム

二人の若きウェルテル

ウナムーノが、ラーラについて書いた新聞記事（「ラーラを再読しながら」二五四頁）がある。一見、ウナムーノはラーラを辛辣に批判し、否定しているのでは、と読めてしまうほどの内容である。しかし私はこの記事から、ウナムーノの強烈なほどのラーラに対する意識を感じ取り、異なる立場と表現方法から国を憂えた二人の若きウェルテルを見た。ラーラは啓蒙思想に大いに影響され、政治の世界に足を踏み入れようと試みた、風刺作家、新聞記者である。一方、ウナムーノは、一度は捨てた信仰の十字架を再び背負い、政治に対して闘いを挑む詩人、哲学者であり、スペイン最古のサラマンカ大学の総長としてアカデミズムの世界にも生きた人物だ。初恋相手と添い遂げた良き夫、良き父ウナムーノに対し、不倫の恋に破れ、政治・社会的不遇も相まってピストル自殺に終わったラーラ。二人の社会的、人間的条件は似ても似つかない。そもそもウナムーノの生真面目な性格から推察するに、ラーラの風刺とユーモアの裏に隠された真意をいかほど汲み取ろうとしたかは疑わしい。

しかし、国を憂い、再生を図った思想の系譜として、ラーラが孤独――近代人が抱えた絶望的孤独――のうちに提起していたスペイン国家確立の問題は、ウナムーノをはじめとする九八年世代に確かに受け継がれている。その後、ウナムーノとは異なるアプローチ――スペインのヨーロッパ化、理性的生を重視——ではあるが、国家・国民の思想・メンタリティなどを根底から改革することを唱えた点でラーラと思想的に共通し、国家再生を図ったオルテガなど、現代の思想家たちにまでつながっていった。とはいえウナムーノは分類、学派といった体系化、区別を忌み嫌い、いみじくも「意見が存在するのではなく、意見を持つ人間が存在する」と述べた通り、あくまで「ウナムーノ」たらんとして生きた。ドン・キホーテのごとく「人間として戦う」道を選んだのだ。ゆえに自らを九八年世代とも、またラーラがその先駆者だとも考えなかった。ラーラが自らをロマン主義だとは思いもせず、その芸術・文学の思潮を特別視するどころか、むしろ否定的だったことと差はあるまい。興味深いことに、ラーラの書いた「ロマン主義劇」『マシーアス』（二六〇頁）の序文は、ウナムーノによって書かれたと言われてもうなずけるほど、流派や分類を同じく嫌悪している。系譜はさておき、あくまでヨーロッパ先進諸国を模倣するのではなく、スペイン独自の路線——既存の枠組みや借り物の主義・主張ではない——を見いだそうとしていた点で、確かにウナムーノはラーラと意を同じくしているのだ（七三頁）。

さらに二人の相違と共通点を見ると、信仰の問題は、一生ウナムーノに付きまとって離れなかったが、ラーラは宗教については、ある程度「解決済みの問題」（四二頁）として、取沙汰することはなかった。ラーラが生きたのは、啓蒙思想の影響から宗教の非合理的側面や教条主義は否定さるべきもの、と考えられ始めた時代である。時代下って、ウナムーノはコントに代表される実証主義、ダーウィンやスペンサーの唱えた進化思想に陥り、科学万能思想、主知主義にも苛まれたが、いまいちど信仰の問題に立ち返り、生涯にわたる思索の根幹に据えた。葛藤を経たウナムーノにとって、信仰上、自殺は容易に許容できるわけがない。ウナムーノは、理想主義の帰結ともなる友アンヘル・ガニベットの自殺も受けとめようとはしたが、その彼を死へと至らしめた童貞主義的なドン・キホーテ論は、結局のところ認められなかった。「ウナムーノの言うドン・キホーテは、むしろ世にとどまって闘い続けなければならない、あえて嘲笑に身を晒して生き続けなければならなかったのである」(佐々木孝)。

しかし、ウナムーノの小説『殉教者 聖マヌエル・ブエノ』で密やかに告白されているように、ウナムーノに自ら命を絶つ願望がなかったとは言い難い。むしろ、強固に否定しない限り、いつでも湧き上がる思いだったのではなかろうか。一度は進化論、実証主義の洗礼を浴び、再び情熱の哲学を取り戻したが、虚無という絶望の湖底はいつでも眼前に広がっている。加えてロマン主義的な「ウェルテル式の死」に対する憧れをウナムーノは時代的にも引きずっていただろう。かくて生き残る以上は、自ら死す選択肢は断固、否定せざるを得ない。あの『葉隠』の山本常朝が平和の時代に、畳の上で死なねばならない自己に抱いた複雑な感情が、ウナムーノのそれと重なって見えもする。佐々木孝はいみじくも「ウナムーノは十九世紀の人間であり、不健全なロマン主義の犠牲者だと評される」と述べているが、そうある自分をそうでない自分へと創り上げる必要に駆られるのは、自然なことではなかろうか。

また、古くはフェリペ二世からして特徴的なのは、スペイン人は他人の才能を評価する習慣があまりない、と言われている点だ。有能すぎる部下は嫉妬の対象になりかねない。フェリペ二世が無能な指揮官を敢えて無敵艦隊の長としたことは知られた歴史であり、その後の没落の暗き要因となったことは否めない。十七世紀のゴンマドール伯爵は「スペイン人たちは、自分の隣人を賞賛したり彼の功績を認めることはあたかも自分の不利益になるかのように考えて、たがいに対して競争心や羨望を抱いている」と鋭い観察評を呈している。この「スペインの悪」(グラシアン)*102 がもしかしたらウナムーノにも多少あったのかもしれない。オルテガもウナムーノと根底ではスペイン再生を目指していた点で共通し、二人の交流を垣間見ることのできる多くの往復書簡が残されているが、終生にわたってウナムーノの神秘主義、反理性、反ヨーロッパ、反学問的な態度に対し、直接、間接に反論し続けた。

ここにいかなる人生の違いと互いに対する意識があろうとも、また思想、知の系譜を本人たちがいかに否もうとも、スペイン国を憂えたドン・キホーテの息子たちが、それぞれに課された十字架を背負っていたことに変わりはない。ラーラは決して十字架とは言わないかもしれないが——。

ラーラを再読しながら*103

九八年世代——何と神秘的な九八!——と呼ばれる我々をラーラの養子にしようと、誰かが思いついたというわけで、ほとんど忘れかけていたラーラを再読することにした。あの二十七歳で自殺した「可哀相なお喋りさん」をいままであまり掘り下げたことはなかった。自ら命を絶ったことと、彼の墓を前にしてソリーリャが捧げた詩によって、ラーラは世によく知られることになる。我々が彼に持っている悲劇的なイメージは自殺がもたらしたのであって、それがなければ、単なる風刺作家のイメージしかなかっただろう。「フィガロ」は「世界はすべてカーニバル」（ラーラの書いた記事のタイトル）という表面的な脱線話を「形而上学的探求」と、またあるときは「哲学」と呼んだが、文学と言ってもそれは純文学でなく、生活を営むための職業作家の域を超えることはなかった。

「読まれること——これが我々の目的である。／真実を述べること——これが我々の媒体である」。マリアーノ・ホセ・デ・ラーラによるこの宣言は、職業作家から直接生まれる言葉だが、物書きならラーラのようにこう自分自身に尋ねるものだ。「読むべき良い本がないから人びとは読まないのか？　それとも良き読者がいないから、誰も本を書かないのか？」職業作家の常に気にすることだ！　仕事を他にもしていて物書きだけで喰べているわけではない場合でも、内面の必要に、敢えて言うならば、使命に駆られてそうすることに従っている人は、ラーラと逆のことを述べるだろう。「真実を述べること——これが我々の目的である。／読まれること——これが我々の媒体である」と。読まれるために真実を述べるのではなく、真実を述べるために読まれる道を探すのである。真実を述べることで読者の気に入らないことになり、多くの、もしくはすべての読者を失ったとしても、真実に対して口を噤《つぐ》んだり、誤魔化したりはしない。むしろ粘り強く真実を述べ続けるだろう。聞き手のいないような沙漠の中でも説教をすることだろう。少なくとも石がその声を聴いている。もしくはたった一人の読者に向けて書くだろう。最後は自分自身に向けてでも真実を書くことだろう。

　ラーラは別の記事でこう書いている。「拍手をしてくれる公衆のために書いていると認めよう。さらに恥を晒せば私には読者がほとんどいないので、自分のために書いているようなものだ」と。なぜそれがいけないというのか？　いや、もちろん自分自身のため、読者のため、たった一人の読者のため、お決まりの一人の読者のためでよいのだ。もしくは読者のうちのそれぞれの人に向けてであれば、それは公衆に向けて書くのとは異なる。いや、まったく違うものだ。ラーラの随筆や記事、または私の記事を読むような人たちは、もちろん！　一人ひとりが互いに離れて孤立している読者である。彼らが読むことは、公衆が読むこととは違う。著者は彼らのうちのそれぞれを摑まえて二人きりとなって、集団に対しては言えないことを言うことができる、いや、そう言うべきなのだ。我々の媒介としてではなく、我々の目的、終着点として真実を述べたいなら、たった二人きりで我々は告げるべきなのだ。

我々の敵だと推測される人たちが付け入って、悪くすると論争する目的で我々の告白を誇張し、歪曲するのを避けるために、真実を述べるべきではないとさえ人びとは言う。だから何だというのだろうか？

「餌を与える必要はない……云々」。何が必要ないのか！　むしろ必要はある！　その後は、悲観主義に敗北主義だ。こうした態度は、読まれることが目的であって真実は手段に過ぎないと考える作家たちには許される。なぜならこれらの作家が目的を果たせない、もしくは体面が傷つくときには新たな方法として真実を述べないようにしたり、誤魔化したりするだろうから。つまり、これはラーラのような職業作家には許される方法なのだ。たとえそれが自殺に終わったとしても。（文学が単なる表現手段の媒介として使われることになっても）しかし、文学よりも崇高な何ものかが確かにあるのだ。

スペインの悲劇が、スペインを憂える痛みが、ラーラを自殺に追いやったのではない。我が友ガニベットの自殺も同様に。その悲劇にもっと苦しんだのは、もろもろ個人的な悩みもあったとはいえ、コスタ[*104]（ホアキン・コスタは九八年世代先駆けのスペイン再生主義、旧体制に反対、社会・経済問題を生活、教育レベルから改革しようとした）であった。

「使命ある詩人として　この地で生きるとは　呪われし一本の樹のごときもの　恵みの果実はすずなりに」と、ラーラが埋葬されたばかりの墓の傍で、ホセ・ソリーリャは述べた。彼は確かに詩人であった。ドン・ファン・テノーリオ（ソリーリャの戯曲の主人公の名前）の詩人であり、職業作家としてではなく詩人としての使命を感じ、彼には自殺が思いつかなかったので長年生き続けた。彼はその詩歌の魔力でスペインを魅了し、伝説によってスペインを香《かぐわ》しいものとした。こうして放浪の吟遊詩人は、可哀相なお喋りさんよりも、もっと深い政治を為した。

事態を収拾させることとしよう。特に九八年世代と呼ばれる我々は、我々の知的反乱が「世界はすべてカーニバル」の「形而上学的探求」と関係があると認めてはならない。アスモデウス――悪魔――はセヒスムンド（カルデロン・デ・ラ・バルカの『人生は夢』の主人公）ではない。異なる次元の話だ。いや、アスモデウスも、ラーラが「世界はすべてカーニバル」に利用した跛の悪魔（ベレス・デ・ゲバラの風刺小説『跛の悪魔』、アスモデウスという悪魔が登場する）も、『人生は夢』のセヒスムンドではない。ラーラの風刺批判も九八年世代と呼ばれる者たちの思想に大きな影響を与えてはいない。物事を混同せず、正しく見なければならない。

――ミゲール・デ・ウナムーノ

一九三一年十二月五日、『エル・ノルテ・デ・カスティーリャ』紙掲載

第三章　ロマン主義のあらわれ

戯曲『マシーアス』

『マシーアス』——四幕構成の韻文歴史劇——
MACÍAS —DRAMA HISTÓRICO EN CUATRO ACTOS Y EN VERSO— Mariano José de Larra

二つの言葉

ここに一つの劇作品がある。その名前は付け難い。古典喜劇だろうか？ いや、十九世紀に生まれた代《しろ》物《もの》だから、そうではないのは確実だ。確実にそうではないのだから、ロペ・デ・ベガの韻文表現や崇高さを、いや、カルデロンの優雅さや騎士的態度、モレト[*1]の喜劇を生み出した霊感、ティルソ[*2]の洒落っ気、アラルコン[*3]の純粋さといったものを、熱望するとしたら間違っている。かつての古典劇の規則に従った近代喜劇なのだろうか？ とんでもない。これは風俗喜劇[*4]でもなければ、性格喜劇[*5]でもない。プラウトゥス[*6]やテレンティウスの足跡を辿るなど想像すらしたことがない。ましてやモリエールやモラティンを真似するなど厚顔無恥もいいところだ。では、造詣が深くとも過度に手厳しい批評家たちの理解する類《たぐい》の悲劇だろうか？ アイスキュロス[*7]のようにきっぱりとした簡素《シンプル》さがあるわけでもないし、ソフォクレス[*8]のように控えめな崇高さをもつわけでもない。それに劇全体が英雄詩の韻文で書かれているということもない。高く調子づいた様式でもないし、舞台のすべてがギリシャ時代の悲劇役者の履いていた厚底の靴の高さに見合うものとして評価されることもない。女神メルポメネー[*9]お気に入りの登場人物が出てくるわけでもない。大々的な見世物としての混合劇に、つまり過ぎ去った世紀末文学の中に生まれた、庶民向けのジャンルの劇に属しているのだろうか？　この劇中には、脆い土台の上に立ちあがる大げさな効果もないし、堂々とした饒舌な口上もなければ、嵐（シェークスピアの戯曲『嵐』Tempest を隠喩）やおどろおどろしい犯罪が起こることもない。少なく見積もって、例えばヴィクトル・ユゴーやデュマの大々的で赤裸々な流派から来る、弱々しい輝きの欠片《かけら》とは言えまいか？　もしくはロマン主義劇ではなかろうか？　『アントニー』『ルクレツィア・ボルジア』[*10]『エンリケ三世』[*11]『トリブレ』[*12]と、我が貧弱な作品を比べるなどとは、批評家たちは一体いかなる視点から検証しようというのだろう？

それでは、マシーアスとは一体何者か？　著者は何を為そうと目論《もくろ》んだのか？　マシーアスとは愛するだけの男だ。ただそれだけだ。彼の名と悲劇的な人生は歴史家に属する。その情熱は詩人に属する。できる限りの想像を駆使してマシーアスを描くこと、もしくはかくあるべきマシーアスを描くこと、彼の狂熱による錯乱から生まれた感情を展開させること、そして人間を描くということが、私の劇作の目的である。ある流派の徴《しるし》を見出そうとする人や、分類のための名前を作り出そうとする人は間違うことでしょう。何のための名前だというのか？　マシーアスの中に興味深いシーンや、純心から生まれ出づる感情、ほどほどに表現された愛、幸せな役回りなどといったものを望む人たちのご期待に沿えますように！

登場人物

エンリケ・デ・ビリェーナ卿　カラトラバ騎士団長
マシーアス　エンリケ卿付の従者
エルビラ　平民ヌニョの娘
フェルナン・ペレス・デ・バディーリョ　郷士、エンリケ卿付の盾持ち
ヌニョ・エルナンデス　エルビラの父
ベアトリス　エルビラ付の若い女中
ルイ・ペロ　エンリケ卿の側近
フォルトゥン　マシーアスの盾持ち
アルバル　フェレナン・ペレスの使用人
エンリケ卿の小姓一人
台詞のない小姓二人
武装した兵士たち

時代は一四〇六年の一月初旬のある日。舞台はアンドゥハル[*13]にある、エンリケ・デ・ビリェーナ卿の館。

第一幕

エルビラの部屋。舞台袖と正面奥の舞台に扉。時代装飾。

第一場面

フェルナン・ペレス、ヌニョ・エルナンデス

（幕が開くとヌニョ・エルナンデスが登場、舞台奥の扉を開けながら、フェルナン・ペレスを舞台へと誘う）

ヌニョ　さぁ私と一緒にお越し頂けますでしょうか、郷士殿。
この部屋に入って、内密にお話しするのをお許しくだされ。
何か御入用なものはありませぬか？
さぁ、（椅子を差し出す）どうぞお掛けください。

フェルナン　ご好意を謹んでお受けする。（椅子に座る）

ヌニョ　私の部屋では、心置きなくお話しください。
娘はいつもの日課で、朝から聖堂へ出かけております。
誰かが来て邪魔することもありませぬ。（椅子に掛ける）

フェルナン　喜んで。さて、ヌニョ・エルナンデス殿よ、
エルビラとの結婚をお許し頂けるとの約束で、
今日でちょうど期限の一年が過ぎたところだ……。

ヌニョ　それは存じております。

フェルナン　それで、宜しいか？

ヌニョ　続けてくだされ。

フェルナン　ここに来たのも、貴方に対する親愛の情もあり、
お約束のことを思い起こして頂けるように、との想いからである。
御令嬢は、いまここにはいないマシーアスを愛しておられる、と貴方は仰った。
ここ数日、アンドゥハルでマシーアスが戻ってくるのを
御令嬢が待っていたことは、貴方がご存じのように私も知るところだ。
幸運にもマシーアスが一年以内に戻らなかったら、
御令嬢が抵抗したとしても、私に結婚をお許しくださると貴方は約束した。
さぁ、いまやマシーアスは戻ってこなかった。
また、今後も戻って来はしないのも明らかなこと。
まさにいま、御令嬢が私と結婚すれば、貴方にとって名誉ではあるまいか？
それについては何の疑いもなかろう。貴方は一介の使用人ではないか。
エンリケ卿にお仕えする身で、かほどまで近しくお傍で働けるのも、
私の世話があってのことであろう。

私はエンリケ卿の寵臣で友人だが、これほどの地位はないと言っていい。
ヌニョ殿よ、私に相談なくして卿はいかなる契約にも署名しないのだ。
それに私は騎士であり、高貴な郷士であるにもかかわらず、
貴族の身分を犠牲にして、卿の従者となることを認めたのだ。
貴方とその周りの者は皆、平民ではあるが、
この結婚によって郷士や貴族の何らかの爵位が付いてくる。
もし貴方が私より豊かだというなら、御令嬢と私が結婚して得られる名誉に対し
持参金を払うのが当然だろう。その点、私は非常に重く捉えている。
平民の身分であるばかりか貧しい女性などと結婚したくはないのだ。
権力があり余るこの身は、女に事欠くこともないのだから。
さぁ、貴方にとって御令嬢を私に結婚させるのは好都合か否か、
じっくり考えるといい。忌憚なくはっきりと思うことを、
何か私の果たすべきことがないか意見されたい。
もしなければ、さぁ、お祝いの言葉だ。今日、アンドゥハルは貴方がたのものだ。
結婚の介添人はエンリケ・デ・ビリェーナ卿だ。
「否」というなら、不名誉なことぞ、私はエンリケ卿内々の忠臣なのだ。
加えて卿はカスティーリャ王の叔父[*14]であるぞ。
あまりにはっきりと物申し過ぎているかもしれぬが、
私には権力があるのだから、遠回しになる必要などない。

権力はひとを尊大にさせるものだ。

ヌニョ　郷士殿の仰ることを注意深くお聴きしました。
まさに信じるに値するこれ以上の説教が他にあろうことでしょうか。
なぜご気分を害されたご様子でお話なさるのでしょうか？
お約束したことは果たしますゆえ、
もし貴殿が私を探しに来られたのが目的ならば、
ご満足して頂かなければなりませぬ。
私の持てる限りの親愛の情によって、
貴殿のお心は穏やかになられることでしょう。
まさに今日この日の朝、フェルナン殿よ、貴殿は結婚を許されました。
もしエルビラが、かつてあのマシーアスに対して抱いていた愛情を忘れていないとしたら、
この私めが忘れるようにさせましょう。

フェルナン　一度たりとて、私はあんな若者を娘婿として望んだことはないのです。
何と素晴らしいことか！　ついに貴方は、才ある娘婿を手に入れたのだ！

ヌニョ　私は娘のためにマシーアスより優れた婿を得たいのです。
そのようなご心配で貴殿がお苦しみなさらないように。
つまるところ、私の娘は女なのですから、力ずくなら動かされましょう。
娘が人並みに育っていないはずがありません。ここだけの話ですが、
もしそうでなければ、娘を懲らしめてやりましょう。神に誓って！

フェルナン　あぁ！　この機に結婚で結ばれる、この高貴な私にとって
それすらも大した問題ではない。

私の傍におれば、エルビラは貞淑な妻となることを約束しよう。

ましてやカラトラバ[*15]のその若者だが、ビリェーナ侯爵の騎士団の地に当たる者であり、
同団の城代だとすれば、すでに結婚したかほどなく結婚してしまうだろう。

そうでなくとも、侯爵の命《めい》が取り消されない限り、あちらからは戻っては来られまい。

ヌニョ殿よ、ご心配なきよう。命の取り消しなど、この私が許すはずもない。

それを認める印はこの私自身によって押されなければならないのだから。

ヌニョ　何と幸いなことか！　ならばエルビラを貴殿にお渡ししましょう。
貴殿が戻ってくるまでに、すべてが整うようにいたします。

フェルナン　なるべく早いに越したことはない。
さぁ、いまや同意が得られた。そして我々の間で婚姻の条件は
一致したことだし、貴方を信頼して打ち明けてもいいだろう。
我々はもはや義父と娘婿の間柄なのだから。
貴方さえよければ、前にも少し伝えたあの秘密の計画について話そうではないか。
ビリェーナ卿と呼ばれる、いや正式にお呼びするなら
エンリケ・デ・アラゴン卿に貴方はお仕えしているわけだが、
長らく空きとなっていた、カラトラバ騎士団長に先ほど就任された。
しかし一つ問題がある。ルイス・デ・グスマンという男が、

これに立腹し、争いを始めた。彼は騎士団長の地位を狙っていたのだ。
というのも彼は指揮官を務める身であるし、
その上、前の騎士団長は彼の近しい親戚だったらしい。
また、ルイス卿には大きな後ろ盾があり、トラスタマラ伯爵の庇護の下、
さらなる支援が得られるだろう。私の理解するところによれば、
トレド大司教にベナベンテ司教も彼の後ろにいると囁かれている。
この争いは容易に解決できないことだろう。
ルイス・デ・グスマン卿は、離婚の手続きの最中だとはいえ、
エンリケ卿は妻帯の身でありながら、無理やり本来独身たるべき騎士団長の地位に
就任したと主張し、まさにここで二人の間に争いが生じた。
エンリケ卿は野心家であり、いかなる手段を使ってでも
法廷で自分の権利が得られるよう画策している。その上、妻アルボルノスとは
そりが合わず、この機会をかねてから望んでいたというのが
公の発表によるところである。こうして裏に隠れた原因が推察され、
打ち明けられ、誰にも隠し立てできず、企てが明るみとなった。
また、逆のことも噂されており、全てが嘘ではないかとも言われている。
エンリケ・デ・ビリェーナ卿がカンガスとティネオ[*16]の領地の権利を
放棄したかのように見せかけて、国王まで騙しているのではないか、
法に従ってカラトラバの騎士団の所有となるはずの領地を、

彼らの手に渡らないようにしているのではないか、とまで囁かれている。
もしこれが公に明るみになったら、貴方もお分かりかと思うが、
カラトラバの騎士団長の地位を得ることもできなければ、
いま享受している国王の寵愛と庇護をも失うのだ。
ルイス卿はいまここから二レグアも行かないアルホナの地にいるが、
個人的に王に謁見するためにそこまで行ったそうだ。
誰かが素早く向うへ行き、機を逸した申し立てを解決するような、
名誉ある方法を提案する必要があるのだ。この計略を達成するために、
ビリェーナ卿はルイスに自らの所有権を譲渡する用意ができているが、
決してルイスにとって悪くない話であろう。もし貴方がそれに参画するのであれば、
エンリケ卿と話すことだ。卿から直々に重責を伴う指図を受けられるであろう。
ビリェーナ卿と私にとっていまや、我々の画策する目的のために、
貴方ほど役に立ち、適任と思える人物は他にいない。
この任務をめぐって争いごとが起き、
我々の身を守らなければならない事態になったら、
武力のある私に任せるがいい。
さぁ、貴方にとってもこの任務がふさわしく思われ、
秘密を守ることができるだろうか。

ヌニョ

決して貴殿と私の間で約束を違えることはありません。

フェルナン　よろしい。ではこのことは今日、成されねばならない。遅れずに、トレドまでいますぐ出発だ。マドリッドで建設中の王宮ができあがった後は、王はトレドへ戻ろうと考えている。

ヌニョ　王はセビーリャにいらしたのではなかったのでしょうか？

フェルナン　そうだ。しかし戻ってこられる。知らせによると、王が大聖堂《カテドラル》におられたときに雷が落ちたのだ。王にとって悪い星回りだとして、深刻な出来事が今年中に起きる予兆《しるし》だと、二人の高名な占星術師たちが告げたのだ。

ヌニョ　その雷で怪我人や何らかの損壊はなかったのでしょうか？

フェルナン　それがほとんどなかったのだ。

ヌニョ　何と不思議な！

フェルナン　誰も怪我しなかったし、何も傷つかなかった。しかし時計が、スペインで唯一の時計が壊れて動かなくなった。さぁトレドに行かねばならない。ぐずぐずしている暇はない……。

ヌニョ　分かりました。今日すぐに成されねばなりませんね。私は残って任務を果たさねば。（二人とも立ち上がる）エンリケ卿にそのように仰ってください。

フェルナン　あとは何か……。

ヌニョ　あとはエルビラには私から話します。貴殿に誓って申しますが、必ず口答えしないようにさせます。

フェルナン　では、出発することにしよう。

ヌニョ　いや、少しお待ちください。誰かがこちらにやってきます。娘たちです。何と喜ばしい機会でしょう。まだお行きにならずに、少し離れてお留まりください。彼女の口から私に答える言葉をお聞きになってください。

フェルナン　何という幸運！

ヌニョ　ご満足して貴殿は旅路を行かれることでしょう。

第二場面

フェルナン・ペレス、ヌニョ・エルナンデス、エルビラ、ベアトリス

（最初に登場した二人は少し奥へ下がり話している。二人の女性の話し声は聞こえていない。エルビラとベアトリスは、家に入るとショールを脱ぎ、奥にいる二人に気づかずに、最初の言葉を語り始める）

ベアトリス　さぁ、家に着きました。

くつろいで、貴女の痛みを和らげてください。

涙を流せば、不幸な愛の苦しみを軽くすることができましょう。

貴女の情に満ちた心を燃え尽くす、その苦しみを。

ショールを頭に被っていても、先刻のミサで

貴女の動揺は人に気づかれたほど。

エルビラ　何という酷い運命！

ベアトリス　嘆くのを少しおやめになられては？
エルビラ　私は泣いてはいけないのかしら？　何と不幸な！
　マシーアスがもう戻らないのなら、
　数日内に、私の約束の言葉によって、
　フェルナン・ペレスがやってくるなんて？
ベアトリス　お嬢様、貴女の声を聞いています。ここにあの方がいらっしゃるのです。
エルビラ　あぁ！　どうやって私の心を狂わせる熱情を隠せましょう？
ヌニョ　（フェルナンに向かって）もう我々に気づいています。
フェルナン　（ヌニョに向かって）到着したぞ。
エルビラ　（ヌニョに向かって）お父様！
ヌニョ　エルビラよ！　我が娘よ！
エルビラ　どうしてこんな早くにここにいらしたの？
ヌニョ　あぁ、お前に対してずっと抱いてきた愛を証明するために来たのだ。
　今日という日は、ちょうど約束の……。
エルビラ　（苦痛とともに）もう分かったわ！
ヌニョ　約束の日が来て悲しいどころか、
　ここに、高貴な郷士がおられるのが見えるだろう。
　お前をこの上ない名誉へと高めてくれるのだ。
フェルナン　なんと貴女は麗しい。驚きを禁じ得ないほどの美しさに感覚が惑わされる。

もし私が貴女ほどの方との結婚を望まないとしたら、感覚器が狂っているとしか考えられない。

エルビラ　（深く悲しみながら）ところで、貴殿は本当に美男子でいらっしゃることです。

フェルナン　そして貴女はとてもお美しい。

エルビラ　（いまいましいこの美しさよ、なんという呪われた私の星回りよ！）

フェルナン　何と仰いました？　困惑されていますか？

ヌニョ　（エルビラに向かって）気を取り直して、さぁ……。

エルビラ　何でもないのです。何という喜び……。ベアトリス（何とか我慢して）支えておくれ。

（私の嘆きよ、何という不幸！）

ヌニョ　（一体何だというのか？　まったく！）エルビラよ、お前が一年の期限を付けて……。

エルビラ　（あぁ！　一年経ってマシーアスが戻ってこなかったなんて、一体誰が信じられることができよう！）

ヌニョ　お前が私たちにそう言ったのだから……。

エルビラ　お父様、もうそれ以上仰らないでください。私がその言葉を誓ったのですから、自分の約束を果たします。（しかし、不快な想いで死んでしまうことでしょう！）

ヌニョ　（何と重い荷が一つ下りたことか）（フェルナン・ペレスに向かって）あの娘の口から聞かれましたことでしょう。

フェルナン　それ以上のことは私に任せてください。心配しないでください。神に誓ってすぐに戻ってきますから。（エルビラに向かって）私の庇護の下にあってくれれば、どれだけ貴女のお蔭で私が幸せとなるか

エルビラ　分かってくださることでしょう……。
ヌニョ　(何とかこらえて) 神のご加護がありますように。
フェルナン　(戸口まで見送って) 娘とともに貴殿のご加護を祈っております。
ヌニョ　どうか見送りなどのお気遣いなく、そこに留まってください。
フェルナン　なんと! そんなこと仰らずに。
そんなに礼儀上のことを気になさるな。
(フェルナンは去り、ヌニョとは戸口で別れた。エルビラはフェルナン・ペレスが行ってしまうのを目で追っていたが、見えなくなると、すぐに肘掛け椅子に身を投げ出し、泣き出した。ヌニョが戻ってくる)

第三場面

エルビラ、ベアトリス、ヌニョ

エルビラ　何ということが起こったのかしら! 何と忌々しい!
ベアトリス　お嬢様、泣くのを抑えてください。
エルビラ　あぁ! 何と虚しいことか、この胸の想いを慎んで鎮めるしかない。
ヌニョ　(彼女を見て) これは何ごとか? (ベアトリスに向かって) すぐにここを出て行ってくれ。
エルビラ　慰めを私にお許しください。彼女の愛と献身が私には必要なのです。
お許しをお父様にお願いします。
ヌニョ　(ベアトリスへ向かって) 出て行きなさい。
エルビラ　(どうしてもベアトリスと二人きりで話したいのに!)

ヌニョ　（ベアトリスへ向かって）何をやっているのだ？　なぜ行かないのか？　逆らう気か？

ベアトリス　（エルビラへ向かって）お嬢様！

エルビラ　（何と怒った仏頂面だことか！）（ベアトリスへ向かって）もう行きなさい。

ヌニョ　（エルビラへ向かって）なぜすぐに行かせなかった？　これが私の家で起こることか？

エルビラ　それは彼女が私の女中だから……。

ヌニョ　この家では私以外の誰も命令することはできん。

第四場面

エルビラ、ヌニョ

（エルビラは痛々しい様子で、ゆっくり出て行くベアトリスに目をやる。立ち上がり、椅子に手を掛けて体を支え、もう一方の手で涙をぬぐう。激しく努力して自分を抑えようとしている。ヌニョ・エルナンデスは、腕を組み、沈黙が破られるのを待っている様子だ。もしくは黙ることでエルビラを叱責しているようにも見える。

（エルビラはついに近づいて、ヌニョの手を取り、次のような言葉を述べる）

エルビラ　お父様、お許しください。今日という日ほど、あの記憶の中の愛がこれほど迫って
思い出される日はないのです。虚しくこの胸から、偽りの希望を消し去ろうと
戦っているのです！　あの期日をお願いしたときには、
私自身の中に強さを見出せると、自惚れていたのです。
しかし、あぁ！　私の愛するあの方を忘れられるとは、一度も思えなかった。
私の心を見てください。弱々しい玩具のように、
永遠に消すことのできない、暴君のような情熱に支配されています。
お父様もお分かりになりますでしょう。
決して愛したこともない赤の他人と一緒に、
永遠のくびきにつながれようとしている我が身を思えば
穏やかな心を保つことなどできましょうか、
泣かずにいられましょうか。
悲しい絆と結ばれる前に、私の生命《いのち》は終わることでしょう！
祭壇の下《もと》で、背徳者を罰する神を前にして、私は偽りの誓いを唇に、
私の幸福を奪い、ただ憎しみしか感じない夫への永遠の愛を誓うのでしょうか？

ヌニョ　エルビラ！

エルビラ　ええ、お許しくださいませ。私は女です。弱いのです。
もっと強くなる自信は私にはありません。

ヌニョ

何とか胸の奥にこの罪深い愛を埋ずめたいのです。
私を焼き尽くす火山のような愛の光によって、
何も見えなくなればいい。昼間は何とかこの悲しみの涙を抑えても、
たった一人になると、夜の寝床で泣き濡れる。夜の永遠に続く静寂の中、
あまりに激しく忘れられない情熱が孤独と闇に紛れてしまえばいい。
しかし、あぁ！　到底、私には感情を抑えることができません。
我が意に反して、計り知れない痛みとともに、
涙は溢れかえり、ここまで抑えてきたものが決壊してしまったのです。

これがお前の言葉とは？　寛容と希望とをもって一年を過ごした揚げ句に？
善良な父がお前に自由裁量の選択権を与え、期日の猶予までも与えたというのに。
もしそれほどまでに惨めで弱い自分自身を分かっていたなら、なぜ
「お父様、マシーアスの愛以外に私の胸を支配できるものはないのですが？」
と言わなかったのだ。その時点だったなら、郷士に私がきっぱりと、
「フェルナン・ペレス殿よ、貴殿の愛には申し訳ないが、
将来に対し期待しないでください。エルビラは貴殿の妻には決してなりませぬ」
と答えていた。少なくともフェルナン・ペレスに同意はしなかっただろう。
その狂った、無分別で軽率な行為が引き起こすだろう危険について、
何度お前に注意したことか！　宮廷の大騒ぎから離れ、
我々の父祖の家に幸せと喜びとを見つけることとしよう。

エルビラ　エルビラよ、お前は幸せな夫とともに幸福になりなさい。
世間から離れ、その揺るがぬ愛を享受しなさい。
ヌニョ　あぁ、お父様！
いまやわしは人びとと騒ぎの渦中にあるが、
ビリェーナ領から離れたところならどこでもいい。
あそこが危険なのだ。もし昨日にでもお前の愛する、
不幸な若者が到着していたならば、そのときまさに、
フェルナン・ペレスは取り決めに合意しただろう。しかし虚しくも、
虚しくもお前はあの男を待っていたのだ。さぁ、エルビラよ。
何とかしてあの高貴な夫との結婚の約束を果たすか、
権力者の恨みに、激怒に、残忍な復讐に我々の身を晒すか、どちらかだ。
まさにここでフェルナン自身が言ったことだ……。
エルビラ　私のお父様！　私が軽率であまりに油断し切っていました。
ただ涙するだけです。もはや泣かないでいることはできません。
それでも私は約束を果たすことでしょう……。
ヌニョ　泣いて、気を取り乱して、愛も感じず、横暴に振る舞い、
冷淡なお前を力ずくで祭壇にまで引きずっていくことに
高貴な郷士フェルナンが喜びを感じると思うか？
幸福に対しこれほどまでに馬鹿げた想像をするのか？

何と無駄な希望だ！　いやいや、お前の中に苛立つような軽蔑を見て郷士は怒りを覚え、
我が一族を攻撃するための数え切れない構想を練ることだろう。
その力が及ばない場所はどこにあるというのだろうか？　追われる身であれ、
彼の手によって死なずにすむのなら、どこへでも行くだろう。

エルビラ　もう充分です、お父様。私の嘆きはようやく治まってきました。
明るい顔をお見せしましょう。（あぁ、神よ！）たった一月《ひとつき》待ってくださいまし。
この動揺した精神が……。

ヌニョ　無理に決まっている！　また期日を私に頼むのか？　今日すぐにだ、他に方法はない……。

エルビラ　何と仰ったのでしょう、神に誓って？

ヌニョ　よろしい。では、お前は何を望んでいるのだ？　期日がようやく満ちたというのに、
煮え切らない怠け者の愛人がお前との結婚をわしに頼み、
クロイソス王（紀元前六世紀のリディア王国最後の王。小アジアのギリシャ人を征服し、巨万の富を築いたと言われる伝説の王）の宝物を差し出してきたとする。
このわしが結んだその約束を酷《ひど》くも忘れ
マシーアスとお前の結婚を許し、我が名誉を汚すとでも？
さぁ、我が娘よ、すべてをここで一度に言い尽くすのだ。
その常軌を逸した結びつきに何を望むというのか？　その若い男は一体誰だと言うのか？
盾の何の紋章と家紋がお前の目に見えたというのか？

エルビラ　お父様、私は王女に生まれたとでも？

ヌニョ　だが、あの男との幸せとは一体何なのだ、エルビラよ？　一介の騎士というだけの？

エルビラ

武人かもしくは兵士か？　悪質な吟遊詩人か、単なるならず者か？
いいえ、それは違います！　――もしお父様の気を悪くするなら、絶対に、絶対に、
私をその男の妻とは呼ばせません。それほどまでに心踊る希望が
満たされる日を見ることは決してないでしょう。しかし少なくとも公平であってください。
彼の美徳、才覚、勇気、偉業について、決して低く見ないでください、お父様。
どこにマシーアスと同等の、また似たような人がいると言うのでしょう？
土地から土地へと、人から人へと探しても、彼に匹敵する者すらいません。
その熱情は？　お父様ご自身がご覧になられたではないですか？
一年と少し前トルデシーリャス[17]にて、カスティーリャ王エンリケ三世[18]が、
王子[19]の生誕を祝って開催した馬上試合でマシーアスが賞を得たのを。
一体誰が他にそれほどまでの金属の輪[20]を受け取り、
馬上試合で走ったというのでしょうか？
他の誰がこれほどまでに競技において勇敢に、頑強な槍を投げ、
木っ端微塵にしたのでしょうか？　一体誰がその槍の攻撃に
耐えうることができたでしょうか？
他の誰が、かほどの巧みさと優雅さをもって馬を操れたことでしょう？
ペドロ・ニーニョ[21]、あのペドロ・ニーニョ自身が、
突撃の折に馬上の鞍骨《くらぼね》[22]から引き剝がされ、
地面へと真っ逆さまに落とされたではありませんか。

いまだこれ以上の偉業を彼に求めるのでしょうか？
アルガルヴェ[23]の地では彼の手柄について語られ、
いまだに涙されているのです。バエサ[24]の地では、
剣から滴り落ちるモーロ人の
血によってその偉業が記されました。
マシーアスは素晴らしい知性の持ち主で、
今の時代には知性が評価されるべきものとして敬われているのは、
私よりお父様のほうがよく知るところでしょう。
ビリェーナがアラゴンへマシーアスを連れていったとき、
お父様は彼と一緒に行かれましたね。そのときマシーアスは、
フランスのリモージュ[25]地方の言葉で歌を歌い、
詩を朗誦し、皆の賞賛を得たのです。
女神フローラを讃えるお祭り《フロラリア》[26]では賞と王冠をもらい、
私の足下にそれらを捧げてくれました。
彼が作った歌の多くが宮廷では評判となり、
淑女たちは満足し感激したのです。とはいえ
彼の人気は才ある詩人たちにとっては脅威となったでしょう！
教えて頂きたいのですが、その方が悪しき吟遊詩人で、もしくはならず者、
一介の兵士だと言えましょうか？　私のお父様よ、

ヌニョ　それでも騎士としての務めを果たしていないと仰るのならば、
どんなに高貴な貴族より、私は卑しい身分のマシーアスを選びます。
エルビラよ、何を言うのか？　私の前で、何と愚かで狂ったように、
あの男を向こう見ずにも褒め称えるのは？
私はもう無駄に寛大さを示してしまったようだ。
お前はフェルナン・ペレスのものになるのだ。私は彼に約束したのだし、
我が栄光、願い、名誉、運命といったものを、つまりすべてを、
彼に負うているのだ。それにエンリケ卿のお陰で、宮殿に暮らせるのだ。
どこにあろうと私は特別扱いされている。この御恩を忘れることができようか？
我が運命は王の運命と結びついている。今日はここアンドゥハルで、明日はブルゴス、
マドリッド、セビーリャ、王とともに旅路にある。私の地位が高かろうが低かろうが、
ビリェーナとフェルナンが明かしてくれた秘密によって、
彼らと運命をともにすることで、私の地位を権力へと高めてくれるのだ。
彼らとともに私は使命に駆られている。もう誤魔化しは沢山だ。
お前は今日、あの郷士の妻となるのだ。

エルビラ　お父様！

ヌニョ　そうでなければ、わしの永遠の呪いを受けるがいい！

エルビラ　あぁ！　いいえ、私はフェルナン・ペレスの妻になります。

ヌニョ　さぁ、父の腕に戻りなさい。まだお前を愛しているし、お前を許してやろう。

他にどんなことがお前にできただろうか、我が娘よ、どれほど良い子だことか。
偶然の巡り合わせによって、永遠の嘆きとともに過ごし、輝く若さは萎れている。
お前を忘れてしまった偽善者の無礼のために、たった一人で寄る辺ない
悲しみへと落ち込んでしまうのか？　その高貴な者とやらは涙の一滴にも
値しないのでは？　お前はその者の美徳を称揚し誉めそやすが、
淑女に誓いさえ立てていない者に？

エルビラ　おぉ、私にご慈悲を、神に誓って！

ヌニョ　かくいう男は騎士なのか？　お前の父と自らの財産を、その男のために犠牲にするとは、
あぁ、何と悲しいことか！　不実なマシーアスは、すでにカラトラバで、
別の女と結婚しているのをお前は知らないのか？

エルビラ　（我を忘れて）結婚している？　お父様はそれをご存じなの？　何ということでしょう！

ヌニョ　宮殿で知らないものは誰もいない。それに……。

エルビラ　誰もですって？　そんなことがあるのでしょうか？　しかし何という！
いいえ、何を疑うのでしょう？　彼がひどく遅れたことの、
これ以上の証明があるでしょうか？　それが真実でないとして、
エルビラと一年も離れていられるとは？　間違いないことでしょうか？
貴方の誓いは、燃える貴方の愛だったただと？
他の女！　あぁ！　我がお父様よ！　いますぐ私の結婚をとりなしてください、
お父様の娘に、さぁ。お父様に従うだけでなく、心から満足して。

いいえ、喜びのうちにあるのをご覧になることでしょう。あぁ！　裏切り者！
もうフェルナン・ペレスを愛しています。彼を深く愛します。
お願いです。いますぐにでも走って、彼を見つけて、
私のこの落胆を伝えてください、お父様。そしてこの変化を伝えて頂きたい。
貴殿の妻になります、婚姻の契りは結んでくださって結構ですと、あと、次に……。
愛する娘よ！

ヌニョ　おぉ、何と時間のかかったことだろう、復讐する幸せは一瞬！

エルビラ　（平静さを装って、涙を素早く拭う）

ヌニョ　そうだ、そうだ。静まるのだ、エルビラよ。お前の涙の跡は誰にも気づかれない。
お前は私に人生を再び取り戻してくれた、我が娘よ。さぁ急いで、
郷士殿にこの嬉しい知らせを伝えに行こう。お前はだから……。

エルビラ　あとは私に任せてください。そして私の願いは、お父様が戻られたら、
すぐにでも聖なる祭壇に向かい、結婚まで羽ばたいていきます。
（ヌニョが出て行き、エルビラは肘掛け椅子に身を投げ出し、何かを考えこんでいる）

第五場面

エルビラは立ち上がり、袖の扉に向かう。

エルビラ　お待ちください……待ってください……。行ってしまわれた！
何をまだ私は疑っているのかしら？（戻って）

いまだに解放されていないのかしら？
いまでも彼を愛しているというのだろうか？　いいえ。
復讐を私は強く願っています。
貴方のために私が泣いていると知れば、
少なくとも貴方にとって喜ばしくはないでしょう。
貴方の思い出は愛するけれど、もうこれ以上、心を惑わす悲しみはたくさん。
私の目は澄み切っていると周りに言われるようになりたい。
裏切り者！　残酷な人！　ベアトリス！（呼んで）
私は一年も彼を待ったのね？
いまとなっては何を考え決意していたのかも分からないわ。何と不幸な！
これほどの不誠実を見たことはないわ。

第六場面

エルビラ、ベアトリス

ベアトリス　お嬢様！

エルビラ　ここよ、急いで。全部準備して頂戴……。おぉ、何と残酷な！
私の婚礼衣装を用意して。何と言う喜びかしら。スペイン全土を探しても
これほど華々しく美しい乙女がいるでしょうか。

ベアトリス　何が起きたのですか？

エルビラ　他の女を愛していて、もう結婚しているそうよ、おそらく。
ベアトリス　誰がでしょうか、お嬢様?
エルビラ　あの裏切り者以外の誰だというの?
ベアトリス　何を仰っているのですか? マシーアス様が結婚しているですって?
何とまぁ、これほどまでの裏切り者がいるでしょうか?
いま私が聞いていることは、まるで信じられませんけれど。
エルビラ　もうどうでもよいの。私は足かせを外したのです。悲しみよ、さようなら!
私も今日、結婚するのです。
ベアトリス　貴女が結婚なさるのですか?
エルビラ　えぇ、嫉妬で焼き焦がれて死んでしまいそうだわ!
ベアトリス　お気をつけください……。
エルビラ　もういいのです、ベアトリス。私はもう何も気をつけないわ。
結婚した私を見て頂戴! そして死が迎えに来るがよい!
(右側のほうから入って行く)

第二幕

エンリケ・デ・ビリェーナ卿の部屋。右側の扉は教会へ、もしくは宮殿の礼拝堂に続く。奥に外へと通じる扉。左側には宮殿の他の部屋へと続く間がある。机、書き物机、本、書類、砂時計、数学や化学の道具など。

第一場面

エンリケ卿、ルイ・ペロ、二人の小姓たち

(小姓たちはエンリケ卿に衣装を着させ、出て行くようにとの合図で下がる。カラトラバの赤十字の付いた衣装で、金の拍車[*27]がついている。ルイ・ペロは下がろうとしている)

エンリケ　(手紙を開いて)ご機嫌よう、ルイ、私の従者よ!　(ルイが到着する)誰がこの手紙を持ってきたのか?

ルイ　カラトラバから参じた、隊の伝令です。

(エンリケ卿は合図をし、ルイ・ペロは右から出て行く)

第二場面

エンリケ卿

エンリケ　城代からの便りだ。(読む)〈偉大なる騎士団長殿、健やかさと麗しさを願い……貴殿がお手紙に書かれたことに従い、また貴殿の使用人を介して私に命ぜられましたように、

マシーアスがここから出発したので、見張りの者たちに彼を追わせましたところ、
実際に彼はアルアマ丘[*28]に続く道を行ったのです。
貴殿の手紙はマンリケ[*29]へと私が送りまして、
その後、貴殿の命令が守られたかどうかは分かりません。しかし貴殿なら
少し思いを巡らせて頂ければ、私が知らせを差し向ける前に、
マシーアスの死をはっきり知られることでしょう。貴殿は判断占星術[*30]に明るく、
占星術の図上に引かれた線から読み取れるのですから……〉
（憤って手紙を机の上に投げる）
馬鹿で無知な庶民めが！　私が巫術だと？　占星術だと？　私が占うだと？
判断占星術に博識とまで？　この王領のあらゆる場所の中でも私の家に、
最も多くの本が集まるからといって？
私が持っている本の中身を読みさえすれば、
怪しい人間ではないと分かるではないか！
いやいや、馬鹿げたことを言ってしまった。
一体どんな幸運によって、それらを理解できる者が見つかるというのか？
宮廷中を探しても、署名することができ、拙いカスティーリャ語でも
手紙を書くことができる廷臣が六から八人も見つかれば何とありがたいことか！
どこに魔法なんてものが存在するというのか？
一体それは何なのか？　教えてくれ。

たった一つでも魔法が現実に存在すると証明できるなら、
我が領地のティネオを全部くれてやってもいい！

創造主[*31]が宇宙に秩序を与えた以上、低い地位の人間に与えられるはずもない
魔法とやらを使ってその秩序を乱せるはずがないだろう？

悪魔とやらでさえ、善いことは勿論、悪事も働けず無力だというのに。

その悪魔の住処を見つけ、一匹ぐらい顔を拝んでみたいものだ！

かくも甚だしい狂乱錯誤よ！　野蛮な民よ、私を中傷するというのか？

このキリスト教徒の騎士に関して、何と馬鹿げた噂話が回っていることか？

それにこの私が天文学など知る理由は一体？　しかしその世評は私に役立つことだろう。

いつの日か、馬鹿な庶民が、自らの無知によって私に仕えることになるのだから。

（右側にルイ・ペロが戻ってきたのを見る）

ルイ・ペロ！

第三場面

エンリケ卿、ルイ・ペロ

ルイ　エンリケ様！

エンリケ　何ごとか？

ルイ　すべてはあと間もなくです。

エンリケ　さぁ行くのだ、ヌニョとエルビラにお二人を心待ちにしているばかりだと伝えてくれ。

ルイ　それに、フェルナン・ペレス・デ・バディーリョを……。
彼はこの部屋へ向かっています。
（ルイ・ペロは左から出て行き、フェルナンが中央から入ってくる）

第四場面

エンリケ卿、フェルナン・ペレス、結婚式にて

フェルナン　偉大なるお方よ！
エンリケ　おぉ、フェルナン殿よ。
フェルナン　何にも先んじて御礼を申し上げさせてください。これほどまでのお恵みを賜り、名誉を私にお与えくださり、称揚して頂くとは。
エンリケ　これらの好意によって私は貴殿に対する信頼を示したかったのだ。
貴殿にすでに申したように、二人の結婚の暁には、ぜひとも介添人とさせてくれ。
貴殿との約束を果たすために、たった一つの義務を遂行するのだ。
私によくぞ仕えてくれた。フェルナン殿よ、これほどの重責あることを、もし貴殿がいなければ、代わりに誰も任務を果たすことはできなかっただろう。
何よりまして秘密の……。
フェルナン　私が目配りしますので、どうぞご安心なさってください。
エンリケ　貴殿がいれば何も心配しておらぬ……しかし……ヌニョは……。
フェルナン　その不信をお取り払いください。今日に至るまで私自身も彼との友情を疑ってきたのです。

しかしいまや、その娘を私に与え、貴殿のお力添えによってこの結婚においても
有利に事が運ぶと分かっていることを、はっきりと私に断言しています。
何もご心配なさることはありません。

エンリケ　それはめでたい！　何か必要とあらば、神様がいてくださる！　しかしどうやって
これほどすぐにエルビラを譲ったのだ？

フェルナン　ここ数日、私自身がたてた噂が飛び交っているかと思いますが、
カラトラバのマシーアスがほどなく結婚する、いやすでに結婚して
しまっているだろうと、エルビラに知らせたのです。

エンリケ　それは妙案だ！　そうすれば断ることはあるまい！
まさに今朝受け取ったこの手紙に目を通してみてくれ。（手紙を手に取り、渡す）
マシーアスが彼の地を出立して、ロルカとともにアルアマへ向かったが、
目指すところはペドロ・マンリケ[*32]がモーロ人たちと戦った地だ。
（フェルナン・ペレス・デ・バティーリョが手紙を受け取る）
そしてわしはすでにマンリケへこう書き送った。最も激しい戦場へ、
また最も危険の伴う機に、マシーアスを用いるように、と。
運良く助かったとしても、死を免れないようにしてやる。
（手紙を取って、しまう）
ルイ・ペレス・デ・クラビホ[*33]指揮下の、かの名高い使節団に送ってやろう。
スペイン王がペルシャのティムール大王[*34]の元へと遣わすともっぱらの噂だ。

フェルナン　たとえマシーアスがペルシャから生きて帰ったとて、何の心配にも及びません。
いったん結婚式が執り行なわれれば、我が妻と真に結ばれて婚姻を果たすのですから。
エルビラが喜びとともに結婚の契りを結んでくれれば、
さらに大きな後押しとなるでしょう。私の妻となり、
私の家にいることだけが慰めとなるはずです。マシーアスが戻ったとして、
もはや貴殿の寵愛は得られないのですから、尚更心配いりません。

エンリケ　安心してくれたまえ、もはや私はマシーアスを引き立てはしない。
かつてはマシーアスを寵愛したが、その友情は代償を伴った。
細心の注意を要する任務であった離婚の調停を申し付けたとき、
我が要求を拒絶し、あげくの果ては批判までしたのだ。さらに悪いことに、
私が指示を出す立場であるにもかかわらず、
あんな小僧に助言を仰ぐような気違いでもあるかのごとく私を貶めたのだ。
奴は我が家の小姓だったので、有無を言わさず
離婚問題の仲裁をさせようとしたのだが、あろうことか
妻マリア・アルボルノスの味方についたのだ。
あまりに妻の肩をもつので、あのままにしていたら
危うく離婚の申し立てが通らないところだった。
奴はエンリケ王の寵愛までも、あっという間に摑んだのだから。
だが、愚かにも私の庇護を捨て、偉そうにも女の擁護者になろうとした。

この侮辱は、神に誓って！　忘れることはできない。我が剣を奴の血で汚したくはない。
モーロ人と対決して死んでくれれば、うさ晴らしとなるだろう。あの誇り高さは我慢ならぬ。
その高潔さにさえ怒りを覚える。我が家系の誰一人として、
あいつの誠実さを敬う必要はない。私だって自らを名声へと導くためなら、
誠実さとはいかなるものか分かっている。
あの衝動的な性格と、服従しない強情さには、力で対抗するつもりだ。
あいつの働きなど必要ないのだ。貴殿はもっとよく働いてくれる。

フェルナン　誠と優雅さを貴殿に感じています。

エンリケ　わしは貴殿の熱意をよく分かっておる。ただ、ヌニョとの友情は嘘偽りのないものであるか、どうかよく見極めてほしいのだ。

フェルナン　この結婚によって我々の関係は強固なものとなるでしょう。

エンリケ　よろしい。重要な任務を与え彼を信用するとしよう。
彼がエルビラと、ここにやってくるようだ。（私の願いが実現する時がやってきた）

第五場面

エンリケ卿、フェルナン・ペレス、ヌニョ、エルビラ、結婚式にて
ベアトリス、ルイ・ペロ、三人の小姓、アルバル等、皆、晴れ着姿で。

ヌニョ　素晴らしさの極みにあられる王子よ。その名声はあまりに大きく、賢明かつ寛大なお方。
偉大な方々の間でも賞嘆され、貴殿に称揚される名誉と、今日受けるこのお恵みによって、

エンリケ　ヌニョが貴殿の足元に口づけすることをお許しください。恩義を感じるその高貴さ、傑出したそのご家系に。
ヌニョ　本当に感謝の念を感じてほしいものだが、ヌニョ殿よ……。
エンリケ　もちろんでございます……。よろしい。
（小声で話す。エルビラとその他の面々が入ってくる）
エルビラ　（ベアトリスに向かって、入りながら）あぁ、ベアトリス、私の胸から魂がいまにも飛んでいきたがっている！　時が近づけば近づくほど、私は元気がなくなっていくわ。
ベアトリス　（小声でエルビラに向かって）お気をつけ遊ばせ……。
エルビラ　（同じく小声でベアトリスに）心配しないで。私に復讐の力を与えてくださるよう祈って頂戴。
エンリケ　（エンリケ卿へ向かって）偉大なる卿よ……。美しく慎み深いエルビラよ、おいでなさい。ちょうど祭壇も準備でき、君たち夫婦を待ち受けているのだよ。
エルビラ　（何と不幸せなことか！）
エンリケ　お行きなさい。すぐに私も参る。
ヌニョ　エルビラ！
エルビラ　（ヌニョに向かって）お父様、私は約束を果たしますゆえ、ご安心ください。（あぁ、天よ！　これ以上の屈辱的な名誉があることか！）

（フェルナン・ペレスはエルビラに手を差し伸べる。エルビラはハンカチで涙を抑え、分からないように後ろを向いている。ベアトリスとアルバルに付いて、二人は部屋に入る）

エンリケ （ルイ・ペロに向かって）ルイ・ペロよ、あそこに広がっている書類を片づけてくれ。あれらはサンティリャナのイニェゴ・メンドサ伯爵[*35]に宛てて書いた、詩文作法に関する私の論文だ。

（ヌニョと二人の小姓とともに出て行く。ルイ・ペロと一人の小姓が残る。小姓が書類を片づけ、ルイ・ペロがそれを見張っている）

第六場面

ルイ・ペロ、小姓

小姓 私どもの主人は、なんとまぁ、変わったお方でしょうか。

ルイ 一体なぜか申してみよ？

小姓 というのも噂では……、いや、いまは黙っていましょう。

ルイ 何と言われているのだ？

小姓 そうですね、噂ではこう言われて……。私は続き文字を書くことはできないので、見たといったほうがいいでしょうが……この紙に似た、いや本当は……。何も見ていません……。何行にもわたって、あの運命について……、何という行でしょう！　不吉な徴《しるし》です、もし……。

ルイ　黙れ！　これらは詩であるぞ。吟遊詩人[*36]をお前は知らないのか？
詩を見たことがないのか？
小姓　あぁ！　でもこうも言われています……。
ルイ　馬鹿ばかしい！
小姓　素晴らしい魔法使いだとも。
ルイ　小姓よ！
小姓　少しお聞きください。夜になってすべてが静けさに包まれると、この部屋を一人で歩き回り、うろうろされるのです。おぉ！　それを考えるだけで、髪の毛が恐怖で逆立ちます。貴殿は信じたくないでしょうか？……狂人のようにせかせか歩いて、少しの間立ち止まり、しばし瞑想し、何だか怪しげな短い棒を振り回して、小声で何かひそひそと話し、天の星を見上げて、羽根ペンでちょっと何かを書いて、最後に魔法陣を床に書くのです。おそらく魔法でしょうか……？
ルイ　その魔法とは一体何なのだ？
小姓　おぉ！　貴殿はご存じないので？
ルイ　私が？……いいや。
小姓　いつの日か貴殿にも告げられることでしょう。そして私は、もう立ち去ります。貴殿にははっきりとお話ししました。あの方の魔法が私に届かないようにしたいのです。なぜなら悪魔に憑依されてしまうことでしょう。私は魔法をかけられたくありません。まずは自分が助かるのが先です。もし人びとが言うように、あの方が魔法使いで、

ルイ　星占いの出生図を描けるのだとすれば、地獄に落ちるに違いない私の魂には、一銭の価値もないことでしょう。
黙れ。もしそれほど馬鹿な狂乱を起こすなら、火傷して死ぬぞ。疑いようもなく闘牛にでも繰り出して、葡萄酒をかっ喰らったことだろうよ、これほど生意気な口をきくというのだから。何と身の程知らずか！　モーロ人の一槍の当たり所が悪かったんだろう！　くだらない話はやめるんだ。小姓よ、見るがよい、あいつを。（奥の扉を見て）許可も、同意も得ていない無礼者がここに来るぞ。（小姓が顔を出す）
小姓　部屋に入ってくる。
ルイ　おぉ、神よ！　何と正直な男だ。
小姓　何と着飾って武装して、虚勢を張る者のようだ。

第七場面

ルイ・ペロ、小姓、マシーアス、フォルトゥン
（マシーアスは十四世紀の装備で武装してやってくる。全身黒で、羽根飾り、面頬を目深に被っている。フォルトゥンも武装しているが、もっと軽装である）
小姓　素晴らしい容姿に、美しい姿勢！
マシーアス　（フォルトゥンに向かって）ここまで来たぞ、フォルトゥンよ。さぁ入って、誰かに尋ねよう。
ルイ　（確かに気どった容姿だ！　とはいえここには居させないぞ）どなたでしょうか？

マシーアス　許可もなくこの部屋にお入りなさった大胆不敵なお方は？……
ルイ　誰だと思うか。
マシーアス　もしかしてこの家の方でしょうか？
ルイ　ビリェーナ家の者だ。
マシーアス　貴族のご子息でしょうか……？
ルイ　おそらく！
マシーアス　（何と器量のいいこと！　もしかして……しかしまさかそれはあり得ない……）
ルイ　お答えなされよ、エンリケ卿はどちらにおられる？
マシーアス　出かけていてここにはおられません。
ルイ　時間はかかるようだろうか？
マシーアス　かかるかもしれません。
ルイ　宜しければぜひ教えて頂きたいのだが……。
マシーアス　貴殿の名前をまず仰られよ。
ルイ　いや、貴殿が先だ。
マシーアス　私だけ名乗るのは論外だ！（神よ、この男、厚かましさにもほどがある！）
ルイ　私も彼も時間がかかることだろうよ。さぁ、外へ出て行った……。
マシーアス　一体なぜここを去らねばならないと言うのか。
ルイ　何と言えばいいのか……？
マシーアス　カラトラバの騎士が来て、非常に卿を尊敬しているが、折り入って話がしたいと。

ルイ　よろしい。しかしまずは出て行かれよ……。

マシーアス　すでに否と申したであろう。無駄にもがくのではない。それよりも早く行くのだ。さもなくば私は何をすべきか分かっているぞ。

ルイ　（エンリケ卿に知らせれば力を貸してくれる）（小声で小姓に）小姓よ、私を待っていてくれ。――（ここに残れ！）――お願いですから、剣を抜かないでください。面頬を目深にかぶっておられるから、顔も知れずにそれが攻撃となって……。

マシーアス　さぁ、行くのだ。貴方がたは許されている。（ルイ・ペロが出て行く）

第八場面

マシーアス、フォルトゥン、小姓

マシーアス　（小姓に向かって）お前はここで何をしている？

小姓　私はここに残れと言われている。

マシーアス　何のために？　我々が盗賊に見えるとでも？

小姓　さぁな。

マシーアス　出て行くがよい。

小姓　そんなこと言われても聞き入れはしない！　まったく、お前は諺のあの「よそ者」（婿など外からきたよそ者が我が物顔にその家を自分のものにして、元々の住人を追い出すこともあるとの諺）と同じだな。

マシーアス　何と申した？

小姓　何も申しておらぬ。（出て行きながら）よそ者に命じられるとは、なんと滑稽な……。

フォルトゥン　小姓めが、お前に命ずることのできる身分の方が仰っているのだぞ。
（小姓は部屋からすぐに出て行ったが、あちらこちらへと行ったり来たりしている）

第九場面

マシーアス、フォルトゥン（マシーアスは面頬を上げている）
マシーアス　ようやく我々はここまで来た、フォルトゥンよ。
フォルトゥン　神に栄光あれ、間に合ったのです！　これでもう騎士たちが昼夜、死ぬ思いで馬を走らせることも、骨を砕く必要もないし、それに……。
マシーアス　フォルトゥン、我々は間に合ったのだ。エンリケ卿と会って話すまで、村で俺が誰にも気づかれないようにするというのが目的だったが、思った通りそれはうまくいった。もしもフェルナン・ペレスが、もしくは彼の友達や親戚が俺を見つければ、ありがちなことだが、俺の大胆な思惑を邪魔したことだろう。
フォルトゥン　フェルナン・ペレスは疑いもなく、貴殿を遠くに足止めさせるように、アルアマの丘まで派遣するよう侯爵に説得した張本人です。
マシーアス　あぁ、そうだ。そして俺は道中、実際にアルアマに向かおうとしていたときに、だいぶ経ってから、彼らの仲間が追ってきた。そうして、俺は彼らの目をくらませようと、これほどまでに長い回り道をしてきたのだ。
フォルトゥン　貴殿を待ち伏せていなかっただけよかった。

マシーアス　騎士団長はまったく気づいていない。団長の許可なしにここまで来るということは、普段はしないことだ。しかし俺は許されて然るべきだろう。

フォルトゥン　今回、許可なしでここまで来てしまったことは。

マシーアス　しかし今日が期日ではなかったのでしょうか？

フォルトゥン　今日、期限が満ちた。しかしだから何だというのか？　エルビラがそんなに早急に結婚するのを許すだろうか？　俺を忘れることができるというのか？

マシーアス　しかし女性というのは確かに……。

フォルトゥン　フォルトゥンよ！　俺の胸に短刀を突き刺してから、お前がこれから言おうとしていることを告げてくれ。

マシーアス　もしそうだとしたら……。

フォルトゥン　俺はあの美しい女性を恐れない。恩知らずのエルビラ？　それは不可能だ。――彼女を見れば天と間違えたほどだった！

マシーアス　しかし貴殿が遅れているのを、どれほど長く待ったことでしょうか……？

フォルトゥン　よく知っていると思うが、フォルトゥンよ、裏切り者の城代によってカラトラバに足止めされたのだから、どれほどの言い訳が思い浮かぶことか。友フォルトゥンよ、お前はよく知っているはずだが、あそこに囚われの身となり、彼の支配から抜け出ることもできず、別の新たな愛のためにエルビラを忘れた振りなどはしなかった。ようやく幸運にも、フォルトゥンよ、これほどまでの危険を思い起こせば、今日という日を迎えられたのは、俺の持つ大いなる幸運に他ならない。

フォルトゥン　そうだったらいいですが……！

マシーアス　そうだったら、と何を願うのか、後ほど騎士団長に俺自身が話して、ビリェーナがバディーリョの思惑を邪魔することができるのでは？あいつはさほど優遇されているとは思えない。この同じ村にいてあいつの傲岸不遜な態度に対する怒りの報復を受けずして、俺を攻撃することはできないだろう。俺はここに丸腰で来ているのではないのだ。そしてあいつの言葉の攻撃に対し、俺は剣で対抗してやろう。あいつの傲慢さに歯止めをかけるのだ。俺のエルビラ、俺の命、俺の幸福、俺の可愛い人への愛を秘めているからといって、あいつに彼女を譲ると思ったら大間違いだ。まったく逆に、愛が表明されるのを見ることだろう。それから奴の舌と心臓を引っこ抜いてやる。ビリェーナの中に何らかの友情の欠片《かけら》が残っていることを願うが、随分前から彼の庇護はもはや俺には向けられていない。結局、彼は紳士であり、貴族であり、身分は高く、騎士であり、何と言ってもアラゴン家の出自だ。それだけでもはや他の褒め言葉は要らないほど素晴らしいのだから。ビリェーナは俺の敵だとしても、彼と俺の間の不名誉を解決するための紳士的なやり方で、つまり決闘へと差し向けてやるのだ。

フォルトゥン　貴殿はそれを望むのですか？
マシーアス　それによって俺は満足するのだ。誰がエルビラから引き離すことができるだろうか？
　肉体と肉体をぶつからせて戦うまでだ。
フォルトゥン　誰かが近づいてきますので、お話をおやめください。音が聞こえませんか？
マシーアス　耳を澄まそう。
　エンリケ卿だ！　そばに来い。（フォルトゥンが下がる）
　あの声を俺は知っている。（面頬を深く下ろして、少し後ずさって離れる）

第十場面

マシーアス、フォルトゥン、エンリケ卿、ルイ・ペロ
ルイ　お祝いを邪魔する恐れがあり、奴には、結婚式のことは何も言っておりません、卿よ。
エンリケ　誰だろうか？　疑わしいのは……？
ルイ　まったく分かりません。鎧で覆われて来ています。
エンリケ　さぁ、到着したぞ。何の遠慮もなくここに入ってきたと言われている貴殿は？
マシーアス　お許しください。ここに入ってきましたのは、私自身の特権によってです。
エンリケ　貴殿の特権ですと？　そのように覆面してきて私に話しかけるというのも特権かね？
　もし私が貴殿なら、もう少し礼節を持って接することでしょう。ルイ・ペロ！……
マシーアス　卿よ、お許しください。貴殿の階級と高貴さについては、敬意を払っております。
　もし二人だけになれるのであれば、もっと礼儀正しくお話しいたします。

エンリケ　二人きりだと？（ルイ・ペロに向かって）すぐに立ち去れ。

（ルイ・ペロは出て行き、マシーアスは従者に近づき、面頬を脱ぎ、渡す）

マシーアス　フォルトゥン、外で私を待つように。

（マシーアスはエンリケ卿に近づく。卿は最初、戸惑っていたが、ついには誰だか見分けがついた）

エンリケ　君だったのか？わしは一体、何を見ているのだろうか？

第十一場面

マシーアス、エンリケ卿

マシーアス　そうです、エンリケ卿よ。貴殿と友情を結ぶ従者であり、信頼を寄せてくださる者です。貴殿の寛大な善良さによって、私のお詫びをお聞きください。貴殿が私を遠く離れた別の任務に就かせたというのは否定できないことです、そして彼の地からここへ私が到着したことで、貴殿を驚かせる原因となったことも否定しません。貴殿の命令に服従する義務を果たさなかったことをお許しください。なぜならアンドゥハルから立ち去れとの命令は、私から命を奪うにも等しいものだったからです。

卿よ、ここにはエルビラがいます。そして私は騎士として、
最初の誓いによって、そして愛によって、ここまで呼ばれたのです。
どうか、これが軽い情のようなもので生まれたとお思いにならないでください。
いいえ、私の情熱は正真正銘のもので、誰に対しても同じように感じたことはありません。
その情熱を抑えるために、エルビラを遠ざけ、
彼女を忘れるための時間を心から切望したのです。しかしどこへ行こうとも
美しいエルビラの姿が付きまとい、忘れることはできなかった。
あちこち自由に動き回っても心は縛られたままで、頭の中は彼女のことばかり、
たった一人で荒野にいるときでも、街中でも彼女を探していた。
寝ても覚めても、いつでもエルビラに話しかけていました。
これより他の幸せというのは知らない。彼女を愛さない人間となることはできない。
彼女を訪ねることのできない一年を過ごし、私は悶々としていたのです。
ここから遠く離れている場所で彼女に会えないことが、
私をこれほどまでに苦しめるものですから、
私にはそうあらねばならない理由と苦悩を課す必要があった。
この想いをもっと燃え盛らせるためであり、
そして後に貴殿に懇願しに来ようと思ったのです。自分の敵が誰なのか知っていますが、
私の復讐の力は届かない。貴殿のことまで悪く思うようになったほどですが、
しかし私にはさらに分かっていて……。

エンリケ　マシーアス……。お前はとても間の悪い時に来た！　わしが何日か前にお前に申し付けた防備の任を守るのだ。もし自分の身を大切にしたいなら、戻ることだ……。

マシーアス　私が戻ると？　貴殿は私にそれを命ずるのですか？　嫌です。私に前もって甘んじて地獄へ落ちろというのですか！　私はエルビラを妻として譲り受けるまで、ここを動かない。アンドゥハルまで、貴殿の許可なくして、何を持って帰ることができましょう？　そしてこの世界で誰も私を彼女から遠ざけることはできない。たとえ貴殿だったとしても彼女を諦めるよう私に命ずることはできない。戦地へも私を送ることはできない。ただ、彼女がどうしたら私のものになるかということ以外は、思いも想像も巡らせられないのです。覚えておられるでしょうが、今日が約束の期限の切れる日です。こうしてここに来たのも、ついにエルビラのものとなるか、死ぬかを見極めるためです。そうです。誓いましたように、私は妻を伴わずしてここを発つことはありません。いまや貴殿は何をお決めになられるというのでしょうか。貴殿にこうして私がお目にかかって、魂より愛する彼女を得るまではエルビラとでさえ話そうとは思いません。

エンリケ　お前は命令なしでここに来たあげく、私と会うことまで見過ごしてもらい、その上で不服従の価値を私に説くというのか？　しかしいまだに私の従者と名乗り、その加護を望むというのか？　あぁ天よ、お助けください。強情な従者というのがどのような者なのか

マシーアス　彼の中で理解するまでは！　あぁ神よ、馬鹿げた愛のために、自分の地位を捨てることを厭わないとは！

マシーアス　もうそれ以上仰らないでください。私の不在中にフェルナン・ペレスが居眠りしていなかったということがよく分かります。

エンリケ　何と無礼な！

マシーアス　エンリケ卿よ、いま聞いている言葉も私にとっては信じがたいものです。一年でこれほどまでの配置がえをさせられるとは！　なんと苦い幻滅を天は今日まで私に取っておいてくれたのだろうか？

エンリケ　お前にかつて約束したように、いままでわしの友情が動いたことはない。もし今日、違うように思えるのなら、それはお前の度を越した態度のせいだ。お前がエルビラの結婚を要求するのは、単に期日が満ちたからだというのなら、甲斐なくここまで頼みに来たことになろう。

マシーアス　（動揺して）甲斐なく、と仰いましたか？

エンリケ　（わざとらしく装って）マシーアス、お前を守りたいと思っていたのだ。お前の所在を見つけて加護しようとのことで、話し合おうと決めてから二日も経っていないではないか。しかし……。

マシーアス　（慌てた様子で）本当のことを誤魔化さないでください。彼女に何か約束したのでしょうか？

エンリケ　（そっけなく）従者よ、約束していない。しかし……、彼は……。（扉のほうを落ち着かないで見ている）

マシーアス　（強い調子で）もう終わりにしようではありませんか。
エンリケ　（扉を示して）見なさい！
（そのとき、エルビラとその手を取ったフェルナン・ペレスが入ってきて、ヌニョ、ベアトリスとその他の人たちが続く。エルビラはマシーアスに気づくと、フェルナンから急いで手を離し、舞台の端まで行って気絶して倒れ、ベアトリスとヌニョの腕に。フェルナン・ペレスは、マシーアスから身を守ろうとする姿勢に出た。そのときマシーアスが我を忘れ、鞘から剣を抜いて飛び掛かったからだ。エンリケ卿は自身の剣を差し挟んで遮った。マシーアスは我に返ってその足もとに飛びのいた。すべてが対話で話されたように起こる）

第十二場面

マシーアス、エンリケ卿、エルビラ、フェルナン・ペレス、ヌニョ、ベアトリス、アルバル、小姓たち。

マシーアス　（皆を見て）天よ！
フェルナン　なぜ貴様がここに！
エルビラ　彼よ！
（気絶して倒れる。ヌニョとベアトリスが支える）
マシーアス　復讐か死か！
ヌニョ　エルビラ！
ベアトリス　お嬢様！
フェルナン　（マシーアスに向かって）警告するが……。

エンリケ　わしの前で何ごとか、マシーアス……？
マシーアス　死ぬか、殺すか以外、何の希望もない！
エンリケ　やめるのだ！
マシーアス　もっと懲罰を与えてください！（足もとに縋って）
卿よ、死か復讐か！
（幕が下がる）

第三幕

フェルナン・ペレスとエルビラの部屋。袖の扉が複数、一つ目の部屋に二つの扉、二つ目の部屋に二つの扉がある。最後の一つは奥にある。十五世紀当時の色硝子の嵌った、ゴシック趣味の窓が奥の側面に。

第一場面

ベアトリス、マシーアス
（ベアトリスが阻もうとするが、マシーアスは部屋に侵入する）
ベアトリス　早く出て行ってください。無理強いしないでください……。
マシーアス　ベアトリスよ、もう力ずくしかない。彼女に会わせてくれ。
ベアトリス　もし旦那様が気づいて……。

マシーアス　旦那様だと？　いいや、何も心配しなくていい。エンリケ卿と一緒に留まっている。ここには来ないだろう。この恩知らずのエルビラに、俺が死ぬ前の、この最期の機会に会ってやる。
ベアトリス　我慢なさってください、マシーアス様よ。さぁ、お聞きください……。
マシーアス　彼女に会わずには立ち去れないぞ。
ベアトリス　お待ちください。
マシーアス　フェルナン・ペレスが私を見つけるだろう。
ベアトリス　ご忠告しますが……。
マシーアス　何も忠告される必要はない。さぁ、誰か来る前に俺を通してくれ……。十五分でも……一瞬でも……。ベアトリス！
ベアトリス　静かに！　誰かが来ます。お嬢様です。
マシーアス　彼女か？
ベアトリス　早く出て行ってください。
マシーアス　絶対に嫌だ。
ベアトリス　分かりました。ではこの部屋に入って……そう……私がお嬢様とお話します。お嬢様に伝えますから……。
（左にある二番目の扉のほうへ向かうよう強いる）
マシーアス　ベアトリス！
ベアトリス　入ってください、貴方様よ。もしお嬢様がご承諾なさったら……。

マシーアス　君の約束を信じて向こうへ入ろう。（向こうへ入る）
ベアトリス　あぁ、すべてが恐ろしい。こんな約束ってあるかしら？
もしフェルナン・ペレス様が知ったら！

第二場面

ベアトリス、エルビラ

（二人とも第二幕の衣装のままでいる。ベアトリスはこの舞台の間中、動揺し、マシーアスが誰かに見つからないか心配で気が気ではない。小部屋のほうをずっと見ている。マシーアスは時折、扉を半開きにして話を聞こうとする。エルビラはマシーアスのいる小部屋に背を向けている）

エルビラ　（出て行こうとして）ベアトリスよ、私の夫君はどうなって？　それに、マシーアスは？

ベアトリス　落ち着いてください。お二人とも激高しましたが、ビリェーナ様が何とか食い止めてくれました。ですが貴女の愛する方は決闘を申し込んで、許可を得てしまいました。

エルビラ　何を言っているの？

ベアトリス　明日の朝、審判となるエンリケ卿の立ち合いの下、決闘を申し込んだのです。

エルビラ　あぁ、天よ！　私に暴君の夫を強いただけでは充分ではなく、どちらかの血が流されることまで必要なのでしょうか？　おぉ！　この苦しみが終わるのなら、ベアトリスよ、何と私は幸せなことでしょう！

マシーアス　（裏切り者め！）

エルビラ　それに彼と話すことも叶わず、これほど遅れた理由も知ることができないのね？

ベアトリス　神よ！　彼が新たな女性《ひと》と彼の地で結婚したなんて、その策略は一体なぜ……？

エルビラ　お嬢様、もしお話しなさりたいのでしたら……。

ベアトリス　馬鹿ね！　昨日彼と話しているならまだしも、いまさら今日……彼と話すなんて、私の夫への侮辱となります……。私は結婚しているのです。不幸にも！

エルビラ　あぁ！　なんと軽率だったのか！

ベアトリス　一体それは何の驚きなの？　お前は何か知っているの？……

エルビラ　いいえ、何でもありません。

ベアトリス　お前の顔に書いてあることを否定するというの？　何の秘密か悲しい知らせか？……さぁ、一度にすべて白状なさい。もう何が起こっても驚きません。これ以上不幸になれるはずがないでしょう？　お前は彼に会ったの？　誰か待っているの？……白状なさい。

エルビラ　マシーアス様ご本人が私に貴女とのお引き合わせを頼んで参りました。貴女とお話しなさりたいそうです。

ベアトリス　私と話したい、それは絶対にできません。いいえ、ベアトリス、駄目です。

エルビラ　この部屋で私に話しかけてきました……。

ベアトリス　それで行ってしまったの？

エルビラ　彼を追い払うことはできませんでした。

ベアトリス　何を言っているのです？　お前は何をしたのか分かっているの？

後でここに……。

ベアトリス　いいえ……でも……。（とても驚いた様子で、部屋の隅々を眺めまわす）

エルビラ　どこに？　何という不遜なこと！　お前は何ということを……？

ベアトリス　お嬢様……。

エルビラ　どこにいるの？　もしフェルナンが来たら！……私はここから逃げるわ！……お前はここにもう少し……、私が出て行くまで控えていなさい……。

マシーアス　もう出ていかずにはおられない。

エルビラ　（彼を見て）あぁ！（顔を両手で覆う）

ベアトリス　天よ！

エルビラ　何と考えなしに！　お前は彼をかくまったのね！　（マシーアスに向かって）逃げなさい。

マシーアス　待ってくれ。（エルビラは彼女の部屋へ逃げようとしたが、マシーアスは引き留める）

第三場面

マシーアス、エルビラ、ベアトリス

マシーアス　どこへ走っていくのだ、エルビラ？　私の話を聞いてくれ。

エルビラ　天よ！　私はどうしたら？

マシーアス　（彼女に断言しながら）待つんだ。逃げても無駄だ。

エルビラ　あぁ！　ここに貴方が、マシーアス？（何と不幸な！　私は何を言おうとしたのか？）
――神よ、私にご加護を！　誘惑に打ち勝つための力を、
慎み深くあるための徳をお与えください！　――
貴方よ、なぜここに来たのです？　どうやってここに入ったのです？　後ろに下がりなさい。
結婚した女に乱暴を働くものではありません。いまや貴方の大胆不敵な行動が、
私の貞節を傷つけているのです。

マシーアス　待ってくれ。俺がいまの時点で貴女の腕に抱かれる幸福な男ではないことは分かっている、
あまりに幸せな貴女の夫君とやらは何をしているのだ？　なぜ時間がかかっている？
どこにいるのだ？

エルビラ　何という激高でしょうか！　あぁ、静まってください。ご慈悲ですから帰ってください！
マシーアス　いますぐ帰ってくれだと？　どこへ、どこへ、不幸な貴女よ？　果敢にも多くの危険に
立ち向かってここまで来たというのに、俺の惨めな人生たるや、貴女に会いに来て、
ただここに置き去りにするだけのために？　貴女はもう俺のものだ。
ここから俺は立ち去りはしない……。

エルビラ　もっと小声で話してください……。
マシーアス　これが幸福な運命だ。
エルビラ　聞こえてしまいます！　マシーアス、お願いです。心から懇願します。
さぁ、ここを離れてください。
マシーアス　俺にどれだけの犠牲を強いて、貴女の哀れな願いを聞くというのか？　なんという錯乱だ！

エルビラ　何を仰るのでしょう？　もし宮殿の誰かが来て貴方を見つけたら、私の貞節が失われてしまうのに
平気だと言うのでしょうか？　少なくとも一度は愛した女にご慈悲を……。
マシーアス　それで俺に立ち去れと！
エルビラ　さぁ、もうお終いです、マシーアス、私の願いが充分でないというなら、貴方に命じます。
マシーアス　不実な者よ、その前にお前が始めたことを終わらせてくれ。俺の血をすべて注ぎ、
無慈悲なお前の渇いた心を満たすがいい。俺に対するその憎しみで。
だが、俺は生きている。虚しくここから俺に立ち去ってほしいとは。
エルビラ　（不安でたまらない様子で）何という責め苦なのかしら！　ベアトリス、神に誓って、
よくお聞き。あまりの驚きで私は震えが止まりません。走って、誰か来てくれるよう知らせて。
ベアトリス　私にお任せを。お嬢様、ご安心ください。（行ってしまう）
エルビラ　あぁ、神様！

第四場面

エルビラ、マシーアス

エルビラ　何を企てようとしているのでしょうか？　さぁ、白状してください。足音が聞こえませんか？
マシーアス　もう何も構わない。昔は、君は俺の傍にいて、何の危険にも怯えることはなかった。
エルビラ　あのときは、私は貴方の恋人だった。いまや私は別の人の妻となったのです。
まさに貴方が、貴方が遅れたのです……。
マシーアス　何を言うのか、エルビラ？　遅れたとは、期日が満ちたその当日だというのに遅れたとは？

君こそ詫びる気持ちはないのか？　装うなり、他に言い訳を言うなり、できないのか？　俺はそれを聞くために来たのだ。少なくとも欺かれたまま、最期の死を迎えたい。俺を惑わしてくれ、暴君よ。少なくとも暴力によって欺かれて君が結婚させられたのだと言ってくれ。

エルビラ　お黙りください。もし知られたら……。

マシーアス　エルビラよ、俺が不実だったと言ってくれ。俺を愛していたのだから、結婚したら数え切れないほどの栄誉に価しただろうに。ひょっとすると俺のことを愛し過ぎて、他の男と結婚したのだろう。そうだ、俺は自分に目隠しをしよう。君の手を、俺の目の上に置くのだ。欺いてもらうことさえ俺には値しないというのか？　なぜ君は困惑して黙っているのか？

エルビラ　少し話を聞いて……。

マシーアス　君の忠誠心を試すとよい。エルビラ、君の唇がそれほどまでに信用できるというのなら！　しかし君の目は、可哀そうな人よ、恥ずかしさで床のほうに伏せているではないか？　結局のところ、恩知らずの、気まぐれな女よ！　なんという不幸せな嘆きか！　一人の女性を永遠に愛すると信じたのだ！　何と考えなしだったか！

エルビラ　もうやめてください。充分です。貴方によって私の胸は打ち砕かれ、あれほどの愛と苦悩を捧げたというのに、それに対する報いがこれでしょうか？　そしてまだ貴方を私は愛していたというのに？

マシーアス　俺を愛しているだと？　それは本当か？　まだ君は俺を愛しているというのか？

こうして二人が一緒にアンドゥハルにいるというのに？　あぁ！　いまや誰が
この溺愛する美しい人を私から奪うのだろうか？　君は俺を愛しているのか？
こちらに来てくれ。

エルビラ　私がそう言いましたか？　貴方のことを愛していたと、そう言いたかっただけです。
貴方を愛しているとは言っていません。

マシーアス　いいや、君の目、嘆き、それにその抑揚、その動揺、その炎が俺を焼き尽くし、
俺の心には君は嘘をついていると告げている。分かった。俺の幸せよ、一緒に逃げよう。
すべてを俺は忘れよう。君が結婚を許したのはただの気まぐれではなかった
という証明のために一緒に逃げてくれ。

エルビラ　どこに私を引き連れて行くというのです？

マシーアス　来てくれ。さぁ、幸せになるんだ。この世界のどこに二人の宿とならない
場所があるだろうか、大切な人よ？　破壊し、取り消すのだ。君が結んだ
その恐ろしい絆を。愛人こそ本当の意味での夫婦なのだ。
なぜなら愛によって結ばれているのだから。
愛より聖なる絆があろうか？　その神殿は宇宙だ。
どこにいても神は結びつけた二人の話すことを聞いている。
たとえ人から信用されず、外衣も貰えず、希望もなく街から追い返されても、
一緒に森に行けばいい。動物たちが私たちの逢瀬のために、洞窟の寝ぐらを
貸してくれるだろう。彼らも愛し合っているのだから、

そう思わないかい？　さぁ、逃げよう。我が腕より安全な庇護が
他にあろうか？　君の腕も俺にとって同じだ。もし地上で庇護が得られないのなら、
二人で一緒に愛のために死のう。愛しながら生き、
そして愛されて死ぬより幸福な人間はなかろう？

エルビラ　なんという恐ろしい錯乱、貴方は何と不可能なことを考えていらっしゃるの？
私たちはその隠れた庇護を発見することができたとして、
幸福というのは名誉のないところにあるのでしょうか？
どの荒廃した土地がいまいる場所から私を隠してくれるというのでしょう。

マシーアス　エルビラ！

エルビラ　別の主人のものとなることを、貞潔を、私の名と神様に賭けて誓ったのです。

私の運命を勇気と嘆きの中に苦しみながら甘受し、寝台を涙で濡らしましょう。

幸福でなくとも高潔に死にたいのです。貴方のものにはならないと運命が望んだのです。

何かの巡り合わせで、貴方の錯乱がその運命に逆らうとでも？　この苦く痛々しい
嘆きをお聞きください。貴方を愛したことを、そしていまも貴方を愛していることを、
この私の命より愛しています。暴力によって、確かにそうです、騙されて結婚させられたのです。

しかしもう私は結婚した身です。もうどうすることもできないのです。

もし私の愛の言葉を聞いたならば、貴方は傷物となった私を侮辱する最初の人となるのです。

しかし貴方の尊敬には値するでしょう。虚しくも私は貴方の愛に見合ったのだから。

私の最悪の夫は忌み嫌われていますが、それでも私にとっては夫なのです。私の幸福のために、

マシーアス　貴方と一緒になり、その解決できない絆で結ばれたとしたら何が起こるでしょう？

いいや、君は俺を愛してはいない。いや、一度も俺のことを愛したこともない！

みんな嘘で、その徴《しるし》は虚しい。君の目、君の抑揚、その眼差しも俺を欺いたのだ。

君は別の真面目な男のものとなりながら、涼しい顔でマシーアスにもそれと
同じことを求めるというのか？　君があの男の腕に？　君よ、エルビラ、血と炎が泣くとき、
俺の燃える目が、あぁ！　別の男が君の美貌を享受しているのを見るのだ！

そのとき、君は、へつらいにへつらいを重ねて、それを甘受するのだ!!……

あり得ない！　決して！　俺はそれほどの恐怖を苦しむのは耐えられない。

この俺がそれを見なければならないのか？　先に死んでしまうか、それを邪魔するか。

その前に千もの雷鳴に打たれるだろう!!!……

エルビラ　天よ！

マシーアス　人生とは何であろうか？　耐えがたき苦しみ、もはや君の傍では、居ても立ってもいられない。

死よ！　復讐よ！　どこにあの卑怯者がいるのだ？　どこに？　ビリャーノ！

俺を攻撃しておきながら、生きているのか？　フェルナン・ペレスよ！

エルビラ　お黙りください！　考えもなしに、何をなさろうというの？

私にあまりにも不幸をもたらすことでしょう。

マシーアス　それが何だと言うのだ？　もう頃合いだ、武装して、剣を持ってくるがよい。

ここが決闘の場だ。なぜ明日まで延ばす必要がある？　もう理解している。そう、
何をおいても幸せになりたい貴様は、俺の剣に震えあがるのだ。フェルナン・ペレスよ

貴様はそれを望むのか？　馬鹿げたことだ！　いや、いや、俺の血が心の中で煮えたぎる間は貴様は彼女を抱き締めることはできない。もし俺から奪った聖なるエルビラに到達したいなら、まず貴様の剣を俺の胸に突き刺すがいい。

エルビラを得るには他に道はない！

エルビラ　そして彼女が貴様のものだって？　走れ、飛べ。さぁ、いまや彼女は俺のものだ！　貴様を待ち受けている！　フェルナン・ペレス！（剣を抜く）

マシーアス　静かに！　何をしようと言うのです？　情熱に掻き乱されています。抑えて、退いてください。そんな姿でどこを駆けていくのです？　剣を渡してください。

エルビラ　おぉ、君こそ逃げてくれ、他の男の妻よ！　そうだ、俺は死を探しながら行く。君がそれを望んでいるのだから。死の後なら、恐れも羞恥もなく、溺愛することができるだろう。さぁ、その剣を取れ。（エルビラは剣を掴む）俺から命を奪うのだ。君は、俺の命以上のものを、俺自身の名誉以上のものを、俺から奪ったのだ。何と忌わしい！

（ベアトリスが驚いて到着する）

第五場面

エルビラ、マシーアス、ベアトリス

ベアトリス　貴方よ、逃げてください。いまに人が来ます。

エルビラ　あぁ！

マシーアス　誰が到着するのだ？

ベアトリス　卿とフェルナン様が貴方の後を追っています……。知らせを受けたに違いありません……。
マシーアス　貴女たちに御礼を言います。可愛い人たちよ、それでは、また。間もなく私の罵倒の声が聞こえることでしょう。
エルビラ　お逃げください！
マシーアス　誰が？　俺がかい、エルビラ？　彼の前で逃げる？　俺は彼を何と呼ぼう？
エルビラ　どうぞご慈悲によって！　私の名誉のために！
マシーアス　その剣をよこすんだ。
エルビラ　剣を？　何のためにです？　無鉄砲な貴方よ、私にその恥知らずな行為の証人となれと言うのですか？
マシーアス　俺の剣を、エルビラ！
エルビラ　決して渡しません。
ベアトリス　もう到着してしまいました！　もうそんなことをしているときではありません！
エルビラ　いいえ、私のために少なくとも、それほどまでの血は流させません。抑えてください。そうでなければ、私の胸に突き刺すまでです！
ベアトリス　お嬢様！
フェルナン　（入ってきて）何という大胆不敵な！
マシーアス　（執拗に）エルビラ！
フェルナン　（入ってくるエンリケ卿に向かって）卿よ、彼を見てください！
マシーアス　ようやく武器ももたない俺を見つけたか！

第六場面

エルビラ、ベアトリス、マシーアス、フェルナン・ペレス、エンリケ卿、ルイ・ペロ、アルバル、武装した小姓たち

（ルイ・ペロとアルバルに統率された者たちが、マシーアスを取り囲む）

エンリケ 何だというのだ？ エルビラよ、その剣は何を意味しているのだ？

エルビラ 卿よ、貴殿の手に委ねます。今日はこれほどまでに酷く、幸せを邪魔される運命にありました。

マシーアス それをまさに望んでいたところだ！

フェルナン エルビラ！

エルビラ 私は震えています！

フェルナン この結婚が良くないとでも、貴女は思うのか……？

マシーアス 郷士よ！

エルビラ あぁ、夫君よ……。

マシーアス これは俺のせいだ。彼女には何の罪もない。

フェルナン それで何の権利があって貴様は我が妻の部屋にまで入ってきた……？

エンリケ　バディーリョ殿よ！

フェルナン　おお天よ！　騎士団長がいない間に……。

エンリケ　落ち着くのだ。

マシーアス　誰もいないところまで来い。

エルビラ　フェルナン！

エンリケ　バディーリョ殿よ、ここから出て行ってはならない！

フェルナン　卿よ！……

エンリケ　私が命ずる。彼と話させてくれ。（マシーアスへ向かって）気は確かか？

お前はその境遇の上、郷士の家で乱暴を働いたのか？　わしが庇護する郷士であるぞ。

それにお前には真剣勝負を認めたではないか、その決闘を迎えるまでは、エルビラにも
フェルナン・ペレス殿にも会わないという理由で。厚かましい上に、理由も聞かずに、
お前には尊重というものもなく、忠告もない、命令もない。その大胆不敵な態度に歯止めを
効かせる方法もないのか？　どこでそれほどまでに傲慢な態度を学んだのか？

マシーアス　その口を閉じてくれ。さもなくば神に誓って貴様を殺す。

俺が何を貴様に負っているというのか、貴様の庇護に対してどんな敬意を抱くというのか？

こんなやり方で庇護を施しているだと？

不幸以外に何を負うというのか？　もしこれがご加護というのであれば、
今日から俺の敵となり、その尊大な調子をやめるのだ。

俺が貴様より目下だと思うのか？　いや、エンリケ殿よ、いかなる名高い馬上試合でも

貴様の腕が俺を打ち負かしたことがあったか？
その戦いで俺を負かすことができたとでも？　槍を取れ、
そして俺と一緒に来い。その得意満面な誇りを叩きのめしてやる。

エンリケ　何ということを言うのか！

エルビラ　マシーアスは自ら墓穴を掘っているのです！

マシーアス　お前の家系と虚しい名誉に、それほどに誇りの基《もとい》を置くのなら、より良く行動するよう
お前を義務づけるものではないか。お前は人でなしだ。
お前は俺には不公平な態度を取る。エンリケ卿よ、なぜならお前は上から見ているからだ。
その忌わしい権力を享受しているからこそ、下劣にも抑圧し、不幸な者を、弱い女性を守る
代わりに、何と勇敢なことか、美しい婦人たちの邪魔をする。見よ、それが栄冠と言えるのか！
奥方にお前の野心に目がくらんだ卑屈さ[*37]を証言してもらいたいものだ。
この愛の叫びにどうやって憐れみを感じるというのか？
お前には高貴な炎も理解できないし、一度も
誰かと愛し合ったこともなければ、誰かを愛することもできない。
もっと崇高な気質の魂をもつ者たちは、この偉大な情熱を抱いているのだ……。

エンリケ　悪しき生まれの男よ！　忌わしき奴！　わしに向かって何という不敬な！

マシーアス　黙れ、黙れ。さもなくば俺の激怒は……。忌わしきだと？　悪しき生まれだと？
これほどまでの侮辱に苦しむのか？　神よ、エンリケ卿、妖術師め。もし剣を持っていれば
すぐにでもその口を封じてやる！……。

フェルナンド　卿よ、私にこの厚顔無恥な奴を懲らしめさせてください。ここに入り込んだこと自体、私に対する最初の攻撃です。

エンリケ　フェルナン・ペレス殿よ。貴殿の誠意は私の任務に対してであり、すでに黙るようにと言ったはずだ。守衛よ、この悪党を城塞へ連れて行け。

エルビラ　お許しください。もっと寛大となってください。貴殿はもっと偉大なお方のはずです。彼は情熱で盲目になっています。馬を与え、ここから遠くへ立ち去るようにしてください。命だけは助けてくださり、決闘は取り消しとしてくださいませ。立ち退けば、後のことは時が解決してくれることでしょう。ただ私はそれだけで幸福でいられることでしょう。少なくとも、不幸が軽くなることでしょう。そうすれば私の夫君は静かでいられます。

マシーアス　何千もの雷が俺に落ちればいい！　不幸な女よ、お前もだ。懇願して暴君にへつらうのか？　俺の人生はお前がいなければ、何の意味もない。お前は夫と自分のために静寂を懇願し、俺には立ち去るようにと願うのか？　フェルナンを愛しているのか？　分かった。お前はもう彼のものだ。しかし聞くがよい。幸福が見つかると思ったら虚しいことで、俺がいなくなってお前の中の悪が正されると思ったら大間違いで、それは増幅するのだ。俺の死をお前が知るとき、その耳に永遠に俺の名が響き渡るのを聞くだろう。お前は自分が俺を殺した、と叫ぶことだろう。そしてお前の夫は嫉妬に燃え上がり、俺がされたと同じように、最後には別の男と裏切るのではないかと恐れるようになり、お前の口づけすら嘘だと思うだろう。確実に、そうなるだろう。フェルナンよ、彼女は俺を愛していた。そしてまた俺を愛するようになるだろう。

もし貴様に貞節を誓うのなら、それは騙しているに過ぎない。俺にもそう誓ったが、嘘だった。いつでも遠くにいる愛人を求めて、決して見つけることはない。いつの日かフェルナン、貴様の愛を冷淡にも拒絶するだろう。苦い嘆きとともに、貴様の寝床は涙で溢れかえることだろう。エルビラよ、俺を忘れようと願う時は、彼の腕を求めるがいい。お前と夫の間には、俺の怒りの影が差し、恐怖に陥れるだろう。いまだに神聖なものを汚すその胸は血塗られることだろう。死した、こわばった俺の手によって遠ざけられるのだ。いつもお前の頭の中には、不実な裏切りが永遠に思い出されてならないのだ。そして心の底からマシーアスと繰り返すのだ。マシーアスは宇宙にこだまする！　さぁ、俺を死まで連れて行ってくれ……。

エルビラ　　お待ちください！

フェルナン　　——裏切り者よ！

エンリケ　　エルビラ！

マシーアス　　(アルバルへ向かって) 行け。

裏切り者よ、さようなら！　生きよ……そして……いや……行こう。

(立ち去る。ベアトリスは、追おうとするエルビラを引き留める。フェルナン・ペレスは、アルバルがマシーアスとその他の者と立ち去るのを戸口まで出て見ている。エルビラは彼の後を追おうとするが、ベアトリスが引き留め、エンリケ卿がルイに告げた言葉を再び聞く)

第七場面

エンリケ卿、フェルナン・ペレス、エルビラ、ベアトリス、ルイ・ペロ

エルビラ (フェルナン・ペレスの後を追いかけて)どなたか聞いてください! 誰も私の言うことを聞いてくれないのね!

エンリケ ルイ・ペロよ、あの無礼者をしっかと塔に置いておき、決闘の期日が来るまで、出て行かないように見張れ。(ルイ・ペロは去る)

エルビラ 塔にいるのよ、ベアトリス! ようやく私の痛みと嘆きの手綱が放たれたのだわ。

第八場面

エンリケ卿、フェルナン・ペレス、エルビラ、ベアトリス

エンリケ いまや、フェルナン・ペレスよ、もう塔にいて奴は出てこない。決闘を退けるための何らかの誠実で公平な方法を見つけよう。しかしついに何の方法も見つからなければ、勇敢に戦いに臨むがいい。彼についてこれだけのことを知った以上、わしも燃え上がらずにはおれない。決闘を取り消そうとするなど考えられないし、ふさわしくもない。この事件については、貴殿はわしの従者でもあるのだから、臆病なままでいてはならない。

フェルナン 貴殿のお心を晴らすことを誓います。

エンリケ アルホナ・ヌニョ殿の元から戻ったら、知らせてくれ。(エンリケ卿は出て行く)

エルビラ いまのを聞いたでしょう? ベアトリスよ、決闘を避けるための手だてはどこにもないのです。

第九場面

フェルナン・ペレス、エルビラ、ベアトリス

フェルナン　（心の中で）この窮地で死ぬものか。何という狂乱だ！　この争いに俺は何を求めているというのか？　この決闘で俺の手中にあるエルビラまで危険に晒すことになる。あいつが先に死ねば、そうだ、死ねばいいんだ。決闘が無効にならなければ、エルビラ……彼女と別れるまでだ……。

（出て行く素振りを見せる）

エルビラ　もう解決したわ……。もう私は疑わない……。フェルナンよ……。（彼に付いて出て行く）

フェルナン　誰が来るのか？

ベアトリス　（何をしようとしているのだろう？）

フェルナン　私を探しているのか？

エルビラ　ええ、貴殿を。

フェルナン　（何を俺は聞くことになるのだろう？）

エルビラ　ええ、貴殿を探していました。フェルナン殿、もうやむを得ないところまで来ました。もう私は苦しみを隠すことがこれ以上できなくなりました。胸からこの苦痛を取り出し、せめて名誉だけは純粋なまま守りたいのです。これ以上黙っていることは、罪になります。ベアトリスよ、さぁ、行きなさい。

フェルナン　（この女は私を混乱させる）

エルビラ　（ベアトリスと離れて）私はあの夫の怒りが怖いのです。残酷で不当な怒りです。

ベアトリス　（エルビラに同意して）お嬢様のお考えはよく分かります。ここから近い回廊に身を隠しておりましょう。もし何か危険が見てとれたら、私は貴女をお助けすることができます。
（いなくなる）

第十場面

エルビラ、フェルナン・ペレス

エルビラ　夫君よ、注意深くお聞きください。本当は黙っていたいのですが、私につきまとう猛り狂った苦悶と苦痛とを抑えることができないのです。私がどういう境遇で結婚させられたかということ、そして一度も私の心は貴殿を愛することはなかったことを、決して無視することはできないでしょう。

フェルナン　何を言っているのだ？

エルビラ　最後まで話すことをお許しください。いまここにはいない私の父に対して咎めることはいたしません。父の目的は称賛されるべき、名誉あるものだったと信じるべきですが、また、そう信じられずとも、敬意を払って私は自分の舌をしっかり結んでおきます。私は貴殿を困惑させたいわけではありません。決して。涙と嘆息とともに、ただ、そうです、私はマシーアスを愛していたとだけ言えるのです。私の義務はよく分かっているつもりです。高貴な身分の生まれではありませんが、自分の中で貴殿への貞潔を守っていることは確かです。

フェルナン　その貞潔を守らない者の嘆きとは一体何ごとだ！

エルビラ

バディーリョよ、お待ちください、まだ終わっていないのです。
最後には父の強制によって、私の誓いは揉み消されたのです。
あのときのこれほどまでに確固とした欺きが見破られなければ、
そしてマシーアスがここに来なかったならば、
父の勝利は完全なものとなったでしょう。とはいえ、
すべてが虚しさの中にあったのです。マシーアスが来て、私は彼を見て、
いままでよりも一層、愛する人だと思いました。私が貴殿と結婚すると決めたときは、
不安定でした。いまや嘆いても無駄です。これほど忌わしい身の上にあって、
たった一つの意志だけが残されています。そしてそれを用いるのはやむを得ないのです。
私は、他の男の方のものになることはできません。もはや私は貴殿と結婚してしまいました。
しかし、まだ私は貴殿のものではなく、夫君よ、これからもそうなることはありません。
どうか修道院を教えてください。そこに身を隠し、
夫が私の苦悩を増幅させることのないようにしたいのです。
そしてすぐに、フェルナン殿よ、そこでの生活が私の悲嘆を終わらせてくれるでしょう。
そこは永遠の嘆きの中だとはいえ、終生、隠遁して生きることができるのです。
このことだけを私は貴殿にお願いするのです。これはつまり、貴殿よ、
慎重な夫であれば否定できない願いなのです。
これらの理由を聞いた上で、安全な牢獄の中に妻を閉じ込めることを
願わない人がどこにいましょうか？　修道院の最も禁欲的な規則に縛られた

安心を得る道を選ばずに、別の男を愛しながら、
まったく関心を持てない夫を選ぶ女性がどこにいるでしょうか？

フェルナン　終わったか？

エルビラ　終わりました。

フェルナン　私の激怒は抑え難いほどだ！　そのような侮辱の言葉を聞くために丸一年も待ったのか？
奥方よ、お前がいつでもあの従者に愛を感じていたことは分かっている。
あぁ、この私の名誉が傷つけられて、これまで以上に、彼を愛していることだろう。
お前は泣き暮らすために隠遁と修道院を願うと言うのか？　それはすべて見せかけに過ぎない。
私が馬鹿だと思うのか？　あの厚顔無恥な男に対しては、お前を守ってくれるような
身の保証も防御もないし、高い城壁もないのだ。

エルビラ　あぁ！　何を言うのです！

フェルナン　お前は狂って、愚か者のように、私の魂が最も重きを置くお前を諦めると考えたのかもしれないが、
お前は私の妻だ。ともに暮らしながら、お前は私の妻となっていくのだ。
誰もその絆を壊せるものはいない。

エルビラ　私は何を聞いているのでしょう！　何の手だてもないのでしょうか？

フェルナン　ない。一つもだ！　しつこくしても無駄だ！　お前の愛する男はマシーアスだ、お前の夫は私だ。
運任せにするのではなく、騎士の誓いに従うことだ……。（短剣に手を伸ばす）

エルビラ　剣をお抜きなさい、フェルナン殿よ。傷つけるがよいでしょう。私は死を恐れない。

フェルナン　あの男を愛しているのか？　おぉ、天よ、あいつに忘れられるよりも死を望むというのか？

エルビラ　ええ、それを望みます。

フェルナン　いいや、それより前に、俺のものとなれ。二人にとっての死が、一つの幸福と一つの勝利となるだろう。いいや、生きるのだ。俺は神に誓う！　俺は復讐するために。これほどお前に愛されたということの代償をあいつに思い知らせてやる！　それを望むのか？　危険を承知ではなかったか？……

エルビラ　そんなことができるのでしょうか、悪党よ……！

フェルナン　あぁ。あらゆることにだ！　あいつとお前に呪いを！……いや、そうだ。お前たちの情熱に慈悲を示して称賛してやろう。エルビラ、今日、お前はあいつと話すのだ。

エルビラ　あの人と話すですって？

フェルナン　それを命ずる。俺はお前たちの話を聞いていることにしよう。

エルビラ　誰がそんな計画を吹き込んだのでしょうか？

フェルナン　お前が俺を愛していると、天がお前の愛を俺に授けたと……。そういうわけで、決闘を諦めてほしいと。

エルビラ　そんな風に私が話さなければならないのでしょうか？

フェルナン　そうすれば俺の面目は立つ。あいつの中で希望が死ぬのだ。

エルビラ　いいえ、絶対に。何と残酷な人、私は死も辞しません。

フェルナン　従わないのか？（力ずくで彼女の腕を摑む）

エルビラ　ご慈悲を！　私を傷つけるのね。あぁ、後生よ！

フェルナン　お前たちの愛がそれほど価値があるというのか？　諦めろ。
エルビラ　いいえ、絶対に諦めません。
フェルナン　恐れおののくがいい。（憤りを込めて彼女を力任せに突き放す）もうこれ以上お前には頼まぬ。
別の方法で復讐してやる。
エルビラ　あぁ、神様よ！
ベアトリス　（さぁ、入っていかねば！）
フェルナン　（左から呼ばわって）アルバル！
エルビラ　何とおぞましい！
フェルナン　アルバル！
エルビラ　私の希望よ、さようなら！
（左からアルバルが入ってきて、戸を開け放つ）

第十一場面

エルビラ、フェルナン・ペレス、アルバル
（アルバルとフェルナンは離れる）

フェルナン　（アルバルに向かって）アルバル、四人の男を俺に見つけてきてくれ……。
分かったか？　一時間以内に見つけて、戻ってこい。（行ってしまう）
エルビラ　あぁ！　いまや何をするのだろう？　もしかして？　……天よ、
私をお守りください！　これほどまでに酷い窮地で何ができるというのか？

怪物め！　あんな男と生涯ともに過ごさなければならないなんて？

二度と！　絶対に！　不可能よ！　残忍な！　虚しくあの人は私を所有する望みで喜んでいる！

私に短剣を渡してくれれば、絶望を思い知ることだろう！　どこへ行ったのかしら？

あの人は何を考えているのだろう？　私は恐ろしくて震えている……！

第十二場面

エルビラ、ベアトリス

ベアトリス　（酷くおびえて）お嬢様！　エルビラ様！
（いままで見聞きしたすべての出来事の後で、二人とも疑い深くなっている）
エルビラ　ベアトリス、どうしたの？
ベアトリス　（息をせず）あぁ！
エルビラ　もう大丈夫よ、息をついて。言いなさい……。
ベアトリス　待ってください、私たちは見られていませんか？
エルビラ　いいえ、行ってしまったわ。
ベアトリス　はい、私はあまりにも知り過ぎてしまいました。
あちらに身を隠して、一言、二言か召使に伝えているのを聞いたのですが、今晩……
エルビラ　話して。
ベアトリス　少しお待ちを！……牢獄で殺すようにと……。
エルビラ　ベアトリス！

ベアトリス　あぁ！　私は震えています！

エルビラ　恥知らず！　何と繰り返し、また、どんな罪を企んだのだろうか？　いや、殺すのであれば最初に私の胸に剣が突き刺されねばならない。お前は聞いたでしょう？　ベアトリス！　聞いて……。あの人が閉じ込められている塔を私は知っているわ……。誰かにこの袖の下を渡して……私はいくらか金《きん》も持っているわ……そして宝石も……走って……私の首飾りに、耳飾り……（身に付けている飾りをもぎ取って、ベアトリスに見せる）それに結婚用の宝石……。これらのすべての財をお持ちなさい……。備えるのよ。

——静かに！　足音が聞こえる……？

ベアトリス　いいえ。

エルビラ　最初に、扉を開けるために望むだけ差し出して、残りはお前のものにしなさい。

（宝石を渡して）

ベアトリス　何を仰るのです？　私にも？　何も要りません。とにかく走って参ります……。扉を開けてくれるのは誰か分かります……。

エルビラ　行きなさい、そしてできれば侯爵のところへ。私の企てが絶対うまくいくとは限らないのだから。侯爵は従者の身に迫る危険も、下劣な裏切りも知らないでしょう。ベアトリスよ、急ぎましょう。そうすれば彼は救われるわ。それとも彼と一緒に死ぬか。

（右側から入っていく）

第四幕

マシーアスの牢獄。左と右に扉。一つめは大きい扉、二つ目は秘密の扉。明かりのついたランプ一つ。

第一場面

マシーアス、フォルトゥン

マシーアス　侯爵がそれを提案しているのか？　そのためにお前一人をよこしたのか？　フォルトゥン、
夜が明けたら俺の鎧兜を持ってきてくれ。

フォルトゥン　決闘を諦めることはないと、侯爵に私から伝えたほうがいいでしょうか？

マシーアス　諦めるだと？　そしてあいつが一方的に自惚れるだと？　そしてあいつの血管の血が
脈打つだとは？　ビリェーナはフェルナンと俺の決闘を許したというのに、
似非紳士め、いまになって否定するなんて。まるで自分が言ったことを忘れたかのように。
まぁいい、エンリケ王が許してくれるだろう。
いや、それ以上に、この王がフェルナンとの真剣勝負を拒否して、
たとえ最高権力が法[*38]を踏みにじったとしても、卑怯者は助からない。
俺の剣に誓って面頰を外すことはない。遅かれ早かれどこにいるにせよ、
あいつの不実な胸に、俺が隠している剣を突き立てるまでは。
残酷なまでに俺が不名誉を受けたことへの復讐を果たすのだ。

卿は、俺がアルボルノスの件（妻アルボルノスとの離婚裁判の件）を任されたのは幸運だと思うとでも、
そして卿の声を震えながら聞いて服従するとでも思っているのか？
何と狂ったことだ！

フォルトゥン　卿にそう言えばよいでしょうか……？

マシーアス　あぁ、ビリェーナにそう言ってくれ、俺の代わりにということで。あの高貴な階級に
求められる責任を、遠くに離れた名誉に対して負う責任を忘れるなと。
その義務からはいまは大目に見られているということを。
もしまだ卿が生かされているとして、
それは裏切り者の血を呑み干すことを俺が切実に願っているからだと。
過去に戻れたらと考えることが、俺の夢だ。そして郷士には、
宮廷にいるのと同じくらいの強気で決闘に臨めるかどうか見極めるのを、
俺は強く願っていると。そしてお前は日が昇り始めたら、
フォルトゥンよ、気をつけて強い栗毛馬と、よく切れる剣を準備してくれ。
俺の光沢のある黒い武具をよく探すように。あとは二本の槍を準備してくれ。
俺の希望は期待外れにはならない。しかしもし死んだら……。

フォルトゥン　あまりこれ以上、不吉な運命についてはお考えにならないでください。

マシーアス　死する運命にある者には誰も、天の待つ最後がいかなるものか知ることはない。
我が友ロドリゲス・デル・パドロンに、俺の剣を持っていき、彼の愛情の最後の証を
俺に示すようにしてほしいのだ。俺の情熱が彼に語り、残酷な結末もまた語るだろう。

フォルトゥン　我が復讐と我が名誉を彼の腕に託すのは信頼の証と。これほどの信頼を彼に寄せていると。

さようなら、貴殿よ。私を信頼してくださって任せられた任務についてはご安心ください。

貴殿のお名前と私の命に懸けても必ず成し遂げます。（フォルトゥンは行ってしまう）

マシーアス　行け、神に私のご加護を祈ってくれ。俺はもはや美しいエルビラに愛されることはない。

少なくとも決闘によって復讐が成されることだろう、さぁ、行け！

第二場面

マシーアスは、少し立ち止まると、大いなる苦痛と狂気に沈潜している。
マシーアス　さぁ、我が死に際して、君は恩知らずの美しさ以上に
裏切り者の美しさへと向かってしまったのか？
これを究極の敗北者、つまり愛する者のことを言うのか？
あれほどの美しさに裏切りが叶うのか？　君の愛はどうなったのか？
すべて嘘だったのか？　天よ！　そして君よ、
その偽りを意識しながら、なぜそれほど真実味があるように見えたのか？
おぉ！　泣きたい気分だ！　夜も昼も泣いていたい！
あぁ！　愛はワインの杯にたっぷり注がれ、飲み干した後に我々には苦い後味が残る。
そしてその沈殿物《オリ》は幻滅となる！……
俺のように愛の盃を飲み干す者は哀れだ！　愛するために世界に生まれた者の嘆きよ！
恩知らずな女のために死ぬあの男の嘆きよ！　凶暴な愛に虐げられ、軽蔑すらされて

なお忘れられなかったあの男の嘆きよ！……
天よ、何とお前は凶暴なことか！　残酷なほど愛を感じるこの胸に、
なぜ燃える炎のような心臓を与えたのか？
うらやむような最高の蒸留酒に毒を注ぐというのに、
なぜ渇きを与えるのか？
心を痛めるがいい、君よ。この激しい痛みよ。
さぁ、俺の腕に戻ってこい。来るのだ、美しいエルビラよ。
昔のようにそれは嘘に違いないが、激しい貴女よ、俺のところに戻ってこい。君の愛よ、
俺のところに戻ってくるのだ。（苦痛にうち沈んだ一瞬に留まっている）

第三場面

マシーアス、エルビラ

（右の隠し扉が開く音が聞こえ、黒いショールに身を包んだエルビラが現われる。ショールの下には簡素な白い服を着ている。首には黒い紐で金の十字架が掛かっている）

マシーアス　ざわめきの他に？……鍵？……扉？……おぉ、神よ！　誰だ？

エルビラ　（舞台の袖で）走って、ベアトリス。さようなら。ビリェーナのことは誰も何も知らないのです。

罪が犯される前に、誰かに来てもらえるように。

万が一、私だけでは彼を救うことができないこともあるから。

さぁ、私はここに残るわ。——彼だわ！　マシーアス？……（姿を現わしながら到着する）

マシーアス　何を俺は見ているのだろう？（彼女と分かって、上気する）彼女なのか？　夢か？　妄想か？

　エルビラ！

エルビラ　落ち着いて、私はここにいるから話してください。

マシーアス　なんと俺は愚か者なのか！　何と不当に狂気に走って、自分の運命を非難していたことか！

君を裏切り者と、罵っているというのに、危険を冒して秘かに君は俺の腕に戻ってきた
というのか？　許してくれ、俺の偶像よ！　俺の侮辱は、その侮辱は愛から来ていたのだ。

俺を憔悴させる激しい熱情だけを非難してくれ。俺の過ちとすべての侮辱を。

まだ俺は幸運に恵まれているというのか？

エルビラ　軽率です！　静かに、その狂気じみた喜びに盲目とならないでください。

不幸な運命でさえも私たち二人の目を開かせているのです。

マシーアス　俺にとってこれほど喜ばしいことはない！

エルビラ　無分別な人よ、震えているではないですか。不幸な人、時は私たちにとって貴重なものです。

私の声をお聞きください……。

マシーアス　分かった、エルビラよ。ここに着いたのだ、話してくれ。話してくれ、君の声が聞こえる。

何と心地よく俺の耳に聞こえることだろう！　俺の心には、神からの慰めのようだ！　あぁ！

君の衣服の擦れる音、君の足音、風に揺れる木の葉のようだ。

君に会えるという希望、君の思い出、すべての魅力が、俺の存在理由なのだ。

そんな君がここに来て、君を見るとき、俺の魂は恍惚となり、君の目が俺の目を射れば、
死んでしまうようだ。幸運なことに俺の手が君の手に触れようなら、俺の血管に炎が走り

喰いつくす。俺の中で躍動し、獰猛で、計り知れないほど大きく、燃えるように、
君の唇を恋焦がれ夢中に求めている。君が話しているのを死ぬほど聞きたいのだ。
話してくれ、俺の幸福よ。君をここまで連れてきたのは、すでに時遅しといえども、
俺が君に対して感じているのと同じ愛の力がそうさせたのだと、俺を愛していると言ってくれ。
そして俺にとって恵まれた幸福となるのだ！

エルビラ　私の告げる恐ろしい真実が、妄想で眩んだ貴方の目を覚ますことでしょう。
貴方の傍に死が迫っています。いまか、いまかと頃合いを待ち伏せているのです。

マシーアス　いまがその時だ！　この俺を君と一緒に見つけるがいい。

エルビラ　何を言っているのです？　聞いてください。貴方は恐れもせずに危険を口にするけれど、
私たちどちらもが負け戦となるのですよ？　この秘密の階にまで、暗殺者たちが
もう向かっているわ。鉄の武具はよく研がれ、いますぐにでもその不吉な愛の熱情を、
溢れるほどの血の中に消し去ることが約束されているのです。

マシーアス　それを無視するというのですか？
愛と殺人の告白がまさか一緒だとは？

エルビラ　私の金銀宝石でこの扉を開けてもらいました。フェルナンが陰謀を企んで名誉を傷つけたのです。

マシーアス　おぉ、これほどの勇気が君をいっそう美しくさせる！

エルビラ　どの扉をあの卑怯者が選ぶか分からないのです。遅れずに、
さぁ、自分を救うために逃げるのです。そのために私はここに来たのです。
これほど慌てて貴方を探しに走ってきたのは

何か恐ろしい理由があるとは思わないのでしょうか？

マシーアス　（絶望して）何ということだ、天よ！　彼女は愛のために来たのではなく、ただ憐れみによってだとは。

エルビラ　不幸な貴方、私の苦しみをその不当な不信によって増幅させるつもりでしょうか？　ただ憐れみによって一人の女が命と名誉を賭けてきたとお思いでしょうか？　やめて、その侮辱的な疑いを捨てるのです。もう時間がありません。ここから逃げてください。

マシーアス　ここから逃げるだと？

エルビラ　暗殺者の刃《やいば》を前にして逃げることは、何の不名誉でもありません。ここを去ったからといって、すでに貴方が得てきた数え切れない栄誉を汚すこともありません。言うことをお聞きなすって出発してください。

マシーアス　君なしでというのか、俺の幸せよ？

エルビラ　何を気にしているのです？　私は貴方にとって何者でもないのです。もはや他の誰の者でもない。私たちは一生、一緒にはなれないのです。

マシーアス　一生！　君は泣かないのか？　苦痛に震えるその手で顔を隠さないのか？　君は別れたいのか？　あぁ！　この嘆きに気づかないか？　これほどまでの幸福を享受したのは、致命的な毒を心に受けるためだったとは？

エルビラ　ええ、私は泣きます。貴方のために泣くのです。貴方が逃げてくださるために、この不幸な女が貴方を深く愛していると申し上げます。もはや私には休息はありません。もしこの計画がうまく運ばなければ。もし貴方が死ねば、私も死にます。

もはや私の口からこれほど恥ずかしい告白をしたのですから。
ええ、私は貴方を愛しています。貴方を崇拝しています。恥を捨てて告白します。
何という残酷なことか、心からお願いしても、徳を積むための一つの慰めすら
私には残されていないのかしら？　修道院に入ることすら許されなかったので、
いま私は貴方と一緒に死という崖っぷちに立たされているのです。
私は貴方と一緒に命を終えます。身を投げます。ええ、私も同じく愛することができるのです。
他のどの女性も私ほど貴方を愛することはできないでしょう。さぁ、戻って、
貴方だけの心を取り戻すのです。時が経っても、この秘密さえあれば、
貴方が苦しみに疲れ果てることはないでしょう。

マシーアス　後生だからもっと小さな声で話してほしい。君の声を聞く空気にまでも俺は嫉妬する。

エルビラ　さぁ、いまや何をぐずぐずしているのです？
私のために、貴方の命を長らえさせてください。さぁ、逃げて。

マシーアス　一緒に来てくれ。

エルビラ　それは無理よ！

マシーアス　俺の願いはいつでも聞き入れないというのか？

エルビラ　もしかしたらいつの日か……。

マシーアス　いつの日か！

エルビラ　何を言ってしまったのでしょう……？　さぁ、夜明けが、アンドゥハルの遠くに
光が差し始めている。そのうちに貴方は見つかってしまう。

天の助けに見捨てられてしまいます。私は誰か裏切り者がいない限り、誰も入ってこられない守られた場所にいましょう。

貴方が首尾よく逃げられるよう、少し遅れて付いて参ります。悲惨な境遇の、私にはたった一つの短剣が残されるばかりです。(短剣を取り出す)

衣の襞に隠して持ってきました。さぁ、これをお使いください。頼りないですが、護りとなるでしょう。アンドゥハルの城門に沿って、気をつけて貴方の傍を付いて行きます。貴方が見えなくなるまで私は見ています。一つだけお願いがあります。

誓ってください。濃い影が我々を守ってくれる夜ではありますが、広大な城壁と城塞の深い堀から逃れる前に、フェルナン・ペレスに私たちが見つかることがあれば、聞いてください。貴方の胸は憐れみで苦しくなることでしょうが。この胸のところに貴方の手で短剣を隠してください。そうすれば、人びとにかき消されて後悔や恥が消えるでしょう。私は彼のものには決してならないのです。私の愛は救われるのです。

そうしなければ私の貞節を守ることはできません。もし貴方に勇気が出なければ、私の手に短剣を渡してください。死は怖くありません。私は彼の腕から貴方の腕へと移るのです。今晩、憎しみに満ちた敵の愛撫も過ぎ去るのです。

マシーアス　分かった、約束する。

エルビラ　この十字架に誓ってください。(首に掛かった十字架を差し出す)

マシーアス　勇敢な女性よ!　神の前に誓います。おぉ、何という最高の幸福か!(短剣を取って)
死が俺のために立ち向かってくる!

エルビラ　あの男のものになる前に、二人で死にましょう。
マシーアス　あぁ、二人で死のう。
エルビラ　もはや遅れると危険です。来てください。さぁ出発しましょう――。
何の音かしら……？　天は私たちを見捨てた！（音が聞こえる）
マシーアス　彼らだわ！　この扉に近づいてくる。
エルビラ　彼らか？　ここには入ってこまい。（閂をかける）
あぁ！　もう一つの扉からだわ。走りましょう。
外の男　（中で）閉まっているのか？（戸を叩く）
フェルナン　（同じく）誰かが裏切ったぞ！
エルビラ　彼だわ！　走りましょう。
マシーアス　もう手遅れだ。この戸口に誰かが捕まえようと押し寄せている。
エルビラ　静かな階下に武具の音が鳴っている！
マシーアス　まだ上ってこない！
エルビラ　でも音が聞こえるでしょう？　何と不幸な！　私たちはどうなるのでしょう？
希望の影さえもう
私たちには残されていません。

マシーアス　何と残酷な運命か！　一度たりとて君は俺に対するその恐ろしいほどの忠誠を破ったことはない。
エルビラ　聞いてください。（秘密の扉の鍵をかけに走る）少しだけでも時間が稼げれば。もうベアトリスが到着するでしょう。
マシーアス　君は震えているのか？
エルビラ　どうして震えないでいられましょう、もし貴方の命が……？
マシーアス　それが何だというのだ？　俺を愛していないのか？
エルビラ　それを疑うのですか？
マシーアス　ともに死のう。いつまでもこの言葉を繰り返して、死の際にもそれが聞こえるように。
エルビラ　ここで私が見つかってしまったら？
マシーアス　何と？　この世界で、あんな罵詈雑言しか言わない者たちにまったく理解されることのない中、何をすべきだというのか？あの男が欺瞞に満ちた厄介の種を蒔いて、我々二人ともを失ったのではないか？　到着した。我々を世界と結んでいた結び目は、ついに解《ほど》けたのだ。さぁ、死のうではないか。俺は君にとって死にほど近い人間でしかない。こちらに来て、近くまで届くところに、俺の苦悶を花で飾ってくれ。俺を愛していると言ってくれ……。
エルビラ　黙ってください。死がすでに私たちの上に影を差しているのです。聞こえないでしょうか？……
マシーアス　厳しい死が来るのでしょうか？　これほどの愛に死ぬとは！あぁ！　君はいまだに俺を臆病にさせる。死を想うと何でもない一時間ですら熱望させる。

愛されて震えている！（離れて）
さぁ、離れてくれ。あの男に立ち向かうために駆けていこう。
俺の死は一層、栄誉に満ちるだろう。

エルビラ　（マシーアスを追って）これほどの敵に向かってどこへ駆けていくというのです？

マシーアス　貴女に見合う人間になるために。

エルビラ　あぁ、何と悲しい！　何をするの？　戻ってきて。とにかく誓いをまず守って……。
私の言うことを聞いてくださらない！（マシーアスは行ってしまう）

マシーアス　フェルナン・ペレス！　どこにいるんだ？

エルビラ　ついに最悪の事態となってしまったわ！（奥の窓まで走り、開けて外を覗く）
ベアトリス！　ベアトリス！　助けて！（右のほうから剣を交える音を聴く）エンリケ卿！
（窓から離れ、右へ戻る）誰にも聞こえていない！　誰も来ない！　あぁ！（椅子に倒れて）
もはや恐ろしい争いを感じる。

マシーアス　（中で）裏切り者！

フェルナン　（同じく）死ね！

マシーアス　（同じく）いまや俺を死に至らせた、お前は！

エルビラ　（椅子から離れて）マシーアス！　不実な者たちが彼を生贄にしたのだわ！　やめて！

（マシーアスを見つけに出て行く。しかし彼は後ずさりしながら部屋に入ってくる。左手は傷口に、右手には短剣を持っている。フェルナン、アルバルと三人の男たちが近くまで追ってきている。同時に彼らの一人がもう一つの扉を開きに走ってきて、別の三人が入ってくる。うち二人はたいまつを手にもっている。エルビラは

到着してマシーアスを見て支えたが、マシーアスは椅子の上に倒れる）

マシーアス　（入ってきて）あぁ！　いまだ復讐ならずして死なねばならぬとは！

エルビラ　私の幸福よ！

マシーアス　エルビラ！

第四場面

エルビラ、マシーアス、フェルナン・ペレス、アルバル、六人の武装した男たち

フェルナン　（驚いて立ち止まる）ここに我が妻がいるとは！

エルビラ　彼を助けて、まだ間に合うわ！

マシーアス　もう虚しいことだ、この傷は致命的だ……。

フェルナン　それがまだかろうじて俺の激怒を耐えさせているだけだ！　離れろ。

（先に行こうとして、彼に従者たちが従う。しかしエルビラは彼らに抵抗する）

エルビラ　人殺しよ、近づかないで。怪物め、貴殿の為したことを見なさい。来るがいい。ええ、勝利は貴殿のものです。いいえ、この者を愛する女の命も終わらせねば、無駄となるのです。そうよ、絶対に私は貴殿のものにはならない。私は貴殿を憎んでいる。呪われるがいい！

フェルナン　裏切り者の女よ、何を言っている？　不実な女だ、震えている……。

エルビラ　（苦い皮肉を込めて）ついに時が来た。（マシーアスへ向かって）助けて、私の唯一の幸せよ、貴方の妻を救うのです！　誓ったでしょう。（弱々しく差し出された短剣を奪い取る）

フェルナン　何をする?
エルビラ　もはや私は震えてなどいません。(フェルナン・ペレスに短剣を示して)墓がほどなくして祭壇となる。そこでは死が私たちの婚姻の契りを結んでくれるのです。
(自刃しマシーアスの隣に倒れる)
フェルナン　アルバル!
(彼女の意図に気づき、エルビラの一番近くにいたアルバルに止めるよう合図を送る)
エルビラ　(倒れながら)幸せに貴方と共に死にます。
フェルナン　もう間に合わない!
マシーアス　(最後の力を振り絞って)いつまでも貴女は俺のものだ……あぁ……。さぁ、彼女を俺から奪うがいい、暴君よ。
フェルナン　何と激高させることか!
マシーアス　満足して死ねる。(事切れる)
エルビラ　いま到着しなさい……いまよ……到着するのです……私たちの結婚を照らすために、お前たちの……葬送のたいまつが……。(事切れる。近くに到着した多くの人たちの騒ぎ声が聞こえる)
フェルナン　何という騒がしさか!
ベアトリス　(中に入って)あぁ、急いで!
フェルナン　(動揺して)誰だ……?　何を気にしている!
ベアトリス　(中に入って)もしかしてまだ間に合うかもしれない。

第五場面

エルビラ、マシーアス、フェルナン・ペレス、アルバル、六人の武装した男たち、ベアトリス、エンリケ卿、ヌニョ・エルナンデス、ルイ・ペロ、フォルトゥン、小姓たち、たいまつを持った二人の男たち

（むきだしの剣を持って、左から入ってくる。もう一方の側に他の人たちが集まっている）

ベアトリス　あぁ！　いいえ、もう手遅れです！（入ってすぐエルビラを見て、駆けつけ、手を取る）我が娘よ！（同じように駆けつける）

ヌニョ　エルビラ様！

ベアトリス　（驚いて）フェルナン・ペレスよ！　貴殿の妻ではないか！　マシーアス！

エンリケ卿　――お前たちは何をした？

フェルナン　私は裏切られたのです。私の不名誉はいまや彼らの血で雪がれたのだ。

（この最後の光景で幕は降りる）

詩人から詩人へ

ラーラの墓碑の前に現れた一人の名も無き青年。ラーラが二十七歳の短い生涯を終えたとき、一篇の詩として生きた先駆者を偲び、青年は自らの詩を読み上げた。美しい無垢な魂が共鳴した瞬間、彼の意識は遠のき無限の夢へと誘われた。
——その後、この青年はスペインを憂える詩人ホセ・ソリーリャとして、詩を書き続けることになる。

若き文学者マリアーノ・ホセ・デ・ラーラの不幸を偲んで　ホセ・ソリーリャによる詩*39

風とともに聴こえてくる
うつろに響く弔鐘の音
陰気な青白い亡骸の

最後の嘆きのように
明日には大地に眠りゆく

地上での使命を終え
この世に残された腐りゆく肉体は
快楽へと捧げられ、失われた処女のごとくに
祭壇には俗世のベールが掛けられた
虚しい未来を見てしまったのだ
夢も栄光も満たされることのない未来を
もはやこの世の記憶のない眠りにつき
あの世から私たちに目覚めるよう導いている！

夏に萎れた一輪の花だった
夏に枯れた一つの泉だった
虚しい水音はもう聞こえない
花の茎は干からびてしまったが
いまだ香りは感じられる
草原の青々とした色が
清々しい草花の景色が広がっている

創造の源たる泉から生まれたのだ

使命ある詩人として
この地で生きるとは
呪われし一本の樹のごときもの
恵みの果実はすずなりに

ただ独り静寂のなか墓でお眠りなさい
もはや聴こえないあなたの耳には
悲しみの追悼の祈りだけが届きますように
一人の詩人があなたのために歌うのです
この贈り物は、子供の涙のように清らかに
大人が祈るよりも心地よく響くことでしょう
失われし詩人の記憶のために!

遠くはなれし天に
詩人たちの住まう家があるのなら
この地には氷のような動かぬ像と
耐え難い腐臭をはなつ屍だけが残される

我々の生きる、この苦痛に満ちた世に
詩人が死んで残されるとは！
人生の沙漠を去るときに、
醜い屍を質草のように残すとは！

詩人よ、お聞きください
あなたがこれから行く無の世界に
過去の記憶があるのなら
天の彼方に現世のような生があるのなら……
私に思いを馳せてください
あなたのことを私が思うように

トマス・サラによるフィガロの肖像版画,
バルセロナ，1884年版記事集より

訳注

第一章　ラーラとは——生涯と作品

＊1　スペイン・ロマン主義　十八世紀の新古典主義の潮流の後、スペインでロマン主義の思潮が起こる。絶対王政を敷いたフェルナンド七世の死後、独仏英伊と比して遅ればせの興隆となったが、文学だけでなく政治、芸術、風俗・習慣にまで大きく影響を与えた。ちょうどラーラの生きた十九世紀初頭が、スペイン・ロマン主義前期にあたるが、フランスの哲学者ルソー、イギリスの詩人エドワード・ヤングらの影響から、色彩豊かで自由な詩が生まれた。また、中世ルネサンス、キリスト教、王位を讃美する過去の伝統回帰的なロマン主義として、リバスの戯曲『ドン・アルバロもしくは宿命の力』が挙げられる。この作をもってスペイン・ロマン主義演劇の一つの典型ができた。他ホセ・ソリーリャ・イ・モラルの『ドン・フアン・テノリオ』や、これまでの規律や権威を逃れ改革的な自由主義の気風が感じられるエスプロンセーダによる戯曲・詩作『サラマンカの学生』『コサックの歌』もある。その後、後期ロマン主義に入って内面描写に多く重点のおかれたグスタフォ・ベッケルによる詩『抒情詩集』など。初期のロマン主義の繊細さや感情の強調はそのままに、形式や文体美文にこだわりすぎる部分を排除した十九世紀前半の散文文学というラーラの真骨頂が、風刺文学という形態に表われている。また戯曲『マシーアス』は最初期のロマン主義演劇としても重要作。絵画ではゴヤがロマン主義の先駆けとして十八世紀、十九世紀をつなぐ役割を果たした。

＊2　九八年世代　Generación de 98　一八九八年の米西（アメリカ＝スペイン）戦争敗北後、スペインの文学・思想の再興を目指し、十九世紀末から二十世紀初頭にかけて活躍した作家、詩人、哲学者、思想家の一群。米西戦争の敗北に

よる国難、憂国の気運から、スペインの多くの文筆家、知識人をして自己省察とスペインの直面する諸問題の分析に向かわせた。彼らは活動分野がそれぞれ異なっており、また、個人主義の精神に則っていたため、組織された運動、学派を形成することはなかった。スペインの直面する諸問題へのアプローチ、解決策も一致しなかったが、沈滞したスペインの文学、思想に活気を与え、国民的な誇りを回復する目的では共通していた。文学では、中世や黄金世紀の作家、または自国の問題を考えた十九世紀の作家に文学的源泉を求めた。九八世代には哲学者、詩人であるミゲール・デ・ウナムーノをはじめ、アソリン、ピオ・バロッハ、ラモン・マリア・デル・バリェ＝インクランらの作家たち、詩人のマヌエル・マチャド・イ・ルイスとアントニオ・マチャド・イ・ルイスの兄弟などがいる。米西戦争の敗北が大きな課題に対峙するきっかけとなったことは否めないが、それ以前から多くの知識人・作家たちが問題意識を感じていた前提の上に、一気に思想・文学における憂国の気運が高まったといえる。ただし、スペインの没落意識、危機意識、コンプレックスの問題は、黄金世紀のファハルド、ケベード、グラシアンなどにも見られ、九八年世代をもってせずとも、後進性から来るスペイン固有の意識として長い歴史がある。

＊3　先駆者　adelantado　ラーラの国や風俗・習慣に対する風刺や散文文学は、外国からの輸入思想によらない啓蒙、スペイン国民の教育の底上げ、社会の慣習改革などを行なうことを目指していた。この憂国の思想は、スペイン独自の文化の再興を目指した九八年世代にも影響を与え、その先駆けとなったということを意味するが、九八年世代以降のオルテガらにもつながっていき、近現代スペイン思想・哲学の出発点として象徴的な存在であることを意味する。ウナムーノ自身は学派、流派といった分類を嫌ったため、九八年世代に属するとも、ラーラを自分たちの先駆けだとも特筆してはいない。しかしラーラの死に対する敬意を表し、文を執筆。「スペインに共通する孤独のただ中にいた一人であった」と述べ、スペインの抱える近現代の孤独の象徴としてラーラを捉え、国民にその価値を問いかけた。

＊4　功績者たちを祀る殿堂　Panteón de Hombres Ilustres　マドリッドのレティーロ・パシフィコ地区にあるネオ・ビザンティン建築様式の墓所。スペイン史において傑出した人物を祀るための殿堂として、一八三七年にスペイン国会でその設立が提案され、その後、祀られる者のリストが作成され、遺体を探すための委員会が設けられた。候補となったセルバンテス、ロペ・デ・ベガ、ベラスケス、ティルソ・デ・モリーナなどの遺体は見つかる術もなく、実際に殿堂が開かれたのは一八六九年であった。最初に埋葬されたのは、詩人ガルシラソ・デ・ベガ、軍人フェデリコ・グラビーナ、

作家フランシスコ・デ・ケベード、ペドロ・カルデロン・デ・ラ・バルカなど。後に、マルティネス・デ・ラ・ローサ、ファン・アルバレス・メンディサバルなどの政治家たちも祀られるようになる。

＊5　ラモン・ゴメス・デ・ラ・セルナ　Ramón Gómez de la Serna（1888–1963）　スペインの前衛小説家、新聞記者。スペイン内戦後、アルゼンチンに定住。ユーモアと隠喩を含んだ独自の短文形式「グレゲリーア」を案出して『グレゲリーアス』に収録、奇想と隠喩で読者の意表をつき、現実の実像と虚像を倒錯させた諧謔効果が特徴的で、シュルレアリスムにも影響を与えた。ほかに、エル・グレコ、ラモン・デル・バリェ゠インクラン、オスカー・ワイルドなどの伝記、ジャン・コクトー、ガブリエーレ・ダンヌンツィオなどの翻訳、小説や評論などを記す。『闘牛士カラーチョ』『六つの偽りの小説』など。

＊6　カフェ・デ・フォルノスの二階　los altos de Fornos　カフェ・デ・フォルノス（Café de Fornos）は、マドリッドのビルヘン・デ・ロス・ペリグロス通りとアルカラ通りの角にあった、一八七〇年創業の有名な娯楽喫茶兼レストランで、実業家のホセ・マヌエル・フォルノスによる設立。マドリッド社交界、芸術界の精華が日々集まり、一階の喫茶とは入口を別にした二階のレストランでの食事は当時かなり高級で、各界著名人による祝宴や夕食会が催され、著名な政治家や王室の御用達ともなった。カフェでの議論（テルトゥリア）も頻繁に催され、作家アソリン、ピオ・バロッハ、知識人メネンデス・ペラーヨ、マヌエル・マチャードなども愛好していた。ビーフステーキ、ポメ・スフレ（フランス式フライドポテト）、魚のムニエルなどのメニューが有名。創業者の息子がカフェの個室でピストル自殺した事件をきっかけに、次第に経営が傾き、二十世紀初頭にはマドリッドの社交界から撤退していった。

＊7　ガルドス〈ベニート・ペレス〉　Benito Pérez Galdós（1843–1920）　スペインを代表する写実小説家、劇作家。スペイン自然主義的傾向の六八年世代に属す。マドリッドで法律を学んだが、大学を中退。宗教的非寛容に反対し、政治的自由主義を主張し評論家として活躍。トラファルガー海戦からアルフォンソ十二世の即位による王政復古までを扱った歴史小説『国史挿話』を発表し、国民的人気を得る。またフランス自然主義の影響を受けた小説や、社会問題を扱った戯曲も書いた。スペイン社会全体、スペイン人の本質を描き出そうとした姿勢は九八年世代にも影響。小説に『フォルトゥナータとハシンタ』『アンヘル・ゲラ』『ドニャ・ペルフェクタ』『慈愛』など。王立言語アカデミーの会員に選出。プエルトリコの国会議員、スペイン共和党の代議士なども務め、社会貢献もした。映画監督ルイス・ブニュエルが

好んだことでも知られる。

＊8　クラリン（レオポルド・アラス）　Clarín（Leopoldo Alas）（1852–1901）　マドリッドで法律を学び、新聞記者として活躍。ドイツ・クラウゼ主義の影響を強く受ける。その後、オビエド大学教授となるが、博学ときめ細やかな分析で知られ、代表作に『文学案内』『クラリンの独白』『いわしの埋葬』など。フローベールの『ボヴァリー夫人』やレフ・トルストイの『戦争と平和』に触発されたアラスは、上流階級出身にして地方裁判所長官夫人である主人公アナ・オソレスが神や姦通そして破滅へと至っていく姿をえぐり出した、反教権主義的な長編小説『ラ・レヘンタ』を発表。スペイン独自の自然主義小説ともいえる作品を書き上げ、国際的評価を得る。

＊9　スペイン独立戦争（半島戦争）　ナポレオンの侵略に対抗したスペインにおける戦争で一八〇八―一四年まで続いた。半島戦争とも呼ばれる。一八〇八年三月、フランス軍がマドリッドに接近。政治的に無能なスペイン王カルロス四世と王妃マリア・ルイサおよびマリアの寵臣マヌエル・ゴドイ大臣の政治に対する国内の不満が、アランフェスの民衆蜂起に続き五月二日のマドリッド蜂起（ゴヤの描いた絵画で有名）を引き起こし、スペイン全土にゲリラ戦として広がった。イギリス軍の援助もあり、その後、一八〇八年七月、バイレンでの戦のスペイン側の勝利によって、ナポレオンの兄でスペイン王のホセ一世（ジョゼフ・ボナパルト）はマドリッド撤退を余儀なくされた。「一八一二年憲法」（カディス憲法）を制定。自由主義的色彩の濃い憲法で、王権を制限し、基本的人権・民主主義を規定、農地改革などの諸条項を含んだ。

＊10　親仏派（アフランセサード）　afrancesado　スペインやポルトガルにおける、フランス革命、自由主義、啓蒙主義思想の熱烈な支持者たちのこと。ジョゼフ・ボナパルト治世下のスペインでは親仏派の多くがフランス側についた。このとき親仏派は、啓蒙専制主義の申し子を自認し、ボナパルト朝の到来を国家近代化の好機ととらえて支持、スペイン独立戦争に国内分裂、内戦的傾向をもたらした。彼らの多くはカルロス四世治世下の政府の要人で、元財務責任者のフランソワ・カバリュス、国務長官を務めたマリアーノ・ルイス・デ・ウルキホなど。また劇作家のレアンドロ・フェルナンデス・デ・モラティン、学者ファン・アントニオ・リョレンテ、数学者アルベルト・リスタ、作曲家フェルナンド・ソルらも挙げられる。ラーラの父も親仏派で侵略軍側の軍医。

＊11　対仏大同盟軍　フランス革命戦争およびナポレオン戦争において、イギリスを中心としたロシア、オーストリア、

プロイセンなどのヨーロッパ諸国が、フランス第一共和政およびフランス第一帝政の打倒を目的として結成した同盟。

＊12　ワーテルロー　Waterloo　ベルギーのブリュッセル南東方にある町。一八一五年六月十八日、百日天下を樹立したナポレオン一世のフランス軍を、イギリスのウエリントン、プロイセンのブリュッヒャー率いる連合軍が撃破した「ワーテルローの戦い」の行なわれた古戦場として知られる。ウォータールーとも呼ばれる。

＊13　マドリッド総合病院　Hospital General de Madrid　十七世紀初頭に設立された、マドリッド・アトーチャ通りの総合病院。この首都における病院創設の着想はフェリペ二世統治下に遡る。十九世紀初頭にホセ一世（ジョゼフ・ボナパルト王）がフランス軍の病院として使った歴史があり、その折に病院の財政は悪化した。

＊14　マテオ・オルフィラ　Mateo Orfila（1787–1853）「毒物学の父」と呼ばれるスペインの科学者。ドイツのカール・エルンスト・クック教授から「初等数学」「実験物理学」「論理学」「自然史」などの授業を受け、その後、バレンシアに移住し、独学で化学を学ぶ。バルセロナ、マドリッド、パリと大都市で鉱物学、化学を修め、特にフランスでは『毒物に関する論文』『薬化学の要素』の二大著作を著わし、同国の化学学会で高く評価された。ラーラの父はこの代表的二著をスペイン語に訳し紹介した。

＊15　フェルナンド七世　Fernando VII（1784–1833）　スペイン王。カルロス四世の子。両親と寵臣ゴドイによって、青年期まで王権から遠ざけられ除け者にされていた。しかし一八〇八年三月のアランフェスの民衆蜂起が起こるとカルロス四世は王子フェルナンドへ王位の譲渡を余儀なくされる。その後、スペインを侵略し始めていたナポレオンにバイヨンヌへ呼ばれたフェルナンド七世は、再び父カルロス四世に王位を返還させられた。さらにカルロス四世はナポレオンにスペイン王位を譲渡させられ、ナポレオンの兄ジョゼフがスペイン王、ホセ一世として即位。一八一四年三月、ナポレオン軍がイベリア半島から敗退すると、幽閉地から帰国したフェルナンド七世は、自由主義的意向の強い一八一二年憲法（カディス憲法）を廃止し、絶対主義君主として統治（一八一三—三三年）。女子の王位継承を禁止したサリカ法を廃し、娘イサベル二世に王位継承権を与えカルリスタ戦争を誘発。政治的に無能であったことと、南米の独立運動が盛んになったことで、国内外ともに混乱を来す。晩年は側近に国政を委ね、正常な判断を下せなくなり没する。

＊16　フランシスコ・デ・パウラ王子　Francisco de Paula de Borbón（1794–1865）　スペイン王カルロス四世と王妃マリア・ルイサ・デ・パルマの末子。カディス公。証拠はないが、実の父親は、王の寵臣で王妃の愛人であったマヌエ

ル・デ・ゴドイとも推察される。兄にフェルナンド七世。対ナポレオンの一八〇八年五月二日の有名な民衆蜂起は、フランシスコ・デ・パウラがフランスへ移されそうになったのを阻止しようとしたことがきっかけで、その後、大規模な暴動に発展した。ゴヤによる少年期の肖像画が有名。

＊17 アリスティド・リュモー Aristide Rumeau (1904–1993) フランスにおけるスペイン文学者として、一九五一年から一九六八年にかけて、モンペリエ大学、ボルドー大学、ソルボンヌ大学などで教鞭を執る。マドリッドのスペイン高等教育学校にも所属し、スペイン・ロマン主義文学の研究をはじめ、特にマリアーノ・ホセ・デ・ラーラに関する仏西またいだ研究で知られる。

＊18 「私の第一の言語」 "mi primera lengua" ラーラが自分にとっての「フランス語」について表わした言葉。子供の頃に最初に学んだ言語という意味で使っていると推測されるが、第一の母国語がフランス語だと解釈されてきた歴史がある。七〇頁以降に現状の誤った解釈が説明されている。

＊19 ピアス小学校 Escuelas Pías 一六二一年に聖ホセ・デ・カラサンスがローマにおいて、貧しい子供たちのために無料で教育を施す目的で創設した、カトリック教会指導下の学校。その後、世界中に宣教に赴いたエスコラピアス修道会士たちによって、ピアス学校の数は増え、公式、非公式問わず子供たちの教育に貢献している。

＊20 『イリアス』 『オデュッセイア』とともに、ホメロスの作といわれる古代ギリシャ最大の叙事詩。「イリアス」とは、トロヤの別名イリオンに由来し、「イリオンの歌」の意。アガメムノンを総大将として行われたトロヤ戦争を歌い、特に英雄アキレウスのトロヤ攻略が劇的に展開されている。ギリシャ人は弦楽器のリラに合わせて好んで吟誦した。ミケーネ文明を明らかにする史料としても価値が高い。

＊21 「自由主義の三年間」 trienio liberal 一八二〇年に自由主義者たちの起こしたスペイン立憲革命は、フェルナンド七世によるスペイン・ブルボン朝の絶対王政の復活に抗するものであった。その一連の革命の中で、フランス軍の占領を免れたカディスで開催されたスペイン最初の近代的議会で、立憲君主制、国民主権、三権分立、間接選挙を基盤とした一八一二年憲法(カディス憲法)を復活させた、一八二〇年から二三年までの時代を特に「自由主義の三年間」と呼ぶ。この時期に一八一二年憲法で法令制定に留まっていた、領主裁判権の廃止、限嗣相続制度の廃止、異端審問制の廃止、結社の自由の承認、一部修道院の廃止、行政機構の改変などが実施された。しかし一八二三年、フェルナンド七世

によって、再びカディス憲法は廃止され、絶対王政が復活した「忌むべき十年間」（一八二三—三三年）が始まる。

＊22　イエズス会の帝室学院　Colegio Imperial de los Jesuitas　イエズス会士によって十六世紀終わりにマドリッドに設立された学校。一六〇九年、神聖ローマ皇帝カール五世の娘マリア・デ・アウストリア（神聖ローマ皇帝マクシミリアン二世の皇后）によって帝室学院と名づけられた。マリア皇后が亡くなったとき、多大な資産が学校に寄付された。神学、哲学、地理学、科学教育に秀で、重要な教育機関となる。傑出した生徒にロペ・デ・ベガ、ケベード、カルデロンなどが挙げられる。フェリペ四世によって、サン・イシドロ王立学校も統合され、貴族のエリート教育機関ともなり、十八世紀までのあらゆる文献の網羅した図書館を完備した高名な学校となった。

＊23　祖国の友・経済協会　Sociedad Económica de Amigos del País　カルロス三世によって十八世紀後半に庇護された啓蒙主義教育による学校で、ブルボン家の改革教育を図るための教育機関として期待され、開明的な地方貴族、聖職者が産業技術の民衆への普及に努めた。スペイン以外にアイルランド、スイス、中南米にも同校が存在し、教育による産業や経済、科学、技術の発展を目指した。

＊24　バリャドリッド大学　スペイン・カスティーリャ・イ・レオン州バリャドリッド県バリャドリッドに本部を置く公立大学。一二四一年創立の大学で世界有数の歴史を持つ。サンチョ四世によって司教座付属学校として認可され、その後、サラマンカ大学、アルカラ大学とともに三大大学として重要視される。法学、医学が有名。

＊25　アランダ・デ・ドゥエロ　Aranda de Duero　カスティーリャ・イ・レオン州ブルゴス県の都。レコンキスタ完了後のキリスト教徒再植民が行われた十世紀を発祥とする。ペドロ一世とエンリケ二世時代、王家側についたために特権を授けられた都でもある。十五世紀から十六世紀、アランダ・デ・ドゥエロは繁栄の時代を迎え、贅を尽くした建物が数多く建てられた。

＊26　コロンバイン（カルメン・デ・ブルゴス）　Colombine（Carmen de Burgos）（1867–1932）　著述家、翻訳家。スペイン初の女性新聞記者。女性の参政権運動や戦争ジャーナリズムに寄与。著述家としてはコロンバイン、ガブリエル・ルナという執筆名を使い、九八年世代に属する。レオパルディの伝記、ヘレン・ケラーの自伝やジョン・ラスキンの翻訳、小説なども多く手がける。

＊27　エウヘニオ・デ・ラーラ　Eugenio de Larra（1793–1840）　ラーラの若い叔父で、薬学を修め、医療従事者として

働く。ラーラは、この年の近い叔父を慕っており、叔父自身がラーラの父宛に書いた、ラーラの自殺による死を知らせた手紙はよく知られている。また、ラーラの人となりについてのエウヘニオによる記述も残されており、二人の親しい関係を知ることができる。

＊28　サン・イシドロ王立学校　Reales Estudios de San Isidro　マリア・デ・アウストリアによって下賜されたマドリッドのトレド通りにある敷地に、一五六九年に創設された学校。帝室学院とともに、フェリペ二世の治世下に創立した学校で、イエズス会士たちによって運営され、聖ペテロ、聖パウロの名を冠した同時期に建設された聖堂も学校の敷地内に含まれる。ラーラの通っていた時代はイエズス会士による運営だったが、メンディサバル政権以降は、完全に非宗教の学校としてイエズス会から独立した。

＊29　ブレトン・デ・ロス・エレーロス　Bretón de los Herreros（1796–1873）　劇作家、詩人、新聞記者。若くして独立戦争に参加、十年近くを軍隊で過ごすも、自由主義的思想のため昇進できなかった。フランス人実業家グリマルディの下、フランス戯曲を翻訳して実入りを稼いだ。また、モリン伯爵と厚い親交を結び、伝記を書くに至る。ローマ詩人アルビウス・ティブッルスの著作を翻訳し、マドリッドの国立図書館での司書の地位を得る。ラーラとの仲は互いの批判によって険悪なものとなり、ブレトンはラーラの『勘定係はもうたくさん』はフランス戯曲の盗用だとして、新聞紙上でラーラを攻撃している。一一三頁参照。

＊30　ベントゥーラ・デ・ラ・ベガ　Ventura de la Vega（1807–1865）　アルゼンチンの劇作家、作家でスペインにて活躍。スペイン独立戦争中に移住、その後、マドリッドでエスプロンセーダと交流を結び、「ヌマンシアの住民」という彼の愛国同盟にも参加したことで、マドリッドの修道院に監禁される。一八三六年にはイサベル二世の教育係として、またスペイン劇場の支配人、王立言語アカデミーの会員にもなる。その詩や戯曲は優美で古典的な作風であった。

＊31　「一八二七年のスペイン産業博覧会に捧げる頌歌」　Oda a la exposición de la Industria española del año 1827　『レビスタ・エスパニョーラ』紙に掲載された一八二七年十月一日作の頌歌。公刊物に初めて掲載された弱冠十八歳の頃のラーラの文で、マドリッドのエメ・デ・ブルゴス出版から発表された。

＊32　『日刊　風刺家ドゥエンデ』　El Duende Satírico del Día　ラーラが十九歳にならずして手がけた風刺雑誌。一八二八年二月から十二月にかけて計五冊を複数の出版社から刊行。すでに風刺文学の真骨頂が見られる質の高い内容で、ロ

マン主義ジャーナリズムの先駆けとしても文学上、重要な作品。

＊33　ホセフィーナ・ウェトレット　Josefina Wetoret（1809–1884）　ラーラが二十歳で結婚した相手で、マドリッド出身のブルジョワ家庭の娘だった。ペピータ・ウェトレットとも呼ばれる。三人の子供を授かるが、結婚生活は五年も続かなかった。ホセフィーナは表面的で幼稚、気まぐれな女性だったといわれ、複雑かつ繊細なラーラとの不仲、その後の離婚は避けがたく、二人の気質と教育の大きな相違、また、ラーラのドローレス・アルミホとの不倫関係が主な原因だった。

＊34　ドローレス・アルミホ　Dolores Armijo（生没年不詳）　親仏派の法律家ホセ・カンブロネロの妻で、類まれな知性をもった優雅で情熱的な女性。ラーラとはマドリッドの社交界のサロンで出会う。二人とも不倫の関係となるも、激しい恋愛に陥る。その後、二人の間で交わされた手紙が暴露され、ラーラとドローレスの仲は両者の結婚相手に知られることとなり、一時期、マドリッドの社交界から二人とも離れることになる。恋愛関係を終わらせるためにドローレスは一八三七年、ラーラの家を訪ねたが、この機がラーラのピストル自殺の引き金となった。

＊35　カンポ・アランへ伯爵　Campo Alange　一七六〇年にカルロス三世より羊毛、牧畜業を営むアンブロシオ・ホセ・デ・ネグレテから伯爵号をもつ貴族。六万頭もの羊を所有した牧草地を国領として買い上げた功績が認められ伯爵号を得た。その後、息子が継いだが、第三代となるマヌエル・デ・ネグレテ・イ・デ・ラ・トーレが傑出しており、サンティアゴ騎士団、羊毛騎士団の騎士、軍事総監、外交官、ウィーン、パリ、リスボンで大使を務めた。ラーラと親交があったのは、第六代カンポ・アランへ伯爵となるホセ・デ・ネルレテ・イ・セペーダ。彼自身作家でありメセナとして芸術家を支えた。

＊36　フリアス公爵（ベルナルディーノ・フェルナンデス・デ・ベラスコ）　Duque de Frías (Bernardino Fernández de Velasco)（1783–1851）　親仏派の第八代フリアス公爵（ディエゴ・フェルナンデス・デ・ベラスコ）の息子。一三歳にして軍に入隊し、若くして中尉となる。フランス軍とともにポルトガルへ入国するも逃亡し、独立戦争中のスペイン側についた。フェルナンド七世が即位すると、大尉として一八一二年憲法を発令するよう忠告。「自由主義の三年間」に政治生活を送り、ロンドンに大使として駐在。その後、マルティネス・デ・ラ・ローサによって第一次カルリスタ戦争の際にパリへと送られた。このときに、ラーラがフリアス公爵庇護の下、パリに滞在した。公爵はその後、レオンの

上院議員から首相を務めるにまで至る。

＊37　アルバレス・メンディサバル　Álvarez Mendizábal（1790–1853）　スペインの政治家。ユダヤ系とされる商人の家系に生まれ、早くから商業に携わる。スペイン立憲革命の発端となったラファエル・デル・リエゴの蜂起に義勇兵として参加した自由主義急進派であったため、フェルナンド七世の反動政治が開始された一八二三年には、イギリスに亡命した。ロンドンでも金融家として成功し、ポルトガル内乱時には自由主義派を支援した。三五年にマリア・クリスティーナ摂政のもとで蔵相、ついで首相となる。蔵相を務めた時期に、教会修道院財産の国有化と売却、領主制の廃止、農地囲い込みの自由化などを進めた。その目的は、膨らんだ国家債務の清算、第一次カルリスタ戦争（一八三三―三九年）により悪化した国家財政の立て直し、近代的土地所有制の導入であった。四三年に再び蔵相となったものの、四四年にナルバエスの保守的政権が誕生すると亡命、四七年に帰国、コルテス（議会）議員となったが、要職にはつかなかった。

＊38　フランシスコ・ハビエル・デ・イストゥリス　Francisco Javier de Istúriz（1790–1871）　スペインの政治家、外交官。首相、大臣を何度か務める。カディスのブルジョワ階級出身、急進派の自由主義者であり、スペイン独立戦争に参加。一八一二年の立憲制確立のために尽力。絶対王権が勝利するとイギリスへ亡命。三三年にスペインへ戻り、メンディサバルとともに国会の下院議員として中心的地位を占めるようになる。三六年の議会では、永代所有財産の解体、軍の幹部層の改革などの施策を非難する少数派となった。その後、三四年の王国憲章を無効とするために、モティン・デ・ラ・グランハが無理やり国会を解散させ、一八一二年憲法（カディス憲法）を再度有効なものとしたため、イストゥリスは再びイギリスへ亡命した。国会が変わるたびに憲法を変えなくてよいとした一八三七年憲法公布の折に、議員として復帰、下院議員長を務める。民主的ブルジョワの進歩的立場を取った首相エスパルテーロに抗し、穏健派の改革案の指導者たらんとしたが失敗。中道思想・穏健派の立場から、ただ一つの政党による憲法改正に反対した。

＊39　ホセ・マリア・カラトラバ　José María Calatrava（1781–1846）　スペインの政治家、法律家。セビーリャで法律を学んだが、スペイン独立戦争に際し、エクストレマドゥーラの最高議会から軍勢力に抵抗した。バダホスの代表者として一八一〇年、議員に選ばれカディス議会で重要な役割を果たす。一四年の絶対王政復古により投獄されたが、「自由主義の三年間」に最高裁判所の裁判官として任命される。「自由主義の三年間」が終わると、弟とともにポルトガル、イギリス、フランスへ亡命。フェルナンド七世の死後、グランハの軍事蜂起によって、マリア・クリスティーナから首

相として指名される。イストゥリスから交代してメンディサバルを、国有財産を管理する国務大臣に任命した。

＊40　ホセ・ソリーリャ（・イ・モラル）　José Zorilla y Moral（1817–1893）　スペインの劇作家、詩人。無名だったソリーリャは、ラーラの死に際して墓前に捧げた詩をきっかけに、名を知られるようになった。ロマン派の詩人として名高いが、古い伝説をもとにした戯曲に非凡な才能を示した。シャトーブリアンやウォルター・スコットに夢中になり、ロペ・デ・ベガやペドロ・カルデロン・デ・ラ・バルカの戯曲を基にした学校演劇に参加。一時メキシコに渡り、国立劇場の長をつとめた。代表作『ドン・フアン・テノリオ』をはじめ、『ゴート族の短剣』などの戯曲のほか、多数の詩集を残した。アルハンブラ宮殿にて国民詩人の冠を戴く。

＊41　『病めるエンリケ王の侍従』　El Doncel de don Enrique el Doliente　十四世紀、エンリケ三世の宮廷を背景として、マシーアスとエルビラの悲劇的な愛をテーマとした歴史小説。戯曲『マシーアス』と同じく、ガリシアの吟遊詩人マシーアスを主人公とし、実らぬ不倫の愛を描いた。

＊42　「カフェ」　El Café　一八二八年二月二十六日、『日刊　風刺家ドゥエンデ』第一巻、掲載記事。

＊43　F・コートニー・ター　F. Courtney Tarr（1896–1939）　アメリカのスペイン文学者、ラーラをはじめとするスペイン・ロマン主義研究者。ジョンズ・ホプキンズ大学で学び、その後、プリンストン大学でチャールズ・キャロル・マーデンの下で博士号を取得。ガルドス作品の中に現れるスペイン語前置詞を研究。その他、スペイン文法などの著作多数。プリンストン大学で教鞭を執った。

＊44　エステバネス（セラフィン・エステバネス・カルデロン）　Serafín Estébanez Calderón（1799–1867）　スペインの風俗作家、詩人、闘牛批評家、歴史家、アラビア学者、政治家など多才に活躍。スペイン文化・風俗に特化した文筆を行なう。グラナダで法律を学び、若くしてギリシャ語の教授となる。自由主義に傾倒したため、一時期ジブラルタルに隠遁。その後、グラナダ、マラガで弁護士として活躍。メソネロ・ロマーノスと『カルタス・エスパニョーラス』誌を創刊、詩作、風俗描写、書籍寸評などを発表した。大著『アンダルシアの舞台』が代表作。

＊45　メソネロ・ロマーノス〈ラモン・デ〉　Ramón de Mesonero Romanos（1803–1882）　スペインの作家、新聞記者。マドリッドの歴史的な記事や習慣に関する記事によって、コラムニスト、永年図書館員の地位を得る。スペイン独立戦争に一八歳で民兵として参加、自由主義、革命の雰囲気の中で思想形成する。文学ではモラティン、黄金時代の演劇の

代表作を多く読む。ロマン主義の文学者や芸術家が集まった「パルナシージョ」（四〇三頁注260参照）に参加、ここでラーラにも出会うが、ロマーノスはお互いがまったく異なる作風であることを強調して述べている。ラーラの作風とは異なり、文体に注力したエッセイを多く書く。

＊46 『カルタス・エスパニョーラス』 Cartas Españolas　一八三一―三二年にマドリッドで刊行された歴史・学問・演劇・芸術・文学に関する雑誌。セラフィン・エステバネス・カルデロンによる物語「アルハンブラの宝」という名作も掲載され、「当時において文学的にも印刷技術としても傑出した、最も良く編集された雑誌」と評されていた。挿絵の入った印刷も当時他のどの雑誌にも見られない革新的なものであった。

＊47 デュカンジュ〈アンリ・ジョゼフ・ブラアイム〉 Henri Joseph Brahaim Ducange（1783-1833）　フランスの小説家、劇作家。オランダのデン・ハーグに生まれ、父はフランス大使館の秘書を務める。自由主義政党の好む作品を書き、王政復古下で反政府の態度を明らかにした。過剰な表現によって罰金、投獄の刑に処せられ、一時期ベルギーに亡命するほどであった。作品の多くはその政治思想によって発刊禁止となった。戯曲、メロドラマを多く描く。『カラス』『三十年、ある賭博師の生涯』。

＊48 「ドゥエンデによる通信」 Correspondencia de El Duende　一八二八年三月、『日刊 風刺家ドゥエンデ』第二巻、掲載記事。

＊49 「単なる日刊紙か、もしくは『エル・コレオ・リテラリオ・イ・メルカンティル』紙か」 Un periódico del día, o el «Correo Literario y Mercantil»　一八二八年九月二十七日、『日刊 風刺家ドゥエンデ』掲載記事。

＊50 『エル・コレオ』 El Correo　正式には『エル・コレオ・リテラリオ・イ・メルカンティル』El Correo Literario y Mercantil（文学と商業のためのエル・コレオ）の名称で、一八二八年から三三年までマドリッドで刊行された新聞。絶対王政が復活した「忌むべき十年間」の最後の頃に、新聞記者で外交官のホセ・マリア・カルネレロによって創刊、週三回発行された。闘牛、音楽、産業、商業、流行、医薬、文芸・演劇批評についての記事を掲載。フェルナンド七世に寛容な紙面で、宮廷生活なども記事として扱う。ラーラが『日刊 風刺家ドゥエンデ』の中で批判した新聞である。編集者は、カルネレロ他、ブレトン・デ・ロス・エレーロス、メソネロ・ロマーノス、セラフィン・エステバネス・カルデロンなど。

＊51 ホセ・マリア・カルネレロ José María Carnerero (1784–1866) スペインの新聞記者、風俗作家、劇作家。王党派秘書でもあった父は雑誌『メモリアル・リテラリオ』紙を刊行、弟のマリアーノ・カルレネロとともに雑誌を引継ぐも、三年で廃刊。親仏派で侵略軍政府寄りの『マドリッド・ガセタ』紙で編集を行う。ホセ一世（ジョゼフ・ボナパルト）の旅に随行するが、フランス軍が破れ撤退するにあたり、共にフランスへ亡命。一八二一年にスペインへ戻ると、フランス劇の翻訳やモラティンの流れを汲む新古典主義演劇を発表した。『エル・コレオ・リテラリオ・イ・メルカンティル』紙の主筆であり、『カルタス・エスパニョーラス』誌を創刊。風俗作家としては、メソネロ・ロマーノス、セラフィン・エステバネス・カルデロンの流れを汲む。『カルタス・エスパニョーラス』誌廃刊後は、『レビスタ・エスパニョーラ』紙の創刊に携わった。

＊52 ホセ・エスコバル（・アロニス） José Escobar Arronis (1933–2008) スペイン・ロマン主義文学者。メソネロ・ロマーノス、ラーラなどによる風俗描写主義を中心とした研究に秀でる。ラーラに関する多くの論文を執筆。

＊53 『可哀そうなお喋りさん』 El Pobrecito Hablador 一八三二年から三三年にかけて刊行されたラーラによる風刺雑誌。副題は「バチジェルことファン・ペレス・デ・ムンギアによる習慣に関する風刺雑誌」。ペレス・デ・ムンギアはラーラのペンネーム。全十四巻刊行。一八四三年マドリッドで刊行された『ラーラ全集』の第一巻に収録されている。

＊54 「公衆とは誰か？ そしてどこで出会うのか？」 ¿Quién es el público y dónde se le encuentra? 一八三二年八月十八日、『可哀そうなお喋りさん』第一巻、掲載記事。

＊55 「間違った早婚」 El casarse pronto y mal 一八三二年十一月三十日、『可哀そうなお喋りさん』第七巻、掲載記事。

＊56 「古き良きスペイン人《カステリャーノ》」 El castellano viejo 一八三二年十二月十一日、『可哀そうなお喋りさん』第七巻、掲載記事。

＊57 「明日またどうぞ」 Vuelva usted mañana 一八三三年一月、『可哀そうなお喋りさん』第十一巻、掲載記事。

＊58 『レビスタ・エスパニョーラ』 Revista Española マドリッドで一八三二年から三六年の間に刊行された新聞で、『カルタス・エスパニョーラス』誌の後継としてホセ・マリア・カルネレロによって創刊された。ラーラも執筆者となるほか、アントニオ・アルカラ・ガリアーノも担当。他に執筆者としてメソネロ・ロマーノス、ブレトン・デ・ロス・エレーロス、エスプロンセーダ、グリマルディなど。

＊59 「私の名とその目的」 Mi nombre y mis propósitos　一八三三年一月十五日、『レビスタ・エスパニョーラ』紙掲載記事。

＊60 ボーマルシェ〈ピエール＝オーギュスタン・カロン・ド〉 Pierre Augustin Caron de Beaumarchais（1732–1799） フランスの劇作家。時計技師の子に生まれ、家業を継いだ後、音楽師、宮廷人、企業家、金融家、出版屋、武器商、土木工事請負人、政治記者など様々な職業に従事。さらに、訴訟、入獄、亡命といった波乱に富んだ生涯を送った。このような実人生の経験や彼自身の性格は、二大喜劇『セビーリャの理髪師』（ロッシーニがオペラ化）、『フィガロの結婚』（モーツァルトがオペラ化）共通の主人公フィガロの人生哲学に強く表われている。『覚え書』は、彼が関係した訴訟に関連して着想した風刺文で、歴史的資料としても貴重。

＊61 「いまや私が編集長だ」 Ya soy redactor　一八三三年一月十九日、『レビスタ・エスパニョーラ』紙掲載記事。

＊62 「門衛に話しかけずに誰も通ってはいけません」 Nadie pase sin hablar al portero　一八三三年十月十八日、『レビスタ・エスパニョーラ』紙掲載記事。

＊63 カルロス党員 carlista　カルリスタ戦争でフェルナンド七世の王弟カルロス側についた政党員。おもにバスク、ナバラ、カタルーニャ地方の民衆に支持された。絶対王政、教会、地方特権、反工業化などの封建的社会制度を擁護。特に農民、職人層には義勇兵としてカルリスタ軍に投じる者が多かった。カルリスタ戦争は三七五頁注96参照。

＊64 「愚かな男、もしくは就任式の際のカルロス党員」 El hombre menguado o el carlista en la proclamación　一八三三年十月二十七日、『レビスタ・エスパニョーラ』紙掲載記事。

＊65 「新種の植物、もしくは反乱分子。自然史に関する記事」 La planta nueva o el faccioso. Artículo de la Historia Natural　一八三三年十一月十日、『レビスタ・エスパニョーラ』紙掲載記事。

＊66 「中途半端にしておく良さ」 Ventajas de las cosas a medio hacer　一八三四年三月十六日、『レビスタ・エスパニョーラ』紙掲載記事。

＊67 「新しい新聞」 Un periódico nuevo　一八三五年一月二十六日、『レビスタ・エスパニョーラ』紙掲載記事。

＊68 「警察」 La policía　一八三五年二月七日、『レビスタ・エスパニョーラ』紙掲載記事。

＊69 「いまのところは」 Por ahora　一八三五年二月十日、『レビスタ・エスパニョーラ』紙掲載記事。

＊70 「ご婦人がたの『エル・コレオ』」 El Correo de las Damas　一八三三年から三五年にかけてラーラが発行した、流行や芸術、文学、音楽、演劇に関する記事を掲載した婦人向けの新聞。

＊71 『エル・オブセルバドール』 El Observador　一八三四年に発刊されていたマリア・クリスティーナ摂政支持、自由主義穏健派の『ディアリオ・デ・コメルシオ』紙（ラーラのスクリーブからの原作盗用問題を非難した記事も掲載された）編集者アントニオ・アルカラ・ガリアーノによって同年の七月から発刊された新聞。

＊72 「こちら側のある自由主義者からあちら側の自由主義者への手紙」 Cartas de un liberal de acá a un liberal de allá　第一、第二の手紙は一八三四年十月に『エル・オブセルバドール』紙に掲載され、第三の手紙は一八三四年十月に書かれたが、新聞には掲載されず、一八三五年刊行の『ラーラ全集』にて初めて公開。

＊73 『エル・メンサヘーロ・デ・ラス・コルテス』 El Mensajero de las Cortes　『レビスタ・エスパニョーラ』との合併紙で、改革を支持する自由主義急進派の新聞。一九三四年五月刊行。フェルナンド七世の死によって、マリア・クリスティーナ摂政下となり、出版・新聞の規制が緩和される中、同紙も創刊。

＊74 「称賛を、もしくは私にこれを禁じてくれ」 La alabanza, o que me prohíban éste　一八三五年三月十六日、『レビスタ・メンサヘーロ』紙、第十六号掲載記事。

＊75 「死の罪人」 Un reo de muerte　一八三五年三月三十日、『レビスタ・メンサヘーロ』紙、第三十号掲載記事。

＊76 「勤勉さ」 La diligencia　一八三五年四月十六日、『レビスタ・メンサヘーロ』紙、第四十七号掲載記事。

＊77 「決闘」 El duelo　一八三五年四月二十七日、『レビスタ・メンサヘーロ』紙、第五十八号掲載記事。

＊78 「生計を立てられない生き方」 Modos de vivir que no dan de vivir　一八三五年六月二十九日、『レビスタ・メンサヘーロ』紙、第一二一号掲載記事。

＊79 「スペインの修道院」 Conventos españoles　一八三五年八月三日、『レビスタ・メンサヘーロ』紙、第一五六号掲載記事。

＊80 「ほぼ、政治的悪夢」 Cuasi. Pesadilla política　一八三五年八月九日、『レビスタ・メンサヘーロ』紙、第一六二号掲載記事。

＊81 「メリダの遺跡」 Las antigüedades de Mérida　一八三五年五月二十二日、『レビスタ・メンサヘーロ』紙、第八十

二号掲載記事。

＊82　『エル・エスパニョール』 El Español　一八三五―四八年までマドリッドで刊行された、社会教育と社会的意義を副題とし、民主主義、立憲君主制を目指した新聞。マリア・クリスティーナ摂政下で、亡命していた自由主義者たちがロンドン、パリなどの新聞界から影響を受け帰国し、スペインで最もジャーナリズムを発展させた時期に刊行された。スペイン以外のヨーロッパ諸国の国際ニュースや読者からの意見が取り上げられた。編集にはラーラをはじめ、ホセ・ソリーリャ、イグナシオ・ホセ・エスコバルなどの若い才人たちが活躍した。

＊83　カルロス・セコ（・セラーノ） Carlos Seco Serrano（1923–2020）　スペインの歴史家、スペイン現代史研究の第一人者。スペイン内戦時の一九三六年にマヌエル・ロメラレス・キンテーロを補佐した歩兵隊長を父に持つ。父はフリーメイソンに所属し共和制政府を支持、最後は銃殺される。マドリッド大学で哲学、人文学を学び、一九五〇年にはフェリペ三世下のスペインとヴェネツィアの関係を研究し、歴史学の博士号を優秀な成績で得る。バルセロナ大学、マドリッド・コンプルテンセ大学で教鞭を執る。スペイン歴史国民栄誉賞受賞。

＊84　「一八三六年、死者の日。墓場のフィガロ」 El día de Difuntos de 1836. Fígaro en el cementerio.　一八三六年十一月二日、『エル・エスパニョール』紙掲載記事。本記事の中で、ラーラはカルリスタ戦争がスペイン全土に拡大するのを目の当たりにして、カディス憲法論者の下士官たちが王座の失墜を機に起こした暴動を思い起こし、その他の激しい戦いを思い浮かべる。敵対する双方のうちに見出したのは死と墓であった。

＊85　『エル・ムンド』 El mundo　一八三六―三九年に刊行された新聞で、副題は国民日報（Diario del pueblo）。ラーラが最晩年に何度か記事を寄せている。

＊86　『エル・レダクトール・ヘネラル』 El Redactor General　一八三六―三七年に刊行された新聞で、『ガセタ・マドリッド』紙と同じ形式に沿っているが、基本路線は「イサベル二世支持、代議制政府、法律の下の自由」を謳っている。ラーラが亡くなる前の最後の一八三六年十二月に記事を掲載した新聞として知られる。

＊87　「一八三六年のクリスマスイブ、私と使用人。哲学的妄想」 La Nochebuena de 1836. Yo y mi criado. Delirio filosófico.　一八三六年十二月二十六日、『エル・レダクトール・ヘネラル』紙掲載記事。

＊88　デルガード〈マヌエル〉 Manuel Delgado（生年不詳–1848）　直接生前ラーラがやり取りをしていた、『ラーラ全

集』の編集者。両者の間では、出版に関する約束などの手紙のやり取りの資料が残されている。一八二〇年代のロマン主義時代に活躍した編集者で、文学サークルのパルナシージョに出入りしていた。一八三二年には歴史と歴史上の人物を扱ったロマン主義小説を編集、その中にラーラやエスプロンセーダの作品も含まれている。

＊89　モンタネル・イ・シモン社　Montaner y Simón　一八八六年、ラーラの死後に出された『ラーラ全集』の出版元。一八六一年にバルセロナに創設された出版社で、当時の出版業界において重要な位置を占めた。リュイス・ドメネク・イ・ムンタネーによるモデルニスモ（新しい芸術様式アール・ヌーヴォーに似た潮流）建築の建物を本部とした。社名は二人の創設者の名前。

＊90　ロンバ・イ・ペドラハ〈ホセ・ラモン〉José Ramón Lomba y Pedraja（1868–1951）　メネンデス・イ・ペラーヨの弟子で、マドリッド大学で文学博士号取得。ムルシア大学のスペイン言語・文学部の最初の教授となった。『ドン・ファアン・テノーリオ人物伝』に関する論文で知られる。その後、オビエド大学に移り、同大哲学・文学学部長となり、ロマン主義文学とラーラの研究に尽力する。

＊91　メルチョル・デ・アルマグロ・サン・マルティン　Melchor de Almagro San Martín（1882–1947）　スペインの作家、外交官、政治家。グラナダ大学で法律を学び、『エル・デフェンソール・デ・グラナダ』紙で記者として働く。グラナダでアンヘル・ガニベットと親交を結ぶ。その後、マドリッドへ移り学問を続け、オルテガ・イ・ガセットと交流。フランスで学び、その後、ハイデルベルクで研究を続けた後、外交官としてのキャリアをスタートさせる。パリ、ウィーン、ブカレスト、ボゴダと赴任。スペイン内戦中はブエノス・アイレスへ亡命。一九〇〇年代やブルボン家に関する歴史の著作で知られる。

＊92　アギラル社　Aguilar　マヌエル・アギラル・ムニョスによって、一九二三年に創設されたマドリッドの出版社。多くの著名な知識人、翻訳家、著述家、批評家らが勤めた。フランスの天文学者カミーユ・フラマリオンによる著作の翻訳本、ピオ・バロッハの小説など数々の名作を刊行した。

＊93　モラティン〈ニコラス・フェルナンデス・デ〉Nicolás Fernández de Moratín（1737–1780）　スペインの作家、劇作家、弁護士。息子レアンドロもスペインを代表する詩人、劇作家。バリャドリッド大学で法律を学ぶ。サン・セバスティアンの酒場での集まりで、カダルソ、イリアルテらと交流。マドリッドの帝室学院にて詩を教授、『詩』という新

聞も刊行、自身の作を発表。演劇は『めかし屋』『ルクレチア』『グスマン・エル・ブエノ』等、また十八世紀における闘牛をテーマとした詩を先駆けて書き、その後、二七年世代にも影響を与え、彼らも闘牛詩を詩作、その是非を問うた。

＊94　ホベリャーノス〈ガスパール・メルチョル・デ〉Gaspar Melchor de Jovellanos（1744–1811）　スペインの政治家、著述家。マドリッド刑事裁判所長を経て、一七九七年、ゴドイのもとで法務大臣に就任、異端審問の影響を制限する改革を実行。一八〇一年ゴドイと対立して、八年間マジョルカ島に軟禁されたが、反ゴドイのアランフェスの民衆蜂起の際に釈放された。フランス支配に抵抗し、スペイン独立戦争では革命議会の中心人物だが、保守と急進の間を目指した。教育・土地改革、経済復興を推進した文人政治家として知られる。『農地法に関する報告書』や『公民教育の一般計画』などをもって、当時のスペインの後進性からの脱却を主張した。戯曲『誠実な罪人』『ファビオよりアンフリソへの書簡』。三巻に及ぶ『日記』により時代の証言者として歴史に名をとどめている。ゴヤによる肖像画が有名。

＊95　マルティネス・デ・ラ・ローサ〈フランシスコ〉Francisco Martínez de la Rosa（1787–1862）　スペインの劇作家、政治家。亡命中にフランス文壇の新風に刺激されて、史劇『ヴェネツィアの陰謀』を書き、スペインにロマン主義演劇の流行をもたらした。のちフランス、イタリア駐在大使。独立戦争では自由主義革命派として戦い、一八一二年憲法下のカディス議会の議員として選出されるも、フェルナンド七世統治下で投獄される。「忌むべき十年間」にはフランスへ亡命し、ギゾーに影響され折衷案的な君主制を維持した自由主義に行き着く。「自由主義の三年間」に政治を牽引し、その後、宰相を務める。マリア・クリスティーナ摂政下でスペイン史初の二院制議会を率いることになり、絶対王政の時期に投獄されたカルロス党員の恩赦を発布するが、自由主義過激派に押されて失脚。急進派のメンディサバルが権力につき、より広く自由主義憲法を進めていった。マルティネス・デ・ラ・ローサは自由穏健派の政党を率いるようになり、その後も長く外交や政治の世界で活躍した。文筆では演劇や歴史小説を書いたが、ロマン主義の系譜に連なる。王立言語アカデミーの会長も務める。

＊96　カルリスタ戦争　guerra carlista　カルリスタ戦争は、第一次一八三三―三九年、第二次一八四六―四八年、第三次一八七二―七六年と繰り返された、フェルナンド七世の王弟カルロスを擁護してカルロス五世として祭り上げ、イサベル二世に抗した戦争。王族内紛争の形をとったが、カルリスタはおもにバスク、ナバラ、カタルーニャ地方の民衆に支持された。特に農民、職人層には義勇兵としてカルリスタ軍に投じる者が多かった。ナポレオンのスペイン支配を覆

した独立戦争（一八〇八―一四年）でゲリラとして活躍した民衆は、相次ぐ政変と改革の不徹底に失望し、資本主義の跛行的発展による経済苦境にあった。この不満のエネルギーは、中世的地方特権（フェロ）擁護、政教合一の「古きよき時代」への回帰を説き、ドン・カルロスをシンボルとする保守的貴族、教会によって主導された。三九年イサベル側の将軍エスパルテーロがカルロス派を破り、講和して終結。余波は長く続き国内対立の一因となった。

＊97　「戻ってきたフィガロ」　Fígaro de vuelta　一八三六年一月五日、『エル・エスパニョール』紙掲載記事。

＊98　カロマルデ（フランシスコ・タデオ・カロマルデ・イ・アリア・イノホサ・イ・ラバダン）　Francisco Tadeo Calomarde y Arría Hinojosa y Rabadán（1773-1842）　スペインの政治家、貴族。聖イサベル初代公爵。金羊毛騎士団。フェルナンド七世下の絶対王政の法務大臣。レジオン・ドヌール受章。貧しい家の生まれだったが、一五歳にしてサラゴサ大学で哲学・法律を修学し、弁護士の資格を取る。その後、マドリッドで国会議員として政界に入る。カディス議会に反対の立場を取り、絶対王政支持、フェルナンド七世統治下で要職についた。「自由主義の三年間」は一時期、政治から離れたが、立憲君主を目指した急進的な指導者となる。カルロス五世とイサベル二世の間の王位継承問題では、サリカ法を遵守しカルロス五世側についたため、テルエルからトゥールーズへ亡命した。その人となりと悪政治の不評は、劇作家のハシント・ベナベンテが一九三六年にサンティアゴ・カサレス・キロアガ政権を批判する際、「カロマルデ以来続いている最悪の政府」と呼んだほど悪名高い。

＊99　エスパルテーロ〈バルドメロ〉　Baldomero Espartero（1793-1879）　スペインの軍人、政治家。ルチャナ伯、ビクトリア公、スペイン大公。対ナポレオン戦争に参加し、一八一五年から南アメリカ植民地反乱の遠征隊に入り八年過ごす。三三年、カルリスタ戦争が勃発すると、自由主義者としてイサベル二世の下の政府軍に属し出征。三六年に北部軍司令官となってビルバオを解放。三九年にベルガラで協定を結んで反乱を鎮圧した。民主的ブルジョワの進歩的改革を目指し、四〇年のクーデター後、首相に推され、モレーリャ公、金羊毛勲章を授与される。四一年から四三年まで摂政を務め、限嗣財産相続性の廃止、教会の十分の一税廃止、聖職者財産の世俗化を図る。アントニオ・ゴンサレスに内閣を組閣させ、教会財産の国有化・売却に向けた法制定を進めた（エスパルテーロ法）。四二年のバルセロナ蜂起に砲撃を加え、名声を失墜、イギリスへ亡命する。クーデター後は政界から引退。

＊100　「おやすみなさい。パリの文通相手に送ったフィガロによる第二の手紙――議会解散と日々のさまざまなことについ

て」 Buenas noches. Segunda carta de Fígaro a su corresponsal en París, acerca de la disolución de las Cortes, y de otras varias cosas del día　一八三六年一月三十日、『エル・エスパニョール』紙掲載記事。

*101 「神は我々を助く――パリの文通相手に送ったフィガロの第三の手紙」 Dios nos asista. Tercera carta de Fígaro a su corresponsal en París.　未掲載記事。『フィガロ――演劇、文学、政治、習慣に関する記事集』（アレハンドロ・ペレス・ビダル編、バルセロナ、クリティカ刊、二〇〇〇年）に収録。

*102 上院、下院 los próceres, los procuradores　自由主義穏健派によって組閣された政府は、一八三四年に「王国組織法」を公布して二院制議会を導入したが、上院は国王任命で、下院は有権者に高い納税額を求める極端な制限選挙であった（『スペイン史10講』立石博高著、岩波新書より）。

*103 デュピュイ〈シャルル＝フランソワ〉 Charles-François Dupuis (1742–1809)　フランスの大科学者、パリのリセの修辞学教授。数学の研究者でもあり、フランス革命暦を発展させた。またキリスト神話説の提唱者としても知られる。電報を発明したり、神話と占星術の研究など、多岐にわたり学問を修めた。数字や暦などの神話的解釈を行ったことから、数字のもつ神秘性について研究。

*104 王座と祭壇 trono y altar　十六世紀宗教戦争後に生まれた、一人の君主のもとに一つの宗教があるというヨーロッパ諸国家の基本原則で、「王座と祭壇」の両者は分かちがたいものだと考えられていた。しかしフランス革命後の十九世紀以降になると、「王座」と「祭壇」を別個と考え始めたために、ここではそれを再度一つのユニオンとし、伝統的体制を再建するという意味を含んだ言葉となる。十八世紀啓蒙時代において、スペインではカトリック啓蒙主義という、「祭壇」を否定することのない思潮が起こった。スペイン国内の啓蒙主義者たちは、社会経済的遅れを「上からの改革」に求め、一方、カトリック教会の諸問題については「祭壇」を「王座」の庇護のもとにおいて、国王教権主義と呼ばれる、かつてのキリスト教の、王座と一体となった元の姿を復活させることにあった。

*105 エスプロンセーダ〈ホセ・デ〉 José de Espronceda (1808–1842)　スペインの詩人。ロマン主義の代表的な存在。過激な思想の持主で、若くして自由主義に傾倒、「ヌマンシアの住民」という愛国同盟を結成、政治活動に参加し、一八二六年国外に亡命、イギリス、フランスの詩に親しんだ。三三年フェルナンド七世の死を機に帰国し、急進的ジャーナリスト・詩人として活躍。代表作はドン・ファン物の『サラマンカの学生』、ファウスト的な劇詩『悪魔の世界』他

多くの詩を書く。ジフテリアに感染して三十四歳で病没。

＊106「下院議員、もしくは名誉ある陰謀」Un procurador o la intriga honrada　ミゲール・デ・セルバンテス・ヴァーチャル図書館（Biblioteca virtual Miguel de Cervantes https://www.cervantesvirtual.com/）の「未発表作品」（Obras inéditas）に収録。

＊107「フィガロのお別れ」Despedida de Fígaro　ミゲール・デ・セルバンテス・ヴァーチャル図書館にオリジナル原稿収録。

＊108「いくつかの誤解を解くために、フィガロから『エル・エスパニョール』紙編集長へ」Fígaro al Director de El Español para deshacer varias equivocaciones.　ミゲール・デ・セルバンテス・ヴァーチャル図書館にオリジナル原稿収録。タイトルは「フィガロから『エル・エスパニョール』紙編集長へ」"Fígaro al Director de El Español".

＊109 ラモン・セルティ Ramón Ceruti　ラーラがアビラで立候補したときの県知事秘書。立候補の折の書類手続きを進めた手紙が残されている。ミゲール・デ・セルバンテス・ヴァーチャル図書館に、アビラでラーラが四九九票集めて当選した旨が書かれた、一八三六年八月三日の手紙が公開されている。

＊110 トレノ伯爵（ホセ・マリア・ケイポ・デ・リャノ）el conde Toreno（José María Queipo de Llano）（1786–1843）カスティーリャ・イ・レオン州トレノの伯爵家出身。フェリペ四世によって一六五九年に爵位が与えられ、マリア・クリスティーナ摂政下、一八三八年からはスペイン貴族で最高の地位と言われる大公爵の爵位を与えられる。七世となるトレノ伯爵が大公爵となるが、歴史家ならびに政治家でもあった。一八一二年憲法下のカディス議会で議員となるも、フェルナンド七世統治下では、ロンドン、パリへ亡命。自由主義の穏健派へと転向し、立憲君主制を目指す。「自由主義の三年間」にスペインへ戻り、国会議員、首相となる。マルティネス・デ・ラ・ローサ政権下では大蔵省大臣となるが、第一次カルリスタ戦争の財政難や財政改革を完遂することはできなかった。マリア・クリスティーナ摂政下で政界を去り、晩年をパリで過ごす。スペイン独立戦争についての著作をパリで執筆。

＊111「ここに半分のスペインが眠る。残り半分のスペインによって死んだのだ」Aquí yace media España; murió de la otra media.　『エル・エスパニョール』紙、一八三六年十一月二日掲載記事「一八三六年の死者の日。墓場のフィガロ」に書かれた言葉。本記事は、カルリスタ戦争の拡大を目の当たりにした折に、過去の立憲革命の蜂起などをも思い

出して書かれた。政党、思想、階級闘争上の対立が収束せず、また、そもそもスペインが一つの国としてまとまり難く死に瀕していることをラーラが悲嘆して述べた言葉が、記事の中で名言として残された。ラーラの生きた時代に「二つのスペイン」という言説が定着。すなわち聖職者、教会関係者などを中心とする保守主義者らは、王政と教会の伝統を支持し、カディス議会から明らかな動きとなった近代化を「自由主義、フリーメイソン、反カトリック」と拒否。様々な思惑と立場が混ざり合い極めて変動も多い中、一概に主義・主張を分化できない情勢とはいえ、保守勢力と近代化を目指す自由主義をはじめとする改革勢力とが大きく対立するようになった。佐々木孝は『情熱の哲学』(法政大学出版局)の中で、孤立主義的スペイン(伝統主義的スペイン)と世界主義的スペイン(進歩主義的スペイン)との拮抗・対立関係と述べており、両者に明確な境界線を引くことは不可能というほど、複雑な緊張関係を織りなしてきた、と述べている。ラーラは、特にスペインの両半分の死闘ということを推察したが、この見解はフィデリオ・デ・フィゲイレードが広い歴史的展望をもった傑作『二つのスペイン』で発展させている。

＊112　慈悲深い中立　benevolente neutralidad　戦争においてある中立国が戦わずして交戦中のいずれかの国に有利になるよう働く意もあるが、ここでは、本来、自由主義急進派のラーラが政党のいずれの派にも属さず、どちらかと言えば誤解を招くような穏健派イストゥリスを支持するなど、不安定な社会情勢の中、思想としても党派としてもまとまりを欠く自由主義の草創期に、どちらつかずの慈悲的態度を示してしまったという意味と推察される。

＊113　アストゥリアス　Asturias　スペイン北部の自治州。山が多い地形によってイスラム教徒の支配を受けず、レコンキスタの拠点となった地域。古くは西ゴート王国滅亡後に初めてキリスト教王国として興ったアストゥリアス王国の支配下にあった。

＊114　「フィガロから学生へ」　Fígaro al estudiante　一八三七年一月三日、『エル・ムンド』紙掲載記事。

＊115　ヴィクトル(＝マリー)・ユゴー　Victor-Marie Hugo (1802–1885)　フランス・ロマン主義の詩人、小説家。共和派、ナポレオン軍の軍人の父をもつ。幼時はイタリア、スペインなど父の配属地を転々とし、のち別居中の母とともにパリに移り教育を受ける。処女詩集『オードと雑詠集』で詩人としてデビュー。王党的な『東方詩集』から、自由主義、人道主義に向かい、戯曲『クロムウェル』の序で古典派美学を否定、ロマン主義の理論的支柱となる。『ノートルダム・ド・パリ』、抒情詩集『光と影』発表。一八四五年に上院議員となる。二月革命を機に共和政を支持、一八五一年のナ

ポレオン三世のクーデタ以後、十九年間、亡命生活を送る。この間に抒情詩の傑作『静観詩集』、小説『レ・ミゼラブル』を書いた。帝政没落とともにパリに戻り、死に際しては国葬される。

＊116 「文学――歴史と我々の歴史の特徴に対する概略的視点／その現状／未来／基本信条」 Literatura Rápida ojeada sobre la historia e índole de la nuestra. Su estado actual. Su porvenir. Profesión de fe 一八三六年一月十八日、『エル・エスパニョール』紙掲載記事。

＊117 黄金世紀 Siglo de Oro スペイン黄金世紀は、レコンキスタ完了後のカトリック両王による統治を経て、カルロス一世の即位した十六世紀から始まるとされる。同王のもと広大な国内外含む領地獲得と支配が進み、その後、フェリペ二世統治下、植民地からの巨万の富を国内外の戦争に投じ覇権争いに明け暮れた、一連のスペイン国家の繁栄期を指す。芸術分野においても同様、黄金世紀と呼ばれるが、セルバンテスによる『ドン・キホーテ』、宮廷画家ベラスケスなどスペインを代表する偉大な芸術家たちが輩出した。芸術においては十七世紀の画家ムリーリョまで含み、文化的黄金世紀のスパンは歴史的視点よりも長く、十六、十七世紀全体を指す。歴史学上はフェリペ四世下の、一六四八年のオランダ独立の承認までを黄金世紀とすることも多い。この年以降、スペインは覇権争いで優位を失っていく。

＊118 ヴォルテール（フランソワ＝マリー・アルエ） Voltaire (François-Marie Arouet) (1694–1778) フランスの小説家、劇作家、思想家。上流ブルジョワ出身。悲劇『エディプ』で文名を馳せたのち二度投獄され、信教と言論の自由を求める合理主義の啓蒙思想家として活躍。痛烈な風刺と流麗な名文で、近代史家の先駆けともなった。代表作は『ルイ十四世の世紀』、小説『カンディード』、論文集『哲学辞典』。ほかに百科全書にも寄稿。言論・思想の自由を強調して封建制度の矛盾を批判、特に教会の特権・偏見に反発して宗教的寛容を唱え、フランス革命の精神的地盤の形成に大きく貢献した。政治的には立憲君主制の立場、ロシアの女帝エカチェリーナ二世とも文通。

＊119 百科全書派 十八世紀後半のフランスで刊行された百科全書に執筆もしくは協力した思想家たち。アンシクロペディスト。編集主任のディドロ、ダランベール監修のほか、ヴォルテール、グリム、チュルゴー、ケネー、マルモンテル、ドルバック、ジョクールらがいる。彼らは合理主義や懐疑主義に基づく啓蒙思想の普及に努めた。彼らの共通の目標は旧制度下（アンシャン・レジーム）の圧政、悪弊、狂信を改めて、より理性的でより自由な社会を実現することであった。啓蒙思想の集大成ともいえる業績を作った。

＊120 アンドレ・シェニエ André Chénier（1762–1794） フランスの詩人、フランス革命にも参加。ロマン主義・高踏派文学の先駆けとなる作品を残す。恐怖政治が終わる直前に、国家反逆罪でロベスピエールによって断頭台に送られた。田園詩やエレジー、教訓詩や哲学詩も詩作。百科全書を凝縮した長篇詩も書いた。フランス革命が始まると、立憲君主制を信じる詩作を生み出す。『悲歌』『牧歌』等。

＊121 シャトーブリアン〈フランソワ＝ルネ・ド〉 François-René de Chateaubriand（1768–1848） フランスの小説家、政治家。ブルターニュの古い貴族の家に生れた。フランス革命によって陸軍少尉の地位を失い、一七九一年、単身アメリカに渡り、帰国後、反革命軍に参加、負傷してイギリスに亡命。一八〇〇年に帰国し、ナポレオンのもとで公職についたが相容れず、辞職。王政復古とともに政界へ復帰、上院議員、ベルリン、ロンドン、ローマの駐在大使、外務大臣などを歴任。啓蒙思想からキリスト教の信仰に帰依し、主著は『キリスト教精髄』で、ことにその一部である小品『アタラ』および『ルネ』は名高い。他に死後に出版された『墓の彼方からの回想』等。色彩豊かな描写と情熱的な雄弁体によって、ロマン主義に大きな影響、先駆けとなる。

＊122 ラマルティーヌ〈アルフォンス・ド〉 Alphonse de Lamartine（1790–1869） フランス、ロマン主義の詩人・政治家。『瞑想詩集』で詩人の地位を確立。七月革命後、政治生活に入り、共和主義者、二月革命後の臨時政府の一員として外務大臣となり、ブルジョワ急進派を代表して社会主義者と対抗。ナポレオン三世のクーデタ後、政界を去り、不遇の晩年を送った。

＊123 ホラティウス（クィントゥス・ホラティウス・フラックス） Quintus Horatius Flaccus（65 BC–8 BC） 古代ローマの抒情・風刺詩人。南イタリアのウェヌシア生れ。マイケナスの文人サークルに属し、アウグストゥス帝の寵を受けた。技巧にすぐれ、知的で都会的なユーモアと人間味に富む。人間の俗物性を風刺し、文明批評的な作品も多い。『風刺詩』は、同形式の『書簡詩』や『詩論』とともに韻文体の随筆集。抒情詩集『歌章』で詩作の頂点をなし、恋、友情、酒宴、自然などから、哲学や政治の問題さらにはローマ帝国の理想まで、さまざまなテーマを歌う。

＊124 ボワロー（ニコラ・ボワロー＝デプレオー） Nicolas Boileau-Despréaux（1636–1711） フランスの詩人、批評家。サロンに出入りして、ラ・フォンテーヌ、モリエール、ラシーヌと交わり、一六七七年には王室史料編纂官に任ぜられた。『詩法』においてフランス古典主義文学理論を確立、集大成した。作品は『風刺詩集』『ロンギノス考』等。理屈ば

かり達者な俗流詩人を痛撃、批評家の才に秀でていた。作詩で守るべき、一般的な美学の原則を定めようと試み、古典派の基本原則を「自然」、「理性」、「真実」であるとした。

＊125 ロペ・デ・ベガ Lope de Vega（1562–1635） スペインの劇作家、詩人。冒険と情熱の波乱に富んだ生涯を送りながら、膨大な戯曲と聖体秘跡劇のほか、あらゆる形式の詩集二十一巻を書き、セルバンテスからは「自然の怪物」と呼ばれた。黄金世紀のスペイン演劇を創始し、多様なテーマを劇化したが、時流に呼応し大衆好みの「新しい演劇」（コメディア・ヌエバ）を目指した。三一致の法則などからは逸脱し、悲劇・喜劇的要素を掛け合わせた新奇的な作品を多く作る。史劇では『ペリバニェスとオカーニャ騎士団長』『フエンテ・オベフナ』、喜劇では『マドリッドの鉄鉱泉』『水がめの娘』等が有名。

＊126 シェークスピア〈ウィリアム〉 William Shakespeare（1564–1616） イギリスの詩人、劇作家。裕福な商人の長男として生れた。ロンドンに出て劇界に入り、俳優として出発し、やがて劇作を始める。『ヘンリー六世』『リチャード三世』、笑劇に近い喜劇『じゃじゃ馬ならし』が初期の作品で、宮内大臣お抱え一座の幹部座員となると、『ロミオとジュリエット』『夏の夜の夢』『リチャード二世』などの抒情的な作品を発表。『ヴェニスの商人』『お気に召すまま』『十二夜』など次々と執筆。人間の根本問題をテーマとした『ハムレット』『オセロ』『リア王』『マクベス』の四大悲劇を創作。後ロマンス劇に転じ、『シンベリン』『冬の夜ばなし』『あらし』英詩『ソネット集』がある。無韻詩を縦横に駆使して韻文劇を創作した。

＊127 モリエール（ジャン＝バティスト・ポクラン） Molière, Jean-Baptiste Poquelin（1622–1673） フランスの劇作家、俳優。フランス古典劇三大作家の一人。パリの豊かな商人の子。二十歳で〈盛名座〉を結成、以後、一生を演劇に捧げる。一座は地方巡業ののちパリに戻り成功、ルイ十四世の庇護を受け、モリエールは風俗喜劇『才女気取り』『女房学校』『ベルサイユの即興劇』を発表し人気を高める。病気と一座の経営に苦しみながら性格喜劇の傑作『タルチュフ』『ドン・ジュアン』『人間嫌い』を書く。晩年の作品には笑劇風の『守銭奴』『女学者』等。人間心理を風刺精神で描いて、古典喜劇を確立させた。モリエールの死後、一座は他と合併してコメディ・フランセーズの前身となる。

＊128 ウェルギリウス（プブリウス・ウェルギリウス・マロー） Publius Vergilius Maro（70 BC–19 BC） 古代ローマの叙事詩人。自然と信仰をうたい、ローマの世界支配の偉大さを表わす。ローマに出て哲学、医学、修辞学を修めた。カト

ゥルスらの青年詩人派と交流、その後、独自の詩作に進む。文芸保護者マエケナスの知遇を得て、アウグストゥス帝に紹介され、友人ホラティウスらとともにラテン文学の黄金時代を築いた。『詩選』『農耕詩』を発表。残りの生涯を英雄叙事詩『アエネイス』に捧げ、完成のためにギリシャへの旅に出るも、途中熱病にかかって死亡。作品は未完に終わった。精妙、華麗な措辞、荘重なリズムはラテン六脚詩の頂点とも言われる。

＊129 アリオスト〈ルドヴィーコ〉 Ludovico Ariosto（1474–1533） イタリアの詩人、劇作家。イタリア喜劇の創始者。伯爵家の長男に生れ、フェララのエステ家に仕えた。シャルルマーニュ伝説の英雄ローランを主人公とする、イタリア・ルネサンス文学の傑作『狂乱のオルランド』を一五一六年に著わし、後世ヨーロッパ文学に大きな影響を与えた。古典を模した喜劇『カッサリア』『スッポジティ』『ネグロマンテ』『レーナ』『ストゥデンティ』等。

＊130 カルデロン〈ペドロ・カルデロン・デ・ラ・バルカ〉 Pedro Calderón de la Barca（1600–1681） ロペ・デ・ベガと並ぶスペイン文学黄金世紀最大の劇作家、詩人。愛、名誉、宗教を三本柱にして一二〇編余りの戯曲を残したが、代表作にはスペイン人の体面感情をテーマにした『サラメアの村長』や『名誉の医師』がある。カルデロンの名を世界的に知らしめた『人生は夢』で、人間の宿命と自由意志との葛藤という神学的テーマを介して、この世の夢幻性が舞台化されている。カルデロンはまた、『世界大劇場』を代表とする、象徴的な宗教劇である〈聖体神秘劇〉の第一人者でもあり、ベガの「新しい演劇」を踏襲しつつ、文飾主義や奇知主義といった知的な劇詩を採り入れた。サンティアゴ騎士団の騎士でもあり、寵臣オリバレス公に同行しカタルーニャの反乱を鎮圧。その後、オリバレスの失脚やフェリペ四世の崩御などによって、演劇世界から少しずつ身を引いていった。司祭に叙階され、隠遁した。十九世紀ロマン派によって再度文学的価値が確認される。

＊131 ラシーヌ〈ジャン・バティスト〉 Jean Baptiste Racine（1639–1699） フランスの劇作家、詩人。孤児として育ち、ポール・ロアイヤル修道院でジャンセニストから教育を受け、古典に親しむ。パリに出て哲学を学び詩作を始める。『アンドロマック』の成功で劇壇の第一人者となり、喜劇『裁判狂い』悲劇『ブリタニキュス』『ベレニス』を書く。『フェードル』を最後に引退し、ルイ十四世の修史官となる。その後は、宗教劇『エステル』『アタリー』のみ書く。古典劇の法則を駆使して、情熱のとりことなる人間を描き、格調高い心理劇を作り上げたフランス古典主義の代表者。晩年に『ポール・ロアイヤル史概要』。

＊132　シラー〈フリードリヒ・フォン〉 Friedrich von Schiller（1759–1805）　ドイツの詩人、劇作家。戯曲『群盗』『たくらみと恋』等、感情の自由と人間性の解放を協調したシュトゥルム・ウント・ドランク文学革新運動から出発。カント哲学・美学を経て、ゲーテと並ぶドイツ古典主義文学の代表者となる。『歓喜に寄す』『ヴァレンシュタイン』『オルレアンの少女』『ヴィルヘルム・テル』等。

＊133　ゲーテ〈ヨハン・ヴォルフガング・フォン〉 Johann Wolfgang von Goethe（1749–1832）　ドイツの詩人、小説家、劇作家。『若きウェルテルの悩み』からシュトゥルム・ウント・ドランク文学革新運動の代表的存在となる。政治家としても活躍しながら、美術研究、地質、鉱物、動植物の自然研究も行う。シラーと交友があり、ドイツ古典主義を確立。戯曲『ファウスト』、小説『ヴィルヘルム・マイスター』、叙事詩『ヘルマンとドロテーア』、詩集『西東詩集』等。

＊134　バイロン〈ジョージ・ゴードン〉 George Gordon Byron（1788–1824）　英国の詩人。社会の偽善を風刺し、ロマン派の代表者となる。ゲーテに「今世紀最大の天才」と賞賛される。欧州各国を放浪、ギリシャ独立戦争に参加し病死。ポルトガルからギリシャへの旅を扱った物語長詩『チャイルド＝ハロルドの遍歴』で名声を得る。他『ドン・ジュアン』劇詩『マンフレッド』等。

＊135　コルネイユ〈ピエール〉 Pierre Corneille（1606–1684）　フランスの劇作家。大コルネイユと称される。フランス古典劇に初めて典型的均整美を与えた。喜劇史上最初の優雅な喜劇をいくつか書いたが、それはやがてモリエールにおいて結実する。不朽の名作『ル・シッド』によってフランス古典悲劇を確立。次いで三大傑作悲劇『オラース』『シンナ』『ポリュークト』を発表。英雄主義的な劇に愛国心、名誉、信仰、献身などの高尚な概念と、理想の人間を描いて意志力を賛美した。ほかにフランス最初の本格的性格喜劇となる『ほら吹き』がある。

＊136　デュマ〈アレクサンドル〉 Alexandre Dumas（1802–1870）　フランスの小説家、劇作家。デュマ・ペール（父）と呼ばれる。膨大な作品を書いたが、小説よりむしろ戯曲によって、ロマン派を代表する作家となった。『三銃士』『モンテ＝クリスト伯』『黒いチューリップ』等の歴史小説によって世界中に親しまれている。デュマの戯曲の才は、通俗的ともいえる筋書きを情熱的で動きのある大団円に導く、優れた舞台感覚に恵まれている。なかでも『アンリ三世とその宮廷』は大成功を収めた。革命にも積極的に参加。晩年はヨーロッパを転々と旅した。

＊137　『アントニー』 Antony　「俺を拒んだ、だから殺したのだ！」という有名なこの幕切れの台詞と共に、愛人アデル

を殺した暗い目付きの主人公アントニーで知られるアレクサンドル・デュマによる姦通劇でフランスの若い世代を席巻した。一八三一年五月三日ポルト・サン・マルタン座で初演された『アントニー』は、当時、異例の連続上演記録を作るほど人気を博した。

＊138　『アベン・ウマイヤ』 Aben Humeya　マルティネス・デ・ラ・ローサによる戯曲。一八三〇年にパリで初演、一八三六年にスペインで上演されたが、スペイン本国での評判は芳しくなかった。スペイン・ロマン主義の先駆けとなる作品。主人公アベン・ウマイヤは十六世紀アンダルシアの高貴なモリスコ。

＊139　『ネールの塔』 La Tour de Nesle　アレクサンドル・デュマとガイヤルデによってリライトされた戯曲で、五幕九場面にわたる演劇。一八三二年に初上演される。題材は十四世紀に起こった宮廷でのスキャンダル「ネールの塔事件」から取られた。フランス王フィリップ四世の義理の娘に当たるマルグリット、ブランシュ、ジャンヌが姦通の罪で告発された事件である。

＊140　『ブルゴーニュのマルガリータ』 Margarita de Borgoña　この戯曲に対するラーラの批評記事は『エル・エスパニョール』紙、一八三六年十月五日に『ブルゴーニュのマルガリータ――五幕の新劇』“Margarita de Borgoña – Drama nuevo en cinco actos”という題で掲載された。

＊141　『三十年、もしくはある賭博師の人生』 Treinta años o la vida de un jugador　「新しい喜劇」“Una comedia moderna”と題した記事（一八二八年三月、『日刊 風刺家ドゥエンデ』第二巻掲載）の中で、ラーラは『三十年、もしくはある賭博師の人生』について評論している。

＊142　ティエリ〈ジャック・ニコラ・オーギュスタン〉 Jacques Nicolas Augustin Thierry（1795–1856）　フランスの歴史家、ジャーナリスト。ジュール・ミシュレと並ぶロマン主義の歴史家を代表する。フランス王政復古時代に活躍。エコール・ノルマル在学中に思想家アンリ・ド・サン＝シモンの社会主義思想に傾倒し、サン＝シモンの秘書を務める傍ら、自由主義の新聞を執筆するジャーナリストとなる。フランス史やメロヴィング朝の歴史研究で名高く『メロヴィング王朝史話』『フランス史への公開状』などで知られる。

＊143　ミシュレ〈ジュール〉 Jules Michelet（1798–1874）　フランスの歴史家。ロマン主義史学の代表者で、民衆を愛し、フランス革命の精神を擁護。ヴィーコの歴史論・哲学の影響を受けた。一八三〇年の七月革命を境として、王党カトリ

ック的立場を離れ、自由主義に転じる。国立古文書館の歴史部長。ソルボンヌ大学教授としてギゾーの講座を代行。革命を熱狂的に支持、ナポレオン三世宣誓を拒否したため、コレージュ・ド・フランス教授の職から追放された。『フランス史』『フランス革命史』等。

＊144 ギゾー〈フランソワ・ピエール・ギヨーム〉 François Pierre Guillaume Guizot（1787–1874） フランスの歴史家、政治家。パリ大学の近代史講座教授。王政復古下に官界に入り、初めは反動政策に抵抗したが七月王政下で保守化し、内相、文相、外相、首相を歴任。制限選挙制下に平和維持、社会・政治改革拒否の大ブルジョア政権維持に努力して反対派を強圧。二月革命で英国に亡命し、一八四九年の帰国後は著述に専念した。主著『ヨーロッパ文明史』。

＊145 トクヴィル〈アレクシ＝シャルル＝アンリ・クレレル・ド〉 Alexis-Charles-Henri Clérel de Tocqueville（1805–1859） フランスの歴史学者、政治学者、政治家。ノルマンディー地方の貴族出身。フランス革命の折、血縁が大勢処刑され、リベラル思想を研究。ジャクソン大統領時代のアメリカ訪問後、下院議員、第二共和政下で外相となったが、第二帝政の際、ナポレオン三世と衝突して下野、歴史研究に専念した。主著『アメリカ民主政論』『アンシャン・レジームとフランス革命』。

＊146 「科学と文学のアテネオ」 Ateneo científico y literario 一八三六年六月十一日、『エル・エスパニョール』紙掲載記事。

＊147 「新しい食堂」 La fonda nueva 一八三三年八月二十三日、『レビスタ・エスパニョーラ』紙、第八十八号掲載記事。

＊148 「我々はいかなる人種の間にいるのか」 ¿Entre qué gente estamos? 一八三四年十一月一日、『エル・オブセルバドール』紙、第一一〇号掲載記事。

＊149 「翻訳について」 De las traducciones 一八三六年三月十一日、『エル・エスパニョール』紙、第一三二号掲載記事。

＊150 ラモン・デ・ラ・クルス Ramón de la Cruz（1731–1794） スペインの笑劇作家（サイネテーロ）。笑劇（サイネテ）や軽喜歌劇（サルスエラ）など、純スペイン的小劇に活力を与えた。外国劇の翻訳やバロック劇の改作を試みているうちに、幕間狂言や笑劇など短い作品を書くようになったが、その数は四〇〇を超える。『聖イシドロの野原』『おかんむりの栗売り女』『ともしびのファンダンゴ』などにみられるように、僧侶、洒落者、伊達女、下町っ子など、さまざまな人物を登場させて民衆の生活を色鮮やかにとらえ、冗談、誇張、通俗語などを交えた生気のある言葉でマドリッ

ドの風俗を風刺的に活写している。

＊151　フアン・バウティスタ・アロンソ　Juan Bautista Alonso（1801–1879）　スペインの弁護士、ジャーナリスト。サラマンカ大学で哲学と法学を学ぶ。自由主義急進派の新聞『エル・ギリガイ』紙の編集長。一八三九―六六年まで議員、また一八七二―七三年には上院議員を務めた。新古典主義の詩集なども出版。

＊152　フィリスの鳩　palomita de Filis　フィリスとは恋と酒を歌った快楽派の古代ギリシャ抒情詩人アナクレオンの頌歌に出てくる女性の名前で、メレンデス・バルデスによるロココ・アナクレオン風の官能世界を描いた作品『フィリスの鳩』のタイトルから来ている。

＊153　メナルカス　Menalcas　ウェルギリウスの『牧歌』第五歌に登場する歌う詩人で、牧童モプススと詩のやり取りをしながら対話を繰り広げる。牧歌詩、文学の象徴ともいえる人物。ウェルギリウスは、本作を紀元前三世紀のヘレニズム詩人テオクリトスの『牧歌』を手本として書いた。

＊154　ゲスナー〈サロモン〉　Salomon Gessner（1730–1788）　スイスの画家、詩人、新聞編集者。絵画も詩もその作風は牧歌的で、自然に対する愛好を全面に表現する作風。ヘレニズム風の牧歌的恋愛を謳った作品で、古代ギリシャのテオクリトスから来ている。『田園詩集』『アベルの死』等。

＊155　セサル・バルハ　César Barja（1890–1951）　スペイン文芸評論家。ガリシア出身。スペイン黄金世紀の詩人ルイス・デ・ゴンゴラの没後三〇〇年に合わせて、一九二七年にスペインの主要な詩人が一堂に会した二七年世代の一人。サンティアゴ・デ・コンポステラ大学で法律を学び、博士号を取る。その後、ライプチヒ大学、ハーバード大学で研究を続け、アメリカ合衆国のコネティカット大学でスペイン文献学の教鞭を執る。法律の知識と分析力で知られ、スペイン文学を批評した三巻本の著作が代表作。『スペイン古典作家・文学論』『スペイン近代作家・文学論』『スペイン現代作家・文学論』。

＊156　スタンダール（マリ＝アンリ・ベール）　Stendhal (Marie Henri Beyle)（1783–1842）　フランスの小説家。ナポレオンのイタリア遠征に従軍。社会批判と心理描写に優れ、近代リアリズム小説の先駆者。『赤と黒』『パルムの僧院』『恋愛論』等。利己主義を意味する「エゴイズム」と区別して、スタンダールが好んで「エゴティスム」という言葉を使用したが、この「自我主義」が誠実なものであるならば、人間の心を描き出す一つの方法となると述べている。

＊157 ジュゼッペ・ベリーニ Giuseppe Bellini（1923–2016） イタリアのスペイン文学者。ミラノ大学にてスペイン文学の教授を務める。第二次世界大戦中は従軍、その後、ミラノのボッコーニ大学へ戻り、「ピオ・バロッハと九八年世代」と題した研究論文を提出。イタリアにおけるスペイン文学研究者の先駆けであり第一人者。その著作は多く翻訳されている。

＊158 バーコウィッツ〈ハイマン・チョーノン〉 Hyman Chonon Berkowitz（1895–1945） リトアニア出身のアメリカ人。ベニート・ペレス・ガルドスの研究で知られる。ウィスコンシン大学で生涯にわたり教鞭を執る。ガルドスの伝記が代表作。

＊159 サンチェス・エステバン〈イスマエル・サンチェス・エステバン〉 Ismael Sánchez Estevan（1880–1962） スペイン演劇、文学の研究者。文芸評論家。ハシント・ベナベンテ、ロペ・デ・ベガ、スペイン近代劇に関する著作がある。

＊160 「冬の時間」 Horas de invierno 一八三六年十二月二十五日、『エル・エスパニョール』紙、第四二〇号掲載記事。

＊161 ローサ・ロッシ Rosa Rossi（1928–2013） スペイン、イタリア文芸評論家。ローマ・トレ大学のスペイン言語学・文学教授。セルバンテス、十字架の聖ヨハネ、聖テレサの研究で知られる。著作のほとんどがスペイン語、イタリア語で書かれており、スペイン文学史や伝記等。

＊162 風俗写生作家（コストゥンブリスタ） Costumbrista 古くは中世・黄金世紀から続くスペインの社会慣習や風俗、土地に根差した伝統を描いた文学や絵画などの潮流。十九世紀ではエステバネス・カルデロン、メソネーロ・ロマーノスなどが代表的な風俗写生作家。

＊163 「あなたは何をおっしゃるのか？ それはまったく別のことだ」 ¿Qué dice usted? Que es otra cosa. 一八三三年五月十日、『レビスタ・エスパニョーラ』紙掲載記事。

＊164 「結論」 Conclusión 一八三三年三月二十二日、『可哀そうなお喋りさん』掲載記事。

＊165 「この国では」 En este país. 一八三三年四月三十日、『レビスタ・エスパニョーラ』紙、第五一号掲載記事。

＊166 フェイホー〈ベニート・ヘロニモ〉 Benito Jerónimo Feijóo（1676–1764） スペインのベネディクト会修道士。オビエド大学の神学教授。スペイン啓蒙期の最も傑出した人物の一人。近代精神と深い宗教信仰とが一致した数多くの著作において、スペイン知識人らの研究に対する旧態然とした態度と、一般民衆の軽薄な迷信崇拝を攻撃。理性と経験と

いう手段のみによる真実の探究を説き、近代ヨーロッパの潮流にスペインを組み入れることを目指した。『世相批判』『博識怪奇書簡』が代表作。

＊167 バレーラ（フアン・バレーラ・イ・アルカラ・ガリアーノ） Juan Valera y Alcalá Galiano（1824-1905） スペインの小説家、外交官。グラナダ大学、マドリッド大学で法律を学ぶ。ナポリで外交官を務めた後、ヨーロッパ、アメリカの各地を外遊。その後マドリッドに拠点を置き、文部省の秘書などを務め政治活動を続ける。スペイン王立アカデミーの一員。偽善や狂信を諷した作品が多く、神学生と人妻の恋を描いた書簡体の小説『ペピータ・ヒメネス』が有名。ほかに『メンドサ修道院長』等。貴族の末裔でエリート主義だったが、社会の腐敗、横暴な支配体制や寄生貴族などに批判的で、自由な保守派としての立場を取った。

＊168 テロール男爵による『古のフランス、ピトレスク・ロマンティック紀行』 Voyages pittoresques et romantiques dans l'ancienne France par le Baron Taylor 一八二〇年から一八七八年まで刊行された、イジドール・テロール男爵（1789-1879）、シャルル・ノディエらによる伝説的な旅行記で、全二十四巻に及ぶ。ノルマンディー、ピカルディー、オーヴェルニュほか古フランスの未開地方を旅した、ロマン主義的紀行文学となっている。多数の執筆協力者、図版製作者を駆使してまとめられた本だが、ラーラも執筆協力していたことが窺える。テロール男爵は軍人、画家、文筆家、外交官、美術視察官、考古学者と様々な活躍をした人物でロマン主義者の先駆けでもある。また、エジプトのオダリスクの輸送手配をしフランスへ持ち帰ったことで知られているが、スペインの関係と言えば、ムリリョ、リベラ、ベラスケス、ゴヤなどの美術品を大量に購入しルーブル美術館の財を肥やしたと言われる。

＊169 ウナムーノ〈ミゲール・デ〉 Miguel de Unamuno（1864-1936） スペインを代表する哲学者、詩人。バスク出身。九八年世代。スペイン内戦を幼い頃から経験。マドリッド大学で文学・哲学を専攻。ギリシャ語、ラテン語始め十七ヶ国語を習得。『ドン・キホーテとサンチョの生涯』『生の悲劇的感情』『霧』などをはじめ、膨大な執筆活動を行う。三十六歳にしてサラマンカ大学総長となる。一八九八年の米西戦争等をきっかけに、スペイン社会へ問題提起を行い、スペインとはいかなるものかを問うて憂国の思想を広めた。

＊170 レルミニエ〈フェリックス・ルイ〉 Félix Louis L'Herminier（1779-1833） フランスの薬学者、植物学者、自然学者。パリで化学と自然史を学んだ後、カリブ諸島のグアドループで動植物の研究を続ける。政治的理由から、スイス、

アメリカ合衆国へ亡命した後、最終的にパリへ戻って研究の集大成を為す。

＊171　アントウェルペンの塔　ベルギーのアントウェルペンにあるローマ・カトリック教会の聖母大聖堂は、ゴシック様式で十四世紀から十六世紀にかけて建設された。中でもその尖塔は一二三メートルあり、ネーデルラント地方で最も高い塔として誇る。神聖ローマ皇帝カール五世（ブルゴーニュ公位を継承、兼スペイン王カルロス一世）は、一五二一年に完成したばかりの尖塔を見て「一つの王国に値する」と称賛したとされる。ローマ・カトリックの栄華の象徴。

＊172　フェルナンデス・デ・コルドバ〈ゴンサロ〉　Gonzalo Fernández de Córdoba（1453–1515）　スペイン王国の将軍。エル・グラン・カピタン（El Gran Capitán：大将軍）の尊称で呼ばれる。十三歳でカスティーリャ宮廷に出仕し、イサベル一世下の軍人として活躍。カスティーリャの国土回復運動に終止符を打ったグラナダ戦争に参加、一四九二年のグラナダ開城の交渉にあたった。レコンキスタ完結に大きく貢献。その後、ナポリ王国をめぐるフランス軍との交戦でも活躍。スペインはナポリ王国分割でフランスと合意したものの再び争いとなり、一五〇三年、塹壕戦、野戦築城によって強大なフランス軍を撃退し、ナポリ王国を征服した。〇七年、コルドバのあまりの功績に疑いを抱いたフェルナンド二世にナポリ総督職を解かれたが、一二年のラベンナの戦いで再び指揮を執った。

＊173　エスピノラ家　Espínolas（Francisco de Espínola）（1527–1595）　パラグアイ、サン・ルカル出身の十六世紀人フランシスコ・デ・エスピノラ（1527–1595）に代表されるコンキスタドール、遠征隊の一員となった家。サン・ルカルの支配者で郷士の父を持ち、代々、ラテンアメリカを征服した家系。

＊174　アルバ侯爵家　los Albas　スペインの代表的な公爵家。一四二九年にカスティーリャ王エンリケ四世によってガルシア・アルバレス・デ・トレドがアルバ公に叙されたときから続く由緒ある家系。ゴヤなど芸術家を支えたパトロンでもあった。

＊175　トレド家　los Toledos　十二世紀に起源をもつカスティーリャ王国の貴族の家系。アルバ家は派生した家の一つだが、トレド家から出た貴族のいくつかがスペインで最も高貴な大公爵となっている。八—十五世紀末までイスラム支配下でもキリスト教信仰を保ったモサラベの家系。

＊176　ロペ家　los Lopes　ロペ・デ・ベガ、三八二頁注125参照。

＊177　エルシーリャ家　los Ercillas　アロンソ・デ・エルシーリャ（Alonso de Ercilla）（1533–1594）の家系で古くはバ

スク貴族に起源がある。アロンソはスペインの詩人・軍人。チリのアラウコ戦争についての著作で知られる。アロンソの母は、神聖ローマ皇帝兼スペイン王カール五世の妃イサベル・デ・ポルトゥガル・イ・アラゴンのため宮廷に仕えていた。アロンソは一五五五年、チリのアラウコまで遠征し、多くの戦を戦った。ロペ・デ・ベガの著作の中にもその名が挙げられている。

＊178 カルデロン家 los Cardelones カルデロン・デ・ラ・バルカ、三八三頁注130参照。

＊179 マルティアリス〈マルクス・ウァレリウス〉 Marcus Varelius Martialis (c. 40–c. 104) 古代ローマのエピグラム詩人。スペイン出身。ローマに移り住み、同郷人セネカの家に身を寄せる。小プリニウス、クインティリアヌス、ユウェナリスら貴族や文人と交わりを深め、皇帝から騎士の身分を授けられる。『クセニア』『アポフォレタ』によって名声を確立。八五年以後『エピグラム集』十二巻を順次発表。余生は故郷に帰り、後援者から贈られた土地で過ごす。

＊180 クィンティリアヌス〈マルクス・ファビウス〉 Marcus Fabius Quintilianus (c. 35–c. 95) 古代ローマの弁論学者。ガルバ帝により公の弁論術教師に任命され、引退後、ドミティアヌス帝の命により後継者の教育にあたった。主著『弁論術教程』十二巻は、弁論家養成の入門書で、初等教育、修辞学、題材と配列、文体、演述法、性格と教養などを論じる。中世には教師として高く評価され、近世にはエラスムスをはじめとする人文主義者に学ばれ、大きな影響を与えた。

＊181 セルバンテス〈ミゲール・デ〉 Miguel de Cervantes (1547–1616) スペインの小説家。外科医の子に生まれ、スペインやイタリアの各地を転々とした後、レパントの海戦に参加して功績があったが、負傷して左手を失う。帰国の途中、トルコ軍に捕えられて五年間の虜囚生活をおくった。帰国後も投獄や破門を体験するなど、波乱に富んだ生活を送りながら、一五八〇年前後から創作をはじめ、一六〇五年に『ドン・キホーテ』の前編、一五年に後編を出し、「黄金世紀」の代表的な作家となった。他に『模範小説集』、遺作となった『ペルシレスとシヒスムンダの苦難』等の小説、『ヌマンシアの包囲』等の劇作品、『パルナソの旅』等の詩作品がある。

＊182 ケベード（フランシスコ・ゴメス・デ・ケベード・イ・サンティバーニェス・ビリェガス） Francisco Gómez de Quevedo y Santibáñez Villegas (1580–1645) スペイン・バロック期、黄金世紀を代表する散文家、小説家、詩人。警句や地口などを駆使する、いわゆる〈奇知主義〉の大家。また多くの歴史的事件に身をもってかかわった情熱的な政治家でもあった。マドリッドに生まれ、アルカラとバリャドリッドの大学で人文主義的教養を身につけた後、オスーナ

公爵に随ってシチリアに赴き、一六一六年公爵がナポリ副王に任命されるとその財務長官となって、地中海の支配をめぐるイタリア政策に腕をふるった。その後、フェリペ四世とその寵臣オリバレスに仕えたが、フェリペ四世によって修道院に監禁される。代表作は政治的エッセー『神の政治』『マルクス・ブルートゥス伝』、ピカレスク小説の頂点をなす『ペテン師、ドン・パブロスの生涯』（一六二六年）、当時の風俗を痛烈に風刺しつつ、地獄の幻想的な光景を描いた『夢』など。

＊183 メネンデス・イ・ペラーヨ〈マルセリーノ〉 Marcelino Menéndez y Pelayo（1856–1912） スペインの歴史家、文芸批評家。スペイン思想史研究者。一八七八年、二十二歳の若さでマドリッド大学教授になり、そののち国立図書館長、言語アカデミー会員、歴史アカデミー会長などを歴任。スペイン・アカデミズム、学界の雄、膨大な文献渉猟と博識に裏打ちされた批評活動は、およそ七十巻にも及ぶ著作集で集大成。代表作には、『スペインの科学』『スペイン異端者史』『スペインの美的観念の歴史』『小説の起源』等。

＊184 ピニェイロ〈エンリケ〉 Enrique Piñeyro（1839–1911） キューバ出身の歴史家、エッセイスト。歴史、文学に関するエッセイを新聞に多く発表。渡欧後、ニューヨークでキューバ革命を支持し活動。ラテンアメリカ・キューバ文学、批評を中心に執筆。スペイン・ロマン主義に関する著作や論文もまとめている。

＊185 デュラン〈アグスティン〉 Agustín Durán（1789–1862） スペイン・ロマン主義の研究者で、作家アントニオ・マチャードとも血縁。ロマンセーロの研究。マヌエル・ホセ・キンターナとの交流がきっかけでスペイン文学研究へと導かれる。法律を学んだ後、スペイン演劇や古典の文献を多く収集。スペイン王立言語アカデミーの会長も務めた。

＊186 アマドル・デ・ロス・リオス〈ホセ〉 José Amador de los Ríos y Serrano（1816–1878） スペインの芸術と文学の歴史家および考古学者。マドリッドのコンプルテンセ大学で歴史学を教える。弟子にはレオポルド・アラス、メネンデス・イ・ペラーヨといった著名人がいる。建築で有名なムデハル様式はロス・リオスが命名した。スペインのユダヤ人史を執筆して国内外で名が知られるようになる。芸術、建築、歴史と幅広く研究が知られ、スペインを代表する知識人。

＊187 ミラ・イ・フォンタナルス〈マヌエル〉 Manuel Milá y Fontanals（1818–1884） スペインの言語学者、美学者。セルベラ大学とバルセロナ大学で法律と言語学を学ぶ。ギリシャ・ローマ古典、ロマン主義文学を研究。最初は自由主義に傾倒したが、後に伝統主義へ転向、「古典とロマン主義」という記事で路線を打ち出す。『バルセロナにおけるカト

リック両王のロマンセ』、また『美学原理』によってスペインで先駆けとなる美学を打ち立てた。バルセロナ大学でスペイン文学史、スペイン美学を教え、メネンデス・イ・ペラーヨはその教え子。

*188 アンシャン・レジーム Ancien Régime フランス革命期の一七九〇年以後、革命に先行する時代の制度と実践の全体を意味して使われ始めた言葉。革命は根本的に新しい秩序を樹立しつつある、という当時の革命家の意識から生まれた。一七九三年一月二十一日のルイ十六世の処刑以後、過去の体制を否定する実践が広まるにつれて、民衆レベルでも用いられるようになる。歴史学の概念としては、トクヴィルの著作『アンシャン・レジームと革命』やテーヌ『現代フランスの起源——アンシャン・レジーム』等に詳しい。

*189 ガニベット（アンヘル・ガニベット・ガルシア） Ángel Ganivet García（1865–1898） スペインの作家、外交官。九八年世代の先駆け。グラナダ出身でマドリッド大学にて「サンスクリット語の重要性」と題した博士論文を提出し、優秀な成績で博士号を得る。アテネオ（学芸協会）に通い、知識人の仲間入りし、またウナムーノとの交流が始まる。ギリシャ語の教師としての枠をグラナダ大学で求めるも得られず、アントワープの副領事の地位を得る。その後、ヘルシンキ、ラトヴィア共和国で領事となるも、実らぬ恋愛や、スペインが最後の植民地を失ったことなど、様々な要因で最期は赴任先のラトビア共和国ダウガヴァ川から投身自殺した。スペインの再生を謳った『スペインの理念』が代表作。長編小説『最後のスペイン人征服者ピオ・シッドによるマヤ王国征服』等。

*190 オルテガ（ホセ・オルテガ・イ・ガセット） José Ortega y Gasset（1883–1955） スペインの哲学者。生のための理性を主張して、生の生産物としての文化を論じ、国家や芸術などを対象とした多様な批評を行なう。W・ディルタイやG・ジンメルと同様の「生の哲学」の立場。マドリッド大学で学び、ドイツのマールブルク大学などに留学、新カント派の哲学の影響を受ける。帰国後にマドリッド大学の形而上学教授となる。スペイン内乱に際し、フランスへ亡命。著名な『大衆の反逆』では、十九世紀リベラリズムの頽廃と危機的状況を論じ、共存の「文明」の可能性を主張。ウナムーノのように理性を生に敵対するものとは考えず、ウナムーノ的非合理主義を、ディルタイから学んだ「歴史的理性」あるいは「生命的理性」によって超えることにより、生と理性との統合を目ざす独自の「生の哲学」を構想。『無脊椎スペイン』『ドン・キホーテについての思索』等。

*191 スノッブ snob sine nobilitate または sine nobleza の省略形、「貴族ではない」、すなわち「俗物」の意。かつて

は英国において中産階級などを指したが、広義には自らに義務を課す高貴さに欠いた人間。欲求のみを持ち、自分には権利だけがあると考え、義務を持っていると考えず、大衆よりは上だと自惚れている階級。気どり屋、時流を追う者、知ったかぶりをする者など、定義は文脈によって様々ある。

＊192 「公共の庭園」 Jardines Públicos　一八三四年七月二十日、『レビスタ・エスパニョーラ』紙、第二十号掲載記事。

＊193 「アンドレスに宛てたバチジェル第二の手紙」 Carta segunda escrita a Andrés del Bachiller　『フィガロ全集』第一巻、ガルニエ・エルマノス書店、パリ刊行、一八八九年収録。Gutenberg eBook にて閲覧可。

＊194 アソリン（ホセ・マルティネス・ルイス） Azorín (José Martínez Ruiz) (1873–1967)　スペインの作家、劇作家。マドリッドやバレンシアの大学で法律やアナキズムを学ぶ。モンテーニュの文献に心を惹かれ、小説家になることを決意。十九世紀の装飾過多の文体を排し、簡潔な文体を確立した。シュルレアリスムの手法を用いた特異な戯曲も手がける。米西戦争敗北後のスペインの知的革新の根拠をスペイン独自の魂のうちに求める思潮を推し進め、九八年世代の存在と意義を明確にした。『スペイン文学案内』『スペイン人の見たスペインの風景』はスペインの文学、風土を掘り下げた。ほか小説『ドン・フアン』『ドニャ・イネス』等がある。

＊195 ファブラ・バレイロ〈グスタボ〉 Gustavo Fabra Barreiro (1945–1975)　ガリシア出身のスペイン文学研究者。ガリシア地方の文学や、ヴァリェ・インクラン、パルド・バサン、クラリンなど現代作家の研究も行なう。若くして事故で亡くなる。

＊196 ジュイ（ヴィクトール＝ジョゼフ・エティエンヌ） Jouy Victor-Joseph Étienne (1764–1846)　フランスの劇作家、風俗作家、新聞記者。ヴェルサイユ・オルレアン学校で学び、ラテンアメリカへの憧れから十六歳にして渡米。その後、フランスへ戻り学業を修め、砲兵隊として次に東インドへと渡る。フランス革命が起こると再び帰国。スイス亡命や投獄を経て、十九世紀初頭にオペラや演劇作家として活躍する。

＊197 チャベス（マヌエル・チャベス・レイ） Manuel Chaves Rey (1870–1914)　スペインのコラムニスト、ジャーナリスト、作家。フリーメイソンであり、セビーリャやマドリッドの新聞に多く協力。『セビーリャのジャーナリズム史』『アフリカ戦争におけるセビーリャ』等の著作。息子もジャーナリストとなる。

＊198 ル・ジャンティ〈ジョルジュ〉 Georges Le Gentil (1875–1953)　フランスのロマン主義文学者。ソルボンヌ大学

教授。ポルトガル・ブラジル言語・文学の第一人者。エコール・ノルマル・シュペリウールで学んだ後、リセで教鞭を執る。詩人マヌエル・ブレトン・デ・ロス・エレーロスに関する博士号論文を提出。その後、従軍によって第一次世界大戦が終わるまでポルトガルで過ごす。ソルボンヌに戻り、ポルトガル、ブラジル、スペイン言語学・文学の教鞭を執る。

＊199　E・マクガイア　Elizabeth McGuire（1879–1963）　"A study of the Writings of D. Mariano José de Larra 1809–1837"（University of California Publications in Modern Philology, 1918）の著者でアメリカの歴史学者。ほかに中国共産党に関する著作も書いている。

＊200　フランシスコ・カラバカ　Francisco Caravaca（生没年不詳）　スペインの文学研究者。「ラーラの風刺文学の源泉に関するメモ」"Notas sobre las fuentes literarias de costumbrismo de Larra"（Revista Hispánica Moderna, 1963）をはじめ、ロマンセやコープラなどの研究論文を執筆。

＊201　ダマソ・アロンソ（・イ・フェルナンデス・デ・ラス・レドンダス）　Dámaso Alonso y Fernández de las Redondas（1898–1990）　スペインの文献学者・詩人。ゴンゴラを再評価する文学者グループ二七年世代に属する。歴史家・言語学者のラモン・メネンデス・ピダルに師事。代表作は詩集『怒りの子ら』でセルバンテス賞受賞。『人間と神』で人間の葛藤を乗り越えるための神の存在の認識を描く。主な著作でソシュール言語学の詩における限界を指摘した『スペイン詩』他に、詩人ルイス・デ・ゴンゴラや神秘家のサン・フアン・デ・ラ・クルスの研究もある。欧米諸国で教えた後、マドリッド・コンプルテンセ大学で文学部教授としてロマンス諸語を教え、スペイン王立アカデミーの会員となった。『ゴンゴラの詩的言語』はスペイン文学研究の最大の業績の一つ。

＊202　「風刺詩 第三巻」　Sátira Tercera　ボワロー三十歳のときの筆による、パリ人の風習を批判し、当時の流行作家キノーをこきおろした『風刺詩一―七』（のちに増補されて十二編）の第三巻。

＊203　「サロンの習慣」　Mœurs de salon　Œuvres complètes d'Étienne Jouy de l'Académie française avec des éclaircissements et des notes, Imprimerie de Jules Didot Aine, 1823.

＊204　「墓」　Les Sépultures　Œuvres complètes d'Étienne Jouy de l'Académie française avec des éclaircissements et des notes, Imprimerie de Jules Didot Aine, 1823.

＊205「アルバム」El álbum　一八三五年五月三日、『レビスタ・メンサヘーロ』紙、第六十四号掲載記事。
＊206「狩猟」La caza　一八三五年七月六日、『レビスタ・メンサヘーロ』紙、第一二八号掲載記事。
＊207「抵当と弁済」Empeños y desempeños　一八三二年九月二十六日、『可哀そうなお喋りさん』第四巻収録。
＊208「世界はみんな仮面、年がら年中カーニヴァル」El mundo todo es máscaras. Todo el año es carnaval　一八三三年三月十四日、『可哀そうなお喋りさん』第十二巻収録。
＊209 ウィリアム・S・ヘンドリックス William Samuel Hendrix (1887–1948)　アメリカのスペイン・フランス語言語学者。言語に関する著作多数。アメリカにおけるスペイン語、フランス語教育の先駆者であり、『現代語ジャーナル』誌編集者として知られる。"Notes on Jouy's influence on Larra" (Romanic Review, 1920)、「ベッケルの詩歌に対するバイロンの影響」、「初期スペイン演劇における固有の喜劇的典型」等を執筆。イサベル・ラ・カトリカ女王勲章受勲。
＊210「アンドレス・ニポレサスからバチジェル宛の手紙」Carta de Andrés Niporesas al Bachiller　一八三二年十二月、『可哀そうなお喋りさん』第十巻収録。
＊211『ラ・ガセタ』La Gaceta de Madrid　マドリッドで一六九七年に創刊された新聞で、一九三六年まで刊行された。最初は個人の新聞だったが、カルロス三世の統治下より、政府の公的な情報誌としての役割を担うようになったため、法律、王令、裁判結果、行政の契約などが紙面の中心となった。一九三六年以降は、『ボレティン・オフィシアル・デル・エスタード』紙（Boletín oficial del estado）が後継した。
＊212 セニョール・ルナ Señor Luna　セニョール・ルナは、スペインの思想家トマス・ガルシア・ルナ（1800–1880）を彷彿させるが、フランスの折衷主義的思想家で、一八四三年には『折衷主義哲学教本』を書き、ラーラの死後、急進派と穏健派の中間を行く「中庸（justo medio）」の新思想をさらに発展させた。
＊213「謎の文通相手バチジェルに送る、フィガロの二通目にして最後の手紙」Segunda y última carta de Fígaro al Bachiller, su corresponsal desconocido　一八三四年八月十三日、『レビスタ・エスパニョーラ』紙、第二九八号掲載記事。
＊214 然るべき変更を加えて mutatis mutandis　ラテン語で「必要により修正を加えて」という意味で、「適用」（apply）と組み合わせて準用という意味にも用いられている。
＊215『フィガロの結婚』ボーマルシェによる戯曲で全五幕構成。一七八〇年完成。八四年コメディ・フランセーズ初演。

アルマビバ伯爵の従僕フィガロが、機知によって好色な主人を退け、侍女シュザンヌと結婚する喜劇。『セビーリャの理髪師』の後日物語。

＊216　「牢獄からの帰還」　El regreso del prisionero　一八三三年十二月四日に、クルス劇場で上演されたラーラ作の喜劇。

＊217　「言えないことは、言ってはならない」　Lo que no se puede decir no se debe decir　一八三四年十月、一八三五年版『ラーラ全集』に収録。

＊218　セシリオ・アロンソ　Cecilio Alonso（1941–）　スペイン文学研究者。バレンシア大学でスペイン文学を学ぶ。十九世紀の新聞などのメディアを通じた社会と作家の関係を研究。ピオ・バロッハ、マヌエル・シヘス・アパリシオなどの作家の著作があり、スペイン国立図書館から文献賞を受賞。

＊219　「神よ、我々を助け賜え」　Dios nos asista　パリの文通相手に送った三通目の手紙という設定の記事。一八三六年四月にマドリッド・レプリェ出版より二四ページの冊子として刊行された。

＊220　純粋主義　purista　言語純粋主義とは言語改革の手段のひとつで、国語の明瞭な輪郭を保つために、それに生じた変化を否定したり、混入した外国語を排除したりして、過去の姿を取り戻そうとする主義・主張のこと。十九世紀には民族国家の成立とともに、ギリシャからはトルコ語が、フランスからは英語が排除されるなど、民族の主柱となる言語のいわゆる標準化が行なわれた。

＊221　『エルナン・ペレス・デル・プルガール、偉業の人』の批評　Hernán Pérez del Pulgar, el de las hazañas. Bosquejo histórico　一八三四年三月三十日、『レビスタ・エスパニョーラ』紙、第一七六号掲載記事。

＊222　ソリス（アントニオ・デ・ソリス・イ・リバデネイラ）　Antonio de Solís y Rivadeneyra（1610–1686）　カルデロン・デ・ラ・バルカ一派に属するスペインの作家、インディヘナの年代史家。スペイン・バロック文学の代表者として知られ、演劇、詩、散文を執筆。サラマンカ大学で法律を学ぶ。一六五四年には国務秘書、フェリペ四世の私設秘書として働く。コルテスのメキシコ征服を描いたソリスによる『メキシコ征服史』は、スペインだけでなくフランス語、イタリア語に翻訳され国内外で多く読まれた。

＊223　マリアナ（・デ・カルバハル・イ・ピエドローラ）　Mariana de Carvajal y Piédrola（1620–1664）　スペイン黄金時代の女流作家。作家のバルタサル・マテオ・デ・ベラスケスと結婚。十七世紀スペインの宮廷文学を記した。『マドリ

ッドのクリスマス、楽しい夜々、八つの小説』と題した短い連続小説を執筆、当時の宮廷の逼迫した財政などが描かれ、また、バロック様式の衣装、社会慣習、貴族階級など詳細に知ることができる作品。

*224 エレーラ〈フェルナンド・デ〉 Fernando de Herrera（1534–1597） スペイン黄金時代の作家、詩人。セビーリャ派。「詩聖」と呼ばれた知識人で、当時の文学や宗教などの問題に取り組んだ。ガルシラーソの詩文を批評。エレーラの詩はペトラルカを踏襲しており、またガルシラーソの詩に見られるような甘美な表現は、知的で洗練された作風へと深められ、新たな詩型式が生み出された。『キプロス戦争に関する報告とレパント海戦について』の散文文学は、自身の政治思想と愛国心の表われた名著である。

*225 リオハ〈フランシスコ・デ〉 Francisco de Rioja（1583–1659） スペイン・バロック期の詩人、知識人。セビーリャ大聖堂の司教座聖堂参事会員。神学者、法律家、フェリペ四世の司書。ロペ・デ・ベガやセルバンテスと交流。言葉の優雅さ、正確さ、ニュアンスのある形容詞などが特徴。ストア派的な倫理観とゴンゴラ風の表現の混じった独特の詩作品が多い。

*226 イリアルテ（トマス・デ・イリアルテ・イ・ニエベス・ラベロ） Tomás de Iriarte y Nieves Ravelo（1750–1791） スペイン啓蒙主義、新古典主義時代の寓話研究者、翻訳家、劇作家、詩人。教養と人文に秀でたバスク貴族の家系に生まれ、血筋には外交官、人文学者、詩人を多くもつ。フランス劇やホラティウスの詩作の翻訳などを手始めに、新古典主義演劇の作品を多く書いた。モラティン、カダルソと交流。十八世紀宮廷人の典型ともいえる、優雅で教養にあふれたコスモポリタン、良き保守であった。『文学的寓話集』、劇作『甘やかされたお坊ちゃま』が有名。

*227 カダルソ（ホセ・デ・カダルソ・イ・バスケス・デ・アンドラデ） José de Cadalso y Vázquez de Andrade（1741–1782） 軍人、文筆家。パリのルイ・ル・グラン校などに学ぶ。帰国後は軍務に身を投じるとともに、マドリッド社交界の寵児となる。詩、演劇、小説など多岐にわたるジャンルで作品を残した。最後はジブラルタル包囲軍に従軍し、手榴弾の破片を頭に受け戦死。『モロッコ人の手紙』『菫薫る賢人』『わが青春の手すさび』『ソラーヤ、あるいはチェルケス人たち』等。

*228 メレンデス（フアン・メレンデス・バルデス） Juan Meléndez Valdés（1754–1817） スペインの法律家、政治家、詩人。郷士の家系に生まれ、サラマンカ大学で法律を学ぶ。リセノ修道士やカダルソの詩の講義に参加、ホベリャーノ

スとも交流。詩作品『バティロ』で王立言語アカデミーから賞をもらう。判事職をサラゴサ、バリャドリッド、マドリッドで務めるも、ホベリャーノスの失墜とともにマドリッドを離れ、その後、ホセ一世の諮問官となる。フランス軍撤退後はフランスへ亡命。初期はロココ風の軽佻浮薄な官能世界とアナクレオン風の酒と愛と享楽を描いた『フィリスの鳩』、転じて写実性と道徳性の高い『神の存在』『芸術の栄光』等。

*229 ウエルタ〈ビセンテ・アントニオ・ガルシア・デ・ラ〉 Vicente Antonio García de la Huerta（1734–1787） スペインの詩人、劇作家。アルバ公爵家の文書係を務めるなど、マドリッドで活躍するも、サラマンカ大学でアランダ伯爵を中傷した容疑がかけられるなど、その傲慢な性格から敵が多く、最後は王立図書館の務めからも外されてしまう。エスキラーチェの暴動に加担した嫌疑をかけられ、七年間北アフリカのオランで監禁されていたときに書いた劇作『ラケル』は、新古典主義悲劇の中でも大変な好評を得て、演劇史に残る作品となっている。

*230 アルバート・ブレント Albert Brent（生没年不詳） アメリカのスペイン文学研究者。『ラーラの劇作』"Larra's Dramatic Works" Romance Notes（1967）の著者で十九世紀スペインの散文に関する研究論文なども執筆。

*231 ハーマン・ヘスペルト Herman Hespelt（1886–1961） アメリカのスペイン言語学者、文学者。コーネル大学で学んだ後、フィリピンで五年過ごす。修士号取得の後、コーネル大学でスペイン語を教え、ペンシルヴァニア州立大学、ニューヨーク大学、ハーバード大学など数多くの大学でも教鞭を執った。スペイン文学の研究冊子『Hispania』や『スペイン学会誌』などでの編集・執筆をこなす。専門は十九世紀スペイン文学だが、フェルナン・カバジェーロをはじめとする古典文学に関する特筆すべき研究も行った。

*232 『フェリペ』 Felipe 一八三二年に、ドン・ラモン・デ・アリアラというペンネームでラーラがスクリーブによる原作から翻訳し出版した劇作。一八三五年にマドリッド・レプリェ出版より刊行。

*233 スクリーブ〈オギュスタン・ウジェーヌ〉 Augustin Eugène Scribe（1791–1861） 十九世紀に活躍したフランスの劇作家、小説家、オペラ台本作家。ヴォードヴィル、オペラ台本をコメディ・フランセーズ、オペラ座始め多数の劇場へ提供。舞台劇の分野では、綿密に練られたプロットによる戯曲を数多く著作、上演。「よくできた芝居（ピエス・ビアン・フェット）」の創始者。ロマン派演劇の理論闘争には加わらず、ブルジョア階級の娯楽を目的とした多様なジャンルで三五〇編余りの膨大な作品を残した。ブルジョア的理想を低俗なモラルで保証して楽しませ、パリ中の劇場を

独占。代表作は『金銭結婚』『ベルトランとラトン』『コップの水』等。

＊234 『ベルトランとラトン、陰謀という術』 Bertrand et Raton, ou L'art de conspirer 一八三三年十一月四日、パリのフランス劇場で初上演されたスクリーブによる五幕構成の演劇。スペインでは一八三五年、ラーラの翻訳によって多数回上演された。

＊235 『陰謀という術』 El arte de conspirar 一八三五年にマドリッド・レプリェ出版から発表された、スクリーブによる演劇の、ラーラによるスペイン語翻訳版。原作は『ベルトランとラトン、陰謀という術』。

＊236 クリスチャン七世 Christian VII (1749–1808) デンマーク＝ノルウェーの王（在位：1766–1808）。フレデリック五世とイギリス・ジョージ二世の娘のルイーズとの間の子。一七六六年に王位を継承、イギリス王太子フレデリック・ルイスの娘で従妹のカロリーネ・マティルデと結婚するも夫婦仲は冷めきっていた。侍医および大臣のストルーエンセに事実上の摂政を執られ、クリスチャン七世は堕落した生活を送った。ストルーエンセとカロリーネは不貞を働き、一七七二年のクーデタで王とカロリーネの結婚は解消され、ストルーエンセは斬首された。その後は名目上の王となり、統治は継母、異母弟、息子によって行われた。

＊237 『リケボルク家――不釣り合いな結婚』 La famille de Riquebourg ou Le mariage mal assorti 一八三一年にフランスで初演されたスクリーブによる演劇。

＊238 『間に合った出発』 Partir a tiempo 一八三五年にマドリッド・レプリェ出版から発表された、スクリーブによる演劇の、ラーラによるスペイン語翻訳版。原作は『リケボルク家――不釣り合いな結婚』。

＊239 『君の愛か、死か！』 Être aimé ou mourir! 一八三五年三月十日、パリ・ジムナズ劇場で初演された、スクリーブによる一幕構成のヴォードヴィル劇。ラーラによるスペイン語版は原題の直訳で "¡Tu amor o la muerte!"

＊240 ロックロワ（ジョゼフ＝フィリップ・シモン） Lockroy Joseph-Philippe Simon (1803–1891) フランスの劇作家、俳優。劇作家専門となる前に、ロックロワの役者名でオデオン座、王立劇団コメディ・フランセーズにて活躍。一八四八年にはコメディ・フランセーズで一時的な経営者となる。妻アントワネット・ステファニーは革命作家マルク・アントワーヌ・ジュリアンの娘で、自身も作家であった。

＊241 バドン〈エドモンド〉 Edmond Badon (1808–1849) フランスの小説家、劇作家。ロックロワとの劇作やオペラ

のほか『シャルル九世下の冒険』（フレデリック・スーリエとの共作）も執筆。

＊242 『リシュリュー卿治下の決闘』 Un duel sous le Cardinal de Richelieu　一八三二年四月九日、パリ・ヴォードヴィル国立劇場にて初演された、ロックロワとバドン共作の三幕構成劇。

＊243 『決闘、もしくは二時間の恩情』 Un desafio o dos horas de favor　一八三五年にマドリッド・レプリェ出版から発表された、スクリーブによる演劇の、ラーラによるスペイン語翻訳版。原作は『リシュリュー卿治下の決闘』。

＊244 ジェームズ一世（1566–1625）　イングランド王（在位：1603–1625）。スコットランド王としてはジェームズ六世（在位：1567–1625）。メアリー・スチュアートの子。エリザベス一世の死後、英国王位を継承、スチュアート朝の祖となる。英国国教会主義をとり、旧教徒・清教徒の双方を弾圧し、一六〇五年旧教徒による火薬陰謀事件が起きた。自ら王権神授説を主張、重課税・独占権付与・外交問題等で議会と対立し、国民の不満を募らせ、ピューリタン革命の原因ともなった。

＊245 『ロバート・ディロン、またはアイルランドのカトリック信者』 Roberto Dillón o el católico de Irlanda　デュカンジュによる三幕構成の劇作『カラス』"Calas"を、一八三二年にラーラがスペイン語版とした作品。マドリッド・レプリェ出版から発表。

＊246 『カラス』 Calas　一八一九年十一月二十日、パリ・アンビギュ＝コミック座で初演された、デュカンジュによる三幕構成劇。

＊247 ドラヴィーニュ〈ジャン＝フランソワ・カジミール〉 Jean-François Casimir Delavigne（1793–1843）　フランスの詩人、劇作家。アンリ四世校で学んだ後、詩作を始める。ワーテルローの戦いに着想源を得た愛国的な詩によって国民の共感を得る。劇作『シチリアの晩鐘』がオデオン座で上演されかなりの好評となるが、その後、政治的思想が表現された『コメディアン』『パリア』等によって、王の不満を呼び職を解かれた。ルイ・フィリップ一世によって名誉を回復され、パレ・ロワイヤルの司書となる。

＊248 『ドン・フアン・デ・アウストゥリア、天職』 Don Juan de Austria o La vocación　一八三六年にマドリッドのプリンシペ劇場で初演された、ドラヴィーニュによる同題原作"Don Juan d'Austriche"をラーラがスペイン語に翻訳した劇作。

＊249 『テレサ』 Teresa 一八三二年二月六日、パリ・ヴァンタドゥール劇場で初演されたアレクサンドル・デュマによる劇作。

＊250 フェリペ二世 Felipe II（1527–1598） スペイン王（在位：1556–1598）、フェリペ一世としてポルトガル王（在位：1580–1598）。カルロス一世（神聖ローマ皇帝カール五世）とポルトガル王女イサベルの子。従妹のポルトガルのマリア、イングランド女王メアリー一世らと四回結婚。一五五六年カルロス一世の退位により、アメリカ大陸の植民地をはじめイタリア、ネーデルラントの海外領土とともにスペインの王座を継承。新大陸の植民地から流入する貴金属や広大な領土を擁してスペインは未曾有の繁栄期となる。即位後ほどなくカトー＝カンブレジの和約を締結し、イタリア戦争を終結。七一年レパントの海戦でトルコに大勝。しかしネーデルラントに独立運動が起こり、北部七州は独立を宣言。ポルトガルの王位継承権を行使して合併したが、イングランドとの戦いでは無敵艦隊（アルマダ）の全滅により海上権を失った。エスコリアル宮殿の建設をはじめ、絵画など美術を保護し、スペイン文化の黄金時代を築く。

＊251 ユステ Yuste スペイン、エストレマドゥーラ州、カセレス県、クアコス・デ・ユステ。一五五六年、神聖ローマ皇帝カール五世が、スペイン王位を長男フェリペ二世へ、神聖ローマ皇帝位を実弟フェルディナントへ譲った後に隠遁したユステ修道院があることで知られる。

＊252 カルロス一世（神聖ローマ皇帝カール五世） Carlos I（1500–1558） ハプスブルク家フィリップ、スペイン女王フアナの子、外祖父フェルナンド五世を継いでスペイン国王としてはカルロス一世（在位：1516–1556）。祖父マクシミリアン一世の死後、神聖ローマ皇帝としてカール五世（在位：1519–1556）。広大なハプスブルク家領を擁し、イタリアの支配権を巡りフランス、オスマン帝国と戦った（イタリア戦争）。ドイツ領内の宗教改革運動に抗し、一五二一年のヴォルムス国会ではルターを迫害。しかしオスマン帝国の侵入などのためにプロテスタント諸侯の協力が必要となり、二六年ルター派の布教を許可、その後再び禁止してプロテスタント諸侯の反抗を招く。シュマルカルデン同盟との戦争（四六―四七年）には勝利したが、五五年のアウクスブルクの宗教和議でルター派を公認、五六年、失意のうちに退位、ユステに隠遁した。

＊253 『フェルナン・ゴンサレス伯爵とカスティーリャの解放』 El Conde Fernán González y la extención de Castilla ララの一般によく知られていない劇作で、一八三一年に書かれたが、おそらく検閲を通らなかったため舞台で上演され

ず、ラーラ死後の一八八六年まで出版されることがなかった。五幕韻文構成で、十世紀、カスティーリャ伯爵がレオン王国を打ち負かし、服従からの解放を目指すまでの史実を描いている。

*254 カスティーリャ伯爵　カスティーリャ伯およびアラバ伯のフェルナン・ゴンサレス（910–970）のこと。武勲詩に登場する人物として知られ、またロペ・デ・ベガが演劇『フェルナン・ゴンサレス伯』の主人公として描いた人物。様々な伝説がイベリア半島内に残っている人物であり、レオン王国の宗主権を認めながら半ば独立国家としてカスティーリャを治め、のち独立王国となるカスティーリャの基礎を築いた家系の始祖。

*255 ロハス（フランシスコ・デ・ロハス・ソリーリャ）Francisco de Rojas Zorrilla（1607–1648）　トレド出身の劇作家。スペイン黄金世紀演劇を担った。スペイン王フェリペ四世の時代に活躍。トレドやサラマンカの大学で学んだ後、マドリッドで文学を志し、カルデロンと交流した。『ヴェローナの憎しみ合う両家』などのロミオとジュリエット風のコメディを上演。悲劇『国王のほかは容赦せず』も優れた作品として残る。サンティアゴ騎士修道会の騎士にも任命されている。

*256 『最も高貴な美しさ』La más hidalga hermosura　一六四五年に出版されたサバレタ、カルデロン、ロハスによって書かれた劇作。カスティーリャ伯のフェルナン・ゴンサレスが主人公。

*257 二重の解放　カスティーリャ伯治世下で、伯はブルゴス、アストゥリアス、サンティリャーナ、ランタロン、アラバ、カスティーリャ、ララで構成される強力な軍事力を集め、セプルヘダの戦いでムーア人から領土を奪い取り、キリスト教徒の再植民を行なった。さらにその後、レオン王国からの独立も果たし、カスティーリャ王国はイスラムとレオン王国の二重の支配から解放され、独立国となった。

*258 『勘定係はもうたくさん』No más mostrador　一八三一年にマドリッド・レプリェ出版から発表された、スクリーブ演劇の、ラーラによるスペイン語翻訳版。原作は『勘定係よ、さようなら』。

*259 『勘定係よ、さようなら』Les adieux au comptoir　一八二四年、パリ・ジムナズ劇場で初演されたスクリーブによる劇作。

*260 パルナシージョ　El Parnasillo　マドリッド・パルナシージョ通りのカフェ・プリンシペで行なわれていたロマン主義の仲間の集った会合・サークル。一八二九年からロマン主義の作家、詩人、画家などの芸術家たちが通っていたが、

エスプロンセーダ、ラーラ、メソネロ・ロマーノス、ベントゥーラ・デ・ラ・ベガ、ホセ・ソリーリャなどが挙げられる。

＊261 フアン・グリマルディ　Juan Grimaldi（1796–1872）　スペインで活躍したフランス出身の劇場支配人、フランス舞台監督。十九世紀のスペイン演劇界の牽引役となった。「自由主義の三年間」を収束させるため、ルイ・アントワーヌ・ド・フランス（アングレーム公）とともにスペインに渡った。プリンシペ、クルスの二大劇場を取り仕切り、女優のテオドーラ・ラマドリッドやラーラ、ブレトン・デ・ロス・エレーロスなどの演劇の才人たちを世に知らしめた。

＊262 『愛がすべてに打ち勝つ、もしくはヤギの足』　Todo lo vence el amor, o la pata de cabra　フアン・グリマルディによって一八四一年に書かれた三幕構成の劇作で、神話をアレンジしたメロドラマ。舞台は十五世紀のサラゴサ郊外で、ウェルギリウスの韻文なども引用される。この劇は原作のフランス劇『羊の足』"Le pied de mouton" 同様に大変な人気と成功を収め、マドリッドで多くの人が観劇した。

＊263 『ディアリオ・デル・コメルシオ』　Diario del comercio　フェルナンド七世の絶対王政が終わりを迎えた後、マリア＝クリスティーナ摂政下の一八三四年に発刊された新聞。創設者は明らかではないが、編集者にはリバス侯爵、アンヘル・デ・サアベドラ、アントニオ・アルカラ・ガリアーノなどが見られ、自由主義路線を打ち出している。

＊264 ロベルト・G・サンチェス　Roberto G. Sánchez（1923–2016）　十八世紀スペイン文学やロマン主義劇の研究者で、クラリンの劇作『テレサ』、ガルドスの劇作、ガルシア・ロルカについての論文など多数執筆している。

＊265 「マシーアスとドン・フアンの間に――スペイン・ロマン主義劇と愛の神話」　Between Macías and Don Juan: Spanish Romantic Drama and the Mythology of Love "Hispanic Review" Vol. 44, No. 1 (Winter, 1976). University of Pennsylvania Press.

＊266 バルブエナ（アンヘル・バルブエナ・プラット）　Ángel Valbuena Prat（1900–1977）　スペイン言語学者、歴史学者。バルセロナ大学で学び、その後、マドリッド大学で助教授として教鞭を執る。博士号を取った「カルデロンの秘跡小宗教劇」で名声を得る。カタルーニャ地方分権の政治思想から、大学を転々とし、最終的にムルシア大学で二五年間教師・研究生活を送る。代表作の『スペイン文学史』は何度も版を重ねている。

＊267 ルイス・ラモン〈フランシスコ〉　Francisco Ruiz Ramón（1930–2015）　ヴァンダービルト大学名誉教授、スペイ

ン演劇研究家、スペイン文学評論家。マドリッド大学で博士号を取る。プエルトリコ大学、パデュー大学、シカゴ大学他、数々の大学で教鞭を執る。二十世紀スペイン演劇史研究の第一人者であり、スペイン黄金時代演劇はもとより現代劇に至るまで、演劇史全般を網羅した研究で知られる。演劇以外ではガルドスの作品、二七年世代の詩も研究している。

＊268 肉と骨の人間 hombre de carne y hueso ウナムーノの『生の悲劇的感情』の中にも記された言葉で、肉体をもったまま魂〈el alma sustancial〉を追求する人間のこと。もともとは『ドン・キホーテ』正篇第十八章の「わしを慰みものにしたあの連中は、おめえ様が言いなさるような幻術のばけ物でも畜生でもなく、わしら同様の肉と骨で出来た人間でがすて」（永田寛定訳、岩波文庫）というサンチョの台詞を踏まえてウナムーノは書いていた、と佐々木孝は『情熱の哲学』（法政大学出版局）中で述べている。

＊269 トリスタン Tristán 中世ヨーロッパの伝説の一つ。ケルト人の古い伝説を源とするもので、トリスタンはその主人公。トリスタンと伯父マルクの王妃イゾルデの、死によって結ばれる悲恋を主題とする伝説。これを基に後世、数多くの作品が作られたが、特に、ドイツ中世の叙事詩人ゴットフリート・フォン・シュトラスブルクの叙事詩や、リヒャルト＝ワグナーの楽劇は有名。

＊270 テルエル Teruel スペイン・アラゴン州テルエル県の県都。テルエルは「テルエルの恋人たち」の伝説で知られる街。時代は十三世紀、豊かな商家の娘イサベル・デ・セグラと貧しい青年フアン・マルティネス・デ・マルシーリャの恋物語。ある日、市場で出会った二人はすぐに恋に落ちる。貧しい青年は五年待ってくれれば、財を成して改めて結婚の許しを乞いにくると約束。五年後、もう戻らないと思ったイサベルは別の金持ちの男性と結婚するよう父親に強いられて結婚を決意したとき、フアンが戻ってくる。フアンはイサベルに口づけを求めるが拒まれ、死んでしまう。イサベルが死したフアンに口づけすると、命を落とす。二人は永遠に結ばれて、テルエルの聖ペテロ教会に眠っている。ラーラの『マシーアス』の下敷きとなった恋の伝説。

＊271 『サラマンカの学生』 El Estudiante de Salamanca ドン・フアン伝説をモチーフとした、エスプロンセーダによる四部からなる長篇詩。陰鬱な霊界を舞台に主人公ドン・フェリックスの死後の世界を描いた。愛と死を叙情的に表現したロマン主義を代表する作品。

＊272 オティス・グリーン Otis Howard Green（1898–1978） アメリカのスペイン文学者。ペンシルヴァニア州立大学

でルペルシオ・レオナルド・デ・アルヘンソラの生涯と作品に関する論文を提出。同大ロマンス語学部長となる。「カスティーリャ人の思考――エル・シッドからカルデロンまで」"the Castilian mind in literature from El Cid to Calderón" と題したウィスコンシン大学出版局から出版した論文で名を知られるようになる。「スペイン宮廷における恋愛」等。"Hispanic Review" 誌に創刊から協力。

*273 『その死まで言い続けん』 Porfiar hasta morir　一六二四―二八年の間に書かれたロペ・デ・ベガによる劇作で、マシーアスを主人公とした歴史的伝説を描いた作品。ラーラが劇作『マシーアス』を書くにあたって下敷きとした作品ではあるが、ラーラの作中でのマシーアスはより大胆に愛や思想について述べ、黄金世紀の劇作とは極めて異なった表現となっている。

*274 『ヴェネツィアの陰謀』 La Conjuración de Venecia　亡命中にフランス文壇の新風に触れ、刺激されたマルティネス・デ・ラ・ローサによって一八三〇年に書かれたロマン主義劇。十四世紀初頭のヴェネツィアが舞台の本作は、ペドロ・モロシーニ率いる貴族に対抗した陰謀がテーマとなっている。

*275 「物事の途中で」 in medias res　ラテン語。「物事／事件の中心（核心）に」「物事／事件の途中から」「前置きなしで物事／事件の核心に入る」。

*276 ウォルター・スコット Walter Scott（1771–1832）　イギリス・ロマン主義の詩人・小説家。スコットランド生まれ。エディンバラ大学で古典を学ぶ。ゲーテ、シラーなどのドイツ・ロマン主義文学に影響を受ける。叙事詩『湖上の美人』で認められ、のち小説に転じた。ユゴーらフランスの作家にも影響を与え、近代歴史小説の父といわれる。歴史小説『アイヴァンホー』『ロブ・ロイ』が有名。

*277 ニコルソン・B・アダムス Nicholson B. Adams（1895–1970）　アメリカのスペイン文学者。ドン・ファアン・テノーリオ、ガルシア・ギテレスの研究論文を執筆。ノース・カロライナ大学の教授を務め、スペイン・ロマン主義演劇の第一人者。一九四三年に出版した『スペインの遺産』はスペイン文化への体系的なアプローチとなった。

*278 アナクレオン Anacreonte（c. 570 BC–c. 480 BC）　古代ギリシャの叙情詩人。小アジアのテオス生まれ。ペルシアの侵略によって故郷を去り、市民とともにアブデラの町を建設した。サモス島の僭主ポリクラテスの宮廷に招かれ、その息子に詩歌や音楽を教えた。その後、アテネの僭主に迎えられ、各地の王侯貴族の館に招かれるなど、名声も高く、

市民からも親しまれていた。その詩の大部分が酒、美少年、乙女、恋を歌った軽快なものである。後世にまで多くの人に愛されたアナクレオンの詩は断片が百編以上残っており、その韻律を模倣して後代につくられた短詩六十編余がアナクレオン風の名で伝わり、後の詩人たちにも大きな影響を与えた。

*279 キンターナ〈マヌエル・ホセ〉 Manuel José Quintana（1772–1857） マドリッド出身の詩人。サラマンカでメレンデス・バルデスを師として、ホベリャーノスとも交流。第二サラマンカ派と呼ばれる。自由な精神、愛国精神、歴史的な栄光を謳う。「トラファルガーの戦いへ」「エル・エスコリアルの霊廟」「印刷技術の発明に寄せて」等の詩。

*280 シエンフエゴス〈ニカシオ・アルバレス・デ〉 Nicasio Álvarez de Cienfuegos（1764–1809） スペインの作家、詩人、劇作家。サン・イシドロ王立学校で学び、サラマンカ大学で法律を学ぶ。フアン・メレンデス・バルデスとサラマンカで出会い、詩作の導きを得る。マドリッドへと移り、弁護士として働く。キンターナと交流する。新古典主義からロマン主義へと時代が移行するときに、感覚よりも倫理を重要視した作品を残す。

*281 リスタ（アルベルト・ロドリゲス・デ・リスタ・イ・アラゴン） Alberto Rodríguez de Lista y Aragón（1775–1848） スペインの数学者、詩人、ジャーナリスト、知識人。セビーリャ大学で哲学、神学、数学を学ぶ。百科全書派の思想に強く影響を受ける。ルネサンス詩人エレーラ、ガルシラソ、ゴンゴラに注目し、華麗で技巧的な文体を重視した詩を書いたが、前期ロマン主義的な詩も残す。親仏派であったため、独立戦争中は亡命を余儀なくされたが、ラファエル・デル・リエゴの革命を期にマドリッドへ戻る。「自由主義の三年間」が終わると再び亡命せざるを得なくなるが、一八二七年に首都へ戻り、『ガセタ・デ・マドリッド』紙に協力。その後、セビーリャ大学で教鞭を執る。

*282 忌むべき十年 Década ominosa フェルナンド七世による一八二三年十月からフェルナンド七世の死までの十年間で、自由主義への反動から来る再度の絶対主義への復帰。この頃多くの自由主義党員たちが欧州他国へ亡命した。立石博高著『スペイン史10講』一五七頁。

*283 「ギリシャへのヨーロッパの介入から着想された、自由へ捧げる頌歌」 Oda a la libertad inspirada por la intervención europea en Grecia ラーラが生きているうちには発表されなかった一八二七年作の詩で、一九四八年になってリュモーが『ラーラ、詩人』“Larra, poète. Fragments inédits. Esquisse d'un répertoire chronologique”の中に掲載した。

*284 「一八二九年の地震に際して」 Al terremoto de 1829 マリアーノ・ホセ・デ・ラーラ作品集、第二巻（B.A.E.、

一九六〇年、マドリッド版）（“Obras de D. M. J. de Larra (Fígaro)” Vol. II）収録。

＊285　「議会の悪徳に抗して」Contra los vicios de la corte　マリアーノ・ホセ・デ・ラーラ（フィガロ）全集、バルセロナ、モンタネル・イ・シモン版、一八八六年（“Obras completas de D. Mariano José de Larra (Fígaro), Barcelona, Montaner y Simón”）収録。

＊286　「情勢に関する悪質な詩歌に抗して」Contra los malos versos de circunstancias　マリアーノ・ホセ・デ・ラーラ（フィガロ）全集、バルセロナ、モンタネル・イ・シモン版、一八八六年（“Obras completas de D. Mariano José de Larra (Fígaro), Barcelona, Montaner y Simón”）収録。

＊287　ディエス・デル・コラール（イ・ペドゥルソ）Luis Díez del Corral y Pedruzo (1911–1998)　スペインの哲学者、歴史家。オルテガ・イ・ガセットの弟子であり、マドリッド・コンプルテンセ大学教授。一九八八年に社会科学部門においてアストゥリアス皇太子賞を受賞。王立サン・フェルナンド美術アカデミー会員、パリ大学の名誉学位を授与される。三島由紀夫がその著『ヨーロッパの略奪』を激賞。幾度か来日し、昭和天皇にも謁見している。

第二章　ジャーナリズム――記事セレクション

＊1　「怠惰を助長し、自分たちの置かれた現状に満足し、改善を求めない」　十八世紀末『検察官』（エル・センソール）紙に掲載された、J・P・フォルネールによる『スペインとその学芸上の功績の擁護の書』に対する、L・ガルシア・デ・カニュエロによる批判文。フォルネールの著作は、フランスのマソン・ド・モルヴィリエによるスペインの後進性を侮辱的に書いた『方法百科』に対抗し、スペインの科学・文芸の功績を列挙するものだったが、スペイン国内の反啓蒙主義、伝統主義がこれに同調したため、決してスペインが現状のままであるべきではないとカニュエロが改めて危機感を抱かせようとして書いた（『概説 近代スペイン文化史』立石博高著、ミネルヴァ書房刊参照）。

＊2　お昼寝（シエスタ）Siesta　多めの昼食を取る午後一時から四時くらいの時間帯に、店舗や施設などを休業時間として閉め、自宅などでゆっくり過ごすスペインの習慣。昔は日差しの強いこの時間帯に自宅でお昼寝することも多かったが、現在ではビジネス優先の国際時間を導入し、大都市などでは廃れている。

＊3　レティーロ公園　el Retiro　レティーロもしくはブエン・レティーロ公園として知られるマドリッドの歴史ある庭園。一一八ヘクタールの面積。オリバレス公爵所有のブエン・レティーロ宮周りの景観計画に伴い、十七世紀初頭に造園された。アルフォンソ十二世の像、万国博覧会会場となった水晶宮殿、フェリペ四世門、アルカチョファの噴水などが際立つ。十八世紀初頭、スペイン内戦によって公園が破壊されたため、十九―二十世紀にかけて、もとの時代建築へと修復され現在に至る。

＊4　ガリバイ〈ペドロ・デ〉　Pedro de Garibay（1729–1815）　スペインの軍人、王立陸軍元帥。一八〇八―〇九年にはヌエバ・エスパーニャ副王領の副王。スペインへのナポレオン軍進軍による危機に抗するために、ナポレオンによって囚われていたフェルナンド七世を救おうとしたが失敗。またヌエバ・エスパーニャでの外国勢によるブラジル王ペドロ一世を介した干渉やクーデターなど、さまざまな不安定な政情の中で老齢の軍人としてまた副王として戦った。八十歳余りまで国に奉公した年数の長さと、役所に留め置かれた書類の奉公の長さをかけて暗喩するために引き合いに出された歴史人物。

＊5　「抵当と弁済」　Empeños y desempeños　三九六頁注釈207参照。

＊6　日めくりカレンダー　聖人年間カレンダーで、各日に当たる記念の聖人の生涯や人物伝が書かれた暦。スペインの各家庭に普及した。

＊7　ジョゼフ・ボナパルト　Joseph Bonaparte（ホセ一世）（1768–1844）　ナポレオン・ボナパルトの兄。ナポリ王としてはジュゼッペ一世（Giuseppe I, 在位：1806–1808）、スペイン王としてはホセ一世（José I, 在位：1808–1813）。ブルボン朝の内紛の最中、フランスの影響力強化を目指したナポレオン一世の意図を受け、スペイン王として即位。スペインにおいての国内改革に努め、異端審問の廃止、封建制廃止などを行おうとした。スペイン貴族、ブルジョワジーに支持され、近代化へと向かうも、その性急な改革は聖職者や地権者などの激しい反発を呼んだ。武を重んずるナポレオン一世とも相容れず、スペイン国民への弾圧が強まる中、立ち位置の定まらないホセ一世はスペイン国民の支持を失い、傀儡政権と化して、一八一三年に廃位した。

＊8　聖ルクレチア　（生年不詳–c. 509 BC）　紀元前六世紀にローマが王政から共和政へと移行する一因となった女性で、ルキウス・タルクィニウス・コッラティヌスの貞淑な妻。横恋慕によって脅しにあったときも屈せず、父と夫に復讐を

誓わせ自らの命を絶った。この事件が契機となり復讐を誓った男たちは民衆に呼びかけ、王家はローマから追放された。その後に成立した共和政ローマの最初の執政官にはブルトゥスとコッラティヌスが、その後、補充執政官としてウァレリウスとルクレティウスが就任した。

＊9 カディス Cádiz　アンダルシア州カディス県の県都である。スペイン南西部の港湾都市。紀元前より貿易港として栄え、今も工業製品やワインなど様々な商品が積み出される。非常に美しい海岸が多数ある。

＊10 ファエドルス Phaedrus (c. 15 BC–c. 50 AD)　一世紀に活躍したローマの寓話詩人。トラキア出身、アウグストゥス帝の解放奴隷。『イソップ寓話集』（全五巻）はラテン文学最初の寓話集で、ギリシャの原作に基づき、笑話、逸話、当世への風刺などを加えてイアンボス詩形で歌った作品。

＊11 トルコ＝エジプト艦隊の海戦　ギリシャ独立戦争（一八二一―二九年）中に戦われたナバリノの海戦で、ギリシャを援助するコドリントン提督麾下のイギリス、フランス、ロシアの三ヶ国連合艦隊が、ペロポネソス半島南西端の港町ナバリノの沖合いで、イブラヒーム・パシャの率いるトルコ＝エジプト連合艦隊を壊滅させた。この戦いにより、オスマン朝の海軍力は決定的な打撃を受け、ギリシャの民族自立運動の達成を促した。

＊12 コンスタンティノープル　トルコ北西部の商工業都市で、ボスポラス海峡を挟んで東西にまたがる。古くは東ローマ帝国のビザンティウムとして栄え、コンスタンティヌス一世によってローマ帝国の首都とされた。アジア・ヨーロッパの交接点として、東ローマ帝国、オスマン帝国の首都ともなり、現在はビザンティン文化、イスラム文化の混合した世界遺産都市として登録されている。

＊13 ピグミー　アフリカと東南アジアの熱帯降雨林地帯に散在する狩猟採集民。成人男子の平均身長が一五〇センチメートル以下と身体的にも特徴が大きい。

＊14 パルナッソス山　ギリシャ中部、ピンドス山脈中、コリント湾の北に位置する石灰岩質の山。古代ギリシャのアポロ神、ミューズら女神に捧げられた聖山。デルフォイの神託所があるほか、ニンフやパンが住むといわれるコリシアの鍾乳洞、ローマ時代に詩人の霊感の源とされたカスタリアの泉など聖所が多数ある。

＊15 『書簡詩』　古代ローマの詩人ホラティウスの詩集。全二巻で第一巻は紀元前二〇年、第二巻は紀元前一四年完成。ホラティウスは韻文（長短短六脚格）の書簡を残して書簡詩の伝統を築いた。

＊16　ルイ十六世　Louis XVI（1754–1793）　フランスの国王（在位：1774–1792）ルイ十五世の孫。妃はマリ＝アントワネット。ブルボン朝の財政危機が深刻化するなか、財政再建とアンシャン・レジームの矛盾解決をめざしてテュルゴー・ネッケルらの改革論者を登用するも、貴族の抵抗で挫折。一七八九年、三部会の召集を強いられたが、時代の推移を見通せず革命に発展し、九一年、国外逃亡を企てたものの失敗。翌年オーストリアと開戦したが、終始革命に敵対。八月十日事件で捕らえられ、九三年一月、国民への反逆罪によって処刑された。

＊17　夢想《キメラ》　quimera　夢想、空想、途方もない考え。例えば、夢想を糧として暮らす（vivir de quimeras）などの使用例。

＊18　ビスカヤ　Vizcaya　スペイン北部、バスク地方ビスカヤ県の町。十九世紀末と二十世紀前半には周辺で採掘される鉄鉱石のお蔭で工業化が進展し、スペインで最も裕福で重要な県の一つとなる。

＊19　ロンダ　Ronda　スペイン・アンダルシア州マラガ県の町。厳しい渓谷と際立つ自然の景観で知られており、古くはケルト民族からローマ時代、その後、イスラム支配下まで様々な居住者によって統治された土地。洞窟壁画も残されている。

＊20　エストレマドゥーラ　Extremadura　バダホス県とカセレス県の二県からなる。州都はメリダ。北はカスティーリャ・イ・レオン州、東はカスティーリャ・イ・ラ・マンチャ州、南はアンダルシア州、西はポルトガルと接している。主な産業として粗放的農業、牧羊、豚の飼育などの牧畜が行われ、一部で灌漑による集約的農業が行われるようになった。

＊21　バルデペニャス　Valdepeñas　カスティーリャ・イ・ラ・マンチャ州シウダー・レアル県。有数のワイン産地。朝夕の温度差が大きく乾燥した内陸性気候が葡萄栽培に適しており、常に安定した品質の十分な量のワインができる。いまでも歴史ある高品質のワイナリーが多い。

＊22　マンサニージャ酒　Manzanilla　スペインの白ワインの一種で、シェリー酒のこと。中で最も軽く、ドライなものがマンサニージャと呼ばれ、食前酒として好まれる。パロミノ種のブドウを使い、サンルーカル・デ・バラメダ等で作られている。

＊23　ペリグー　Périgueux　フランス南部、ヌーヴェル＝アキテーヌ地域圏の都市。マディラ酒をベースに、ペリゴール地方の名産である黒トリュフをたっぷり使った贅沢なソースのかかった肉料理が有名。

＊24 ペリゴール　フランスの旧州。現在のドルドーニュ県。ペリゴールは美食で知られ、フォアグラが特に有名。またトリュフの産地として伝統的に知られる。ペリゴール産のワインには、ベルジュラック、モンバジヤックなど。

＊25 ウェリントン卿（アーサー・ウェルズリー）Wellington, Arthur Wellesley（1769–1852）　イギリスの軍人、政治家。フランス革命戦争に参加後、インドに転戦。一八〇七年、ポートランド内閣のアイルランド相に就任、まもなくナポレオン戦争に参加し、巧みにフランス軍を制圧。一八一四年、第一次パリ条約締結後、公爵となり、王政復古後のフランス駐在イギリス大使に就任。ウィーン会議に列席し、同地でナポレオン一世のエルバ島脱出の報に接し、G・ブリュッヒャー元帥指揮下のプロシア軍とともにワーテルローの戦いでナポレオンを破って「百日天下」に留め、ナポレオン体制を終結させた。その後も政治家として活躍。

＊26 ホイッグ党　英国の政党。一六八〇年頃、都市の商工業者や中産階級を基盤に形成され、議会の権利や民権の尊重を主張、トーリー党と対立しつつ英国議会政治を発展させた。一八三〇年代から自由党と改称、近代的政党に脱皮した。

＊27 文化遺産　テロール男爵による『古のフランス、ピトレスク・ロマンティック紀行』の注釈（三八九頁注168）でも触れたが、ラーラが「スペインの修道院」の記事を書いた時期は、ヨーロッパ各地のロマン主義作家が、スペインを「オリエンタル」な異国情緒あふれる国として憧憬をもって見ていた時期であり、特にフランスではスペインの芸術作品に対する関心が大いに高まり作品を入手しようと、テロール男爵をはじめとする多くの美術視察官がスペインを訪ねていた。一八三〇年代に本格化した永代所有財産解放令に伴う修道院解体によって、破格の額でスペインの芸術作品がフランス、イギリスなどに流出していた。

＊28 ユダヤ人追放令　十五世紀末のスペイン王国で行われた、ユダヤ教の信者、つまりユダヤ人に対して改宗か国外退去かを命じた法令。一四九二年一月にグラナダを陥落させてレコンキスタを完了したイサベル女王とフェルナンド五世のカトリック両王が、同年三月発布。スペインの正統史観によれば、スペインは十五世紀に先駆けて国家統一を成し遂げ、ユダヤ人追放令、モーロ人追放令を経て、思想・宗教の統一を図ったとされることが多い。

＊29 L・ラシーヌ　Louis Racine（1692–1763）　フランス劇作家のジャン・ラシーヌ（1639–1699）の息子で、啓蒙主義時代の詩人。フランス文学院の会員となり、一七二二年に『恩寵』と題した詩集を発表。しかし、そのジャンセニズム的着想からアカデミー・フランセーズへの参加は認められなくなった。その後、税関吏の職に就きながら詩作を続け

た。

＊30　ノアイユ公爵夫人　Amable-Gabrielle de Noailles（1706–1771）　マリー・レクザンスカ女王、マリー・アントワネット女王に仕えた女官。ビラール伯爵と結婚するが、子供はできず、ルイ十四世の甥のオルレアン公との間に子供を儲けた。

＊31　獣心に関する書簡　M. RACINE, FILS: Epître à madame la duchesse de Noailles sur l'âme des bêtes, 1728.

＊32　ヒイラギ　ヨーロッパでも数少ない常緑樹の一つで、冬に緑を保つ植物は神が宿る木と考えられており、セイヨウヒイラギの赤い実は血の象徴と女性を意味する。魔力がある木としてキリスト教以前から信仰の対象となっていた。材は白く堅いので、細工にも適している。

＊33　馬術（ヒネーテ）　鐙《あぶみ》を短くしたモーロ人独特の馬術。

＊34　指輪探し　juego de cañas　十六—十八世紀スペインで行われた競技で、もともとは古代ローマからイスラム教徒に伝わり、モーロ人たちがスペインに伝えた。馬に乗った騎士たちが列をなして、槍や投げ槍の代わりに指輪を投げ、盾で受け止めるというゲームで、闘いの攻撃練習ともなっていた。指輪探しと呼んでいるが、実際には金属の輪で指輪の比にならない大きさのものを使用していた。

＊35　ペラーヨ　Pelayo（生年不詳–c. 737）　アストゥリアス王国初代の王（在位：718–737）。西ゴートの王子。伝説的人物で、アラブ人のイベリア半島征服後、王となった。コバドンガでイスラム教徒を破り、中世スペインでキリスト教徒の国土回復運動の象徴的存在となった。しかし当時の戦いにおけるペラーヨの勝利は、イスラム支配の大局から見るとあくまで地域間の小競り合いの域を出てはいなかった。

＊36　ロドリゴ・ディアス・デ・ビバル（エル・シッド）　Rodrigo Díaz de Vivar, El Cid（c. 1043–1099）　中世スペインの軍人。傑出した指揮官で、中世騎士物語に由来する「勝利者」Campeador とも呼ばれる。カスティーリャ王サンチョ二世（強力王）のもとで軍人として活躍。サンチョ二世の死後、カスティーリャ・イ・レオン王アルフォンソ六世（勇猛王）に仕え、ムーア人との戦いで名をあげたが、王と対立し追放される。サラゴサのムーア王国の政治顧問となり、数々の功績をあげた。一〇八七年アフリカのアルモラビド（ムラービト）朝のスペイン侵入対策に苦慮したアルフォンソは、再び彼を側近として帰参。ムーア王国におけるアルフォンソの宗主権確立に尽力したが、八九年再び宮廷を追わ

れ、以後バレンシア征服にかかった。征服後は統治者の地位についた。その後、モーロ人の王ユースフに襲われ絶命。スペインの国民的英雄として描かれた文学にはコルネイユの『ル・シッド』(*Le Cid*)がある。

＊37　アルフォンソ六世　Alfonso VI de León (c. 1040–1109)　レオン・カスティーリャ王(在位:1065–1109)。父フェルナンド一世からレオン王国を継承したが、兄サンチョ二世の死後はカスティーリャ王も兼ねた。十字軍運動に象徴される興隆期の西ヨーロッパとの交流を重視。そのためにクリュニーの修道士たちを歓迎し、また道路や宿泊所を整備して、ヨーロッパ各地から訪れるサンティアゴ・デ・コンポステラへの巡礼の便宜を図った。他方、レコンキスタ(国土回復戦争)では武力よりも錯乱外交と経済的締めつけによってアル・アンダルス諸国の疲弊を策し、首都トレドをイスラムから奪回したが、この勝利はキリスト教側の心理的効果が極めて高かった。危機感を抱いたイスラム側が北アフリカからの来援を頼んで大反攻に転じたために、南北の武力衝突は以後二世紀半にわたって激烈となった。アルフォンソ六世の名を有名にしたのは、兄サンチョの筆頭家臣エル・シッドとの確執でもあった。

＊38　フランシスコ・デ・セペダ　Francisco Núñez de Cepeda (1616–1690)　イエズス会士、スペインの作家。人文学の教授。バルタサル・カルロス王死去の際には、葬送の祈りを捧げた。『善き羊飼いの信条』と題し、キリスト教徒の王ディエゴ・デ・サアベドラ・ファハルドのためにコントラファゴットの曲を作曲。またスペイン概略史も編纂。

＊39　サルダーニャ　ピレネー山脈東部にある、フランス領とスペイン領とに分割された小さな地域。歴史的にはカタルーニャに属している。

＊40　アルフォンソ七世　Alfonso VIII de León (1105–1157)　カスティーリャ・イ・レオン王(在位:1126–1157)。アルフォンソ六世の孫。イベリア半島の皇帝。母ウラッカとアルフォンソ一世(戦闘王)の間でレオン、カスティーリャの領有について紛争が続けられたが、ウラッカの死によって皇帝アルフォンソ七世として支配。アルフォンソの国土回復運動はアルメリア、コルドバの占領に功績。北アフリカにアルモハド朝政権が成立、一一四六年以降、激しい侵略が南スペインに対して開始された。

＊41　ベレンゲラ・ラ・チカ　Berenguela de Barcelona (1116–1149)　カスティーリャ王アルフォンソ七世の王妃。父はバルセロナ伯ラモン・バランゲー三世、母はプロヴァンス女伯ドゥース一世。

＊42　レオン　スペイン北西部、カスティーリャ・イ・レオン自治州、レオン県の県都。ローマの第七軍団の駐屯地から

発展。十世紀、ムーア人から奪回後はアストゥリアス王国、レオン王国の首都。サンティアゴ・デ・コンポステラへの巡礼路にあたる交通の要地を占め、中世には文化、政治、経済の面で重要な役割を果たした。

＊43 アルフォンソ八世 Alfonso VIII de Castilla（1155–1214） カスティーリャ王（在位：1158–1214）。サンチョ三世の子。即位前より内紛とナバラ王国の介入に悩まされ、治世中はアラゴン王国と同盟を維持。一方レオン王国に対しては、レオン王に強制して臣従の礼をとらせた。一二一二年、アラゴン、ポルトガル王とともにキリスト教十字軍を組織し、ラス・ナバス・デ・トロサにおいてイスラム軍を撃破、国土回復運動に決定的な勝利をもたらした。

＊44 ウラカ王女 Urraca de Castilla（1186–1220） ポルトガル王アフォンソ二世の妃。ウラカ・デ・ボルゴーニャ（Urraca de Borgoñade）ともいう。カスティーリャ王アルフォンソ八世と王妃レオノール・プランタヘネトの次女。

＊45 ガルシア・デ・ナバラ王 Maestre Don García de Navarra（生没年不詳） カラトラバ騎士団の初代団長と任命され、アルフォンソ八世のもと一一六四―六九年に騎士団を指揮。シトー修道会と教皇から最初の騎士団の叙階を受け、従順、純潔、清貧の誓いを騎士たちに立てさせた。

＊46 ベティカ Bética 旧ヒスパニア・バエティカ（ラテン語：Hispania Bætica）の現在の地名ベティカ。古くはイベリア半島にあったローマ帝国の属州。ヒスパニア・タッラコネンシスを東に接し、ルシタニアを西に接していた。現在のスペイン、アンダルシア地方に相当する地域。

＊47 ムサ el moro Muza 八世紀の伝説上のアラブ人騎士で、モーロ人ムサとして知られているが、北アフリカのベルベル人の血も混ざっている。七一一年、ビシゴート族の最後の王、ロドリーゴ・エン・グアダレーテに対抗し、ムサは数千の戦士を引き連れてジブラルタル海峡を渡ってきて破った。バレンシアでは子供たちを脅かすときに猛者のムサの名前を使うなど、強い人物の象徴として浸透している。

＊48 ガスル el moro Gazul 十六世紀に活躍したグラナダのモーロ人ガスル。その偉業とロマンスが記録され、ペドロ・デ・モンカヨによる『ガスルの偉業』“Las hazañas de Gazul”として文献に残されている。また、ロペ・デ・ベガの現存する最古の戯曲『ガルシラーソ・デ・ラ・ベガの偉業とモーロ人タルフェ』にもモーロ人ガスルが登場するが、グラナダの城塞主グアルカノの娘ファティマと恋に落ちる人物として描かれている。

＊49 マリケ＝アラベス Malique-Alabez（Malik-alabez） 一四五二年のナスル朝とムルシアのキリスト教徒の戦いで、

バイラ城塞長とともに戦ったモーロ人戦士でベラ城塞長。非常に勇猛な戦士として知られ、前述の戦いで多くのキリスト教徒たちを打ち負かしたが、最終的には戦いに破れ、マリケ＝アラベスの血族含む八〇〇名近くのモーロ人戦士が亡くなった。

＊50 テレンティウス（プブリウス・テレンティウス・アフェル） Publius Terentius Afer（c. 185 BC–159 BC） プラウトゥスと並ぶローマの代表的喜劇作家。カルタゴ生まれ。奴隷としてローマに連れてこられたが、文才を認められて解放されたとされる。おもにギリシャのメナンドロスの喜劇を翻案し、優雅な語法にすぐれ、上流層に受けた。作品は『アンドロス島の娘』ほか六編が残されている。「私は人間である。私は人間のいかなることも無関係だとは思わない」とのテレンティウスの有名な言葉は、『自虐者』にある。

＊51 カスティーリャ王フアン二世（1405–1454） カスティーリャ王（在位：1406–1454）。カトリック女王イサベル一世の父。中世末期の治世下、カスティーリャは王権の強化に向かう西ヨーロッパ政治の趨勢とこれに対する大貴族の抵抗が激突を繰り返す舞台と化した。生来気弱で積極的に主導権を行使する才覚にも欠けた王は、終始、状況の推移に翻弄され続け、王に代わって政治の采配を振るった寵臣アルバロ・デ・ルナが政敵によって処刑されると、まもなく没した。

＊52 マリア・デ・アラゴン María de Aragón（1396–1445） カスティーリャ王フアン二世の最初の妃。カスティーリャ王妃。父はアラゴン王フェルナンド一世。兄にアラゴン王兼ナポリ王アルフォンソ五世。息子にエンリケ四世。

＊53 メディナ・デル・カンポ Medina del Campo スペイン中央部、カスティーリャ・イ・レオン州の都市。農産物の加工業、畜産業が発達。十五世紀半ばには国際的交易と金融の中心地で、市の開催で有名だった。十六世紀初頭のコムネロスの反乱のとき、カルロス一世に反対する都市の一つとなった。ラ・モタ城はイサベル一世が好んで滞在、同地で死去。チェーザレ・ボルジアも同城に幽閉されたことで知られる。

＊54 フロリアン Caballero Florián（生没年不詳） 『コルドバのゴンサロ』の著者で、詳細不詳。

＊55 『コルドバのゴンサロ』 Gonzalo de Córdoba スペイン王国の将軍。エル・グラン・カピタン（El Gran Capitán）と尊称されるゴンサロ・フェルナンデス・デ・コルドバの伝記。一五〇三年のチェリニョーラの戦いにおける火力と塹壕を駆使した戦法を考案。十三歳でカスティーリャ宮廷に出仕し、一四七四年に女王イサベル一世に仕え軍人として活

躍。カスティーリャの国土回復運動に終止符を打ったグラナダ戦争に参加、一四九二年のグラナダ開城に際し交渉の任にあたった。ナポリ王国をめぐるフランス軍との交戦でも活躍。夜襲によって強大なフランス軍を撃退、ナポリ王国を征服した。

＊56 ゴンサロ・デ・オビエド（イ・バルデス） Gonzalo Fernández de Oviedo y Valdés（1478–1557） スペインの植民地行政官、歴史家。カルタヘナ総督、サントドミンゴ城塞長など、各地の植民地行政官を務めた。ラス・カサスのインディオ対策に反対し、征服者（コンキスタドーレス）の行為を擁護して『西インド一般および自然史』を著す。

＊57 メディナセリ家 casa de Medinaceli マドリッドにあった貴族メディナセリの家。メディナセリは一三六八年、エンリケ二世によってベルナルド・ベアルネに与えられた伯爵号をもつ家で、元々はカスティーリャのソリア県にあるメディナセリ出身の貴族。

＊58 アントン・マルティン広場 plaza de Antón Martín マドリッドの中心にあるアトーチャ通りとサンタ・イサベル通り、マグダレナ通り、アモール・デ・ディオス通り、レオン通りの交差地に位置する広場。ホスピタル騎士団の聖ヨハネ・ア・デオの後継者である信仰者アントン・マルティンの名にちなむ。十六世紀頃から平民が行く闘牛場が作られた。

＊59 ソト・ルソン Soto Luzón フェリペ二世がレルマ公爵に命じて闘牛のフィールドと防壁を作らせたマドリッド郊外の場所。

＊60 アルカラ門 Puerta de Alcalá 一七六九―一七八年にかけて、国王カルロス三世の命により建設された門で、フランチェスコ・サバティーニが建築、君主が首都へ到着したことを祝う凱旋門として建てられた。

＊61 グレゴリオ・デ・タピア・イ・サルセド Gregorio de Tapia y Salcedo（1617–1671） サンティアゴ騎士団の騎士。馬術の専門書を記す。帝室学院でイエズス会士とともに学ぶ。サンティアゴ騎士団の成り立ちや歴史なども本に記している。豪勢な図書館と絵画コレクションを所有し、また詩を愛好。『六つの頂きのパルナッソス山』と題した、風刺詩集も出版した。

＊62 セバスティアン一世（ポルトガル王） Sebastián I de Portugal（1554–1578） ポルトガル王国アヴィス王朝の王（在位：1557–1578）。ジョアン三世の五男ジョアン・マヌエルと、スペイン王カルロス一世の娘フアナの子。フアナに

男子が誕生しなければ、スペイン王フェリペ二世の王子ドン・カルロスにポルトガル王位が移る可能性があったために、セバスティアンの誕生は国民から望まれていたため「待望王」(o Desejado) と呼ばれる。

*63 ピサロ〈フランシスコ〉 Francisco Pizarro (c. 1470–1571) スペインの探検家、インカ帝国征服者。一五〇九年パナマに渡り、その後、ラテンアメリカ西海岸の探検を試み、ペルーのインカ帝国の存在を確認。二八年、一度帰国して国王カルロス一世(神聖ローマ皇帝カール五世)を説得し、インカ征服の交渉に成功。部下とともに貴族に列せられ、三二年、皇帝アタワルパを捕えて翌年処刑し、インカ帝国を滅ぼす。虐殺、略奪の激しさで恐れられた。三五年には首都リマを建設し全ペルーを支配、内紛の中、暗殺された。

*64 ディエゴ・ラミレス・デ・アロ Diego Ramírez de Haro (c. 1520–1578) フェリペ四世によって貴族とされたボルノス伯爵。十六世紀のスペイン貴族、軍人、馬を使った闘牛の愛好家であり、馬術と闘牛に関する専門書を執筆。フェリペ二世に際立つ軍隊を貸与、その隊長はフランドルでの戦いの指揮者であった。また一五六八年からは、アルプハラ戦争でサロブレーニャ要塞を守り、カルロス一世の庶子ドン・フアン・デ・アウストリアの軍隊でも活躍した。

*65 セア el conde de Cea 九世紀から起こったレオン地方の伯爵家。セアは現在も存在するスペイン・カスティーリャ・イ・レオン州レオン県の町。ベルムド・ムニェス、フェルナンド・ベルムデス、アルフォンソ・マルティン等が同家から出ている。アントニオ・ガルシア＝バケロ・ゴンサレス編集による『闘牛と社会』"Fiestas de toros y sociedad" の中で、マドリッドの闘牛に参加する貴族として、セア公爵の名が挙げられている。以下、ベラダ、マケダ公爵、カンティリャナも同著に記載されている。

*66 ベラダ el marquesado de Velada 一五五七年にフェリペ二世によって称号を与えられたベラダ伯爵家。ベラダはカスティーリャ・イ・ラ・マンチャ州のトレド県にある町で、十三世紀にイスラム教徒から奪還し、ベラダ伯爵家の領地となった。

*67 マケダ公爵 el duque de Maqueda 一五二九年、ディエゴ・デ・カルデナス・イ・エンリケスの働きを認められて、カルロス一世によって公爵の称号を与えられたマケダ家の公爵。マケダ公爵一世はグラナダ王国を再征服《レコンキスタ》する際の前線総督を務めた。

*68 カンティリャナ el Condado de Cantillana 一六一一年にフェリペ三世によって称号を与えられたアンダルシア州

セビーリャ県のカンティリャナ伯爵家。

＊69　オセタ　Oceta　バスク・オセタ（Ozeta）という地名が起源の家名。

＊70　サラテ　Zárate　バスク語で入口を意味するサラテ（Zárate）が語源の家名。アルゼンチンに同名の町がある。

＊71　サスタゴ　Sástago　一五一一年にフェリペ二世によって称号が与えられたサスタゴ伯爵家。サスタゴはアラゴン州サラゴサ県にあり、エブロ川が通っている町。

＊72　リアニョ　Riaño　カスティーリャ・イ・レオン州レオン県にある地名で、一六五九年にフェリペ四世から称号を与えられたヴィリャリエゴ伯爵家の起源となったディエゴ・デ・リアニョ・イ・ガンボアが有名。

＊73　ビリャメディアナ伯爵（フアン・デ・タシス・イ・ペラルタ）　Conde de Villamediana Juan de Tassis y Peralta（1582–1622）　スペイン・バロック時代の詩人。ビリャメディアナ伯爵二世。一世は外交官で英西戦争の終結時、一六〇四年のロンドン条約を調印した。フェリペ三世から伯爵号を与えられた。ビリャメディアナはパレンシア県の地名。

＊74　グレゴリオ・ガリョ　Gregorio Antonio Gallo y de Andrade（1512–1579）　スペインの聖職者で、オリウエラ、セゴビアの司教を務めた。フェリペ二世の三度目の王妃イサベル・デ・バロイスの聴罪司祭。サラマンカ大学で神学、哲学を学ぶ。

＊75　サンティアゴ騎士団（グレゴリアナ）　Orden Militar de Santiago（gregoriana）　サンティアゴ騎士団は十二世紀末にレオン王国のフェルナンド二世が創設。グレゴリアナとも呼ばれたが、ローマ教皇聖大グレゴリウス一世（在位：590–604）からとられた名称。

＊76　フェリペ五世　Felipe V（1683–1746）　フランス王ルイ十四世の孫。ブルボン朝初のスペイン王（在位：1700–1724–1746，一七二四年一時中断）。ハプスブルク家カルロス二世の死去により断絶したスペイン王位を継承。オーストリア、イギリス、オランダがこれに抗し、スペイン王位継承戦争（一七〇一—一四年）へと発展。戦争終結後、ユトレヒト条約を結び地位を安定させ、フランス式の中央集権政策を推し進めた。名宰相パティーニョの助けで、啓蒙君主の名声を得た。

＊77　プエヨ　Pueyo　スペイン・アラゴン州ウエスカ県のバルバストロに古くからある貴族の家系名。

＊78　スアソ　Suazo　バスク語で木立を意味する言葉が起源の家名。

＊79 モンデハル侯爵 el marqués de Mondéjar　一五一二年、カトリック王フェルナンドから称号を与えられた貴族。スペインでも第一級の大貴族と位置づけられる高貴な家系。

＊80 クリストバル・ロハス・デ・サンドバル（イ・アルセガ） Cristóbal Rojas Sandoval y Alcega（1502–1580）　バスク出身の聖職者で、オビエド、バダホス、コルドバ、セビーリャの司教。カトリック両王によって任命された貴族のデニア侯爵家の出自。

＊81 テオドシウス Theodosius I（347–395）　ローマ皇帝（在位：379–395）、大帝と呼ばれる。争いにより乱れていたローマ帝国を再統一、キリスト教を国教と定め、死に際してローマ帝国を東西に二分、それぞれ二子に継承した。

＊82 レオ一世 Leo I（400–474）　東ローマ帝国レオ朝の皇帝（在位：457–474）。「トラキア人のレオ」、レオ大帝とも呼ばれる。レオ一世はローマ帝国の共同統治者として西ローマ帝国での主導権をも望み、四六七年にはアンテミウスを、四七四年にはユリウス・ネポスを西ローマ皇帝と宣言して西ローマ帝国へ送り込んだ。自らが任命したアンテミウスとユリウス・ネポス以外の西ローマ皇帝を正式な皇帝とは認めなかった。こうした介入の結果、レオ一世の死後、四七六年、西ローマ皇帝の地位の廃止が宣言された。

＊83 アンテミウス〈プロコピウス〉 Procopius Anthemius（420–472）　西ローマ皇帝（在位：467–472）。東ローマ皇帝レオ一世の指名によって西ローマ皇帝に即位したアンテミウス帝は、帝国が直面していた二つの軍事的脅威に対処しようと試みた。東西両帝国共同で北アフリカを支配する強大なガイセリック王のヴァンダル族を攻撃するが惨敗。次いでピレネー山脈にまたがる領域を占拠するエウリック王の西ゴート族を攻撃するも重ねて失敗。アンテミウス帝は西ローマ帝国の実力者であるリキメル将軍と権力争いを起こし、敗れて処刑された。

＊84 聖サビーナ Santa Sabina（生年不詳–137）　ローマ皇帝トラヤヌスの血縁で、皇帝ハドリアヌスの妻。子はなかったが生涯夫に忠節を尽し、アウグスタの称号を与えられ、一二八年の貨幣に刻まれた。死後、帝によって神格化された。

＊85 マヌエル・ポルトカレロ（ルイス・マヌエル・フェルナンデス・ポルトカレロ・イ・グスマン） Luis Manuel Fernández Portocarrero y Guzmán（1635–1709）　スペインの聖職者、政治家、大司教猊下。シチリア副王。カルロス二世統治下での枢機卿。フェリペ五世がスペイン王位継承戦争で不在の間は代理執行者。

＊86　聖ピオ五世　Pius V（1504–1572）　教皇（在位：1566–1572）。十四歳でドミニコ会に入会、一五五七年に枢機卿。トリエント公会議の法令実行の一環として、『ローマ公教要理』『ローマ聖務日課』『ミサ典書新版』を公にした。世俗勢力に対しては、レパントの海戦でトルコを破るなど教権の再興に成果をあげたが、反面イギリス女王エリザベス一世に対する破門、退位勧告によって諸国王を離反させる結果を生んだ。

＊87　デ・サルテ・グレギス勅書　聖ピオ五世が一五六七年十一月一日に交付した勅書で、闘牛を決定的・永久的に禁止した。ちなみに教皇による勅書は、十五世紀以降、最も重要な正式通知を行う場合にのみ利用されるようになった。しかしローマ教皇によって出された文書であれば、それが正式なものか簡易なものかにかかわらず、教皇勅書と呼ばれる。

＊88　フェリペ三世　Felipe III（1598–1621）　スペイン国王（在位：1598–1621）。フェリペ二世の子。一六〇九年、オランダの実質的独立を承認。英仏とも和睦するも、五〇万人のモリスコ（キリスト教に改宗したムーア人）を国外に追放したため農業は衰退、外戦と乱費で国庫は窮乏し、寵臣レルマ公爵の独裁政治を放任して、ドイツを舞台とし三十年戦争に介入し、国家の没落を早めた。

＊89　グレゴリウス十三世　Gregorius XIII（1502–1585）　イタリア人教皇（在位：1572–1585）。一五六五年に枢機卿となる。トリエント公会議の法令に従い、教会改革と対抗宗教改革に尽力。聖職者養成のためにイエズス会による神学校を各地に創立。ローマに多くの大神学校を建て、イグナチウス・デ・ロヨラの創建となるゲルマニクム学寮、グレゴリアン大学の基礎を確立。また、ユリウス暦をグレゴリオ暦に変えた。教会政治の面では、サン・バルトロメオの祭日の虐殺や、エリザベス一世に対するアイルランドの反乱を支援したことで非難されている。東洋布教に尽力し、天正使節団を歓迎した。

＊90　クレメンス八世　Clemens VIII（1536–1605）　イタリア人教皇（在位：1592–1605）。枢機卿、ポーランド特使。カトリックに改宗したフランス王アンリ四世に赦免を与え、スペインの重圧から逃れた。ドミニコ会とイエズス会の間で争われた恩恵論争に関して委員会を設けたが、委員会の意向に反しモリナを排斥しなかった。一五九六年禁書目録新版、ウルガタ訳聖書のシクスツス版刊行。

＊91　フェリペ四世　Felipe IV（1605–1665）　スペイン王（在位：1621–1665）、ポルトガル王（在位：1621–1640）。フェリペ三世の前代に続いて寵臣政治を行い、宰相オリバレスに政治をまかせ、王自身は乗馬、狩猟を嗜み、美術、文学の

保護者となる。オーストリアに味方して三十年戦争に参加。強圧的な絶対主義支配は国内カタルーニャに反乱を誘発、ポルトガルは再び独立した。オリバレスは責任を問われて免職となり、一時親政が行われたが、まもなくオリバレスの甥のL・アロが宰相に任命され寵臣政治が続けられた。ウェストファリアの講和でネーデルラントの独立を正式に承認させられ、対仏戦争の結果はピレネー条約で決定。スペインはフェリペ四世の娘マリ・テレーズをフランス王ルイ十四世の妃とし、アルトワ、ルーションなどをフランスに割譲、いずれも不利な立場となった。芸術方面では宮廷画家ベラスケス、その弟子ムリリョらが輩出。

＊92　カルロス二世　Carlos II（1661–1700）　ハプスブルク家最後のスペイン王（在位：1665–1700）。フェリペ四世の子。四歳で父の跡を継ぐ。母后のマリア・デ・アウストリアが十年間カルロスの摂政。オランダ戦争が起こり、フランス王ルイ十四世の侵略と戦い、宮廷内の陰謀に悩まされ内外ともに多難であった。一六七五年、カルロス親政となり、異母兄ドン・フアン・デ・アウストリアを重用。親政時代にはルイ十四世の侵略主義に悩まされたが、ライスワイク条約により、決着。カルロスは二度結婚したが、一人の子も得なかったので、王位継承の問題が起こり、ルイ十四世の孫アンジュー公フィリップ（のちのフェリペ五世）を継承者にする遺言状を作成したため、彼の死後王位をめぐってスペイン継承戦争が起こった。

＊93　王位継承戦争　ハプスブルク家カルロス二世の死去により断絶したスペイン王位をフェリペ五世が継承。オーストリア、イギリス、オランダがこれに抗し、スペイン王位継承戦争（一七〇一―一四年）へと発展。

＊94　フリードリヒ大王　Friedrich der Große（1712–1786）　第三代プロイセン王（在位：1740–1786）。「国家第一の下僕」と自ら称し、啓蒙専制君主として君臨。行政改革、軍備拡張、教育、産業の普及に貢献。オーストリア継承戦争、ポーランド分割を通じて領土を拡大。プロイセンをヨーロッパの強国とし、また学問・芸術を愛し著作も多数。フリードリヒ二世。

＊95　アウグスト二世（ザクセン選帝侯）　August II（1670–1733）　ポーランド・リトアニア共和国の国王（在位：1697–1706, 1709–1733）、およびザクセン選帝侯（在位：1694–1733）　強力王と呼ばれる、驚異的怪力の伝説的な王。ドイツのザクセン選帝侯ヨハン・ゲオルク三世の子として生まれる。一六九四年フリードリヒ・アウグスト一世としてザクセン選帝侯となる。九七年ポーランド国王となり，北方戦争に敗れ一七〇四年に一度退位するが、ロシアの援助でス

ウェーデンの干渉を排除して〇九年復位。フランス国王ルイ十四世の典型的な模倣者だったといわれる。

＊96 フェルナンド六世 Fernando VI（1713–1759） スペイン国王（在位：1746–1759）。フェリペ五世とマリア・ルイサの子。側近にエンセナダ、カルバハルなどの有能な啓蒙主義者を登用し、親英派・親仏派ではない中道の政治を展開。衰退した国力の回復を意図して、周辺地方の経済発展を促し、一七五二年には王立サン・フェルナンド美術アカデミーを創立するなど、文化・教育面での国家の統制力を強化した。外交面では、バチカンとの和親条約で国王の権能を認めさせ、ヨーロッパの戦いには中立政策を維持。十六世紀以降で最も平穏な時代を築き、国内改革に勤しんだ。

＊97 カルロス三世 Carlos III（1716–1788） フェリペ五世とファルネーゼ家出身のイサベルとの間に生まれた長子。異母兄フェルナンド六世の死により、ナポリ国王（在位：1735–1759）からスペイン国王（在位：1759–1788）として迎えられた。啓蒙専制君主で、優れた人材を登用、数々の改革を実施した。軍職の整備をはじめとする軍の改革、公共事業に功績を残し、現在マドリッドにある歴史建築物の多くは、カルロス三世の時代に建てられた。

＊98 カルロス四世 Carlos IV（1748–1819） スペイン王（在位：1788–1808）。カルロス三世の子。ナポリに生まれ、一七六五年パルマ公の娘マリア・ルイサと結婚。フランス革命期の混乱したスペイン国内をまとめる能力に欠け、寵臣に国政を任せた。中でも王妃の愛人といわれるマヌエル・デ・ゴドイを重用、宰相とした。ゴヤの大作《カルロス四世の家族》には、覇気のない国王の姿が描き出されている。一八〇五年のトラファルガー海戦で全艦隊を失い、〇七年のナポレオン軍のイベリア半島侵入を許す密約で国民の怒りを買い、王子フェルナンド（後の七世）によるアランフェスの民衆蜂起で王子に位を譲った。

＊99 ビダソア川 el Bidasoa バスク地方を流れ、スペインとフランスとの国境で大西洋に注ぐ河川。スペイン・ナバーラ州にあるエラス山に源を発する。ドネステベなどの町を流れ、大西洋のビスケー湾に注ぐ。下流の約十キロメートルがスペインとフランスの自然国境となっている。

＊100 タラサ Tarrasa スペイン・カタルーニャ州バルセロナ県にある町。現在の主な産業は繊維などの製造業およびサービス業であるが、古くからタラサの布は名産で知られている。十八—二十世紀にかけて英国のような産業革命が進行した地域。

＊101 ペドロ・ロメロ（・マルティネス） Pedro Romero Martínez（1754–1839） スペイン・ロンダ出身の伝説的なマ

タドール（正闘牛士）。祖父のフランシスコ・ロメロは、乗馬せずに赤布のムレータを用いて牛を翻弄する芸術的な闘牛を発展させた。ペドロ・ロメロの父親と兄弟も闘牛士。一七七二年に若くしてアルヘシラスとセビーリャでの闘牛に参加、一七七五年には父親やホアキン・ロドリゲスとともにマドリッドでの闘牛に参加し、引退するまでに一度も牛から傷を負わなかった。また、ゴヤによる《闘牛士ペドロ・ロメロの肖像》も有名。

＊102 グラシアン（バルタサール・グラシアン・イ・モラレス） Baltasar Gracián y Morales（1601–1658） スペイン黄金世紀の哲学者、神学者、イエズス会司祭。教育的・哲学的な散文を数多く残し、代表作『エル・クリティコン』は、『ドン・キホーテ』と並んで、黄金世紀スペイン文学における最も重要な作品とされる。スペインに対抗してフランス・カタルーニャが起こしたカタルーニャ反乱では、スペイン側に従軍して戦った。『神託提要・処世の術』は多くの言語に訳されているが、日本語にも訳され普及している。

＊103 ラーラを再読しながら Releyendo a Larra 一九三一年十二月五日、『エル・ノルテ・デ・カスティーリャ』紙掲載記事。「あれやこれや」収録。Releyendo a Larra, El norte de Castilla, 5 de diciembre 1931, "De esto y de aquello"

＊104 ホアキン・コスタ Joaquín Costa（1846–1911） スペインの政治家、経済学者、法律家、歴史家。スペイン再生を目指し、外国の発展に目を向け、スペインの近代化を目指して改革を行った。国の資源活用、教育改革、農業生産性の向上、社会法や地方自治など多岐にわたって生活レベルから、国力の底上げを図った。『スペインの農業集産主義』等。

第三章　ロマン主義のあらわれ——戯曲『マシーアス』

＊1 モレト〈アウグスティン〉 Augustín Moreto（1618–1669） スペインの詩人、劇作家。アルカラ・デ・エナレス大学で芸術を学ぶ。その後、僧籍に入り、トレド大司教に仕えた。フェリペ四世の宮廷詩人として劇作も書いている。『見栄っ張りなドン・ディエゴ』『蔑みには蔑みを』等。

＊2 ティルソ（・デ・モリーナ） Tirso de Molina（c. 1579–1648） スペインの劇作家、聖職者。グアダラハラのメルセード修道会士。布教のかたわら神学を教えるために、サント・ドミンゴ島に渡る。その後、生地のマドリッド、トレ

ド、セゴビアに滞在しながら創作活動。劇作家としての地位も固めていった。『セビーリャの色事師と石の招客』でドン・ファンを初めて文学に定着させる。ロペの「新しい演劇」の系譜を継ぎながらも、登場人物の心理描写、筋の展開の完成度を高め、より生き生きとした風俗を演劇空間に描き出そうとした。『アントーナ・ガルシア』『不信心ゆえ地獄落ち』等。

＊3　アラルコン〈ペドロ・アントニオ・デ〉　Pedro Antonio de Alarcón（1833–1891）　スペインの小説家、政治家。グラナダ大学で学んだ後、マドリッドへ行き過激自由主義の『エル・ラティゴ』紙に協力、これが元で論敵と決闘事件を起こした。アフリカ戦争勃発にともない、義勇兵として参戦。帰国後、一八六〇年に書かれた『アフリカ戦争従軍日記』によって一躍有名になる。その後はジャーナリスト、政治家として活躍。『三角帽子』で文学界に不朽の名を飾る。

＊4　風俗喜劇　comédie de mœurs　ある時代や社会階級の風俗を描いた喜劇。

＊5　性格喜劇　comédie de caractère　ある典型的特性を備えた人物の心理分析を主とする喜劇。

＊6　プラウトゥス〈ティトゥス・マッキウス〉　Titus Maccius Plautus（c. 254 BC–c. 184 BC）　古代ローマの喜劇作家。ギリシャ新喜劇をまねながらローマ市民の風俗をその劇に採り入れた。複雑な筋展開と庶民的な笑劇を特徴とする作品を書いた。『捕虜』『黄金の壺』等。

＊7　アイスキュロス　Aischylos（c. 525 BC–c. 456 BC）　古代ギリシャ三大悲劇詩人の一人。『ペルシア人』『縛られたプロメテウス』『オレステイア』等、その作は宗教的で壮大であり深刻な内容。

＊8　ソフォクレス　Sophokles（c. 496 BC–c. 406 BC）　古代ギリシャの三大悲劇詩人の一人。形式、内容など、古典悲劇を完成させたと言われる。アテナイの全盛期に活躍し、代表作は『アンティゴネ』『エレクトラ』『オイディプス王』等。

＊9　メルポメネー　ギリシャ神話に登場する文芸・芸術の女神ムーサたちの一柱である。「女性歌手」を意味する名。ゼウスとムネーモシュネーの娘で、カリオペー、クレイオー、エウテルペー等と姉妹。

＊10　『ルクレツィア・ボルジア』　フランスの文豪ヴィクトル・ユゴーが書いた戯曲で、ルクレチアの生涯をもとにしている。この戯曲にガエターノ・ドニゼッティが作曲、フェリーチェ・ロマーニが台本を書きあげ、オペラ作品『ルクレツィア・ボルジア』が生まれた。一八三四年十二月二十六日で、ミラノのスカラ座にて初演。

＊11　『エンリケ三世』　スペイン語原題“Enrique III de Castilla”の戯曲で、「自由主義の三年間」に民衆の支持を得るた

めに上演された政治劇で作者不詳。一八二〇年、カディスにて初演。
＊12 『トリブレ』 ヴィクトル・ユゴーの戯曲『王の戯れ』に出てくる登場人物で、フランソワ一世宮廷内の道化師を主人公とした戯曲。一八三二年十一月二十二日にパリで上演されたが、すぐに政府から上演を禁じられる。後の一八五一年にはジュゼッペ・ヴェルディのオペラ『リゴレット』にも使われるようになった。
＊13 アンドゥハル Andújar スペイン・アンダルシア州ハエン県の町。グアダルキビール川が流れている。北部はシエラ・デ・アンドゥハル自然公園、南部にはシエラ・モレナ山脈がある。一二二五年、ムスリムの君主はフェルナンド三世にバエサやアンドゥハル城、マルトスを明け渡し、降伏。アンドゥハルとマルトスは、カストロ家のアルバロ・ペレスが防衛を担当し、サンティアゴ騎士団、カラトラバ騎士団の軍がそれぞれ入植した。マルトスはキリスト教軍の防衛拠点となった。アンドゥハルのイスラム教徒たちは町を退去し、一二二八年以降、キリスト教徒の入植が始まった。
＊14 叔父 エンリケ・デ・ビリェーナはエンリケ三世より五歳年下で叔父ではなく甥と思われるが、ここでは原文のままに訳出している。
＊15 カラトラバ Calatrava 十三世紀以降からカラトラバ・ラ・ビエハとして知られるカスティーリャ・イ・ラ・マンチャ州シウダー・レアル県にある町。一一四七年からアルフォンソ七世による再征服と、それ以前のカラトラバ騎士団の入植によって人口編成が変わっていった。もともとカラトラバはその語源はアラブ人名であり、九世紀頃から町として機能していたと思われる。
＊16 カンガスとティネオ Cangas y Tineo アストゥリアス州の西に位置する地名で、中世からピニョロ・イ・アルドンサ伯爵によって設立されたコリアス修道院のあったキリスト教の要地。一二五五年にアルフォンソ十世がカンガス渓谷の民に向けて書いた手紙が残されているが、アストゥリアスのサビオ王によってその命が有効とされ、正式に王領がアストゥリアスへ委譲された。その後、領主権を巡る土地争いが激しくなり、カンガスやティネオは再度、王領へと還されることになった。
＊17 トルデシーリャス Tordesillas スペイン・カスティーリャ・イ・レオン州バリャドリッド県の街。県都バリャドリッドの南西二五㎞、ドゥエロ川沿岸にある。一二六二年、アルフォンソ十世はトルデシーリャスに特権を授けた。一三二五年にアルフォンソ十一世が宮殿建設を決めてから、町は王族と貴族が多く住む地となった。

＊18　エンリケ三世　Enrique III（1379–1406）　カスティーリャ（トラスタマラ朝）王（在位：1390–1406）。ファン一世の子。エンリケ三世以後スペイン王位継承者はプリンシペ・デ・アストゥリアスと呼ばれる。反抗貴族を弾圧して弱体化した王権の回復に努め、またカナリア諸島を植民地とした。他方ユダヤ人の組織的大虐殺を行った。

＊19　王子　Juan II（1405–1454）　エンリケ三世とランカスター公ジョン・オブ・ゴーントの娘カタリナの子。カタリナの母コンスタンサはペドロ一世の娘であり、この婚姻によってトラスタマラ朝の正統性が強化されたが、ファン二世は、二歳足らずで王位継承。母と叔父フェルナンド・デ・アンテケーラが摂政となったが、有力貴族の党派争いが顕在化した。叔父がアラゴン王フェルナンド一世として即位すると、その後もファン二世のカスティーリャ統治に干渉し続けた。晩年にはアラゴン派貴族をオルメードの戦いで破り、有力貴族の力を抑えた。

＊20　金属の輪　四一三頁注34、指輪探し juego de cañas 参照。

＊21　ペドロ・ニーニョ　Pero Alonso Niño（1378–1453）　ペロ・ニーニョのこと。エンリケ三世に仕えた軍人、海兵、カスティーリャの私掠船員。中世スペイン文学の伝説的主人公として知られる人物。エンリケ三世と幼い頃から共に育てられた。十代で対抗貴族らの反乱を抑えるために戦うようになり、剣や石弓などの戦いの道具の巧みな使い手となった。またイスラム勢の海賊を捉える私掠船員としても活躍。当時、最高の力量を持つ軍人として知られていた。

＊22　鞍骨《くらぼね》　馬具の鞍の骨格をなす部分。

＊23　アルガルヴェ　Algarve　ポルトガル本土の最南端の地方。ローマ帝国からイスラムの支配を経て、十三世紀にはレコンキスタが完了し、ジョアン一世からは「ポルトガルおよびアルガルヴェの王」と名乗るようになる。十五世紀には、エンリケ航海王子はアルガルヴェの都市サグレスに活動拠点を置き、植民地からの富を利用して多くの大航海時代の偉業を成し遂げた。

＊24　バエサ　Baeza　スペイン・アンダルシア州ハエン県の町。南をグアダルキビール川、北をその支流のグアダリマル川に挟まれた山地であるバエサ丘陵の崖に位置。中世のバエサはモーロ人の都市として栄え、一二一二年のナバス・デ・トロサの戦いでムワッヒド朝に勝利したカスティーリャ王アルフォンソ八世が一時占領したが、ほどなくムワッヒド朝に奪回された。一二二七年にはカスティーリャ王フェルナンド三世の手に落ちた。コルドバやウベダの城門、そしてバエサのアーチは、モーロ人の城塞都市の名残を残す。

＊25　リモージュ地方　フランス中西部の都市。ローマ時代、ガリアの一部族レモビケスの首都。三世紀、聖マルシャルによってキリスト教がもたらされ、スペインの聖地サンティアゴ・デ・コンポステラへ向かう巡礼者が立ち寄った。九世紀に修道院ができ、町はその周囲にも拡大した。十三世紀にエナメル細工が発達したが、十六世紀に宗教戦争で町は荒廃した。十八世紀に中国製品の導入による陶磁器生産で繁栄を取り戻した。

＊26　お祭り（フロラリア）　Juegos Florales　古代ローマから伝わる豊饒の女神フローラに捧げた祭りで、紀元前三世紀頃から始まった。四月二十八日から五月三日の間に行われ、女性も男性も派手な衣装や花輪をつけて踊り、飢餓や凶作などの悪運を払い、豊饒を祈願した。その後、フローラに捧げて、詩を吟じて文才を競う遊戯へと転じ、フランス南東部のトゥールーズで十四世紀に行われていたフロラリアの祭りが、バルセロナ、バレンシアなどに伝わった。

＊27　金の拍車　乗馬靴のかかとに取りつけた金属製の馬具で、金・銀・鉄製などあるが、ヨーロッパの騎士階級が金の拍車を多くつけたため騎士の象徴ともなった。

＊28　アルアマ　Alhama　アンダルシア州グラナダ県にある西に位置する地域。地名の起源はアラビア語で温泉を意味する“al-hammah”。ローマ時代から温泉が使用されていた跡が残されており、その後、アラブ様式の温泉も建てられ、南にはテヘダ山脈が接している。一四八二年にイスラムからのスペイン側の奪還を果たし、ナスル朝最末期のスルタン、アブルハサン・アリーが陥落の折に、「あぁ、嘆きのアルアマよ」と言ったと伝えられている。

＊29　マンリケ　Manrique　カスティーリャ・イ・レオン州ソリア県の北東にある現在のサン・ペドロ・マンリケ。アルアマ川とエブロ川が合流する地域。古くはケルティベリア人、その後はバスク人、イベリア人、ローマ人が住んでいた歴史的な土地。

＊30　判断占星術　天体の運行と地球から見た関係を算定することによって、未来を予言するとされた技術。特に中世からルネサンス期のヨーロッパで、「科学的」とされた占星術を、他のいわゆる妖術的な占星術と区別するために用いられた。当時、カトリック教会は占星術を異端として禁止していたが、占星医学や気象占星術などは、自然科学の一種と捉えられていたため生まれた名称である。

＊31　創造主　causa primera　中世スペインでスコラ哲学に詳しい人の言い回しを真似してもったいぶった表現で「神」の概念を表わしている。第一の原因、原初の要因、他のすべての事象の原因（causa primera）と述べてスコラ派では

「神」のことを示唆する。

＊32　ペドロ・マンリケ　Pedro Ruiz Manrique（1220–1280）　ロドリーゴ・マンリケの息子でカスティーリャ・ブルゴス出身の貴族、裕福な家に生まれる。カラトラバ騎士団長の甥であり、十三世紀初頭においてカスティーリャでも傑出した家であった。ビリャマヨール家とともにアンダルシアのイスラム対抗のための遠征に参加し、勇猛に戦った。

＊33　ルイ・ペレス・デ・クラビホ　Ruy González de Clavijo（生年不詳－1412）　カスティーリャ王国の外交官、作家、マドリッドの貴族。一四〇三―〇五年、クラビホはカスティーリャ国王エンリケ三世の命で、ティムール朝を創始した支配者ティムールを訪問。旅行の道中に残したメモを元に綴られた道中記『タメルラン大帝史』で、西洋にティムール朝の宮廷の詳細を伝えた。

＊34　ティムール大王　Timūr（1336–1405）　ティムール朝の建国者（在位：1370–1405）。トルコ系貴族に生まれ、西チャガタイ＝ハン国の衰えに乗じ、一三七〇年に建国。チンギス＝ハンの事業の継承とイスラム世界帝国の建設とを理想とし、チャガタイ・イル・キプチャクの諸ハン国を併合したほか、インドにも侵入した。一四〇二年、オスマン帝国軍をアンカラに破って大帝国を建設したが、明への遠征の途中、病死。軍事的制覇とともに国家建設にも努め、首都サマルカンドは壮大な建築物が並び、中央アジアの文化の中心となった。

＊35　サンティリャナのイニェゴ・メンドサ伯爵　marqués de Santillana（1398–1458）Íñigo López de Mendoza y de la Vega　イニェゴ・ロペス・デ・メンドサ・イ・デ・ラ・ベガの通称で、サンティリャナ侯爵一世、マンサナレス伯爵ほか高貴な家柄の出身。軍人、前ルネッサンス期の宮廷詩人、詩人ゴメス・マンリケの叔父、詩人ホルヘ・マンリケの親戚でもあり、十六世紀にはガルシラソ・デ・ベガの親戚になるなど、文才のある人物を輩出した家系。パレンシア県生まれ。提督の息子で、のち国土回復戦争に参加。『イタリア風ソネット』はペトラルカ風詩法をスペインに導入した初の作品。ほかに長編英雄詩、教訓詩、箴言、一連の田園叙情歌（セラニーリャ）で知られる。代表作『ポンツァの小曲』。

＊36　吟遊詩人　中世ヨーロッパで、恋愛歌や民衆的な歌を歌いながら各地を遍歴した芸人。

＊37　野心に目がくらんだ卑屈さ　二六八頁で前述された離婚問題で妻アルボルノスは、夫がいかに野心家で、法廷で自分の利益が得られるよう画策し、またカラトラバの領地についても陰謀を張り巡らせているのをよく知っているので、

それを暴露してほしいとの意。

＊38　法　マシーアスは自分に法律に基づいた決闘を行う権利があると考え、たとえ王がその法律を踏みにじって決闘をさせてくれなかったとしても必ず実行するという意味。

＊39　若き文学者マリアノ・ホセ・デ・ラーラの不幸を偲んで　ホセ・ソリーリャによる詩　A la memoria desagraciada del joven literato Don Mariano José de Larra, José Zorrilla y Moral.

参考文献

有本紀明『闘牛――スペイン生の芸術』講談社選書メチエ、一九九六年
碇順治『現代スペインの歴史――激動の世紀から飛躍の世紀へ』彩流社、二〇〇五年
ヴィラール、ピエール『スペイン史』藤田一成訳、白水社文庫クセジュ、一九九二年
ヴィラール、ピエール『スペイン内戦』立石博高・中塚次郎訳、白水社文庫クセジュ、一九九三年
ヴォルテール『哲学書簡』斉藤悦則訳、光文社古典新訳文庫、二〇一七年
ウナムーノ、ミゲール・デ『ウナムーノ著作集』全五巻、佐々木孝他訳、法政大学出版局、一九七二―七五年
ウナムーノ、ミゲール・デ『ベラスケスのキリスト』執行草舟監訳、安倍三﨑訳、法政大学出版局、二〇一八年
エスプロンセーダ『サラマンカの学生　他六篇』佐竹謙一訳、岩波文庫、二〇一二年
エリオット、J・H『スペイン帝国の興亡　1469-1716』藤田一成訳、岩波書店、一九八二年
ケーガン、R・L『夢と異端審問――一六世紀スペインの一女性』立石博高訳、松籟社、一九九四年
ケドゥリー、エリー編『スペインのユダヤ人――一四九二年の追放とその後』関哲行・立石博高・宮前安子訳、平凡社、一九九五年
佐々木孝『情熱の哲学――ウナムーノと「生」の闘い』執行草舟監修、法政大学出版局、二〇一八年
佐々木孝『スペイン精神史の森の中で』私家版
佐々木孝『スペイン文化入門』彩流社、二〇一五年
佐竹謙一『概説 スペイン文学史』研究社、二〇〇九年
佐竹謙一『スペイン文学案内』岩波文庫、二〇一三年
シュペングラー、O『西洋の没落』I・II、村松正俊訳、中公クラシックス、二〇一七年
立石博高『概説　スペイン史』有斐閣、一九八七年
立石博高『鏡の中のヨーロッパ――歪められた過去』平凡社、二〇〇〇年

立石博高『概説　近代スペイン文化史――18世紀から現代まで』ミネルヴァ書房、二〇一五年
立石博高『スペインの歴史を知るための50章』明石書店、二〇一六年
立石博高『フェリペ二世――スペイン帝国のカトリック王』山川出版社、二〇二〇年
立石博高『スペイン史10講』岩波新書、二〇二一年
トドロフ、ツヴェタン『ゴヤ　啓蒙の光の影で』小野潮訳、法政大学出版局、二〇一四年
富田広樹『エフィメラル――スペイン新古典悲劇の研究』論創社、二〇二〇年
富田広樹『スペイン　新古典悲劇選』論創社、二〇二二年
トムリンソン、ジャニス・A『ゴヤとその時代――薄明のなかの宮廷画家』立石博高・木下亮訳、昭和堂、二〇〇二年
バーリン、アイザイア『バーリン　ロマン主義講義』田中治男訳、岩波書店、二〇〇〇年
バーリン、アイザイア『反啓蒙思想』松本礼二編、岩波文庫、二〇二一年
林屋永吉・小林一宏・佐々木孝・清水憲男・大高保二郎『スペイン黄金時代』NHK出版、一九九二年
フォンターナ、ジョゼップ『鏡のなかのヨーロッパ――歪められた過去』立石博高・花形寿行訳、平凡社、二〇〇〇年
ベナサール、バルトロメ『スペイン人――16―19世紀の行動と心性』宮前安子訳、彩流社、二〇〇三年
堀田善衛『ゴヤ』全四巻、新潮社、一九七四―七七年
堀田善衛『スペイン断章――歴史の感興』岩波新書、一九七九年
マーヴィン、ギャリー『闘牛――スペイン文化の華』村上孝之訳、平凡社、一九九〇年
マタイス、A・、J・マシア『ウナムーノ、オルテガ往復書簡』以文社、一九七四年
マタイス、A・、J・マシア『ウナムーノ、オルテガの研究』以文社、一九七五年
マダリアーガ、S・『情熱の構造――イギリス人、フランス人、スペイン人』佐々木孝訳、れんが書房新社、一九九九年
マルロー、アンドレ『ゴヤ論――サチュルヌ』竹本忠雄訳、新潮社
メネンデス・ピダル、ラモン『スペイン精神史序説』佐々木孝訳、法政大学出版局、一九九七年
メネンデス・ピダル、ガニベー、ライン・エントラルゴ『スペインの理念』橋本一郎・西澤龍生訳、新泉社、一九九一年
ライン・エントラルゴ、P『スペイン一八九八年の世代』森西路代・村山光子・佐々木孝訳、れんが書房新社、一九八六年
Chaves, Manuel. "*Don Mariano José de Larra (Fígaro)*: Su Tiempo, Su Vida, Sus Obras; Estudio Histórico, Biográ-

fico, Crítico Y Bibliográfico.", Forgotten Books, 2018

Larra, Mariano José de. *FIGARO. Colección de artículos filosóficos, satíricos, literarios y políticos*, Illustrado por D.Tomas Sala, Barcelona 1884

Larra, Mariano José de. *Obras Completas de D. Mariano José de Larra (Fígaro)*, illustradas con grabados intercalados en el texto por Don J. Luis Pellicer, Barcelona Montaner y Simon Editores, 1886

Larra, Mariano José de. *Obras de Mariano José de Larra*, Editor Carlos Seco Serrano, Madrid, Atlas, 1960

Larra, Mariano José de. *Ideario español* (Ensayo), Editorial Verbum, 2022

Larra, Miranda de. *Larra: biografía de un hombre desesperado*, Madrid, Aguilar, 2009

Penas, Ermitas. *Macías y Larra. Tratamiento de un tema en el drama y en la novela*, Santiago de Compostela, Universidad, Servicio de Publicaciones e Intercambio Científico, 1992

Salcedo, Emilio. *El exilio voluntario de Larra.*, Editorial Libros.com, 2016

訳者あとがき

ラーラという人

スペインは、啓蒙思想の光に照らされた、比較的ゆるやかで平和な「長い」十八世紀を経て、革命・反革命の繰り返された「短い」、不安定な十九世紀に突入した。自由、ロマンという新たな思想の種が着床し、政治も人びとの人生観も混迷を極めた。この駆け抜ける十九世紀を、さらに先駆けて散った青き花ラーラ。ピストル自殺は恋に破れてと言われるが、一つの時代の象徴となる死であった。既存の社会体制、宗教、それらと密接につながった人生の土台が揺らぎ、人びとは何を信じ、何を愛すればよいか、わからなくなった。ラーラは言った。「人の心は、何ものかを信ずる必要がある。信ずべき真実がないとき、人は嘘を信ずるのだ」と。ラーラの信じた嘘とは一体何だったのか——。

愛人ドローレスから別れを告げられたあの日、ラーラが信じていた何ものかが瓦解した。彼の書いた戯曲の主人公マシーアス——ただ愛に生きた男マシーアスの、「愛人だけが本当の夫婦となる」との絶唱は、心から迸ったものだ。ラーラの信じた嘘は、愛とも言い換えられるかもしれない。決して公の形にはならないドローレスへの想い、愛するスペインのために求めた自由、未来を信じて犯した政治家としての過ち、「政治、栄光、知識、権力、富、友情、愛」と自らひねり出した言葉の数々、すべての歪《ひず》みが、真実に生きようとした一人の男に襲いかかった――。目の前に繰り広げられた現実は、ラーラの信じた何ものかとはまるで逆だったのだ。

かくて、ラーラは最後まで嘘を信じるため、もはやそれを信じられなくなった自己を殺した。

ラーラは「近代」スペインで最初の孤独を感じた一人である。合理性の「まばゆい光」に浮かび上がった自己という孤独。人びとは何一つ同じ信条をもちえず、国は伝統を望む者と、革新に急ぐ者とで真っ二つに分断されている。「国家《ナシオン》」ということを考え始めたのはごく少数のエリートだけで、いまだ民衆の大部分が農村的思考を持ち、非識字者も英仏に比して異様に高く、暮らしは貧しかった。「上から」の啓蒙改革は思ったよりも進まなかったが、庶民の倫理・生活基盤であった教会には、ついに解体の亀裂が入り始めた。揺るぎないはずの人びとの信仰までもが真偽を問われ、白日の下に晒されたのだ。虚無にさらわれないためには、昔からの習慣と化した「考えない」態度を保つしかない。都市で、マドリッドでものを書いていたラーラは、自分の投じた石が、湖面に波紋を描かず沈んでいくのを見ていた。「マドリッドで書くとは涙することだ」と――。しかしいまだ信じ続けた。「遠くない将来、もしかすると今日、何とか拳に隠し持っている石を投じることができるかもしれない」。ラーラの信じる自由が人びとに通じる日はやって来るだろう。

ラーラの人生はスペインとともにあった。この国の人に受け継がれた途方もない想念力は、ラーラをして「人生を夢」たらしめ、一つの劇となした。スペイン哲学の泰斗 佐々木孝曰く「現実から遊離せず、現実を踏み越える」力――それはドン・キホーテに、スペイン人に天が与えた才である。ラーラ自身、劇作家であったが、自らの人生のシナリオをスペインのそれと重ね合わせ、マシーアスに仮託して国の未来を叫ばせた。いつの日か現実の社会にそれが投影されるために——。ラーラが劇『マシーアス』の序文「二つの言葉」に掲げているが、これは文学史でいうところの単なるロマン主義劇ではない。恋愛ですら、不可能とも思える理想を追い求めるための舞台設定に過ぎないのだ。我らスペイン人はいかなる方向へ向かうべきか。いつの間にか観衆は劇中に誘われ、ラーラの夢を演じる一人となっている。自由とは何か、愛とは何か、男と同じ情熱にうかされた女は、永遠の恋に身を投じる。そこには彼女の「真実」が横たわっているからだ。虚構の舞台設定が何よりの現実となる。ついに、日常を「のびのびと」(a sus anchas) 生きる観客が、ある役割を演じ始める。それは「国民」としての役柄でなかったとしても、ある特殊な舞台を通じ人間普遍の問題を意識させる。その意識が、行く行くは国を形成する民衆を創り上げていく、そうラーラは信じていた。

ラーラが書いた記事は、その点、非常に特殊である。「リアル」であるべき新聞記事が、演劇の虚構性さながら、一つの「風刺文学」として仕立て上げられている。検閲の厳しい時代、ラーラの鋭い毒牙は二重の意味や暗示、何人もの人物に仮託した言葉によって覆い隠されているが、この韜晦とも思える表現の渦に、読者は知らず知らずのうちに巻き込まれていく。国の習慣や歴史的背景の特殊性にすぐに馴染むことはできないにせよ、主人公の周りに引き起こされる事件から、ラーラはいかなる思索のきっかけを得たのか——読者は同時的に考えさせられている。ところが、人びとも社会も変わらないのでは、というなかば諦念のうちに一日を終え床に就くラーラ。自分も人びとと同じ習慣に毒されている、と自己批判するその矛先は、いったんの眠りのうちに仕舞い込まれ、また翌日、新たな場面を切り取ることになる。他者に向かっているようでいて、自己に向けられた危険な刃《やいば》である。ごく具体的な日常の一コマは、「近代」スペインの都市生活における出来事かもしれないが、ラーラが訴えているのは、一人ひとりの生き方や選択の問題であって、より俯瞰的な見方をすれば、孤独な近代人の誰しもが抱える人生の問題なのだ。すなわち一人ひとりが思想をもち、ひいては「国」という舞台を創り上げる一員となること、それを自身の人生劇でいかに体現するか、ということに通じている。いま、瓦解しつつある現代世界を前にして、同じ想いを抱かずにはいられない。

ラーラの筆の速さは新聞記事という媒体を得て、「近代」を生きる人びとの生活の忙しなさ、生活の変化に重なっている。時は十九世紀、朝と夕ではまったく信条の異なる人間が国の中心にいて、思想も政治も安定しない。しかし、「明日またどうぞ」（一三九頁）に描かれたように、ヨーロッパ先進他国の近代化の速度と計画性には決してついていかない。いつでもスペインには「ずれ」がある。その「ずれ」が、記事の単なる情報的なリアリズムを遠ざけ、ラーラの「風刺文学」を創り上げているのではなかろうか。一人の人間の考える社会、現実、政治、恋愛、思想が、愛国心とともに思索された後に表現される。一筋縄ではいかない「風刺」という表現形態によって試行錯誤し、いまだ生まれていない「国家」の「理想」を日常から素描《スケッチ》しているのだ。ある具体的な政権に左右されない「風刺」を用い、あくまで「国家」の一員となるであろう「人間」の生活に即して——。かくて、特殊性は普遍性を得る。

歴史の舞台を見ると、ナポレオン軍がスペインに侵略してきたときに、率先して身を投じた演者は民衆であった。「国」としてのまとまりは欠いていたとして、スペイン民衆の個人主義的行動がゲリラ兵士や大航海時代の征服者たちを生みだし、集団的、国家的理想を感得させた点、現代スペイン最大の歴史学者ラモン・メネンデス・ピダル著の『スペイン精神史序説』に詳しい。その後、二十世紀に入ってスペイン内戦において命を投じたのもまた、多くの民衆であったし、「母体」スペインのゲリラ戦法は、ラテンアメリカ大陸にまで及んだ。近代社会の集団装置としての「国家」に「ずれ」ることで、スペインの民衆は「国家」を超えた世界に戦いを挑み、時代を超えた「個人主義」を体現したのではなかろうか。

また、フランコ独裁政権の是非は置いておいたとして、近現代に至るまで欧米主導の文明とは異なる社会が形成され、ある種の鎖国状態にあったことも、スペインの「国家」的「個人主義」が根強く生きていた証の一つとも見える。フランコ総督は確固とした政治理念・主義主張があったわけでも、独裁者として権力を必死に握ろうとしていたわけでもなく、日和見的とも思える姿勢でカトリック大家族主義を四十年にわたり維持していたことは、傍から見れば不可解な歴史であった。共産主義者や反フランコ側への残虐な迫害と圧政は許されざる歴史だが、フランコ政権はヨーロッパ諸国の中で、いわゆる西欧先進国的ではない、極めてスペイン独自の体制であったことは間違いない。

大航海時代に遡れば、スペイン一国を超えた「普遍性《カトリシダッド》」が、損得勘定という経済観念や技術的遅れをはねのけ、民衆から生まれた征服者たちに、あらゆる危険とあらゆる艱難辛苦を伴う海へと向かわせた。この史実にスペイン起源の「個人主義」が生きているのではなかろうか。植民地征服の是非や残虐性の問題もいったん置いておくとして、とてつもなく壮大な計画を人びとに着想させたスペイン史のダイナミズムを見たい。ラーラ曰く、いつでも「ある狂気が別の狂気に代わる」ことは否めないが、その着想を得た名もなきスペインの民衆、指導者たちの感得力と意志の強さに驚嘆するのだ。イスラムとの飽くなき、不毛にも思える戦いを八百年にわたって続けられたのも、漠然としてであれ国としての「統一性」を感じていなければ為し得なかったことであろう。しかし、「国として」という以前にもっと強く、一人の人間として名誉のためにすべてを賭けることのできた人びとがいた国だからこそ、かの偉大な「ドン・キホーテ」

が生まれたのだ。手放しの国家・歴史礼賛、自我礼賛ではなく、「永遠の内なる歴史」を求めたウナムーノの愛したドン・キホーテは、現実に生きる善人アロンソ・キハーノでもあった。

いまいちど、我らがラーラに戻りたい。マドリッドという、遅れた「近代」都市に生きたラーラ。スペインの愛郷主義に四方を囲まれた中心地から、ヨーロッパ先進諸国の「まばゆい光」を感じつつ、いまだ辺境の黄昏時に浮かぶ「人間性」の最後の燃え上がりを見つめていた。ラーラの生きたロマン主義時代の流れより遥かに以前から、理想をもって生きた「人間」たちが歴史を創ってきたのがスペインである。スペイン人は一人ひとりが「人祖のアダム」であり、ドン・キホーテの子供たちとしての魂を受け継いでいる。徒党を組んだり、学問の体系化は不得意とするが、傑出した偉才が突然生まれ出る国だ、と佐々木孝は述べている。ラーラもまた、スペインで最初期のジャーナリストにして、スペイン独自の風刺文学を生みだした逸材である。若くして国と文学の未来を先取りし、国を憂える思想の種をスペインの大地に撒いたのだ。具体的個としての人間、肉と骨のラーラは、その後の九八年世代のスペイン知識人、特に具体的社会、政治に影響を及ぼす思想家としての、闘う知識人たちの象徴的存在となった。そのような人間たちは悲劇を生きることになろう。ラーラは一つの悲劇的結末によって実人生の幕を下ろしたが、具体的人生と思想の個々がいかに異なっていようとも、それぞれが悲劇を生きていることに変わりはない。悲劇とは、ウナムーノが「生の悲劇的感情」に表わしたように、普遍性に生きようとする人間に課せられた、永続的な創造行為から生まれるものに他ならない。

人生は夢であるとすれば、その夢を体現するのが悲劇とも言えよう。夢と現実の、生と理性の「ずれ」がいつでも悲劇を生むのであり、その「ずれ」が人間であることの証でもある。近代的自我の発芽を捉え始めたラーラには、生きて解消することが不可能な、自己同一を図ることのできない悲劇的な「ずれ」となってしまったが——。しかしスペインは、国として時間、空間軸の巨大な「ずれ」を生き、名誉心というダンディズムを獲得した稀有な国とも見える。現実の最中《さなか》では見えない理想は、ウナムーノ曰く「現実的にあることではなく、あり続けようと欲する」生き方に燃えさかるのだ。黄昏に照らし出されたラーラの影は、永遠のシルエットを映し出すことだろう。ウナムーノの小説の主人公聖マヌエル・ブエノの言う「生の倦怠の極みにある深いかげり」よりもいっそう濃く、焼きつけるような一瞬の生を混えて——。

さて、この翻訳本を終えるにあたり、マリアーノ・ホセ・デ・ラーラの名前を聞いた瞬間から、いまだ会えぬ運命の恋人ほどに焦がれる想いを抱いた著述家 執行草舟氏に心よりの敬意と感謝を記したい。ウナムーノ始め九八年世代の精神的先達であると、氏の敬愛する、いまは亡き佐々木孝先生より聞いた日から、ラーラの存在が頭から離れなくなったという。その想いは直観というべきものなのかもしれないが、葉隠的ダンディズムに生きようとする人間の感じた、究極の同志愛から生まれたものではなかろうか。執行氏の好む「忍ぶ恋」がウナムーノ以前のラーラへと、狂熱的な関心を呼び起こした。この純粋な想いが発端になければ、本書の拙訳は、決して仕事として完遂することはできなかった。また、素訳段階の拙訳からラーラ文学の真意を読み解き、その思想を全体把握し、文明論として冒頭に端的にまとめられた、氏の知性と人間力には常ながら敬服の思いで傍で学ばせて頂いている。その純粋性といつまでも青春を生きる姿からは、前へ進むよう勇気づけられる。

拙訳はおよそ三年ごしの仕事となったが、途中、幾度も挫折の危機を味わってきた。それは一重に自らの学識のなさ、ラーラという人物の複雑な心情への無理解、日常の些事に幾度となくかまけてしまう弱さが原因だった。今回、このような形でまとめざるを得なかったことに対し、喜びというよりも尽きせぬ悲しみが心から離れない。スペイン哲学・思想を世に知らしめた先達、佐々木孝先生、ホアン・マシア先生から受けた学恩に返せぬ思いが強い。佐々木先生の遺影を前に、様々な思い出が甦ってくる。執行氏に同行して福島のご自宅にまで旅し、お話を聞いた日が懐かしい。至らぬ訳書だが、スペイン研究の先達である佐々木先生に捧げたい。今回もまた、マシア先生には、ラーラの風刺の裏側にある真意について、深い教養から多々ご指摘頂いた。にもかかわらず、どれほどの意図を訳文のうちに成立させることができたか、まったく自信がない。依然、叩けば恐ろしいほどの見誤り、誤訳、思い違いが出てくることだろうが、今後のスペイン研究を志す方々からのご指導を心より願う。本文中ならびに巻末に付した注釈は、英仏独研究の普及に比して、スペインについては一般にいまだ知られざる項目も多く、本文を読むにあたって補うべき史実、人物などの説明がやや過ぎる形となってしまったことをお断りしておきたい。

ラーラの文章に頻出するフランス語文献・表現の翻訳や意味については、竹本忠雄先生に助けて頂いた。フランス文学のみに留まらず、深いヨーロッパ文明観には常々敬服するばかりだったが、今回、ラーラの西仏横断的な表現に関し、大いにご教示下さった。格調高いボワロー、L・ラシーヌの竹本先生による仏訳文（一七七、二三五頁）は、全体の中でも突出して香り高い。

最後に、常ながら法政大学出版局編集部長の郷間雅俊氏には、適確な助言で知識ならびに経験不足を補ってくださったこと、温かなお人柄で支えて頂いたことに、心より厚く御礼をお伝えしたい。

二〇二三年三月末日

安倍三﨑

《叢書・ウニベルシタス　1154》
ラーラ　愛と死の狭間に

2023年4月10日　初版第1刷発行

著　者　　マリアーノ・ホセ・デ・ラーラ
解説著者　フアン・ルイス・アルボルグ
訳　者　　安倍三崎
発行所　　一般財団法人　法政大学出版局
〒102-0071 東京都千代田区富士見 2-17-1
電話 03(5214)5540 振替 00160-6-95814
組版: HUP　印刷: 三和印刷　製本: 誠製本

Printed in Japan

ISBN978-4-588-01154-2

著者

マリアーノ・ホセ・デ・ラーラ

(Mariano José de Larra : 1809–1837)

19 世紀スペイン最初期のジャーナリスト，風刺作家，政治家。親仏派で，ホセ・ボナパルト一世の軍医の父をもつ。スペイン独立戦争の渦中に生まれ，幼少期をボルドー，パリで過ごす。弱冠 19 歳で詩作を発表，『日刊 風刺家ドゥエンデ』誌を刊行。革命，自由主義の急進的な理想のもと，フィガロなどの執筆名を使い，主に新聞記事を通してスペイン国情を改善しようと，ペンの剣で戦った。不安定な政治情勢に翻弄され，急進派自由主義を標榜する立場にもかかわらず反対の穏健派勢力を支持する形となり離党，政界での活路を断たれる。人妻ドローレスとの恋にも破れ，27 歳にしてピストル自殺した。国を憂える 98 年世代を始め，後のスペイン思想・哲学界に大きな影響を与え続けている。

解説著者

フアン・ルイス・アルボルグ

(Juan Luis Alborg : 1914–2010)

スペインの文芸評論家，歴史家。マドリッド大学で哲学・文学の博士号を取得。『スペイン文学の歴史』全五巻が代表作。フルブライト・プログラムにより渡米。メネンデス・イ・ペラーヨ国民文学賞，ルイス・ガーナー賞受賞。

訳者

安倍三﨑（あべ・みさき：1980– ）

東京外国語大学スペイン語学科卒業。在学中，牛島信明に師事。2002 年，サラマンカ大学外国人コースにてスペイン語認定証最上級 D.E.L.E. superior 取得。早稲田大学にて学芸員課程修了。現在，戸嶋靖昌記念館 主席学芸員。スペイン・ラテンアメリカ美術史研究会所属。駐日スペイン大使館，スペイン国営セルバンテス文化センター，サラマンカ大学日西文化センターにて，洋画家 戸嶋靖昌等の展覧会企画，運営。訳書に『ベラスケスのキリスト』（ミゲール・デ・ウナムーノ著，監訳執行草舟，法政大学出版局）ほか。

叢書・ウニベルシタスより

（表示価格は税別です）

1067 憲法パトリオティズム
J.-W. ミュラー／斎藤一久・田畑真一・小池洋平監訳 2700円

1068 カフカ マイナー文学のために〈新訳〉
G. ドゥルーズ，F. ガタリ／宇野邦一訳 2700円

1069 エリアス回想録
N. エリアス／大平章訳 3400円

1070 リベラルな学びの声
M. オークショット／T. フラー編／野田裕久・中金聡訳 3400円

1071 問いと答え ハイデガーについて
G. フィガール／齋藤・陶久・関口・渡辺監訳 4000円

1072 啓蒙
D. ウートラム／田中秀夫監訳 4300円

1073 うつむく眼 二〇世紀フランス思想における視覚の失墜
M. ジェイ／亀井・神田・青柳・佐藤・小林・田邉訳 6400円

1074 左翼のメランコリー 隠された伝統の力
E. トラヴェルソ／宇京頼三訳 3700円

1075 幸福の形式に関する試論 倫理学研究
M. ゼール／高畑祐人訳 4800円

1077 ベラスケスのキリスト
M. デ・ウナムーノ／執行草舟監訳，安倍三﨑訳 2700円

1078 アルペイオスの流れ 旅路の果てに〈改訳版〉
R. カイヨワ／金井裕訳 3400円

1079 ボーヴォワール
J. クリステヴァ／栗脇永翔・中村彩訳 2700円

1080 フェリックス・ガタリ 危機の世紀を予見した思想家
G. ジェノスコ／杉村昌昭・松田正貴訳 3500円

1081 生命倫理学 自然と利害関心の間
D. ビルンバッハー／加藤泰史・高畑祐人・中澤武監訳 5600円

叢書・ウニベルシタスより
(表示価格は税別です)

1096 遺産の概念
J.-P. バブロン，A. シャステル／中津海裕子・湯浅茉衣訳 2800円

1097 ヨーロッパ憲法論
J. ハーバーマス／三島憲一・速水淑子訳 2800円

1098 オーストリア文学の社会史 かつての大国の文化
W. クリークレーダー／斎藤成夫訳 7000円

1099 ベニカルロの夜会 スペインの戦争についての対話
M. アサーニャ／深澤安博訳 3800円

1100 ラカン 反哲学3 セミネール 1994–1995
A. バディウ／V. ピノー校訂／原和之訳 3600円

1101 フューチャビリティー 不能の時代と可能性の地平
F. ベラルディ（ビフォ）／杉村昌昭訳 3600円

1102 アメリカのニーチェ ある偶像をめぐる物語
J. ラトナー=ローゼンハーゲン／岸正樹訳 5800円

1103 セザンヌ=ゾラ往復書簡 1858–1887
H. ミトラン校訂・解説・注／吉田典子・高橋愛訳 5400円

1104 新しい思考
F. ローゼンツヴァイク／村岡晋一・田中直美編訳 4800円

1106 告発と誘惑 ジャン=ジャック・ルソー論
J. スタロバンスキー／浜名優美・井上櫻子訳 4200円

1107 殺人区画 大量虐殺の精神性
A. デ・スワーン／大平章訳 4800円

1108 国家に抗するデモクラシー
M. アバンスール／松葉類・山下雄大訳 3400円

1109 イシスのヴェール 自然概念の歴史をめぐるエッセー
P. アド／小黒和子訳 5000円

1110 生の肯定 ニーチェによるニヒリズムの克服
B. レジンスター／岡村俊史・竹内綱史・新名隆志訳 5400円

叢書・ウニベルシタスより
(表示価格は税別です)

1111 世界の終わりの後で　黙示録的理性批判
M. フッセル／西山・伊藤・伊藤・横田訳　4500円

1112 中世ヨーロッパの文化
H. クラインシュミット／藤原保明訳　7800円

1113 カオス・領土・芸術　ドゥルーズと大地のフレーミング
E. グロス／檜垣立哉監訳，小倉・佐古・瀧本訳　2600円

1114 自由の哲学　カントの実践理性批判
O. ヘッフェ／品川哲彦・竹山重光・平出喜代恵訳　5200円

1115 世界の他化　ラディカルな美学のために
B. マンチェフ／横田祐美子・井岡詩子訳　3700円

1116 偶発事の存在論　破壊的可塑性についての試論
C. マラブー／鈴木智之訳　2800円

1117 平等をめざす，バブーフの陰謀
F. ブォナローティ／田中正人訳　8200円

1118 帝国の島々　漂着者，食人種，征服幻想
R. ウィーバー＝ハイタワー／本橋哲也訳　4800円

1119 ダーウィン以後の美学　芸術の起源と機能の複合性
W. メニングハウス／伊藤秀一訳　3600円

1120 アウグストゥス　虚像と実像
B. レヴィック／マクリン富佐訳　6300円

1121 普遍的価値を求める　中国現代思想の新潮流
許紀霖／中島隆博・王前・及川淳子・徐行・藤井嘉章訳　3800円

1122 肥満男子の身体表象　アウグスティヌスからベーブ・ルースまで
S. L. ギルマン／小川公代・小澤央訳　3800円

1123 自然と精神／出会いと決断　ある医師の回想
V. v. ヴァイツゼカー／木村敏・丸橋裕監訳　7500円

1124 理性の構成　カント実践哲学の探究
O. オニール／加藤泰史監訳　5400円

叢書・ウニベルシタスより
（表示価格は税別です）

1125 崇高の分析論　カント『判断力批判』についての講義録
J.-F. リオタール／星野太訳 3600円

1126 暴力　手すりなき思考
R. J. バーンスタイン／齋藤元紀監訳 4200円

1127 プルーストとシーニュ〈新訳〉
G. ドゥルーズ／宇野邦一訳 3000円

1128 ミクロ政治学
F. ガタリ，S. ロルニク／杉村昌昭・村澤真保呂訳 5400円

1129 ドレフュス事件　真実と伝説
A. パジェス／吉田典子・高橋愛訳 3400円

1131 哲学の 25 年　体系的な再構成
E. フェルスター／三重野・佐々木・池松・岡崎・岩田訳 5600円

1132 社会主義の理念　現代化の試み
A. ホネット／日暮雅夫・三崎和志訳 3200円

1133 抹消された快楽　クリトリスと思考
C. マラブー／西山雄二・横田祐美子訳 2400円

1134 述語づけと発生　シェリング『諸世界時代』の形而上学
W. ホグレーベ／浅沼光樹・加藤紫苑訳 3200円

1135 資本はすべての人間を嫌悪する
M. ラッツァラート／杉村昌昭訳 3200円

1136 病い、内なる破局
C. マラン／鈴木智之訳 2800円

1137 パスカルと聖アウグスティヌス　上・下
Ph. セリエ／道躰滋穂子訳 13500円

1138 生き方としての哲学
P. アド／小黒和子訳 3000円

1139 イメージは殺すことができるか
M.-J. モンザン／澤田直・黒木秀房訳 2200円

―――― 叢書・ウニベルシタスより ――――

（表示価格は税別です）